北京大学网络文学研究论坛

北京大学网络文学研究论坛成立于2015年3月31日，主要成员是北京大学中文系教师和研究生。

本年度编选者主要阵容为：

女频卷

肖映萱　王玉王　薛静　高寒凝　郑熙青　韩思琪　李文玉　王鑫　罗熙洁　刘心怡　叶栩乔

男频卷

吉云飞　李强　田彤　张芯　谭天　薛静　王鑫　项蕾　孙凯亮

年选编选原则

本年选依据北京大学网络文学研究论坛2017年度推出的网络文学年度作品榜编选。此推荐榜可称为“学院榜”，立足于专业性和民间性，以文学性为指归，以此与更注重价值观引导功能的各政府机构“官方榜”、更注重商业价值的各种“商业榜”区分。具体操作原则是在参照各主要文学网站榜单和粉丝圈口碑的基础上，筛选具有较强文学性乃至经典性指向的作品。在关注大神红文的同时，特别关注引发网文新类型、新潮流的新锐之作，以及代表某种亚文化思潮或激活某种传统文学资源的探索性作品，这些作品未必是取得最佳商业业绩的，但作为类型文学也不是孤芳自赏的，而是在资深粉丝圈内获得极佳口碑的小众流行作品。

特别需要强调指出的是，本榜单所推重的文学性和经典性，不是依据印刷文明体系下的文学传统标准，而是在媒介革命的视野下，在网络文学生产机制和粉丝部落文化的土壤中，重新生长出来的具有网络性的文学性和经典性——这一标准尚在形成之中，本榜的推选正是重要建构实践之一。

愿我们以“学院榜”的形式，在网络时代守望文学精灵，连通千年文脉。

主编

邵燕君 北京大学中文系副教授。2004年创立北大评刊论坛，2015年创立北京大学网络文学研究论坛，任主持人。2010年开始转向网络文学研究，现任中国作家协会网络文学委员会委员。著有《倾斜的文学场——中国当代文学生产机制的市场化转型》《新世纪文学脉象》《网络时代的文学引渡》《新世纪第一个十年小说研究》等专著；主编《网络文学经典解读》(北京大学出版社2016年3月)。曾当选2006年度青年评论家；获《南方文坛》2005年、2006年、2011年、2012年四届年度论文奖，《中国现代文学研究丛刊》2016年度优秀论文奖，2013年第二届唐弢青年文学研究奖；2016年专著《网络时代的文学引渡》获中国文艺评论年度优秀著作奖、北京大学第十三届人文社会科学研究优秀成果一等奖。

副主编

肖映萱 1992年出生，北京大学中文系博士研究生。北京大学网络文学研究论坛女频主编。中国作协"2016年度中国网络小说排行榜半年榜"、第二届"网络文学双年奖"(浙江省网络作协主办)初评委。在包括《中国现代文学研究丛刊》《南方文坛》《文艺理论与批评》在内的核心期刊发表论文近十篇。曾获2014—2015学年度北京大学学术"创新奖"。2016年10月作为"90后"青年批评家代表，登上《名作欣赏》"未来批评家"专栏。

目　　录

导言：媒介融合，世代更迭
——中国网络文学2017年度综述

邵燕君　肖映萱　吉云飞

若将1997年年底文学网站“榕树下”的建立视为中国网络文学的开端，到2017年已经整整20年。20年间，几乎每5年就有一次媒介变革或渠道变化：2003年在线收费阅读制度的成功建立使文学扎根网络；2008年顺应移动互联网浪潮，开始从“PC时代”迈向“移动时代”；2014年“IP化”打通媒介阻隔和次元之壁。与此同时，网文的主流读者群也经历了三次代际更迭：从“70后”到“80后”到“九千岁”（“90后”和“00后”）。“媒介融合”和“世代更迭”既可以作为梳理2017年网络文学走势的关键词，也可以视为网络文学发展20年的成熟标志。

一、跨越“媒介震惊”，“IP导向”下的多元生态

20年前，当媒介革命进入文学领域，带来一场猝不及防的“媒介震惊”。这震惊“冻住”了文学体制，也“冻住”了主流精英。借此机会，传统文学机制无法安置的“文学青年”找到乐土，长期被压抑忽视的“故事群众”占山为王。此后，网络文学进入“圈地自萌”的阶段，一方面充分发展了网络文学的新媒介特性，一方面也隔断了某些文学传统和资源。

“媒介震惊”总是暂时的，随着互联网成为主流媒介，“网络文学”也不能一直以“网络”这一媒介属性笼统命名，而是要在网络媒介环境中，重新生成文学的多样形态——网络文学是网络时代的文学，其文学形态与纸质文学一样，是多种多样的。当然，具体样态必然是网络重生的，绝非对纸质文学的扫描

上传。

网络文学形态多样化的生成，前提必然是其环境生态的多元化。IP 运营正是打破网络文学以超长篇类型小说为绝对主导、在亚文化空间相对封闭性发展的一种爆破性力量。

1.“后工业时代”的“手工业复兴”

今天回顾网络文学发展历程，第一场生死之战是网络收费模式的建立。如果不是当年起点中文网成功建立了 VIP 收费制度，并随后将收费渠道接入盛大集团的游戏点卡系统，中国网络文学不要说发展成全世界风景独好的文化奇观，能不能活下来都是一个问题。

然而，网络文学在蓬勃发展起来的同时也被大大窄化了——从带有媒介革命先锋实验性质的自由写作，变成了以“更文—订阅”为核心机制的网络类型小说，超长篇的模式被固定下来。移动端引进以后，随着大量缺乏网文阅读经验的“小白”读者的涌入，类型文更变成了“套路文”。网络文学由此进入了规模化大生产的“工业时代”，套路文以形同工业流水线的标准化方式，被摸清了市场规律的“码字工”源源不断地生产出来，所谓“无线大神”日后很可能被机器写作的“AI 大神”取代。

在 VIP 商业模式下，尽管“老白”鄙视“小白”，但永远干不过“小白”，只要“小白”人数更多。这其实不是什么新问题，大工业文化生产的口味永远是“向下拉齐”。在对文学极端商业化的抵抗中，有节操作家的个人坚守常常被赋予悲壮的意义，这样的坚守永远有意义，但其真正效力永远有限。真正有效的模式，是用另一种商业模式打破走进死胡同的商业模式，虽然那或许是一种更商业化的模式。

携带大资本而来的 IP 运营当然是更商业的，但却打破了 VIP 收费制度的单一模式。对处于产业链上游的网络文学来说，IP 运营可以让其从以前单一的付费阅读模式升级为产业化运营。IP 商买的是一篇文，而不是很多字。作者卖的是世界观，是故事，是人设，是文笔，是他/她的粉丝团。大神的“神格”本身就很值钱，当他/她不再是流水线上的计件工后，似乎又变回了“手工艺人”——当然，只是似乎。因为这个手工业是“后工业时代”的，作家完成的“作品”不是独立自足的，而是一种更具综合性生产中的一个部件。如何在“IP导向”的生产链条中，保持文学生产的相对独立性，这是另一个问题。

进入IP时代，出现的一个有趣的现象是，原本在商业化跑道上跑得慢、“工业化”不充分的网站反而占先了，比如晋江文学城。

创立于2003年的晋江，直到2007年才施行VIP收费制度，在被盛大文学收购之后，仍由最初的创始人掌控实际决策权，在昔日盛大、今日阅文“一家独大”的行业垄断格局中，成为唯一一个既在局中，又在局外的网站。因此，晋江在诸多VIP机制的商业网站中，最大限度地保留了爱好者的气质，管理风格接近于“无为而治”。在其他网站为快餐式消费者们大量产出同质化的类型文时，晋江喂养了有更高需求的“老白”读者，也培养了一群对作品有鉴赏力、对网站有群体归属感和忠诚度，肯为心爱的作者“大大”们花钱的粉丝型读者。这个“有爱+有钱”的粉丝群体的存在，也让在IP机制中坚守工匠精神的作者有了底气。十余年来，在“有爱的粉丝经济”的滋养下，产生了大批的精品好文，良心之作。这些佳作经口耳相传，逐渐建立起圈内的“经典”序列。进入这一序列的作者、作品，到今天就成了资本最为看重的IP。于是，市场体量与阅文集团其他女频网站相差甚远的晋江，在IP时代“华丽逆袭”，成了IP内容高地[①]。

近年来，晋江的两位扛鼎大神priest和非天夜翔都在IP领域收获颇丰[②]。在2016—2017年度的新作中，priest的《默读》是难得走出“圈内”、吸引“路人”

---

① 2017年1月6日，晋江文学城盘点了“2016年度IP改编最具价值作者”，公布了网站2016年度有多项（两项及以上）IP改编且单部作品或单项均在百万以上的作者名单，一共有八位作者上榜。晋江作品的影视等版权签约情况一直是同步在“出版影视”板块公开展示的，截至2017年10月14日，影视、动漫、游戏、有声版权共签出328项，2017年公布的签约金额单项已超过千万元。——本文作者注，下同

② 在晋江的“2016年度IP改编最具价值作者”名单上，第一位为非天夜翔，影视、游戏、动漫、有声、海外版权成功输送多渠道联合运营，全年版权签约总金额过两千万；第二位为priest，影视、动漫、游戏、有声等多渠道均签约改编项目，全年版权签约总金额过两千万，年度佳作《默读》更是创下纯影视签约金额近千万的好成绩。

的“女性向”[①]佳作，也将“女性向”作品的影视版权成交金额提升到了接近千万的量级，而非天夜翔的《天宝伏妖录》更是连载尚未过半就已卖出千万级影视版权[②]。擅长创作恐怖悬疑类型的尾鱼，一直坚持将笔下构筑的奇异世界与“背着大包走遍江湖”的现实梦想相结合，在文字、叙事的精致讲究之外，更勇于在写作中尝试解决现实中的社会问题。在本年榜推荐作品《西出玉门》连载之前，尾鱼并不是晋江畅销榜单的常客，但却极受影视、游戏等 IP 改编的青睐，《怨气撞铃》(2011)、《半妖司藤》(2014)、《七根凶简》(2015) 等作品的相继卖出，或许正是鼓励尾鱼坚持其创作风格至今的动力之一。

2. “IP 向”新平台请回“老大神”

IP 打破的不仅是单一的付费阅读模式，同时也打开了媒介空间。

什么是 IP？ IP (Intellectual Property) 直译为“知识产权”，但这个知识产权并非印刷文明系统之下的著作权，而是复合了符号、品牌、版权等多重含义，指具有长期生命力和商业价值的跨媒介内容运营模式。换句话说，IP 运营就是要进行跨媒介文艺生产，而每一个媒介背后都是一个不同的消费群体，他们有着不同的年龄、阶层、趣味和文化渊源，一部“全版权开发”的作品，势必老少咸宜，男女通吃，也势必比较主流。在“IP 导向”下，原本在一条“单向街”上向“青少年向”“二次元化”狂奔的网络文学，有了前后左右的路口，也跳出了相对封闭的亚文化空间。

与做网文起家的老牌网站不同，“IP 向”阅读平台往往自带丰富的 IP 开发资源，如“火星小说”以中汇影视为依托、“爱奇艺文学”以爱奇艺视频为母体，它们需要的只是 IP 本身。从老牌网站那里购买 IP 版权固然是最主要的途径，

---

① “女性向”一词来自日语，原本是指以女性为受众群体和消费主体的文学和文艺作品的分类；网络兴起后，女性终于拥有了自己的独立公共空间，女性向开始与女权主义相结合。所以，广义的女性向是指一种对消费主体的性别划分，狭义的女性向则是指女性在逃离了男性目光的独立空间里，以满足女性的欲望和意志为目的，以女性自身话语进行创作的一种趋向，是网络空间的产物。（参见郑熙青、肖映萱、林品《网络部落词典：女性向·耽美文化》中“女性向”词条，肖映萱编撰，《天涯》2016 年第 3 期）

② 2017 年 6 月 16 日，晋江文学城官方微博宣布非天夜翔成为 2017 年上半年首位单影视版权交易金额过千万的作者。

但当“囤货”所剩无几以后，也不如自己开发。新平台未必只摘桃子，但就算栽树，关注点也必然只在几棵好苗子上，而非整片桃林，因而给出的自由空间和资源利益都是老牌网站难以企及的。这无疑是“回归大神”和其他急于摆脱网站控制的网文作者最佳的选择。

在 VIP 制度成气候之前，网络作家的发展路径基本是网上成名后就到线下发展，甚至刻意剥离网络作家的身份（如安妮宝贝、江南等）。还有一些一直立身于畅销杂志（如《今古奇观》《科幻世界》《萌芽》《最小说》《超好看》等）的作家，一直没有真正进入网络。随着纸质出版业的所谓夕阳化，这些作家也有向网络迁移的趋向，“IP 向”的新平台无疑提供了最佳的再次入场机会。

于是，我们发现，这两年，一些“老大神”又回来了。如“新武侠”代表人物之一的沧月，于 2017 年 6 月将全系作品电子版授权给“（新）四月天”（成立于 2016 年 7 月）重新发布。曾位列言情“四小天后”的藤萍，于 2016 年正式签约火星小说。已移居海外多年的“元老级”大神风弄，也把她在“米国度”连载的《金玉王朝》同步发布到“咪咕阅读”。这些“老牌大神”如果再回起点、晋江等主流网站，未必拼得过更年轻的一线大神，但却有着更高的文学起点、更老到的文笔、更忠诚的铁粉团，以及与纸质文学传统更深的渊源。或许其中有人已经“不那么网文”了，却可以为网络文学的发展提供新的元素，探索新的可能。

在这一轮回归网络的“老牌大神”中，藤萍最为耀眼。藤萍虽作为网文作者被读者熟知和喜爱，但这些年来实际上创作重心始终更偏向杂志与纸媒出版。2001 年起便签约“花雨”（中国最早的原创言情基地，后成立广州市花季文化传播有限公司），在火星小说网推出《未亡日》之前，曾在蔷薇书院陆续连载三部作品。《未亡日》（2016.6—2017.4）是藤萍的第一部长篇科幻网络小说，它以复杂完整、细节丰富的世界架构，极具画面感的紧凑叙事，生动鲜明的人物群像，建构了一个智能人主导的末日世界，探讨了后人类语境下的人性命题。小说对大众口味进行了大胆的挑战，这当然不能简单看作大神的任性之举。科幻这一类型在网文世界虽然相对边缘、小众，但因着近年《三体》《北京折叠》等科幻作品的国际获奖、国内走红，再加上科幻作为电影门类的天然优势，资本力量完全可以合理地期待“藤萍”与“未亡日”的组合成为下一个大热的科幻 IP。

3. 微博、微信渠道突围，自媒体开辟新空间

自从微博、微信增添打赏功能以来，任何有一定数量粉丝群的作者理论上都可以自主经营了。如果以前的打赏和纸质出版只能赚点小钱，现在加上 IP 运营的远大愿景就完全不一样了。自媒体 +IP 的模式进一步突破了大型网站垄断渠道的格局，这样的去中心化结构，也是更符合互联网特性的。

所谓“媒介即信息”，微博、微信的媒介特征也直接影响了其发布作品的文学特性。

微博写作，是一种圈内的“粉丝向”创作，作者面对的是一个经过了长期双向筛选、忠实度极高的垂直受众群体，他们使用的资源和话语往往是极其圈内、带有某种“投其所好”的偏向的。如七英俊、吕天逸、扶他柠檬茶、云上椰子等作者的创作，就是针对“女性向”群体的“段子文”“大纲文”。本年榜推荐的蔡骏的《最漫长的那一夜》就是以微博为发表平台的，虽然小说最后也以纸质书的形式结集出版，也有一个整体性的设定和故事结构，但如果以传统的深度、格局来要求，显然是会错了意。微博小说最佳阅读平台就是微博，虽然现在微博的功能设置并不适合连载长篇小说。

蔡骏的舞步非常灵活，每每都能踩中时代的节点。1978 年出生的他是最早的一批网络文学作者，在“榕树下”发表过中短篇小说，后来又顺利进入文学期刊和出版体制，在《当代》《萌芽》都刊载过不少心理悬疑类作品。随着“新概念作文大赛”的举办和《萌芽》的热销，蔡骏的影响力不断扩大，在畅销书市场中一直有一席之地。从 2014 年 5 月 28 日开始，《最漫长的那一夜》系列短篇小说陆续在微博上与粉丝见面，至今仍保持不定期更新，并获得多种传统主流文学奖项。其中，15 夜的故事被宣布正在改编影视，16 夜的故事同时在《人

民文学》发表。从 2017 年 6 月起，蔡骏还在起点中文网连载灵异小说《镇墓兽》，并基本保证了日更一章的速度。蔡骏让各种文学源流、评价体系、生产机制与传播媒介在他身上并行不悖，显示出强大的融合能力。

还有一些作者选择在微博连载的重要原因，在于微博文章和长微博图片相对宽松的审查机制——近年来，专门的文学网站，甚至包括长佩、LOFTER 在内的非 VIP 站点，都施行着越来越严格的内容审查，除了微博和一些更为小众、隐秘的平台，作者们几乎再也找不到其他的空间与读者分享一些特定内容。

而微信公众号，虽然也带有某种粉丝色彩，却旨在对接更广大的受众——一旦读者把作品转发到朋友圈，勾连的是现实世界中的整个社交群体，从老板老师到三姑六婆，每个人都可能是潜在读者。于是微信写作往往选取最容易被广大人群接受的题材，力求在平凡的日常生活中翻出花儿来，来与朋友圈五花八门的信息争夺读者。如倪一宁《丢掉那少年》、匪我思存《爱如繁星》，讲述的都是都市男女在日常生活中经历的小小情趣、平凡幸福或别样滋味，却讲得格外精细。出身于人人网日志的倪一宁曾在韩寒创建的“ONE · 一个”App 上陆续发表过不少短篇小说，2016 年出版散文集《赐我理由再披甲上阵》。发布在微信公众号上的《丢掉那少年》，是其第一部长篇小说。这篇带有惆怅气息的小说把一股文青风带回了网文，精确的笔触，微妙的感觉，放在哪个文学期刊上发表，都是让人眼前一亮的好作品。

虽然目前微博和微信写作的变现仍主要走实体出版和 IP 版权的渠道。随着移动支付越来越深刻地型塑当代中国人的消费习惯，如果将来“打赏”成为一种常态，微博、微信或许有望找到一种 VIP 机制之外的付费方式，成为只服务于特定读者群体的“定制写作”平台。这种趋势在“同人菜市场”①中已经有所体现。“定制写作”的思路，可能为网络文学在 VIP 制度和“IP 导向”之外，

---

① “同人菜市场”是以微博为媒介的中介性平台，在这里，作者和读者按照规定格式，发布自己的写作/接单需求和阅读/订单需求，白底黑字，明码标价，一对一公平交易，供需双方一清二楚。目前这种“定制写作”只在粉丝属性和消费力都极强的同人小圈子内通行，作品不一定公开发布，买卖双方的报价往往也只起到鼓励作用，有时读者的评论反馈甚至比酬金更重要。这种全新的写作、阅读形式，初衷是聚集同好、圈地自萌，并没有成熟的商业价值，但却极有可能成为市场无限细分的网络文学未来的主流形态之一。

找到一条更以文学为本位的小众写作模式。

4. 大神小神自立门户，小众部落再度迁徙

“IP 导向”新平台的出现和自媒体商业渠道的畅通，改变了以往网站绝对主控的生态，一些大神小神开始自立门户。如原起点中文网的白金大神天蚕土豆离开老东家后，新书《元尊》开启全网连载模式，于 9 月 14 号在纵横中文网、17K 中文网、掌阅、阿里文学、火星小说等除阅文外的所有重要平台上线，并将作品版权与 IP 的开发掌控权牢牢把握在自己手中，显示出 IP 时代顶级作者的自主性和强势地位。资深耽美作者水千丞也结束了与晋江的合约（2016 年 5 月），新书《深渊游戏》摘掉了耽美标签，第一次尝试写作“无 CP”的冒险故事，并发布在爱奇艺文学。

在“IP 时代”到来之前，文学网站的 VIP 运作模式只能算薄利经营。眼看培育多年的大神小神们的 IP 价值最终落不进自己的盘子，网站也必然要调整商业模式，一方面加强自身 IP 开发的运营能力，一方面通过修改作者、作品合约等方式，试图对 IP 进行相当程度的把控，尽量保障自己分一杯羹的权利。仍以晋江为例，2016 年 7 月晋江宣布了新的作品积分计算规则（作品积分决定了大多数的榜单排序），最具晋江特色的读者“长评”在积分体系中的作用减弱，而编辑推荐和作者的签约年限、授权范围的权重则大大增强。简单地说就是，越愿意签长约的作者，越会得到网站的资源支持。[①]如此一来，网站的推荐系统与读者的评价系统就将有不同的出发点。再加上 IP 热引来大量圈外“路人”和“小白”读者[②]，改变读者结构，“老白”们的家园感受到威胁。三年前，起点

① 其中，年限系数可选择 1—20 年，签 20 年合约的权重是 5 年的 1.5 倍、10 年的 1.3 倍、15 年的 1.13 倍；授权系数分为单本作品、作者身份、实体出版、影视及其他衍生、无线授权五种，每缺少一种授权，都会造成权重系数的扣除。这样一来，愿意签下 20 年的“卖身契”式长约，将所有授权交给网站的作者作品，在积分和榜单上将占据极大优势，想要自由选择网站、自由给出授权的作者，则必须以牺牲这些优势为前提。（参见《2016 版积分公式说明》，晋江论坛网友交流区碧水江汀板块，发帖人 iceheart，发帖时间 2016 年 7 月 13 日）

② 根据中国“网络文学 +”大会（北京，2017 年 8 月）上晋江提供的官方数据，2016 年 7 月至 2017 年 6 月，晋江的用户数量增加了 420 万左右，总量约 2100 万，增幅高达 25%。晋江是一个长期在 PC 端占据优势的老牌网站，而新增的 420 万用户显然不可能来自日渐式微的 PC 端，他们是新涌入的手机读者，是 IP 吸引来的众多圈外“路人”和“小白”读者。

团队出走腾讯，新建的创世中文网在规则制定时有将粉丝变成用户的倾向，看来晋江也在所难免。这其实与网站主政者的个人意趣无关，是商业规律自身的走向决定的。

一般而言，由粉丝创建的小众亚文化社区最为“有爱”，有创造力。随着其不断壮大、主流化，就会失去其原有的特性魅力。这时，更有坚守的一批人会再度迁徙到更边缘的地方，再造具有异质性和抵抗性的亚文化部落空间。晋江本来是小众聚集的最大乐土，随着 2007 年引入 VIP 机制，商业化不断加深，但一直有一批不愿或无法适应 VIP 商业规则的作者选择继续坚守。他们逐渐在晋江论坛的文库板块（2002）、随缘居（2005）、不老歌（2006）、长佩（2010）、LOFTER（2011）等非 VIP 站点汇聚起来。当被 IP 吸引的“路人”“小白”读者蜂拥而至，挤占了“圈内”原住民的生存空间，一场大迁徙已然不可避免。

正是趁着这一契机，原本长期蛰伏于“地下”的“长佩文学论坛”，2016 年之后的影响力开始迅速扩张。长佩创建于 2010 年 12 月，是一个纯粹由爱好者建立、管理的免费阅读平台，它保留了早期网络原住民喜爱的“无注册 / 匿名论坛”形式——比起文学网站鲜明区分作者、读者身份的做法，论坛营造了一种发帖者与跟帖者之间的平等氛围，他们是隶属于同一个“圈子”的参与者，原则上不存在任何权力等级秩序。从论坛的管理者到每一个发帖、回帖的用户，每个人的劳动和创作都出于文学最原始的动力——对“好看的小说”的热爱和渴求。

论坛的形式，对小说的连载发布形态造成了一定影响，相对于 VIP 机制的类型文，长佩的作品具有篇幅较短、与读者互动较多的特点——前者也是长佩的作品特别适合制作成“个人志”的原因之一。由于论坛的帖子在默认设置下是按照更新时间排列的，只要勤奋更新就能出现在首页被读者看到。新人作者以及科幻、欧风、惊悚、灵异等小众题材，在长佩都得到了更加广阔的发展空间，也吸引了狐狸、阿堵、困倚危楼等老牌作者前来发文——其中狐狸和阿堵正是最早投入台湾繁体出版市场的一批作者。到今天长佩已经积累了超过 1.6

万部作品，2016—2017 年更是涌现了狐狸《杀戮秀》（本年榜推荐作品）、星河蛋挞《一银币一磅的恶魔》、白云诗《1930 来的先生》等佳作。通过读者粉丝的口耳相传和微博扫文号的推广，这些作品正在进入新一轮的圈内“经典”序列。

此前，长佩等非 VIP 站点的作品，只有通过售卖“个人志”这一条变现路径。2017 年 5 月 30 日，长佩通过微博账号“公子长佩”发布了商业化转型的公告。此前数日，不老歌博客宣布禁止各类连载，并于 6 月 10 日开始清理删除所有相关内容①——两个非 VIP 站点在如此相近的时间节点，做出了如此截然相反的决定，却共同预示着网文世界的非 VIP 空间进一步的萎缩。又或者，当每一个非 VIP 阵地发展壮大到一定程度，都将面临这样的抉择——向商业帝国靠拢，或在重重压力的排挤下悄无声息地湮灭。

女频的同人②世界，一直零散而隐秘地以桑桑学院（1998）、百度贴吧（2003）、随缘居（2005）等论坛平台为阵地，直到 2011 年 8 月网易推出 LOFTER 轻博客。这原本是一个与国外 Instagram 照片共享 APP 相似的图文分享社交平台，却因其用户自由设置图文 tag（标签）的功能，恰好为同人圈子的聚集提供了极大便利，逐渐成为国内同人创作走出论坛时代的新载体。目前 LOFTER 已经成为国产同人当之无愧的“第一产粮基地”，出现了许多各个同人圈的“镇圈之作”。如“楼诚”圈作者 mockmockmock 的《别日何易》（2015 年 9—10 月）、《As You Like It》（2015 年 11 月）、《如此夜》（2016—2017）等作品，均以极成熟且富于文学魅力的笔法，写两位年轻的革命者共同成长、赴欧/俄留学、参与地下革命斗争、最终成长为地下党高层领导的英雄岁月，既是典型的同人写作，也罕见地处理了女频网络文学中往往被搁置的政治理想主题，是一种难得的补全。

① 2017 年 5 月 26 日不老歌站长 York 发布了题为《即日起不老歌将禁止各类连载》的公告，估计与审查压力有关。由于不老歌的博客内容私密性极高，只对关注用户可见，并无公开链接。公告全文转载见百度贴吧。

② 当代中文网络社群中“同人”一词意为建立在已经成型的文本（一般是流行文化文本）基础上，借用原文本已有的人物形象、人物关系、基本故事情节和世界观设定所做的二次创作。（参见王玉王、叶栩乔、肖映萱、郑熙青《网络部落词典：同人粉丝文化》中“同人”词条，郑熙青编撰，《天涯》2016 年第 4 期）

同人写作并非只栖居于小众部落，也有在主流网站大张旗鼓安营扎寨的特例——迄今为止，已经在起点中文网连载八年的《临高启明》是一部网络文学史绝对绕不过去的作品，它的成书方式生动地演示了互联网写作中“集体如何智慧”。这部小说署名吹牛者，这确实是一位作者（本名萧峰）的笔名。然而，把吹牛者称为这部小说的作者却并不合适，更确切的称谓是执笔人。因为吹牛者在整个创作过程中始终与读者密切互动，并且直接采用了大量同人创作。参与《临高启明》创作的核心读者被命名为“临高党”，他们经常以发论坛互动帖和创作同人的方式，针对小说的设定、情节、人物和技术细节等方面的问题，进行深入探讨。伴随着同人作品的大量涌现，《临高启明》逐渐建立起一套系统的“同人转正”机制。吹牛者从同人作品中选取故事、情节、人物和技术细节等某一方面较好的作品，加以修改润色，然后将其运用到正文中去。应该说，《临高启明》是论坛时代的网络部落文化孕育出的宁馨儿。在创造“临高”世界的过程中，许多人都能找到合适的位置参与其中，放飞自我的想象，这种对于“写作民主”的想象又何尝不是文学写作的乌托邦。

二、“九千岁”人多势众，“欢脱风”势不可挡

网络文学发展 20 年间，不但媒介几经变迁，主流读者群的代际也在不断更迭，大致而言可分为三个世代——“70 后”“80 后”“九千岁”。第一世代以 1975 年前后出生者为中心，他们从小读武侠言情等港台类型小说，在 20 岁左右成为中国大陆最早的个人电脑用户，网络文学网站的创始人，早期大神大都属于这一人群。第二世代以 1985 年前后出生者为中心，青少年时期接受了上一代所开创的网络类型小说，同时也看动漫玩游戏。他们将网络文学进一步向网络化方向推进，打造了“爽文”的核心模式，并将之固定化、极致化。目前，他们仍是网络文学的中坚力量，最当红的一线大神大都从他们中间产生。第三世代以 1995 年前后出生者为中心，是与互联网一同长大的一代。他们与欧美

日韩“网生代”同步接收最新网络文艺的滋养，在精神上拥有一个二次元世界，正在把网络文学推向二次元方向。这三个世代如今共同塑造着网络文学的面貌，虽然都拥抱着互联网，也被外界视为一个整体，然而他们之间不但有着内在的差异，有时甚至表现为价值和趣味上的鸿沟。

比起“80后”，“90后”和“00后”才是真正享受了中国30年经济成长和独生子女政策红利的“富二代”，他们非但没有“70后”童年记忆中的布票粮票，也没有“80后”青春头顶上的房贷压力。在他们成长的岁月里，一切坚固的东西都烟消云散了，包括现实世界与虚拟世界之间的界限。网络空间给他们带来了无数个“平行世界”，在各种亚文化生态中自给自足、自娱自乐，可以与主流社会保持着若即若离的关系，不再渴求既有体系的认可。他们是犬儒的、小确幸的、“动物化的后现代的”（东浩纪），但却是网络时代的“原住民”，整个世界正在向他们走去。

据阅文和掌阅两家行业巨头2017年的统计数据，目前读者中“九千岁”的比例达到七成左右，作者也占到一半左右，人数大约在2亿左右[①]。网生一代已经全面崛起，并且人多势众，他们的价值模式和快感模式必然改变着网文的叙述模式和爽点萌点。

成于“70后”“80后”之手的网络小说，在千变万化的类型背后，有一个核心的模式，就是“屌丝的逆袭”。这是久经匮乏的中国人世世代代的富贵梦，更是当代青年深层焦虑的折射——社会价值观单一到只剩下世俗成功一途，而事实上阶层日益固化，下层青年的成功梦只能靠在幻想中满足。“屌丝的逆袭”虽然奉行的是丛林法则，仍是某种宏大叙事，即认定世界有一个总体的价值体系，个人需要在这个价值体内获得认可。而在“胸无大志”的“九千岁”看来，

① 掌阅数据研究中心发布的2017年上半年网文阅读习惯报告中显示，掌阅用户中“90后”占比41%，“00后”占34%，成为网文读者中的主力军，而“80后”已成为过去的一代，仅占比17%。同时，作者也呈现出了年轻化的趋势。其中，1990年以后出生的作者占比达到59%，超过作者总量半数以上，“80后”作者只占比33%。另据阅文集团数据中心2017年的报告，在2016年，超7成的移动端数字阅读用户为26岁以下的年轻人，其中“90后”用户占比42%。同时主流作家的年轻化趋势十分显著，“90后”已成为最活跃的作家群体。其中，19—25岁作家为35.57%，占比第一；26—30岁作家为33.49%；而31—35岁的作家为17.36%，较前两个年龄段落差明显。据中国互联网信息中心发布的“第40次中国互联网络发展状况统计报告”，截至2017年6月，中国的手机网络文学用户数量为3.27亿，也就是说，即便保守估计，目前网络文学也拥有超过2亿的“90后”和“00后”读者。

这个宏大叙事太沉重了，人生的意义不在做人上人，而是让自己高兴。没有了苦大仇深的情感动力，即便是屌丝也懒得逆袭。于是，他们把以往宏大叙事的深度模式去掉，变成数据库，供自己“搭积木”。找梗儿、吐槽、萌 CP，日常向、欢脱风和陪伴感成为网文的新潮流。

本年榜中选入的三篇起点文《一念永恒》（耳根）、《修真聊天群》（圣骑士的传说）、《美食供应商》（会做菜的猫）都是顺应着这一潮流而浮现出来的。其中，《一念永恒》和《修真聊天群》都是修仙小说，前者是白金大神耳根的转型之作，后者是老牌作者圣骑士的传说抓住新潮流的成果，它们不约而同地显示了修仙小说的转型。

过去十年中，修仙小说最能引发读者共鸣的模式是“凡人流”（由忘语《凡人修仙传》开创），“凡人流”修仙小说表面上是修仙寻道，内核里却是在讲述一个凡人如何在冷酷森严的修行世界中挣扎前行，时刻如履薄冰——所谓的修仙，不过是人生残酷面的极端投影。耳根曾被视为“凡人流”的代表作者之一，而在“凡人流”的路越走越窄时，最早完成突破的也正是他。在这部小说里，他写了一个不那么冷酷的男主，一个不那么绝情的修真世界，大大增加了日常部分和幽默色彩，让读者每章每节都能会心一笑。有限度的温情与善意弥漫在书中，在素以“黑暗森林法则”为圭臬的修真小说大环境里，这种有爱自然成了一股清流。虽然《一念永恒》里新元素与旧模式的磨合目前还存在许多问题，但无疑称得上是转折关头的突围之作。

网络聊天，是新的生活方式，也成了近两年来新兴的网络小说题材。对第一代网络原住民来说，最重要的经验就是网络经验。在网络的包围与共生之中成长的他们，终于开始通过对网络经验的直接书写来建构世界。《修真聊天群》让神仙们建聊天群，将游仙的古老想象、互联网的当代生活熔铸为一体。小说中满满都是“给飞剑四周装护栏”“水群分身术”“法器充电”等爆笑日常，传统修真文中激烈的“大道之争”与“长生之问”被悬置起来，对一切的吐槽和调笑成为化解日常生活平淡乃至平庸的“药丸”。

《美食供应商》(会做菜的猫，起点中文网)的内容就像它的名字一样坦率：供应美食。作者在上架感言中提及创作小说的初衷："对美食的热爱。"美食文的兴起早在2014年"净网行动"之后，但其实没有真的"为吃而吃"的作品，口腹之欲总与打怪升级、日常种田、穿越恋爱，甚至国家复兴、文化自信等不同的快感模式连接着。作者们也不认为仅靠吃所带来的温暾的节奏和单调的快感，能讨好惯于追求大起大落的网文读者。直到《美食供应商》成了有史以来成绩最好的新人新作，所有人才大跌眼镜，原来把所有心思都用在吃上的书也能红！读者的评论简单实在："看这本书，吃泡面都更香了。"一语道破它的奥妙：下饭。下饭固然简单，却折射出时代的巨大变迁与人的欲望模式的变化。"九千岁"对日常生活的关照和品质生活的追求提到了一个新高度，但他们的选择不多，在"诗和远方"都逐渐被边缘化和污名化后，美食成了对抗生活的琐屑与平庸的新宠。被消费社会所不断开发出来的各种欲望，在以各种花样的方式被满足着。他们的舌尖上未必有着一个中国，但却有着实实在在的陪伴感和幸福感。

这三部作品的作者都是"80后"，他们敏感地率先踏入了新一波潮流。随着网文写作门槛的提升和老一辈大神的霸榜，年轻作者成神的年龄不可避免地延后了。当"90后"乃至"00后"成为网络文学的真正主角后，又会如何"我手写我口"呢？再有，"九千岁"恰好生长于一个去政治化的时代，但是去政治化的时代与网络时代的重合不是必然的，他们不关心政治，不意味着政治不关心他们。当他们重新被纳入一个高度政治化的社会秩序后，二次元与三次元、现实世界与虚拟世界的关系都会发生变化，他们将如何应对呢？这些都将是我们未来观察的重点内容。

三、"主流化"走向"国际化"，"规范化"规避类型

"主流化"是近年来网络文学发展的主要趋向，在跨媒介的同时也跨出国

界。2016 年以来，中国网络文学在海外的传播成为网文界乃至整个文化界的一个热点话题，“网文出海”已经成为一种全球文化现象，受到各方面的高度关注。目前 Wuxiaworld（武侠世界）、Gravity Tales（引力）等翻译网站已基本完成与阅文集团、中文在线等中国网站的合作，国内居于网文界霸主地位的阅文集团也开始布局海外市场，并将“网文国际化”作为集团未来的核心战略之一。2017 年 5 月，“起点国际”正式上线，成为海外布局的开端，这也是网文行业已拥有相当高的产业成熟度后的必然选择。

目前，有上百本的中国网络小说在这些网站连载翻译着，有的还在同步追更。本年榜中《一念永恒》《修真聊天群》《放开那个女巫》等几部作品都在其列，其中二目的《放开那个女巫》（起点中文网）虽是新人新作，却同时在海内外受到追捧。这部根植于中国互联网文化的超级爽文，以西方中世纪历史为背景，体现出一种后现代拼凑美学的风格。作者以叙述上极佳的节奏感和情理上适宜的分寸感，将男性最难以割舍的渴望——情欲、暴力与历史——融会在了一起。将这些作品的海内外粉丝评论参照来看，可发掘出不少文化研究的命题。

在新媒介和新时代带来新变的同时，老网站的老类型也在继续推出精品文。

在“历史研究范儿”一脉，本年榜推出赵子曰的《三国之最风流》（纵横中文网）。作者以现代人的“史识”跳出以往三国故事的市井气，将笔触伸向经济史、社会史与生活史，建构了网文空间的“新三国”。

在网络空间所释放出的巨大能量的推动下，老的经典能出新，洋的也能本土化。年榜中的以西方奇幻世界为背景的游戏小说《琥珀之剑》（绯炎，起点中文网）便融会了欧美奇幻、日式奇幻和中国网游小说三种写作资源。面对如此复杂的文化脉络，小说有时也难免顾此失彼，但我们看到了作者博采众长、自成一家的努力——这不是欧美的，也不是日本的，而是中国式的奇幻小说。

《俗人回档》（庚不让，创世中文网）是一部在网文圈口碑颇高的小说。主角边学道从 2014 年重生到 2001 年，重新经历了新世纪以来中国乃至世界波澜壮阔的历史大潮。小说的成功处在于写透了当代俗人形象和俗人文化，作者明明白白地以“俗人”来命名这个故事，但其实又无时无刻不在反抗着这一逻辑，虽然他也明白反抗只是徒劳。时代选中了这群“俗人”作为中国经济和互联网产业高速发展期的主角，连同他们的斗争与妥协、光明与肮脏、卑琐与高尚。目前政府大力提倡网络文学写现实题材，或许都市重生文是一条可行的路径。

我们今天处在一个多重媒介融合的时代，每一种媒介背后是一种人——印刷人、电子人、网络人（PC 人、手机人）——有着不同的审美结构和感官比率。其实，没有人是“单一媒介人”，所有人都是“融合媒介人”，只不过居于主导的媒介不同而已。所谓“世代差异”在很大程度上正是媒介差异。从媒介变革的角度出发，我们更能理解文学的变化、世代的更迭，以及我们自己持续不断的内心冲撞。“媒介融合”和“世代更迭”在 2017 年呈现出十分突出的特征，在未来的几年内，也将成为我们观察网络文学发展趋向的重要维度。

未亡日

藤　萍

藤萍，网文大神级作者，在武侠、刑侦、言情、悬疑灵异等领域均有优秀表现。2001 年起签约《花雨》杂志开始进行小说创作，同时也是温瑞安武侠同人站“小楼”的元老作者，尤擅塑造人物，代表作《九功舞》系列（2003—2006）等。藤萍虽作为网文作者被读者熟知和喜爱，实际上创作重心始终更偏向杂志与纸媒出版。2010—2014 年在蔷薇书院陆续连载三部作品，2016 年正式签约火星小说网，可以看作藤萍从纸媒杂志向网络连载的一次转向。

《未亡日》2016 年 6 月开始在火星小说连载，2017 年 4 月上部完结，共 35 万余字，即将纸媒出版。作为藤萍的第一部长篇科幻网络小说，《未亡日》以复杂完整、细节丰富的世界架构，极具画面感的紧凑叙事，生动鲜明的人物群像证明了这一尝试的成功。在后人类的语境下对人与人性的再思考，更为作品赋予了思想的锋芒。

【标签】科幻　悬疑　无 CP

【简介】

公元 2013 年，警察聂雍在任务中遭受无法治愈的重伤，被送进冷冻仓保存，待意外苏醒时，已身处于 2124 年 BUC 公司废弃的大楼内。整栋建筑都充斥着被生物实验创造出来的危险恐怖的变异生物，危机四伏。唯有一个自称是前 BUC 员工的神秘男人，利用全球即时成影系统（外形是一个小红球）以全息影像的方式跟随在聂雍身边，聂雍称他为“影子”。因与“影子”的交易，聂雍决定去关闭 BUC 公司大楼总电源。惊险的旅途中，聂雍一行遇到前来执行任务的国家战队队长沈苍，并被沈苍带至国家战队基地。

沈苍远超常人的力量来自何方？“影子”到底是何方神圣？穿越时空裂缝来到地球的硅基生物究竟有怎样的企图？鹅兰娜海国在密谋着什么？又是谁在悄然干预着人类进化的历程？凡人聂雍意外地被卷入这重重阴谋的旋涡，一边对抗核污染和生化试验催生的变异生物，一边发掘着世界的真相，而他的正直善良也渐渐感染着身边的同伴……

选段是沈苍失踪前最后一场战役的尾声，以及沈苍留给聂雍的全息影像记录。被敌人挖去心脏、胸膛洞穿的沈苍在战场上仍令人安心地战无不胜，但那份影像记录却揭示了这份力量背后鲜血淋漓的真相，以及沈苍数十年来不肯卸下的责任、不敢忘却的初衷、不曾动摇的信念。

【节选】

第4卷　战队新人

第94章　无心

沈苍说到“长剑”，手腕一翻，那柄“长剑”削入右手前臂，没入骨骼。黑色锋刃在他手臂上划出一道极深极长的伤口，鲜血涌出，但没过多久，溢血停止，伤口以极缓慢的速度在“黏合”。

是的，黏合，并不是愈合。

沈苍手臂上的伤口还在，只是颜色变白，两侧伤口黏合在了一起。

聂雍瞪眼看着那道伤口，再想想那柄没入伤口的剑，简直不知道该如何评价这种中二[①]设计——这是谁给他设计的这把剑？这有什么用？这还没伤敌先在自己手臂上开一大口子，伤敌之后再在自己手臂上又开一口子，卧槽[②]！他徒手就能裂空间啊！给搞一把剑有什么用啊！

聂雍简直要疯，这什么年代的设计！难怪沈苍大脑里的智脑要坏，谁给他设计的接到“使用者”的命令就要冲过来并整出这把剑啊？这要是以前多接到几次命令那还不把右手臂直接片成肉丝了？

智脑坏掉之前他还有没有被别人“使用”过啊？

瞬间脑补过多，脑洞不能好了。

但沈苍还在眼前，眼神和常人并没有什么不同，没有更多“我恨我怨我要毁天灭地”或“全世界都对不起我我要报社[③]”或“我是棵遭人虐待的小白菜”之类的常见基本感情。

“沈苍，东岸重甲小队的火力点交给你十分钟之内清除。”那只蝴蝶传来白璧的声音，“西岸的大概要三十分钟……”

---

① 网络用语，比喻青春期少年过于自以为是的特别言行。（本书脚注若无特别说明，均为责任编辑注）
② 网络用语，常用来表示惊讶。
③ 网络用语，“报复社会”的缩写。

刚才过去的机甲小队已经在东岸站好队形向海面上的战舰开火，它们的确不灵活，但弹药充足火力极强，压制住了往岸上冲击的登陆艇。甚至有两架机甲架设出高能光炮，准备扫荡远处的战舰。

东亚战区的运输舰开启隐形罩，缓慢后退，暂停释放登陆舰。

海上的登陆舰加快速度往岸上冲去，躲避如雨的弹药和即将横扫海面的激光。

海面上很快被重装机甲的火力清理出一片空域，从海面下缓慢浮起一片黑色流动的物质，占据了那片海域。

运输舰顿时过不来了。

有些慢一些的登陆舰被黑色物质卷住，立即沉没。登陆舰上的士兵纷纷入海，有些游着游着就突然沉入海中，消失不见。

另一道高能激光从塔黄岛西岸射出，与东岸的重甲小队成犄角，在海面上清理出一片三角形的区域，海面下似乎能被他们操纵的奇异黑色生物缓慢浮起，扩散开来，不快但也不慢地往外侵蚀。

而清理出的海域中心一艘庞大的潜艇正在缓缓上浮。

正是刚才被螺蛳油号俘虏的基地号。螺蛳油号解体后，基地号失去控制，很快被塔黄岛夺回控制权，鲁鲁斯·蒙特西在螺蛳油号解体时顺利出逃，并救走了修斯和林北辰，重新控制了基地号。

几乎与塔黄岛岛基同样体积的“潜艇”——那基本是一座海底堡垒了——浮出水面。

海水被上浮的船体推上高处，再从数米高甚至十数米高的地方轰然流下。去除了噬光菌的基地号呈现出光滑黝黑的金属结构，平直的线条，舰体上能承受万米深海水压的超级玻璃窗洞熠熠生辉，反射着高能激光的炽亮，简直像镶嵌着几十个太阳。

在这些窗洞周围鳞片似的甲板缓缓打开，鼓出了一些遍布发射孔的巨大圆球。圆球上的发射孔几乎涵盖了所有角度，它们非常灵活，鼓出甲板之后仍然能左右调整，选择最好的射击范围。

自然人类操纵的海底堡垒基地号，拥有最好的弹药和最强大的能源。与堡垒相比，海上的隐形运输战舰就如一个个脆弱无比的蛋壳，一捏就碎。

战舰发射一百枚弹药都击中堡垒，可能无关痛痒；而堡垒发射一百枚弹药只要有一枚击中战舰，战舰就会沉没。

何况一艘战舰上载弹量是有限的。

堡垒的存弹量几乎是无限的。

战舰不能对战堡垒，这是海战的基本常识。

东亚战区的隐形战舰都在缓缓撤出战场。

基地号潜艇本不是堡垒，但在它的外围还环绕着一圈巨大的黑色液体怪物，没有人能从海下给予它致命一击。

基地号浮出水面是个极度震撼的画面，轰然的水声和激荡的海流充斥耳目。聂雍差点以为发生了海啸，脚下的塔黄岛微微颤抖，天空中颜色古怪的烟雾再度喷发，纷纷扬扬的白沙又下了一阵。

沈苍蓦然回头，岸边架设好激光炮的重甲小队正在移动光炮向撤退的战舰扫荡。激光炮射程极远，已经有两艘战舰起火爆炸，隆隆声混合在海浪中，看不清听不见的，反而更觉惨烈。

“沈苍。”聂雍震惊地看着那潜艇浮出水面，那周围浓黑如墨的“墨水”数量极多，几乎铺满了潜艇周围，毫无疑问这种生物是被敌人控制的。“沈苍，那不是水，是一种生物，比石头还硬，别硬碰硬。既然他们能控制这种东西，只要我们找到方法我们也能。”他瞬间想起被神经兽入侵的小生物撞上“墨水”时那惨痛的后果。那玩意儿可能不仅仅是硬，温度或许也不同寻常。

“三分钟。”沈苍说。未亡枪发出微弱的声响，枪筒变长，枪托伸展开来，近乎变形成了一把狙击枪。沈苍从军靴边拔出一匣子弹，压弹上膛，瞄准海岸的重甲小队就是一枪。

轰的一声巨响，正在架设激光炮的一个机甲中枪起火，胸甲被炸穿了一个大洞，火焰冲天而起。沉重的激光炮砰的一声翻倒，仰起的光炮口扫过队友，将另一架重装机甲的头部烧毁。

轰！轰！轰！

浓烟冲天而起，爆破流击得白沙飞溅起一米多高，地下绿兜植物疯狂乱舞，把一早死在白沙中的飞鸟摔得到处都是。

令人恐惧的是那些埋没在白沙中的海鸟尸体大半都成了骷髅，不知道什么生物侵蚀了它们的血肉。

沈苍一边往海岸前进，一边持枪射击，他的手稳若磐石。

黄桑两眼发光看着沈苍的背影，一路小跑跟在他身后。

沈苍一步一枪，一枪一杀。

第四声枪响之后，海岸的重装机甲小队终于反应过来，迅速打开防护罩，组织队形进行反击。聂雍眼见沈苍以他最擅长的方法大杀敌人，心痒难耐，如果那把威力巨大的未亡枪落到他手上，也许他也能做到。

火力、科技、资源……也是强大的一部分。

重甲小队的爆破弹和破甲弹如雨般向着沈苍射来，浓烟四散，沙地颤抖，海水漫出，聂雍心惊地发现塔黄岛似乎正在缓慢下沉，这些原本高于海面的沙地正在溢水，似乎再过不久就会没入海中。

而海中横躺着一头或者几头巨大的杀器——那种一碰就死、神秘莫测的液体怪物。

威力巨大的弹药迎面而来，沈苍左手扬起往前直切，空气被急速压缩，水蒸气被挤压出空气凝成水雾。只是一瞬浓雾就被烈焰包围，砰的一声巨响，地动山摇。

跟在沈苍后面的黄桑整个人扑倒在白沙地里，头昏眼花，甚至鼻血流了出来，他离得太近了。

距离较远的聂雍清楚地看到了空间光裂术。

空气中温度急剧攀升，残余的水汽扑面而来，速度极快的弹药一闪而逝，完全看不见最终击中了哪里，剧烈的闪光几乎闪瞎了聂雍的眼睛。沈苍左手的空间光裂术的威力往前推进，偏过海滩的重装机甲小队，径直切入了大海。

海面上风云逆流，浓郁的水汽和高温高压空气被推入海中，击中了海里的黑色液体。

哗的一声，海面上几乎是立刻生出了一团巨大的浓雾。它急速旋转，几乎形成了一个小型水龙卷，而小型空间裂隙的余波可能蔓延到了海面附近，它边缘不稳定的高能和爆发的冲击波冲入了海中。

海水里的黑色液体瞬间灰化，有一大块黑色液体径直沉没，就像一块毫无生气的石头一样消失在海中。

“天哪！你就这样杀了它？”聂雍大吃一惊，不可思议——所谓战神之威，居然真的是无视物种或装备无坚不摧的吗？甚至都不需要了解自己的敌人是什么？

沈苍左手略微一收，继续持枪向海岸重装机甲队射击。重装机甲队被他刚才的一击吓得魂飞魄散，纷纷躲避。有些机甲一脚踩入渗水的流沙，陷了下去；有些被沈苍击中，机甲师被迫打开胸甲逃生。

滴答……

几滴血掉落在白沙地上。

黄桑已经被偶像震得七荤八素，滚倒在地上，差点被流沙埋了，正在挣扎。

所以这不是他的鼻血。

聂雍本能地摸了摸自己的鼻子，还好他没流鼻血。那血是从哪里来的？

沈苍持枪前进，脚步敏捷，姿势挺拔。

他一步一枪，走向海岸。海面上龙卷犹在，迷雾旋转，疾风流散，天空半红半紫，充斥着炮火的光焰和巨响。

滴答……

又有几滴血滴落在白沙地上。

聂雍瞪大眼睛看着那几滴血，往上看他瞪着沈苍——沈苍军服挺拔，衣领整齐，但那些血……

那些血是从他胸膛滴落下来的。

沈苍似乎毫无察觉。

第 95 章　黑方的临时会议

（略）

第 96 章　群星之力

每个国家的最高科研组都研究过这样一个课题：“人类如何产生反物质？”我们的宇宙是物理宇宙，宇宙中遍布着难以理解的暗物质，而与我们熟知的物质相对地存在着反物质，只是反物质一旦产生就容易与物质湮灭，释放出巨大的能量。

人们认为反物质的产生以及物质的湮灭所释放的超能量与核聚变产生的超能量一样，是推动宇宙循环和变化的超强能量。

称之为群星之力。

星球因之明亮，轨道因之产生，宇宙因之膨胀。

这是让一颗星星诞生的力量，能令陆地生成，令潮汐澎湃，令山峰隆起，令万物华生。

人类耗费巨资，生产出一点点不稳定的反物质，将它发射出去，就能毁灭一座山峰或在大海深处划出一道更深的海沟。

而人类能自行产生这种力量吗？

这世界上唯一的样本就是沈苍，每个国家都研究他。除了他，没有任何已知人类能爆发出如此匪夷所思的力量。对于他力量的来源，每个国家的科研组都有不同角度的解释，但无一例外地认为沈苍的力量一定与反物质有关。

他是一个能自行产生反物质的人。

无与伦比。

前所未见。

卧槽！

无与伦比·前所未见·沈苍的胸口穿了一个大洞。

聂雍瞪眼看着血从沈苍胸口渗出，染红了那件制服的前襟——沈苍的胸口穿了一个大洞，那个尹松鼠把他的心挖走了。

然后大家就把这事忘了。

沈苍仍然握着未亡枪笔直地往海岸冲去。

聂雍觉得沈苍大概是想再来一个技能点直接把海里那大山一样的堡垒灭了。他本能地迈开腿追了上去。

沈苍持枪冲进了海岸重甲小队的阵地，残余的机甲四散逃跑，有些直接摔进了海里。聂雍觉得这些自称机甲的东西简直侮辱了擎天柱或者威震天，甚至是钢铁侠之类的威名，以至于他也没把那些其实吹口气（尾气？）就能弄死他的机甲放在眼里，仍然撒腿向沈苍跑去。

沈苍对着海上堡垒基地号射出一串子弹，射中了堡垒上的几个玻璃窗洞。那些厚达几十厘米的玻璃应声碎裂，玻璃碴顺着黑色金属外墙砸入海中，击中船下的黑色生物，居然带起一串火花。

未亡枪的子弹无疑是强悍的，它们能洞穿机甲，却仍然无法穿透基地号。沈苍子弹用尽，未亡枪拄地，单膝跪地伸手去拿军靴里的子弹。

他握住了弹夹。

但没能站起来。

一丝鲜血从他嘴角溢出，他左手拿枪，右手紧握弹夹，拄在白沙湿地上，背脊绷紧晃了一晃。

仍旧没能站起来。

聂雍看着他的背影，心突然凉了一下。沈苍微微向前一栽，右手手指微微一松，弹夹啪啦一声坠地，只是一瞬间，右手臂内深藏的剑刃弹出，剑尖插入沙地，支撑住了他的身体。

血从胸口的衣服上点点滴滴流下，染红了白沙，也顺着剑刃流下，扎入了白沙地深处。

左手枪，右手剑，这个男人勉力站起，仍然往海边走去。

然而左手一空，有人从地上捡起了掉落的弹夹，抢走了他的未亡枪，拍了拍他的肩。“让我来！”

与此同时，激荡不止的海面上一层冰面绵延而来，厚重的冰层宛如突出的战舰由外海向塔黄岛层层推进，它们发出咯吱咯吱的奇异声音，速度缓慢但并不停止。就像远处酝酿着一次强大的寒潮，那寒潮已经在远处旋转并膨胀了许久，终于将威力传达到了岸边。随着雪白的冰层层层叠叠，像几百架白色坦克齐头并进，冰雪冻住了基地号与塔黄岛之间的海面。

那只黑色的液体生物在冰层下蠕动，它并不能爬上冰层，厚达五十厘米的冰层完全将它隔绝了。

聂雍单手给未亡枪上弹夹，踏上冰层，向着基地号那些被沈苍击碎玻璃的窗户射击。

惨叫声从窗户内部传来。

几百人同时踏上冰面，带着武器向动弹不得的基地号冲了过去。冰封的基地号调转炮口，几千个炮口同时调整了方向，对准了冰面上急进的士兵。

然而一道蓝色的光影鬼魅般从远处战舰上射来，轰然击中被冰封的基地号，火光冲天而起，同时另外一道赤红的光击中主炮口。

基地号的外挂武器发出咯咯咯咯几近崩溃的声音——击中基地号的蓝色光影是一把“零之刀”副刀，虽然不是真正的主刀，却也能散发出零下一百多摄氏度的低温。而红光是一道足有数千摄氏度的光炮，基地号甲板在这一冷一热的轰击下吱吱吱震荡，表面出现了许多细小的裂隙。

这么浩荡的冰！这样冷！聂雍心里一喜——居然是叶甫根尼！

叶甫根尼居然不顾塔黄岛对变异人类的影响，参战了！

而拿着光炮轰击敌人的另一个人动作奇快，已经赶上东亚战区第一梯队的攻击士兵，从人群里钻了出来。

蓝衣长发，惨白的皮肤，神经兮兮的眼神。

这一出现就从基地号破裂的窗洞钻进去的瘦高男人当然就是乌托蓝。

而另外一边，塔黄岛西岸也有人突破重围，踏上冰面，冲上了基地号。

薇薇·夏洛特。

她直接跳上了基地号的主炮，双手一掰，把已经遍布暗伤的主炮拆了下来。

轰然一声巨响，基地号导弹口当空发出六枚导弹，其中有四枚是带有巡航功能的小反物质弹，它们足以炸沉东亚战区六艘运输舰。然而飞舞在半空中的几只“蝴蝶”冉冉升起，带着自动追踪目标的导弹飞向天空，消失得无影无踪。

聂雍手握未亡枪，一枪击碎一片窗洞玻璃。越来越多的战队士兵通过窗洞，像乌托蓝一样径直冲进了基地号内部，即使隔着沉重的甲板也能听见基地号内部发出的奇异的声音，仿佛所有的东西所有的人都在发出声音。厚重的甲板不停地颤抖，仿佛下一秒钟这艘庞大的战舰堡垒就会由内部爆炸。

运输舰运来的士兵如潮水一样从聂雍身边冲过，冲上塔黄岛，呐喊声震耳欲聋。

冰面上到处都是被基地号的发射球击伤或杀死的士兵，火焰和冰雪喷溅，遍布碎裂的冰裂隙和凌乱的血脚印。

聂雍击碎了最后一个玻璃窗洞，那些四处乱转的发射球仍然在转动，但很多已经不能发射子弹。

负伤的沈苍踏上染血的残冰，走到了聂雍身边，他和聂雍并肩站了一会儿，看着不远处的战斗。

聂雍握着未亡枪，正舍不得还给他，突然沈队长抬起右手，微微一顿，把一个东西递给了他。他的思维一下子没接到频道，呆呆地看着他。“啊？”

那是一个淡绿色的小球。

和影子之前的那个小红球很像。

什么鬼？

沈苍摸了摸湿透的军服前襟，并没有要回他的未亡枪，而是踏上更厚的冰面，转身向叶甫根尼所在的地方走去。

他仍旧背脊挺直，军靴在冰凌中留下血色的脚印，步伐稳健，像一个仪态最端庄的列兵，没入远方。

聂雍看了看还没有还的未亡枪，又看了看目测十分不吉利的小绿球，刚才那令他心尖一凉的不妙的感觉重生心头。

——这是什么玩意儿？

——为什么他要交给我？

——他和我很熟吗？

还有他刚才是不是吐血了？我觉得我刚才好像看见他脚软了在沙地上没站起来我不是出现幻觉了吧？刚才那把剑又弹出来了吧？怎么办我还是觉得它不是很长……沈苍是不是有创伤延迟综合征不然为什么那个我们都忘记很久的伤口现在好像发作了？他不会有事吧？我看他站得这么直走得这么稳大概也不会有什么问题吧？卧槽怎么到处都是血——这些怎么样都不变色的血是血吗？不会是谜之非法生物・无敌就是寂寞・沈・大规模杀伤性武器・苍伪装成人类用的红颜料吧……

聂雍手握崭新的小绿球，一脑子癫狂的念头呼啸而过。

然而他并没有胆量打开这个小绿球。

第97章　沉没（上）

当日塔黄岛的战役以东亚战区的全面获胜为终结。白璧带着最先登陆的两栖战队冲上塔黄岛高处，歼灭重装负甲的独角鲸雇佣兵军团第二、第四小队，俘获三十六架机甲和机甲师。但独角鲸雇佣兵军团生意做遍全球，盘踞在塔黄岛上的只是四支小队。第二、第四小队阵亡五十九人，被俘三十六人；第三小队伤亡情况还不明确；第一小队全队失踪，去向不明。

白璧还缴获了一百二十二架损坏的机甲，正当大家清点的时候，整座岛屿摇晃了一下，突然地动山摇。巨大的声音从最高处传来，一片片巨大的叶状石片从天而降。塔黄岛主峰在崩塌，慢慢暴露出那些鲜黄色石片覆盖下的样子。

单薄锋利的巨大石片坠落，石片下满是灰色棉絮模样的长须。有的丝须非常长，有几百米。一团糟的灰色长须中间结着许多巨大的球状“果实”，有青有红，如果不是它们过分巨大，看起来有点像半生不熟的番茄。

这些“番茄巨果”的下面都有个洞，仍然在喷射淡淡的烟气，只是比刚开始的时候淡了很多。凌乱的长须中间纠缠着许多海鸟的尸体，在这些尸骸遍布的“悬崖峭壁”上，有几个巨大的洞穴暴露了出来。

高度都在二十米以上的巨大洞穴都冒着白烟，洞内黏稠的液体隐约可见，有些黑色液体在塔黄的体内蠕动——是和深海中的黑色液体生物一模一样的生物！

它们就诞生于塔黄岛内部。

脚下震动得更加剧烈，山峰以肉眼可见的速度在崩塌，越来越多的洞穴暴露了出来。有些地方这种黑色生物就如岩浆一般喷发了出来，沿着山体缓慢往山下流淌。

第一个战队队员粘上了这种黑色液体之后惨叫一声，瞬间被粘在液体中。液体蠕动着包裹了他全身，然后那队员就像玻璃体一样碎裂了。

碎……裂……了……

不远处目睹这一切的人大叫一声，疯狂逃窜，连战友的尸体都无暇顾及。

他们战胜了独角鲸雇佣兵军团，却没有战胜这座岛。

长长短短的绿兜被震动惊扰，又疯狂地挥来舞去。不少士兵被摇摆的绿兜兜住，随即被汹涌而来的黑色液体崩裂。

岛屿在下沉，海水慢慢涌没了白沙，陆地在急速减少。白璧操纵的蝴蝶们传播着白璧的声音：“撤回冰面！全体撤回冰面！伤员先撤，救援船 07 至 09 停靠位置在……”

训练有素的士兵按登陆舰的编号紧急撤回，再快速跳上运输舰的登陆板。

他们的动作敏捷有效，不到一秒钟就有一个人跃入船舱，远远望去宛如茫茫一片展翼的大雁。

但这次战役东亚战区几乎是全力出战，参战人数多达两万六千人，即使在战斗中损失了一部分，要撤回登陆舰的士兵仍然在两万以上。士兵还没有撤出三分之一，身后的山峰又发出一声巨响，巨大的波浪猛然涌起，咯的一声脆响——冰面崩裂！

叶甫根尼所凝结的冰面被撕碎成了十几个漂浮的冰山。冰山上都有人，不少人惨叫着摔入大海，落入那些黑色液体当中，死无全尸。

远处的马克杯号运输船边的冰面还算稳固，穿着银白军服的叶甫根尼手持零之刀，紧紧皱着眉，一步一步走向洋面。新的冰面正在迅速生成，他的头发眼睫毛都凝了一层厚重的霜，脚步非常缓慢。

他那混血儿的俊美脸上一片惨白。空中纷纷扬扬洒落的细碎白沙和难以描述的气味仿佛都在侵袭身体，让人难以专注。

新凝结的冰面拯救了一部分人，却也把一部分落海的士兵冻在海中。正在载人的救援船一阵混乱，开始了新一轮救援。

正在沉没的高山掀起高达七米的巨浪。巨浪将叶甫根尼的冰面再次撕碎，而汹涌的海水淹没到半山独角鲸雇佣军兵团被迫放弃的基地时，基地里突然出现了许多奇怪的机甲兽和基因兽。

不知道从哪里来的机甲兽和基因兽咆哮着冲向大海。它们当中有很大一部分并不会游泳，扑入海中很快沉没；但也有一些具备飞翔和游泳的本能，向着正在撤退的东亚战区士兵扑了过来。

乓乓乓几声巨响，几只带翼的机甲兽当空掉落。聂雍手持未亡枪向几只小型飞翼机甲兽射击，一枪一只。几只机甲兽甲板碎裂落海，冒起浓浓黑烟。而小型机甲兽和基因兽蜂拥而出之后，几条背生巨大蝙蝠翼，宛如欧洲神话传说的恶龙一样的生物飞了出来。

那东西翼展极其惊人，在二十米以上。三条同时从山顶往下滑翔的时候，翼下阴影铺天盖地。其中一条生着带钩刺的长尾，尾巴上坚固的鳞甲清晰可见。

这是什么鬼？聂雍吓了一跳，显然和他并肩作战的基地士兵也吓了一跳。这不是自然生物，是战龙公园根据欧洲传说的描绘而复原出来的想象基因兽，使用了信天翁翅膀骨骼的结构，蝙蝠的皮肤，甚至拼凑上了一条蝎子的尾巴。

但这东西未免太大了。

因为身体过大，这三条恶龙并不能真正飞翔，它们只是展翅滑翔，但巨大的身体在冰层上空盘旋，造成巨大的威慑力。不少士兵被吓了一跳，摔入海里。

不计其数的子弹和光炮一起轰向半空的那三条恶龙，但那三条的鳞甲显然非同寻常。子弹不能穿破皮肤，而光炮居然被它体表光滑而巨大的鳞甲折射走了，并且因为光炮折射，从天空四散而下，误伤了同伴。

聂雍举枪瞄准天空的生物，试图瞄准它的眼睛，奈何这鬼东西也是个鳄鱼头，从地上的射击角度看来，它的眼睛完全被宽阔的下颚挡住了。

怎么办？聂雍的目标从下颚移向翅膀，乓的一声响，第一条恶龙的左翅开了一个拳头大小的洞，同时滑翔的高度开始降低。

有效果！聂雍大声呐喊，给自己打气，给恶龙的左右翅膀各开了一个大洞。只有他的未亡枪特制子弹有效射程能达到数百米，其他人的普通子弹都不能。

三条恶龙终于落到了冰面上——出人意料的，它们很大，却并不沉重，体重远比想象的轻，停在冰面上只让冰山微微一晃。聂雍扣扳机的手指微微一顿，不知道无意中触动了什么，未亡枪突然再度变形。

它变成了一支枪筒更粗更长的看似非常陈旧的火筒之类的武器。聂雍持枪前进，不管这是什么新功能仍旧是对准恶龙一枪射去——轰的一声一股极长的火焰喷出，将浑身短毛的巨兽整个吞没了。一瞬间，第一条变成了火龙的东西惨嚎一声，用力一摆，巨大的身体撞裂了冰层，它带着火焰整个掉进了海里。

海里蛰伏的黑色生物一涌动，将它拖了下去。

在沉下去的同时，那条看似力大无穷的恶龙全身发出一阵频率奇异的颤抖，虽然人类不能听懂它的嚎叫，却仿佛可以感受到它的惊恐和痛苦。

十几发子弹一起打在第二、第三条恶龙所在的冰面上，冰层应声碎裂，并没有变成火球的巨兽也是一瞬间就被海水吞没了。

这三条巨大的恶龙看似强大，却是不堪一击。

这里果然如尹松鼠所说的藏匿着测试实验体的工具，这几只基因兽是针对实验体的什么特性而放出来的？塔黄岛上被实验的人手无寸铁，要怎么对付头顶的巨兽？

砰的又一声巨响，爆炸声起，却是战队队员将另一只巨大的机甲兽炸毁。

这座岛能影响变异人的基因，他们一定是测试出了什么而我们不知道。

留在冰面上的人越来越少，前三艘搭载伤员的救援船已经驶离。聂雍跟着最后一组士兵跳上最后一艘运输舰，身后残破的冰层上依稀还有人。一艘小型飞艇贴着海面缓缓漂来，挂着绳桥将最后几个人拉起。

随即黑色液体涌动，冰面渐渐消融，大海正在逐渐恢复原样。

塔黄岛已经沉没了一半，塔黄的本体缓缓接触到了深海底，引发了一场规模巨大的海啸。

飞艇将留到最后的叶甫根尼和乌托蓝等人运走，而东亚战区的运输战舰能够抵抗海啸引起的巨浪，虽然颠簸，终于还是慢慢离开了灾变的中心。

聂雍爬上运输舰的远望台，遥遥可见仍然在沉没的塔黄岛。岛屿中心依稀爆发出明黄色的强光，不知道是什么东西爆发了，强光中有东西在挣扎晃动，但他看不清楚。

运输舰以他难以想象的速度平衡着海啸导致的巨浪，几乎在每一个巨浪中间跳跃，五个半小时后，远离了塔黄岛。

聂雍一直站在远望台上，手握未亡枪，久久没有下来。

远处的塔黄岛最终沉入大海，在那地方留下了一个巨大的旋涡，但岛屿沉没时那道强光和强光中肉眼可见的黑影给他留下了强烈的印象。

那一切并未终结。

这艘运输舰上都是陌生的士兵，大概都是B基地那些密密麻麻的房间里的普通士兵。没有看见沈苍。

聂雍握了握手心里的小绿球，找了一个小房间。他不知道怎么样反锁房门，索性将房间里的柜子沙发和武器都堆在了门口。

他没有看见沈苍，塔黄岛沉没引发了巨大的海啸。这种海啸无疑会造成沿海城市巨大的损害，但没有看见沈苍出手。

沈苍没有要回未亡枪。

他给了他一个小绿球。

不妙的感觉挥之不去，这东西里一定有什么不可告人……呸呸呸……不可不说的秘密。

当聂雍打开那个和影子的小红球几乎一模一样的小绿球的时候，一道人影出现在面前，他差一点脱口而出“影子”，但仔细一看，这人影并不是影子。

这人像沈苍又不太像沈苍。

出现在面前的全息影像是一个一身旧式军装、胸佩徽章、有一头柔软黑色碎发的中国军人。他非常年轻，皮肤白皙，军姿挺拔，模样和沈苍有七八分像，但总也有一些说不上太像的地方。

这难道是……沈苍的祖宗？聂雍突发奇想，看这人身上的衣服，和他所处的年代差不多，完全看不出有什么高科技的影子，非常正常，这很好。

“你好，我是S·S陆战联盟总部第三侦察部队第十九分队队长沈苍。”那个人影在说话，声音和沈苍现在的声音十分不同，这个全息投影的声音虽然也是冷冰冰的，却显然没有语言障碍，语调铿锵有力，逻辑清晰，没有颠三倒四。

“今天是2033年1月1日早晨6点，新年快乐。”他非常严肃地对着全息录影仪说。

聂雍目瞪口呆，哭笑不得，却见这个孤身一人却对着录影仪说“新年快乐”的人看了一下手表，表情没有什么变化，继续说：“一个小时零八分后，我将执行联盟总部下达给我的编号为0911的任务，这是我新年第一个任务。”微微一顿，他说：“也是最后一个。”

聂雍皱眉看着这个人影，这人真的是沈苍吗？2033年？什么叫“新年第一个任务也是最后一个”？这段投影是要给谁看的？他根本和英明神武的沈队长不熟好不好？菜鸟根本无法和伟大的沈队并肩作战，他为什么把这段投影给他？

“我接到的任务内容是绝密，保密时间为永久，根据保密条例的要求，我将永远不能向任何人提到任务的内容。”投影里的沈苍说，“但我本人对任务内容存有疑虑，鉴于任务完成之后我可能失去记忆，所以在执行任务之前，我将所知道的一切记录下来，留给完成任务后的我。”

聂雍心头微微一寒，他突然预感到了什么，不可思议地盯着眼前的投影。

“S·S陆战联盟总部第0911号任务执行地点在塔尔塔洛斯的巨蛋内部，任务代号为‘未亡者’。联盟总部从全联盟范围内部征集志愿者，我击败八千三百九十一人，获得志愿者资格。”沈苍背脊微微一挺，显然从八千多人中脱颖而出，他依然感觉骄傲，“今天是任务开始执行的第一天，但昨天我在做任务前体检的时候，发现了一些事。”

聂雍脸上渐渐失去了表情，他紧抿着嘴唇，严肃地盯着眼前的全息投影。

穿越数十年的投影，即将告诉他一个惊天的隐秘。

“失踪的陇玉知陇前辈，他就冰封在‘未亡者’的实验区里。”沈苍的表情难以言喻，“第一侦察部首席金牌猎人陇玉知前辈，他是‘未亡者’计划的……A级材料。”他微微一顿，继续说，“而我，是A+。”

第98章　沉没（下）

陇玉知……是A级材料；而沈苍，是A+级。

这意味着什么几乎不需要揣测。

“他们告诉我‘未亡者’计划是利用新科技让我们的士兵拥有更强健的身体，甚至获得超能力，我一度并不怀疑。”沈苍说，“但是在第0911号任务代码表中拥有三列表的材料，其中被评为A级的材料就有十三种，B级及以下三百六十一种，我怀疑……”他看着投影仪——也许当年他十分认真地相信看着他这段叙述的就是他自己——非常真诚，“我怀疑其中有一部分——是人类。”

“我是军人，因守护而生，因守护而死，以此为荣，并无怨言。”沈苍的声音坚定而清楚，“我期盼成为陇玉知前辈那样强大、无所畏惧、能守护一切的人，愿意为此付出一切，但并不包括取而代之。”他肃然看着想象中的自己，“衷心希望一切并不如我所想。”

全息影像闪烁了一下，熄灭了。

聂雍呆呆地握着小绿球。

这么大的新闻……沈苍居然是真有其人的……塔尔塔洛斯的巨蛋里面那些杂碎骗了他来参加实验，用了他的头……

全息影像里的沈苍，比现在的沈苍略高，肤色更白，声音和现在完全不同，显而易见——

那丧尽天良的实验最终只采用了他一个头。

不，一个头，外加三分之二的大脑。

他们从八千多人里面千挑万选选了一个他们最满意的评价为 A+ 的，最终也只留下了一个头和三分之二个脑，并不放心地在他的大脑里留下了一个“后门”——一台可以登录使用者的智脑。

而这个忠于总联盟的蠢材加智障，明明已经发现事情不对了，还心甘情愿地去参加了实验。

这是愚忠！这是封建迷信！这他妈的是重度脑残！

正当聂雍痛心疾首，为当年那个年轻、坚定、对一切充满信任的沈苍惋惜不已的时候，小绿球微微一颤，第二个影像投影了出来。

第二个影像，仍然是沈苍。

这个沈苍和现在的十分接近，皮肤变得有些发黄，他坐在一张诊疗床上，呆呆地看着前方。

“今天是 2036 年……”这个沈苍的声音含糊而沙哑，非常难听，他抬手看了一下手腕，但身上穿着蓝白相间的病人服，手腕上并没有手表。他还看了一眼别的地方，才继续说："……9 月 13 日，距离我清醒的那天有三个月零九天，我并没有失去记忆。"

咦？做过手术以后，这个沈苍声音虽然变了——这很容易理解，因为换了个身体，喉咙肯定受伤了，但也没有像现在说话这样颠三倒四啊！聂雍稀奇地看着这个明显是实验成功了的人形武器，三年才炼制成功，在修真界也算是极品仙器了吧？

"我得到了一些不属于我的记忆。"沈苍声音沙哑地说，"我的身体里有一种奇异的力量，不知道来源于何方，我觉得好像有两个弟弟。但我也非常清楚，我是独子，家里没有任何弟弟妹妹，这些错乱的记忆来自融入我身体的别人。"他露出极度厌恶与恐惧的表情，"我不认识我的新身体，它们……它们不属于我。"

能让一个意志坚定的人露出这样的表情，可见当时沈苍受到了多大的精神刺激，即使有了一些心理准备，实验的结果还是击碎了他的心理防线。他变成了一个杂拼的怪物，全身上下只有一个头是自己的！他尊敬的陇玉知的身体融入了他的新身体，而还有不知道是谁的身体也成了他新身体的一部分。

他全身都是尸体。

全息影像又一次熄灭了。

聂雍紧张地等他重现，果然没过多久，影像亮了起来。

沈苍背着身体，站在录影仪前。

这是聂雍非常熟悉的沈苍，既不是当年年轻、勇敢、充满理想的少年，也不是病床上满眼恐惧与错乱、濒临崩溃的男人，而是普普通通的沈苍。

是一手能撕裂空间直破塔尔塔洛斯的巨蛋十层而面不改色的沈苍。

大概有几十年的时间，他不曾留下影像了。

"陇三翡，白璧。"沈苍在说话——他这说话的风格聂雍也很熟悉，那不知所谓的调调又来了。他说："陇三翡，白璧，不高兴。"

老子真心听不懂，烦您老多解释两句。既然您老把这玩意儿给我，肯定是希望小弟我看懂的呀！说天书不要！差评退货！

聂雍正在吐槽，突然听沈苍又说：“发现了，我抱歉。”

啥？

沈苍慢慢转过身来。他刚才正对着光，转过来的时候背对着光，脸上的一切都隐没在阴影里。投影仪里不再发出声音，另一种熟悉的声音却响在聂雍脑海里。

脑电波信号。

第一任沈苍那年轻却如初春薄雪般清冷的声音响在聂雍的脑海里，但与声音相对的，他的语气并不青春。“大脑正在损坏，陇玉知前辈的力量，我可能……保存不了多久了。”

聂雍和他的脑电波相融度极高，听得非常清楚。

“国家和联盟都需要力量。”沈苍说，“绝对的力量等同于绝对的话语权，即使我们并不想征战这个满目疮痍的星球，拥有强大的力量至少等同于拥有高度的自由。”他说，“东亚战区之所以能与美洲战区并驾齐驱，凌驾于太平洋战区和南极战区之上，是因为中国的强大，也是因为沈苍的强大。”

“东亚需要沈苍，并不在意沈苍是不是一个剽窃力量的贼。”沈苍面无表情地看着录影仪，那样子有点瘆人，聂雍却明白他的心情。“沈苍必须强大，我流着别人的血，使用别人的手、别人的脚，用别人的肺呼吸……剽窃别人的能力，众血成矢，如何不战无不胜？”他慢慢地说，一字一字地说，“沈苍必须无坚不摧、所向披靡，这是国家期盼的、战队要求的，是我的任务。”

聂雍全身起了一层鸡皮疙瘩，背脊发寒。

“但我的大脑正在死亡。”沈苍说，“世界上没有人不想知道为什么会有‘空间光裂术’，‘灰烬’或‘室之潮汐’，但我也并不知道那种强大的力量来自哪里——那应当是陇玉知前辈的力量，不是我的。那种力量在消退，也许和我的脑死亡有关。”

“当我的力量完全消退，无法再执行任务时，我将把一切告知身边值得信任的战友，并退出国家战队。”沈苍说，“真正的沈苍，没有属于自己的力量，不过是一个盗贼。”想了想，他说到最后，仿佛也有些释然了，还补了一句：“从不是英雄。”

沈苍没有再提及白璧和陇三翡。

但聂雍已经想起陇门的大师兄陇玉知，二师兄陇三翡。白璧保存着一本画册，画册上有个大师兄、一个二师兄和一个小师弟。

陇三翡对沈苍恨之入骨，他们互殴掐架了几十年。

白璧对沈苍笑里藏刀，各种不怀好意。

那是为什么——那是因为他们都知道陇玉知作为材料被拼入了沈苍的身体。S·S陆战总联盟谋害了陇玉知，沈苍使用着金牌猎人陇玉知的力量，成就着东亚第一人的威名。

谁能不恨？不管白璧和白无究竟是画册里的小师弟的什么人，但凡和陇门有一点因缘的，都不可能不恨沈苍。

而沈苍呢？

作为一个没有失去记忆的……人形兵器，他一直只是沈苍。

他记住了自己的初衷，执行了最初也是最终的任务——成为最强，守护一切。

即使那份最强充斥着杀戮和邪恶，他也不曾真正自暴自弃。

他尽力做自己应该做的。

努力像“沈苍”一样生活。

比如说认真做一任队长，或者认真吃一顿饭，即使语言中枢受损他也认真回答每一个问题。

然后在应该离开的时候离开。

大概……还包括在应该死的时候死。

［节选自火星小说网］

【粉丝评论摘编】

@story285：当种族出现生殖隔离，就不再是同一“人类”了。白璧说得没错，几万年后会有人看见并归纳人类的进化史，即使那个时候的人并不叫“人类”。进化出新的生存方式或者就此灭绝，很可能只是一点微末的运气差异。

火星小说　2017 年 3 月 8 日

@story285：沈苍混得也是太惨了点，除了聂雍没人担心他，没人觉得他也是个人。大概因为这个时代非人生命体太多了，沈苍以其极端强大的战斗力和不被信任的“道德”一直处于被试探被企图控制的处境中。……聂雍的孤独感源于世界观的截然不同，他宽容接纳薇薇·夏洛特作为人，认同沈苍作为人，甚至不自觉承认寄生在自己的脊柱中的神经兽为搭档。“同伴”二字对于沈苍可能是不存在的，只作为己方敌方有利有害区分；但是聂雍对于同伴，是无论如何都学不会他们这些冷酷的态度和思维方式的。

火星小说　2016 年 12 月 8 日

@story285: 人类史上最强兵器，人工制造的噩梦。沈苍被消除记忆被改造被变成武器，小绿球里是他最后的遗言，也是沈苍的秘密。以前的沈苍是人类，现在的沈苍也是。白璧，东亚战区，甚至 B 基地的所有人都不把他当作人类，而是战神，然而他其实只是丧失了记忆和被消除了情感，宛如白纸一张的幼儿。行为模式和战斗方法可以输入，但是感情无法习得……薇薇·夏洛特跟他相比，说不定还属于比较幸运的一方。

火星小说　2017 年 1 月 24 日

@慕轩若寒: 他（指沈苍——编者注）之一生，大概，从未为自己活过吧？……我不知道在那段成为“不是人”的岁月里，他到底经历了怎么样的背叛与痛苦，尽管是残缺的杂拼的“怪物”，他也一直坚守自己的心，从不曾迷失。

微博　2017年7月27日

@诣徽：可能这么说会有些夸张。但真的我的三观是被藤重塑的。

她让我知道杀人放火、与人为恶这种事情不是有一个好的出发点就可以被人原谅，就可以变成一件值得歌颂的事情。有些动机，可以被理解，但是不能被原谅。

知乎　2016年2月26日

@路仁嘉：藤萍写书，说的是故事，写的是人。说起某本小说，脑海中第一个浮现的不是某个情节，而是某个人。

知乎　2016年10月26日

@mio：藤萍是爱着她笔下的人物的，如果你是一个把对人物的要求放在情节之上的人，那么藤萍这样的作者的存在实在是你的福音。感觉藤总是先构思好一个人物，精心打磨他独一无二的灵魂，感受他独有的气息与悸动，然后为他创造独属于他的情节、台词。她笔下的人物有深执如唐俪辞的，有超然如圣香的，也有淡然如李莲花的，但是他们每一个人在独属于他们的那一点上都是孤注而不返的。没有作者近乎凌厉的感情投注，角色是达不到这样的境界的。

豆瓣　2012年4月6日

［导引、简介、节选、粉丝评论摘编：王玉王］

世如鬼域，人性未亡

王玉王

因重伤而被冰冻百余年的聂雍，无疑苏醒在一个糟糕的时代。因为第三次世界大战，地球环境已被破坏殆尽。核污染与疯狂的基因实验使得这个世界遍布着闻所未闻、形状可怖的变异生物、基因合成生物与伪生命体（人工智脑控制的生物）。

聂雍身边渐渐聚集的伙伴也都不是寻常人类：美少女薇薇·夏洛特的大脑曾一度在生物实验中被植入了戟背鹭足鳄（仅凭名字就能感受到这种庞大的生物是何等的扭曲可怖）的身体；始终跟在聂雍身边的“影子”是一台活体DNA 计算机——他把 DNA 计算机注入了自己的细胞，把自己变成了性能无可匹敌的人形脑；令聂雍一见钟情的濛是有着萝莉外形的纳米机器人；就连聂雍自己，身体里也被放进了一头巨大的神经兽，从此与神经兽共生共存……

而沈苍，是一场灭绝人性的基因实验唯一的成品。他的身体是由包括人类在内的三百余种精挑细选的生物材料拼合而成的。超级黏菌将这些生物组织、器官、肉块黏合在一起，只有头颅属于那个原本叫作沈苍的联盟军人。这个头颅中，有三分之二的人类大脑和三分之一的智脑。这一切混合成了联盟国家战队队长沈苍。他是人造人，不会死的怪物，战无不胜的人间杀器。

没人觉得沈苍是个人，所以不管他遇到怎样的危险、受了怎样的伤，没有人会去救他，反正他会自己回来。所以他们利用他也恐惧他，一定要接管他的智脑，将他变成受控的傀儡；所以他们可以毫无愧疚地把他派上最危险的战场，全然忘记了他刚刚被人挖走了心脏，胸膛上洞穿的伤口鲜血淋漓。

但沈苍说：我是人。

或许沈苍不仅仅是个人，他还是个圣人，他告诫自己：“沈苍必须强大，我流着别人的血，使用别人的手、别人的脚，用别人的肺呼吸……剽窃别人的能力，众血成矢，如何不战无不胜？”“沈苍必须无坚不摧、所向披靡，这是国家期盼的、战队要求的，是我的任务。”这个沉默地背负着一切的军人会让人想起《香初上舞》中的圣香，想起《吉祥纹莲花楼》中的李莲花，想起《佛罪》中的沈旃檀，他们孤独而悲壮地伟大着，无人知晓，却坚定不移。

只有聂雍相信沈苍是个人，理由简单粗暴、近乎无理取闹：沈苍说他是人，所以他就是人。但沈苍所说的“人”与聂雍所说的“人”似乎又有所不同：沈苍说的“人”，是生而为人的责任，是尽己所能守护一切，百死不悔；聂雍说的“人”则是一种会受伤、会难过、会累会死的脆弱生命。因此聂雍以凡人之躯一次次为了沈苍出入死地，助他脱困、救他的命、带他回家。这两种关于“人”的定义之间的纠缠矛盾或许就是藤萍小说中最富魅力的地方——那些于黑暗中踽踽独行的英雄总是一边伟大坚强无可撼动，一边脆弱无助几近破碎。他们承担着远超负荷的一切却甚至不敢奢望最微末的温情。这一次，聂雍站在了沈苍身边，告诉那些对沈苍的付出心安理得、坐享其成，还将他斥为异类的人，所谓“有多大能力、尽多大责任”只能要求自己，不能苛责别人，没有人理当牺牲，没有人不配幸福。

聂雍其实不过是在践行着最为朴素的道理：人与非人的界限，不在于外形样貌、身份立场、观念信仰，甚至不在于骨血基因、生理结构，只要他认为自己是个人，只要他坚守着为人的尊严与责任，他就是个人，就该被平等地接纳。

但这个道理又不仅仅是对启蒙理想中“大写的人”的简单重复，还悖论般地包含着反人类中心主义的信念。在聂雍苏醒的时代，人类早已不是地球上唯一的智慧生物，甚至在人类内部，变异人与姆姆人（一种脑电波极强，但寿命短暂，适应于虚拟环境的人类）也在展现着截然不同的进化可能，再没有任何一个物种足以成为万物的尺度。所以无论是作为人而出生的薇薇、沈苍，还是智能机器人濛都被聂雍当作“人”来接纳。或许对聂雍而言，“人”早已不是一个物种单位，而是指向所有有资格平等地生存在地球之上的智慧生命。

《未亡日》并非藤萍第一次处理反人类中心主义的命题，在《夜行》(2012，《超好看》杂志连载)、《佛罪》(2011，晋江，出版名为《如何不相离》)中，藤萍就已然开始涉及这个话题。其中尤以《夜行》最为典型。相比于《未亡日》，《夜行》显得更为冷静，带着一点近乎残忍的理智。主人公唐研不是人，而是一种名为唐研的人形生物，其繁衍不依靠生育而依靠分裂，所有唐研都是由同一个个体分裂而来。即使面对那些被异常生物杀死、死状惨烈的人尸，他仍旧可以微笑着说："进食、繁殖、变异……本身并没有对或错……即使是猛兽，也该有看看这世界的权利。"唐研超然而冷漠地穿行世间，尊重一切生存者的生存，无论这生存者在人类看来是多么的丑陋和恐怖，无论他赖以生存的方式是吃草、食肉、食腐还是吃人。

与网络文学中频繁出现的外形可爱的各类 AI 相比，《未亡日》与《夜行》中出现的可怖怪物显然更具冲击力地呈现着反人类中心的命题——它们从不是因为长得像人，或者对人类友善才配拥有活下去的资格。相比于网文传统，《未亡日》与《夜行》的设定与思考路径更接近于经典科幻(事实上《未亡日》也是藤萍的第一篇科幻小说)。比如，刘慈欣的《魔鬼积木》(2008)便是一篇使用过相似设定的科幻小说，在故事末尾，如神一般完美的基因组合体飞赴战场时，所有的人类都沦为了无足轻重的配角。但藤萍的故事从不肯走向这种极端的去中心化立场，网络文学中对于人性的张扬始终是她文字的底色。即使超然如唐研，也终究为了救人，以必死的觉悟融合(杀死)了另一个唐研——他在人类的社会生活了太久，心中的天平便不可避免地偏向人类。藤萍从未试图在故事中掩饰自己生而为人所天然具有的种属立场和情感倾向。这种坦然昭示着：对平等向往本来就不可能超然于自身的族群认同，恰恰相反，只有当我们清晰地认识到"我们"所处身的族群及其边界，才有可能感同身受地去尊重在我们之外的更加广阔的"他们"的世界。

西出玉门

尾　鱼

尾鱼，2009 年入驻晋江文学城，初以“开封同人”作品起家，后主要写作现代言情志怪系列，作品因恐怖悬疑和市井江湖相结合的特色独树一帜。尾鱼在现实中身体力行着“背着大包走遍江湖”的梦想，而旅行的经验往往成为其创作的灵感来源。代表作《怨气撞铃》（2011）、《半妖司藤》（2014）、《七根凶简》（2015）等均已出版，成绩俱佳，在影视游戏 IP 改编方面尤受欢迎。

《西出玉门》是其“奇情悬疑”作品系列的第六部，正文加番外共 52.3 万字，连载期间（2016.12—2017.5）常驻晋江 VIP 金榜前十，较前作成绩更上一层楼。作品延续了尾鱼一贯的妖鬼元素和民俗风情，在构建新的探险世界的同时，一直试图探索出更为合适的情感关系，成功刻画出了一位强势女主，一扫近年来言情盛行的甜宠风气，更用爱情回应社会问题。

【标签】言情　幻想空间　悬疑　现代

【简介】

一场罕见的沙暴，葬送了探险罗布泊的山茶团队十八人，唯一存活的沙漠向导昌东，在铺天盖地的谩骂声中改装易面成了西安城里皮影戏台背后的“老艺术家”。直到两年后的一天，一个叫叶流西的女人带来了一张诡异的照片，上面是昌东在沙暴中消失的前女友，暗示着“黑色山茶”事件并未结束……

叶流西将昌东从死气沉沉中召唤出来一起探险白龙堆，是为了寻找自己丢失的过去——吊在白杨树上醒来的叶流西失去了部分记忆，自己也不清楚身上的兽首玛瑙和狠练匪气缘何而来。二人与古董投机商肥唐一同到达玉门关风景区，又结识了黑帮头目干女儿丁柳和打手高深，在经历了种种异象后他们终于意识到，“你在深夜沙暴里隐约看到的黄土方城，其实是玉门关的鬼魂”这句古老传说，隐藏的可能不只是汉武帝时期“绝妖鬼于玉门”的秘密，更是一个被隔绝两千余年的“玉门关内”神秘世界……

选文来自正文第44—50章，西出玉门一行五人在叶流西之血召唤出的风沙中进入了传说中的玉门关，初入关便遇上了吃人的“人架子”，一路险象环生终于到达某荒村。在那里，他们遇见了三个关内人，奇异的关内世界初步在五人眼前展开，不想又遭遇“人架子”袭击。五个人的鲜明性格在旅途中淋漓展现，而原本各自为营的几人通过这场惊心动魄的战斗也终于结成一体。经历了这场变故、了解了真相的昌东终于走出“黑色山茶”的阴影，不再止步不前，这也成了他与叶流西感情进一步深入的转折点。

【节选】

第44章

车里死一样静，连呼吸都屏住了。

那个东西还在爬，从侧窗爬上了车前的挡风玻璃，手足拖过的地方，留下黏液似的拖痕。

这个角度看，是个人形，却分外瘦，像是骷髅上裹了层皮。

叶流西的声音低得像耳语：“我们都不动，它会自己离开吗？”

昌东低声回答：“试试看吧。”

肥唐听到自己牙齿磕碰的打战声，怕遭人嫌，赶紧死咬牙关。身边的丁柳窸窸窣窣，在挎包里掏着什么。高深低声问了句：“找什么？”

“干爹给的，枪。”

原来有枪啊，肥唐安心些了。

昌东回头，吩咐了句“别开，你不知道外头这东西有多少，万一伤了车，又引来更多的，就麻烦了”。

还会有更多？肥唐手心都出汗了。

就在这个时候，那个东西忽然抬起头；再然后，头如摆锤，向着挡风玻璃狠狠砸过来。

昌东吼：“开车！”

车灯刹那全亮，叶流西油门踩到底，车身直飙出去。那东西嗷呜一声，先撞上挡风玻璃，又从车前盖上滚翻下去。肥唐一声痛快的“去他妈的”还没出喉，就见一只枯手从车前抓出，那东西又翻上来了，整个身子似乎粘在车前盖上，左甩右甩，就是甩不出去，而且还不断往上爬，爬到近前时，蓦地抬头。

正面相对，獠牙森森，尖利的牙齿间浸血色，还在不断往下滴涎水。

叶流西大骂：“操。”

烦躁之下顾此失彼，对付不了这玩意又没法专心看路。前方突然又有黑影，她急打方向盘，昌东侧身扶住方向盘，说："我来开。"

叶流西松开手，两人在疾驰摇摆的车上快速换座，昌东这头刚坐定，她已经抽出刀，一把揿下车窗，手抓住防撞杆，半个身子探出去。

那东西似乎察觉了，猛然转头，速度极快，向着侧面急速扑爬。

昌东猛打方向盘，吼："抓住她！"

高深、丁柳和肥唐居然同时听懂了，说时迟那时快，三人几乎是一起往前扑：高深抱住了叶流西的腿；肥唐来不及反应，抱住了高深的腰；丁柳扑了个空，又跌回到后座。

车身猛甩，那东西抓攀不稳，叶流西正被晃得晕眩，忽然看见一只枯手就在眼前，想也不想，一刀劈斩，瞬间又被拽回车里。

丁柳急回头看，那东西砸滚在地上，车速不减，很快落在背后看不见了。

……

车子急速向前，车里一片寂静，眼前人叠人，人抱人，好生滑稽。丁柳一个忍不住，扑哧一声笑出来。

笑声里，几个人各归各位。车窗外，靠近后视镜的地方，兀自粘着一只断手，随着车身的晃动颤颤巍巍。

叶流西拿刀背将断手砸落，然后揿上车窗。

车外归于宁静，车光照处，是看不到尽头的戈壁滩。

昌东再开了一段之后，停车。

几个人或歪或靠，都不想说话。过了会儿，丁柳问："吃糖吗？"

她拆了袋彩虹糖，每个人分了两颗。叶流西正嫌嘴里没味道，糖送进来抿住，甜酸气直冲脑门。

昌东说她："太鲁莽了。"

叶流西翻他白眼："本能反应……还说呢，差点把我腰给甩断了。"

丁柳问："那是什么东西啊？"

又不安地回望："不会跟上来吧？"

肥唐脑袋倚着车窗，目光呆滞，喃喃说："不知道。"

高深突然想到什么："咱们还在白龙堆吗？"

显然不在了，否则以刚刚的直闯狂飙，形同自杀，早撞上无处不在的雅丹土台了。

昌东说："可能已经进关了。"

刚进来就吃了一记下马威，也不知道那东西什么来历，肥唐反应过来："那……东哥，那个门呢？"

昌东留心了一下车外的动静，确信没什么异样，打开车门下车。

不知道门在哪儿，四面都是粗沙砾石的荒漠，很远的地方有起伏的戈壁山，山顶尖上蹭着一牙月，边上有稀淡的云拥靠。惊险之后，心里居然生出无限温柔意味来。

昌东说："暂时找不到门，走一步看一步吧。先原地休息，我检一下车。待会儿先找路，有水就有绿洲，有绿洲就会有人。"

如果关内真的有活人的话，只能住在绿洲附近。

没人有异议，这里四面平坦，有异动的话会看得很清楚。高深爬上车顶，主动放哨。

昌东检查车子，车子最怕这样飙闯，加上那东西从车底爬到车身，不检一遍不放心。

丁柳倚着车屁股抽烟，有风吹来，乳白的烟气袅袅飘到高处。高深看见了，悄悄拿手去拢，攥紧了送到面前，除了味道，什么都没有。

叶流西拿手电照自己的刀，西瓜刀终究是切西瓜的，砍不了别的硬物，那一刀过后，刀刃都卷了边。

她往外走了几步，想找块石头来磨，可惜满地都是土疙瘩，不由心生憋闷，一脚踢飞两块。

身后传来脚步声，是肥唐嗫嚅的声音："西姐。"

叶流西从地上捡起块骰子大小的石块，生硬地去磨卷了边的刃。“知道你想回去，但现在我也找不到门。你放心好了，真有危险，我会尽量顾着你的。”

她不做担保，只说尽量——世事难料，给别人给自己，都得留点余地。

肥唐说：“不是，西姐，其实我也不傻。刚才那种情况，再多来几只，你们顾自己都来不及，哪还有精力顾我啊。换了我，也先顾我自己啊，我懂的。”

叶流西有点意外，她一屈指，把那块不顶事的小石块弹出老远。“那找我干吗？”

肥唐耷拉着脑袋，蔫蔫地说道：“不想死，又不知道该怎么办，想变强，也来不及了。”

叶流西说：“怎么会，就三步。”

昌东检好车子，过来招呼两人上车，恰好听到这番对答，不由停下，想听听怎么个三步法。

叶流西像个洗脑的，说：“首先，心理上要觉得自己很强。管你是不是弱鸡，你都要认为自己很强，不管别人怎么看。”

昌东觉得，叶流西从心理上，一定觉得自己很有钱。

“其次，装。哪怕你不强，你也要装出气势来。虽然你不能打，真得逼上梁山，抱着头等人打吗？你也要吼、撕、掐、抓、踹，两军对阵为什么要比擂鼓，声势可以吓走人，懂吗？再说了，真打不过，抓他一脸血道道也好。”

“第三，真强。就三步。”她拍拍肥唐的肩膀，“你至少能速成两步，强不到一百，也能强六十呢。”

她提着刀往回走，一抬头看见昌东。“干吗？”

昌东说：“没什么……我挺服气的。”

再次开车出发，昌东目的很明确，尽量往红柳、骆驼刺多的地方走。

（略）

再往前些，昌东几乎可以确定，那是个村子。

能看到屋子的轮廓，都是矮小的平顶，这是戈壁地区屋子的特点：无须排雨，还可以在屋顶晾晒东西。

车子渐近，这村子不大，地势高低不平。平地、坡上都建有麦秸拌泥黄土夯墙的破屋，统共只十来间，有的门户大开，有些已然半塌。车光扫过黑洞洞的村道、墙根丛生的兔儿条，还有村口一棵六七米高的沙枣树。

昌东把车子停到村口处，为了听察动静，暂时熄火。

车子没了声响，周围反而安静得近乎可怕。这个村子，像是被人遗弃，鸡狗都没剩下一只。

丁柳低声喃喃了句“荒村啊”。

高深想开车门，昌东说：“先别，不正常。”

高深愣了一下：“怎么说？”

昌东指那棵沙枣树，还有其他的灌木。“能长这些，说明这周围自成生态，已经是个绿洲了。戈壁沙漠里，绿洲太珍贵了，你想找活的东西，人也好，动物也好，只能在这儿。”

但是，这里安静得……太异样了。

丁柳忽然想到什么。“那刚刚那个怪东西，算活的吗？它会不会……也奔这儿来？”

肥唐看一座座黑漆漆的屋子，头皮发跳。“又说不定……已经藏在屋里了呢？”

昌东说：“那东西，好像没这个智商。有这种智商的话，就不会往行驶的车上扑了。”

他观察了一下村子，指了指半坡上一间看起来大而齐整的屋子。“我们得先找地方歇脚，定下来再说。”

他把车子开上半坡，在门口不远处停下。下了车之后，先不急着进，让高深捡了几根木棍来，自己拿剪刀剪了件棉 T 恤的后幅，扯成布条，浸了汽油之后绑到棍头上，拿打火机小心地点燃。

火焰腾起，一时间空气烫热呛人。丁柳奇怪道：“不是有手电吗？”

昌东说：“有些东西，怕火，但不怕手电。”

丁柳心头咯噔一下，赶紧接了过来。

昌东和叶流西先进，肥唐和丁柳在中间，高深殿后。

院子里七零八落，水缸倒翻，柴火乱堆，凳子、积灰的锅碗扔得到处都是，丁柳松了口气，正想说什么，忽然看到靠墙堆的柴火后头好像有什么动了一下，吓得大叫：“那儿有东西！”

话音未落，那堆柴火忽然四下散跌开，尽数朝几人身上砸落。混乱中，只看到有条人影蹿出。几乎是与此同时，水缸口的破盖被踹倒，一团黑影直扑昌东。屋顶也有异动，盖草掀起，捆扎的秸秆往下乱扔，烟尘四起，一时间乱作一团。

叶流西想都不想，几步跨上缸沿，借势扒住屋顶上攀。眼见那人影就要跳下去，一个扫堂腿将那人扫翻，就势拿膝盖顶住，伸手摁住头时，下意识叫了句“这是人”。

昌东这里也把人放倒了，火把举过来一看，居然是个十三四岁的男孩，穿着老土的运动衣，一脸锅灶灰，惊恐万状。

然后……

院子里只余肥唐的怒吼声。

所有的火把一起照过去。

肥唐正与人扭打成一团，真是状若拼命，又踢又掐又踹。那个和他打成一团的人，辫发散乱，居然是个二十出头的姑娘，脖子上被抓了几道血道子，看那个架势，已经快哭了。

第 45 章

火光下，肥唐看清和自己厮打的居然是个女孩家，愣了一下。

那姑娘趁势一巴掌扇了过来，肥唐大怒，一声吼——

昌东过来，几乎是把他揪开的。那姑娘乘胜追击，又爬起来踹了他一脚，直到丁柳将火把往中间一插，冷着眉眼问：“还有完没完啊？”

那姑娘不说话了，嘴角肿起，衣领也被肥唐扯歪了。饶是如此，还是能看出她长得白净秀气，穿毛衣、牛仔裤，裤边已经散了线，毛毛絮絮，不知道的还以为是时尚款。

昌东抬头看，屋顶上，叶流西也揪着那人站起来了。那一个，是头发花白的老头。

这真是……老弱妇孺。

昌东皱着眉头看那姑娘：“你们这……什么意思啊？”

那姑娘眼皮都没抬，说话很冲：“没什么意思，都说开铁皮车的不是好人，我们怕还不行啊？”

又斜眼瞥燃得正旺的火把。“把那玩意儿灭了行吗？把人架子招来，大家都别活了。”

昌东心里一动。

能说出“铁皮车”“人架子”这样的话，看来是关内人。他没心理准备这么快两相遭遇，看长相没什么差别，穿着虽过时，倒也不隔代跨代，一时把不准问话的尺度，又不想暴露自己是从关外来的……

他看了一眼叶流西，沟通这事，估计要交给她了。

火头都踩灭了，余烬的细烟飘不出墙，到半空就被风吹散了。

那姑娘一声不吭，自顾自拿手梳头发，重新编辫子，打圈盘起，拿卡子别在头上，乍一看，像菩萨编的盘塔辫子。

身边一左一右，坐老头和小男孩，表情都是木的，一脸的任人宰割。

叶流西过来，一脚踢正一个倒翻的板凳，拍掉灰坐上去，刀往身侧一插。“你们三个，推举个代表出来，放心，就聊几句，然后各走各路，谁也不为难谁。”

没人吭声，过了会儿，那个姑娘抬眼看她：“真的？”

叶流西说：“你们老的老小的小，都不够我一个人打的，想为难你们，早动手了。现在和和气气跟你们说话，这叫诚意，懂吗？我一般都先拿诚意换诚意，换不来，才动刀。”

（略）

阿禾牵着薯条进来，后头跟着老签。

她一抬头，先看到肥唐，狠狠瞪他一眼。目光要是能撕人，估计肥唐已经在碎纸机里过了一遍了。

然后走到昌东面前，问：“你真的是好人哦？”

昌东觉得她可爱里冒点傻气，点头说：“真是。”

阿禾犹豫了一下，顿了顿叹了口气，松开薯条的手，走到灶台边跪伏下身子，把灶口处挡着的破烂家什移开。

薯条着急，叫了声“禾姐”。

阿禾一旦有了主意，还挺执拗的。她身子探下去，声音飘出来：“算了，人家连铁皮车都有了，还贪我们这点东西吗？”

灶台口有条地道往下，居然连通着一个地窖，规模有一间教室那么大，估计在高处隐蔽的地方开了通风口，所以下头可以燃煤油灯。

地窖里收拾得挺有条理，靠墙边都是地铺，细数，住的应该不止阿禾这三个人。简陋的橱柜里放缺齿的碗碟，边上有袋装的米面，地上散堆着萝卜辣椒，墙上钉挂着风干的牛羊肉。

昌东注意到，橱柜上搁了本书，纸页泛黄，封面是光映照下的老树虬枝。过去一看，居然是金庸的《书剑恩仇录》上册。

阿禾说：“我爹的书，我也爱看，就是找不到下册。市集上书少。现在世道不好……”

她掰着手指头说："最俏的是吃的、喝的，还有刀啊这种厉害家伙，你们懂的。"

说着从橱柜底下抽出一摞蒲草编的垫子，依次分给大家。"没凳子，将就着坐吧……你们打哪儿来啊，胆儿真大，敢走夜路。"

肥唐伸手去接，接了个空，阿禾谁都给了，明目张胆地不给他。

不给拉倒，肥唐鼻子里嗤一声：老子蹲着。

昌东示意了一下那本书："你知道作者是谁吗？"

"知道啊，封面上写着呢。"

"见过他吗？"

阿禾奇怪地看了他一眼："那怎么可能，关外人呢。"

昌东的心跳得有点厉害：她也说关内关外。

（略）

叶流西问她："人架子，是不是皮包骨头，跟个骷髅架似的，能跑能跳，牙齿尖利？"

阿禾连连点头："是，我没见过，听我爹讲的，说是动作很快，身上黏糊糊的，皮肤惨白，因为老不见光，吸人血可狠了，那种凶的，把人撕吃了都可能……我爹说，跟人架子遭遇上，要么被弄死，要么必须弄死它——它要是活着，绝对不放过你的。"

丁柳听得入了神。"要是我们早跑远了，它们还怎么'不放过'啊？"

阿禾答不上来，转身去看老签："算命的，怎么说来着？"

老签不紧不慢的："我是听说，这玩意儿鼻子灵，嗅到你的味儿就能跟。还有啊，别让它那黏液碰到，据说那东西有味道，几天几夜都不散，人鼻子闻不见，但是人架子能闻见。它要是在你这吃了亏，会纠结同伴，一起来报复……"

叶流西心里咯噔一下，转头看昌东："我们车上……那东西洗了吗？"

她记得，人架子爬车的时候，一路都留下了黏液拖痕。

昌东摇头："不知道是什么成分，没敢碰。"

阿禾听出点端倪，顿时紧张起来，说话都有点结巴："你们……车……车上，你们遇到了？"

高深问道："现在出去洗，来得及吗？或者找点东西盖盖味。"

丁柳赶紧翻包："我有香水，可以喷。"

阿禾头皮发麻，耳朵边乱嗡嗡的，语无伦次："别，万一出……出去，正遇上呢，反正现在在地下，等……等天亮吧，算命的，天亮前，人架子一定会回尸堆雅丹的，是不是？"

老签还没来得及回答，昌东忽然问了句"什么叫尸堆雅丹"。

他语气有点怪，和平时不同，叶流西蓦地想到什么，心里一沉。

阿禾说："人架子，起先都是人啊，就像蜘蛛吃食似的，先被缚在网上——人架子起先，都是被嵌在尸堆雅丹上的，慢慢地血被吸干，人也被裹进去，跟埋了没差别，但十个当中有一个，会重新……钻出来。"

第 46 章

昌东脑子有点乱。

看阿禾时，居然看不真切她的脸，只能看到一张嘴，开开合合，好像没停的时候。

"哪还能认得人，就认得血和肉了，也不知道疼……我爹说，它们刨屋，手指头都磨秃了，也不会停。"

"不知道能不能杀绝了……人家可以生吧……"

"为什么不能生？人架子有男女啊，也会发情……"

昌东说："地下太闷了，我出去透口气。"

阿禾好像劝了，高深也说话了，都在说外头不安全，自己答了什么，昌东不记得了，就记得推开灶口的隔挡，呼吸到外头的空气，那空气凉到发冷。

他在院子里站着，高处树影婆娑。进戈壁以来，植物都低矮，空气中没有水，只能巴巴往地上凑。所以看到高大的树木，总觉得亲切。回民街上就有好多树，戏场的后院也有，绿荫如伞，遮攀住屋檐，树隙里漏下熙来攘往的人声，那时候总嫌吵……

身后有脚步声，他知道来的是叶流西。

昌东指了指树影："早上早点起的话，不知道有没有鸟，应该会有……"

叶流西说："如果正面遭遇，你下不了手的话，要我帮忙吗？"

昌东沉默了一会儿，说："不用，我自己会解决。"

"那如果，我在你之前遇到了她，你是希望我带她来给你呢，还是我自己处理了，事后抽个机会告诉你一声就好？"

昌东回头看她。

叶流西笑笑："别误会，我只是觉得，如果是我的话，情愿男朋友最后记得的是我漂亮时的样子，我可不想他以后对我的回忆里，总跳出一张人架子的脸。"

昌东说："还没想好。"

"那你自己考虑，想把事情托付给我，就说一声……我去给你的车子盖盖味。"

她晃晃手里的香水瓶，径直往外走，门外黑洞洞的。昌东怕她出事，紧走了几步跟过去。

伴随着嗞嗞的喷压声，空气里已经弥散开甜香，像蜜桃味，是丁柳这个年纪的女孩子喜欢的味道。

叶流西问他："香吗？"

她喷得毫不吝啬，喷漆似的大开大合，每次都摁到底。

昌东从前陪孔央买过香水，那些妆容精致的推销员，手法熟练，举着香水瓶，只往半空喷一点点，然后拿一张小巧的试香卡，在空气里兜住若有若无的味道，递过来说："闻闻看，香吗？"

昌东觉得，自己的嗅觉大概是被大漠风沙磨得粗粝了，每次也闻不出什么，尤其孔央偏爱味道很淡的香水，说是喜欢似有还无的感觉。

似有还无，这太强求他的鼻子了，但孔央很耐心，提醒说：“我抹在颈后啊，这里有脉搏跳动，叫挥发点……”

昌东有时，特意蹭磨吻她颈后，情动时，真的觉得鼻端有暗香浮动。

那么务求精致的女孩子，在他面前美得一丝不苟，他看不到的时候，就美给自己看：颜色的搭配，上下衣裳的搭配，甚至香水味的搭配……

忽然之间，变成了深夜里狰狞惨白的人架子，身上渗着黏液，齿缝里残留血肉……

昌东说：“流西，如果孔央真的出事，而你在我之前遇到……我想托付给你。”

香水瓶快空了，叶流西正喷出最后一下，雾化的液滴在夜色里泛了很短时间的白，然后往下落得不见。

她一口答应，说：“好啊。”

（略）

肥唐琢磨着，叶流西身边，怎么也轮不到自己躺，于是默默和老签拼铺去了。

他睡不惯地席，躺下了怎么都不舒服，翻了个身，不自在，又翻了个身，正对上老签的一张老脸。

老签还没睡，四目相对，想起阿禾说的，要对人客气点，于是说了句：“小兄弟很生猛啊。”

铺位挨得都不远，声音稍大，谁都能听见，不远处，阿禾鼻子里哼了一声，叶流西忍不住想笑。

肥唐打着哈哈，觉得来而不往非礼也，顿了顿寒暄说：“签先生是算命的啊？”

老签说：“我不姓签，还有，别听小丫头乱叫。汉武帝那会儿，我们这样的人，都被尊称为‘方术之士’呢，什么算命的。”

汉武帝？

叶流西心里一动，适时咳嗽了两声，希望肥唐能机灵点，努力套点话出来。

谁知阿禾先说话，语气凉凉的：“没点驱妖镇魔的本事，能叫方士？别说出来让人家笑了，你要真是方士，我们也不怕什么眼冢、人架子了。”

老签慢吞吞地反驳：“你这话不对，方士要能根治这些怪东西，犯得着被流放吗？还不就是因为花了汉武帝那么多钱，到头来还办不成事，所以倒了霉了。”

阿禾呸了一声：“你们倒了霉还不够，还害我们倒霉。”

老签说：“是豆腐就别笑豆腐干了，你祖上不犯罪，你也不会待在这儿啊，说不定这会儿，正坐着飞机上天呢。”

阿禾不说话了，肥唐越听越糊涂，打断说：“慢……慢着……汉武帝罢黜方士这事，不是因为求仙没成功吗？”

他记得清楚，野史里，不止，正史里也有提及，汉武帝跟秦始皇一个毛病，就喜欢求仙问道追求长生不老，举国之力，广蓄方士，炼什么灵丹妙药。

一直到晚年，在诸多失败的打击之下，终于醒悟，还感叹说：“昔时愚惑，为方士所欺，天下哪有仙人，尽妖妄耳！”

一怒之下，罢黜了所有方士。

肥唐当时还觉得，汉武帝脾气真不错，被骗了那么多年、那么多钱，也只是罢黜了事，换了秦始皇，恐怕会把方士跟儒一起坑了。

老签说：“什么求仙问道，你怎么连点常识都不知道？秦始皇求了那么久都没求到，徐福开着大船去日本了，也没带回神仙来——前车之鉴，汉武帝会不得点教训？他又不傻，怎么可能再去求？”

肥唐磕磕巴巴：“那……那他干什么了？”

老签说：“他平生最自得的几件大事：攘夷拓土、北驱匈奴、张国臂掖、绝妖鬼于玉门……没听说过吗？”

昌东忽然说了句：“听是听过，但是缘由不太清楚。”

老签有些得意，阿禾最烦听他摆忽事，三句话没说就嚷嚷他是“算命的”“少说话多做事”，真是难得有听众——

“陈阿娇楚服的巫蛊之事是个由头，汉武帝最痛恨这些鬼怪离奇的事。北驱匈奴，一大功德，汉武帝得意之余，觉得应该更进一步，多做点前人做不到的大事，于是生出一个念头来，觉得那些魑魅魍魉害人，妖魔鬼怪害民，巫蛊邪术乱治，都应该给绝了。

“但那个时候，做这种事，不能大张旗鼓。一来百姓愚昧，各地敬鬼敬怪之风不绝，怕触怒鬼怪，连地方官都敢违逆；二来皇帝也怕惹恼这玩意儿，引祸上身。

“所以假借求仙问道为名，广集能人方士，为避耳目，还装模作样派船出海，也找什么蓬莱仙人，又祭神请仙，其实都是障眼法。

“这么国家级规模的大手笔，的确很有成效，但是问题也来了，大概是力有未逮，根治不了。有些是抓住了，杀不死；有些是杀死了，化归原身，但假以时日，还能卷土重来。

“汉武帝大怒，他花了那么多力气，想立百世功业，是要永绝妖鬼的，可不是只求二三十年太平，所以他向方士下令说，要么给他个解决方案，要么统统杀了算了。

“这些方士，能驱妖镇魔，当然不是泛泛之辈，其中有四处周游的能人，上书汉武帝说，如同北驱匈奴一样，未必要杀光，能把它们赶在某个地方，让它们永远回不来，也是可以的。汉武帝就问他，有这样的地方吗？

“他回答说，有啊，我四处周游，发现过几处奇怪的入口，明明是绝路，谁知道另有天日，只要把入口封死，简直如同阴阳相隔，再也无关无涉了。”

叶流西问道：“所以就选了玉门关外？”

她嫌躺着不得劲，趴在铺上，以手支颐，盖毯都退到了半腰。昌东觉得，再听得兴奋些，她大概就要蹿出去了。

老签说："是啊，汉武帝看妖鬼，大概跟看匈奴也没两样。真是选的好地方，风大沙大，想讨口吃的，都不容易。不过也幸亏是这地方，条件恶劣，有些妖比人还挨不住，先死的一批，就是离不开水的，紧跟着就是树妖藤妖……"

他似乎觉得跑偏了，又把话题扯回来："总之吧，皇帝一道令下，就有了一次全国规模的'西出玉门'……"

昌东说了句："把妖鬼送进来也就算了，为什么人也留下了呢？"

老签冷笑了两声："你这脑子，看来是当不了皇帝了。皇帝杀个人，为绝后患还要斩草除根呢，把妖鬼送进来，任它自生自灭吗？万一反而壮大了呢？"

肥唐倒吸一口凉气："那些方士也得进来？"

"是啊，万一有差错，得靠他们补救啊，管他乐不乐意，强制送进来，还有那些巫蛊世家，所以得有羽林卫一路看押，这些人要有人伺候，那些各地流放的犯人首当其冲，包括上门女婿……"

丁柳原本一直听着，这时候实在忍不住："上门女婿又怎么了？"

肥唐回了句："汉朝的时候，上门女婿是下等人，商人也是，这样的人，也可能被谪边的。"

丁柳哦了一声，目光有意无意地，瞥过身边的高深。

叶流西叹气："这些方士，也是倒了霉了，出了力，最后落个跟流放差不多的下场。"

老签说："谁说不是呢，汉武帝估计也挺歉疚的，赏赐了无数财帛，但再多的金银珠宝，跟陪葬品也没差别。皇帝看这儿，就跟看个坟墓没两样吧。更糟的是，关内这穷山恶水的，连人都没有，你拿着金银珠宝有什么用呢？价值连城，也不如一米一饭。"

他声音渐息，似乎有了点睡意："反正啊，就进来了呗……也别抱怨了，眼冢兴风作浪的地方，是闹人架子，但是没别的怪东西啊，现在是什么世道？你去别处看看，简直是打翻了博古妖架，多少市集都荒了……"

静默中，阿禾小声说了句："关外没妖鬼呢，我在市集上看过小电影，关外人到了晚上都敢出门，点好多电灯，把城市照得像白天一样。”

老签说：“出关一步血流干，三岁娃娃都会唱的歌呢。别惦记关外了，从来没人出得去过。”

第 47 章

（略）

叶流西欠起身子去推昌东，昌东醒得很快，但意识没跟上，半个人浸在疲惫昏沉里，问她：“干吗？”

声音浑厚低沉，带不清醒的一线沙哑。叶流西忽然听愣了，下意识说了句“你再说一遍”。

她不管，反正好听的，自己喜欢的，就要再来一遍。

昌东清醒了，他揉着眼睛，有些疲惫地坐起来。“怎么了？”

叶流西叹气。

感觉不一样了，最妙是不经意，不提防，忽然击中，又求不来。

她伸出手。“车钥匙，车里不是有吃的吗？拿些出来，阿禾煮饭去了，咱们不能尽吃她们的。”

昌东嗯了一声，掀开盖毯起身。“我去吧。”

通铺有个好处，醒了一两个，稍有动静，都不用嚷嚷，其他的也就全醒了。

而醒过来之后，没人愿意待在地底下，昌东只叠了个盖毯的工夫，抬头一看，周围的人都走得差不多了。

除了他，居然没人理铺，都是掀了被窝就走，而边上，叶流西的毯子，裹垒得像个花卷。

昌东多看了两眼，她眼一翻：“怎么着？”

没怎么。

他说："上去吧，下头闷。"

刚起身走了两步，忽然察觉到什么，回头看时，叶流西正伸手把他的毯子拽歪一角：她老早就看他叠那么方正不顺眼了，就等着他走。

一抬头，才知道被抓了个正着。叶流西腆着脸皮，说："这样有凌乱美。"

昌东不追求凌乱美，他想过去理，叶流西动作好快，手一张，拿身体挡住。

从她肩侧看过去，自己的盖毯，本来叠得像个豆腐块，现在像豆腐块成了精，正跳楼寻死。

昌东心里猫抓一样，强迫症上来没办法，毯子没叠正，感觉像穿了条屁股上有洞的裤子。

叶流西只装不知道，连推带搡。"别磨蹭了，大家都上去了，还要做饭呢……"

昌东跟她商量："流西，最多这样，我帮你一起叠了……"

叶流西摇头，又憋不住，自己在那乐，笑到去擦眼睛。昌东看了她一会儿，觉得她像个漂亮的二傻子。

他说："还笑，东西笑掉了知道吗？"

叶流西低头去看。"什么？"

昌东踩住入口的脚蹬往上爬。"肉。"

叶流西低头看看自己身材，仰头说："怪不得我觉得自己瘦了。"

（略）

没过多久，沙尘暴的前哨就到了，天色陡暗，风吹得人立不住脚。昌东抬头去看，半天上沙云滚滚，估计要不了几分钟，遮天蔽日，天就会瞬间全黑了。

无意间转头，忽然发现忙活的只是自己这头的人，阿禾、薯条、老签都不见了。

电光石火之间，昌东忽然冒出一个念头，大吼："回地窖！马上回去！"

话音未落，半空里一声怪叫，一条枯瘦的人影几乎是从墙外弹扑进来，直直扑向丁柳。高深眼疾手快，把手里的工兵铲砸砍过去。“小柳儿，小心！”

那人架子被砍个正着，一声嘶吼，在地上打了个滚，迅速又翻起来，后背上插着铲尖，缓缓回头，高深抄起手边一截木头，吼：“来呀！”

昌东还没来得及说话，忽然听到肥唐带着哭腔的声音：“进不去，东哥，地窖被封了！”

来不及看地窖了，房顶上已经翻上了四五条人架子，四肢并用，速度飞快，不分先后，一齐向着内院扑进来。

昌东吼了句：“别管地窖，顾自己，手边有什么用什么，不拼就没命了！”

话刚说完，有个人架子已经冲到眼前，昌东想也不想，手中钉枪举起，向着人架子头上猛砸，与此同时飞起一脚，将它踹开两米多远，那人架子就地一翻，像是察觉不到痛，再次扑来。

院子里乱作一团，人架子的怪叫、枪响、丁柳的尖叫、肥唐的吼声、电钻声混在一起，震得人耳膜嗡嗡响。

昌东刚躲开人架子那一扑，忽然听到叶流西的声音：“昌东，你能比他们快吗？”

昌东一下子反应过来，扔下手中钉枪，一个飞扑上墙。

他曾经和叶流西说过，功夫只是二流，自己更擅长跑酷，而跑酷的核心，是极限的灵活和快。

要跟兽打架，要比兽更狠，要赢过人架子，得更快。

攀上墙头之后，昌东一刻不停，一个猱滚上了屋顶，院里的局势一目了然。

他大吼：“流西、高深，你们俩定中场，当靶子，互相掩护。”

高深正狠狠摁住一个人架子的脑袋往墙上撞，闻声就往院中跑。叶流西从另一个方向飞奔过来，迅速和他背对背站定。

身后有飞扑声，昌东单手扒住屋檐边，身子飞荡到另一侧矮墙上。“丁柳，能打冷枪吗？”

都没看到丁柳在哪儿，但能听到她大叫的声音：“能。”

“躲到暗处，放冷枪，别伤着自己人。”

说完了，就势落地：“流西，枪扔给我。”

他急速飞奔过院中，接过叶流西甩过来的枪，迅速回头，一枪击中身后飞扑而至的人架子的眉心，顺势又上了破屋的矮墙。“肥唐？”

“啊？”

很好，人都还在，昌东放下心来，觉得布局得差不多了。“有被撂倒的，你负责别再让它们站起来。”

第48章

短暂的静默里，风声大作，叶流西低声对高深说道：“我会保证你背后没风险，你也得保证我的。”

高深嗯了一声：“我不行的时候，会提前告诉你。”

这人话不多，有时候几乎没存在感，但不知道为什么，叶流西就是觉得他可信。

她提着刀，向距离自己最近的一个人架子嘬了记口哨。

混战旋即开始，像是从未停过。叶流西刀只向前，从不担心背后，砍翻一个，迅速转向另一个，不只防御，甚至几度尝试进攻。有好几回，旁侧有人架子突袭，中途被掠阵的子弹击翻。

叶流西直觉，丁柳的放枪偶尔走空，或者击中躯干四肢。但昌东开枪，从来都是直中头颅。

她自己做事，会过于浮躁，就像开车时被人架子袭击，她差点把车开翻。昌东身上有她欠缺的一个“稳”字，她喜欢到不行，反正她看中的，不占有也得收罗，最不济，也必须扯上关系。

（略）

白炽光打出一片带沙的空地，叶流西无意间抬头，忽然看到房顶上，昌东的背后，有人架子匍匐着，悄然靠近。

她心头一震，还没来得及示警，那条人架子悍然扑住昌东，带着他一齐滚下房顶。叶流西想冲过去，昌东抬眼看到，吼了句：“管自己的，别乱！”

说话间起肘砸向人架子下颌，翻身跃起，一枪抵住它眉心。

触目所及，蓦地一怔，那人架子抬手打飞他的枪，就势抓他咽喉，才到中途，腰侧忽然吃了一记冷枪，身子架不住这冲力，滚翻在地。

昌东站在原地，耳膜处震响，这一刹那，觉得世界急速撤远，地不在，天不在，只余一扇光，笼罩殊途的彼此。

这人架子，是个女的。

长发如草，早已秃得稀稀拉拉，露出大块惨白的头皮。

她穿着已经撕得破破烂烂的裙子，布条缕缕，甚至难以蔽体，强光映照，能看到污脏之下那裙子的原色，也许该是绯红。

皮相不再，骨相陌生，细瘦骇人的脖颈上，戴一条细链，晃晃荡荡。

山茶出事的那个晚上，孔央喊他进帐篷看衣服是否合适，不安地抚着脖子上的项链，低声问他：“这样搭好吗？如果拍照，链子太细，是不是不太显？”

他还没来得及答话，就听到外头风瓶乱撞。

（略）

眼前人影一晃，朽烂裙摆带出一道虚晃的线，孔央四肢并用，疾奔了几步跳扑而起，直撞到昌东身前，双手掐上他脖颈……

丁柳失声叫出来。

叶流西盯着看，攥紧手中操刀，就在这个时候，昌东伸出手，一左一右控住孔央的头，朝边侧用力一转。

颈骨折断的咔嚓声分外刺耳，大风掀翻了工作灯，直直的一条灯柱打入半空。昌东站着不动，孔央起先还倚在他身上，然后缓缓滑脱下去。

叶流西仰起头，也不知道看哪里才合适。一时间风沙满眼，只觉得天大地大，事事艰难。

肥唐凑过来。“西姐，这人架子是女的哎，还穿裙子。”

叶流西说：“是啊，那是……”

她住口了不说。

何必让人知道眼前面目丑陋的人架子就是孔央。

孔央是个温柔美丽的姑娘，死在一场意外的沙暴里，没有后续，如此而已。

丁柳环视了一下周遭，也不知道该跟谁商量。“这些尸体，留着会不会不安全啊？是不是得处理一下？”

叶流西冷冷地说：“又不是没别人了，为什么要我们处理？”

高深拿木棍又撬又捣，连踹几脚，终于把灶口破开个洞。

叶流西在灶口边蹲下，朝里头喊话：“识相的就老老实实出来，大家还能聊聊。”

等了一会儿，老签哆哆嗦嗦的声音传来：“你……你们别进来，不然，我就把东西都给烧了！”

丁柳气得脸都白了，叶流西笑了笑，大声说：“好，我们帮你烧！”

她看着高深他们。“烧东西，往里扔。”

院子里多的是柴火废料，肥唐把东西拾掇了拢堆，高深拿打火机点火，火头旺了之后，丁柳二话不说，搂起燃着火的废料就往入口里丢。

不一会儿，底下就传来呛咳声。

高深有点迟疑，问叶流西：“这个……不会出人命吧？”

叶流西冷笑：“难道刚刚他们不是想要我们的命？”

高深说："但是，万一真死了人……总归是犯法的。"

他刚刚进来，一时还摆脱不了外头的社会规则：哪怕嚣张跋扈如柳七，还一直严令手下，别真惹出顶翻了茶壶盖的大事。

叶流西捞过来个破板凳，在火堆边坐下。"放心吧，起贪念的人一般都怕死。"

肥唐搂投了两把火之后，实在忍不住，偷偷过来问叶流西："西姐，我东哥……到底是怎么了啊？"

叶流西的目光掠过不远处的昌东，他一直坐在孔央的尸首旁，一动不动，背影里透着苍凉暮气。

她说："别管他，你们都别管，也别去吵他。"

再等了会儿，估计扑火的速度比不上投，底下的空气也更易消耗，灶口里终于传来老签呛咳的声音："别……别，我们出来了。"

过了会儿，灶口的挡板从里打开，高深手一伸，拖鸡崽一样，把最前头的老签硬拽出来。

火光下，老签、阿禾、薯条，跟前一晚并无二致，瑟缩地挨站着，薯条的嘴角边还有巧克力酱，估计是拆了巧克力吃。

叶流西想笑，她坐在板凳上，胳膊拄着刀柄，权当是扶手。"说说看，怎么想的，啊？当时都怎么想的？"

老签没吭声；薯条有点害怕，一直往阿禾身后缩；阿禾又窘又愧，死死咬住嘴唇。

叶流西说："不说啊？"

她忽然欠身，一把抓住阿禾盘着的发髻，把她的脸摁向火堆。

阿禾尖声惊叫，肥唐吓了一跳，居然下意识拽抱住阿禾，大叫："西姐，不能这样吧？"

踢两脚踹两脚他都能接受，但这烧人的脸，太残忍了啊！

混乱中，老签大叫："不关她们的事，我的主意！"

叶流西变抓为推，把阿禾往边上一搡，又坐回凳子上。"那说说，怎么想的啊？

阿禾瘫在地上，满脸的泪，不敢哭出声，老签嗫嚅道：“世……世道不好，丫头的叔伯，走好多天了，估计是出了事，我们东……东西不多，都不知道怎么挨下去……”

“你们的东西，都是市集上紧……紧俏的，车身上那些玩意儿，更……更抢手，我就想着……”

叶流西打断他：“胃口不小，但就凭你们，就算吞了这些东西，守得住吗？没那个能耐，抱着个宝，是福是祸都难说吧。”

不知道老签是什么想法，肥唐在边上，忽然面红耳赤，想起自己惦记过兽首玛瑙，一阵心虚。

“不是说人架子半夜才出窝吗？”

老签瑟缩了一下。“是没错，人架子不喜欢白天，但是有大沙暴的时候，沙子把天都遮了，它们也可能会跟着沙暴走，我也是赌一把……”

那时候，他找了个借口把阿禾和薯条支进地窖，自己一直守着窨口，听到有变故，马上堵上了挡板，哪知道事与愿违。

前后都理顺了，但截至目前，只见到这三个关内人，无数的话还要从他们嘴里掏，一时也不方便把他们怎么样。

叶流西笑道：“既然是赌一把，就该知道输了是什么结果……”

她指地窖口。“地方和东西，现在都是我的。”

阿禾头皮发炸，鼓起勇气问道：“你是要赶我们走吗？”

叶流西奇怪道：“我像这么好脾气的人吗？我只是还没想好怎么处理你们……”

她指向一院子的狼藉。“首先，这清理善后，不用我做吧？”

老签心里一宽，觉得既然需要他们做事，那这命，暂时是保住了。

他吸吸鼻子，环视了一下周围，尽量表现得卖力。“人架子的尸体，得烧了，留着有味儿，会招来更多。”

叶流西问他：“不能埋了吗？”

“不能，人架子就是从雅丹土包里钻出来的，埋回去了，后患无穷。”

……

不知不觉，沙暴过境，天色渐渐透出浅黄。

薯条在清理院子，阿禾和老签合力，把人架子一个个拖出院外，拖到孔央的时候，昌东说了句：“别动。”

老签为难：“这个……不能留的……”

昌东说：“我没聋，听见了。”

他站起来，俯身抱起孔央的尸体，出了院子。

叶流西没跟，她爬上屋顶，盘腿坐下，这里视野一览无余，漫天沙雾间，一小片绿洲，像四面荒芜的岛。

她能清楚看到昌东忙进忙出，在做些什么。

他选了坡下的背风面，拿工兵铲挖出一个墓穴来。

劈砍下很多树枝、灌木，在穴底铺出垫架，把孔央放上去之后，又拿草枝覆盖住。

往尸身上淋了汽油。

火头蓦地蹿起，带浓烟。昌东的身影在火光下模糊而又变形，又像是一点点融得更加高瘦。

（略）

第49章

（略）

叶流西睡不着。

肥唐回来的时候跟她说，昌东没跟他讲话，拿出皮子就上手刻了——这程序不对，昌东之前跟她说过，皮子刻之前，最好焖一下，把皮子和热毛巾一起送进塑料袋里扎口，皮子被热气焖软了，才方便下刀。

怎么能拿出来就上手呢，尖刀对硬皮，一刀刀都是互相折磨，人也辛苦。

后半夜，地窖里的呼吸声沉缓匀长，叶流西翻身向外，看到身侧空铺位上，那个被她拽歪的盖毯。

她把盖毯拖过来，拿手指一下下戳，把歪出的地方一点点戳回去，又戳成形似方正的豆腐块。

第二天，算是原地休整，是人就得吃饭，肥唐被派去管后勤，阿禾她们都归他指使。

叶流西说："我管你是打是骂，总之到饭点就得端上来。"

又吩咐所有人不许打扰昌东："就当他不存在好了，饭照送，吃不吃随他。他讲话就跟他说，他不讲你们就别叽叽歪歪。"

丁柳问她："为什么啊？"

叶流西嫣然一笑："我就不说，急死你。"

这话也就只能暂时敷衍，谁也不是傻子，昌东给孔央起了坟，人又大反常态，长眼睛的人都能看到。

吃饭时，肥唐跟丁柳凑在一起嘀咕。两人昨晚合作得好，丁柳打翻一个，肥唐就过去砸趴一个，战斗情谊迅速拉近双方关系。

丁柳说："听说别的人架子都烧了，只这个单独烧的，烧了之后还有坟，为什么？就因为她是个女的？"

肥唐说："我也不知道，昨天肯定还出了别的事，不然我东哥不会那样。"

……

高深坐在边上，闷头喝着米粥，偶尔看一眼肥唐，他不嫉妒，就是羡慕：明明起初，他跟小柳儿最熟，可现在，她对谁都一团亲热，只他像个外人。

叶流西没去看昌东，她知道他就在半塌的一间偏房里，沉默地刻皮影，但她不去看，看了也做不了什么，她觉得自己天生不会说安慰的话。

她提着刀，带了瓶矿泉水，把老签叫出院子，一路走，走到沙枣树下，然后坐下。

树下有块半突的石头，叶流西拧开矿泉水瓶，往石面上倒了点，开始磨刀。

老签面色惨白，双腿如筛糠，看婆娑大树，觉得下一秒自己就会血溅当场。

叶流西磨到中途，说："坐吧，我昨天跟人架子打架，浑身酸疼，今天很累……看得出来我累吗？"

老签不知道该怎么答。

"我一累，就不喜欢说话，但又特别喜欢听别人讲话，这样，咱们来玩个游戏，你说，我听。我只问一句，你就要把相关的都说出来，不要让我再提问，我问一次，你就减一分。"

老签瞥了眼刀刃，后颈掠过一线凉意：减分减得多了会怎样？脑袋跟身子分家吗？

"别慌，问的都是大家知道的事，但同一件事，不同人说出来，味道不一样……这人架子，是单这里有呢，还是哪儿都有？"

老签马上答："单这里有！"

叶流西抬了下眼皮。

老签醒悟：她说了"不喜欢说话"，那就表示，他要多多地讲，事无巨细，讲得越多，才越合她心意。

他急急开口："因为眼冢只在这一带出没，这一带的雅丹跟别处都不一样，是白扑扑的颜色，盐分多，眼冢喜欢舔这个味道……"

叶流西心里一动。

这也就是说，关内的地形地貌，跟关外是相似的。

难怪这么快遭遇孔央，那张照片，昌东只看一眼，就认出是在白龙堆，这判断是没错的——唯一的失误在于，照片上的白龙堆，并非存在于现实世界，还需要过一道门。

她说："那先讲眼冢。"

老签脑袋里嗡了一声：扣 1 分了。

他定了定神，搜肠刮肚："眼冢，是传说里的妖。这妖大部分时候，都是沉睡的，睡的时间不定，有时几十年，有时上百年。所以虽然这地方闹过眼冢，但还会有人住，因为你闹不准它什么时候醒，万一运气好，一辈子都不会遇上。

"长得跟人一样，但它的一只眼睛，是可以吃人的，以眼为冢，相当于是个乱葬场。

"一开始，它装作是村子里的外来人住下，但渐渐地，村里人就越来越少，找不到血，找不到骨头，就是一天天少人。"

叶流西没吭声，她想起梦里那只吞掉人的眼睛，还有松开的鞋带。

"可是也不能无休止地吃，吃得越多，眼睛越重，重到它走不动路的时候，它就回到雅丹，在土台上挖个洞，旧眼珠子掉进去，埋起来。它会长出新眼珠子，再去祸害人。

"那个旧眼珠子，跟雅丹土台融合在一起，就是一个戾气横生的活坟，也想饮血、吃人，又走不动路，久而久之，这样的坟多了，那片雅丹就成了人人都怕的地方，被称作尸堆雅丹了。

"眼冢沉睡的时候，据说就是在尸堆雅丹的保护之下。那些活坟，就是它为自己布下的守卫，人不敢靠近。万一靠近，被活坟吸附，就可能变成人架子。人架子昼伏夜出，嗜血吃人。尸堆雅丹附近，就更成了禁区了。"

明白了，难怪阿禾说，闹过眼冢的地方，就会有人架子，这两者，根本就是相辅相成的。

（略）

第三天早上，叶流西吩咐肥唐把昌东的洗漱用品拿出去，外加倒好一盆热水。

她进了偏屋。

他还在刻，头也不抬，皮子上有干了的血迹，指头上有破口，也许是割破了手，自己都没察觉。

叶流西走过去，屈膝半蹲，觑了个空子，一把把凿刀从他手中抽掉。

昌东怔了一下，转头看她。人消瘦了些，三天不修边幅，下巴上冒青色的胡楂，好在眼神并不涣散，叫她："流西。"

叶流西说："还记得我呢。"

昌东说："怎么会不记得，三天，就你没来过。"

叶流西不知道该说什么，顿了顿问他："是不是接受不了孔央死了？"

昌东说："两年前就接受了。要说有什么奢望，最多是能梦见几次，或者希望这世上真的有鬼，让我有机会看看她过得好不好。"

"那是接受不了她变成现在这个样子？"

昌东笑笑。"流西，孔央死了。不管她的尸体因为什么原因变成了什么，那都不是她……确实会难受，但我不至于连这个都想不通。"

他低下头，沉默了一会儿，抬头问她："为什么不让人跟我说话？"

"啊？"

"肥唐他们每次来送饭撤饭，磨磨蹭蹭，唉声叹气，就是不讲话。只可能是你要求的，你想干什么？"

叶流西反问他："我想干什么？"

昌东说："我也在想啊。想来想去，觉得你可能是想说：我就是不让人劝你，爱吃不吃，不想死就自己爬起来吃，别觉得我们拿你当回事。然后等我饿得只剩一口气了，过来挖苦我两句，外加踹我一脚。"

叶流西说："就没把我往好处想？"

"有啊，还有一个可能是，你不想让人吵我，先让我静几天，自己想清楚，然后过来，看看我是不是值得被拉一把。"

叶流西哦了一声。"那现在呢，你觉得我准备干吗？"

昌东说："可能要打人了吧。"

叶流西笑起来，过了会儿伸手给他，说："跟我走吧。"

昌东伸手出去，轻轻握住她的手。

第50章

叶流西反手一握，用力一拉，居然没拉动。

她眉毛一挑："看来是不想起啊？"

昌东笑道："腿有点僵，三天没用它，它大概是忘了自己该怎么动。"

他借她的力，撑着地起来。叶流西也笑，俯身扶了他一把。

她知道他还是会难受的，只是小孩子难受，只会东西一扔哇哇大哭；成年人难受，依着性格不同，捶胸顿足，买醉哽咽，沉默寡言，或者淡淡一抹笑。

昌东沉默了两年，笑是知道一切无济于事，跟生活讲和，掩上伤口，不为难自己，不麻烦别人。

叶流西说："走吧。"

（略）

昌东跟着她走出院子。

她带人散步还提刀，刀刃亮白，又新磨过，不知道的，大概以为她带他出来正法。

昌东想笑，抬头看，阳光正好，一样云天，其实也分不出什么关内关外。

走了没多久，看到孔央的那座小坟包。昌东走过去，捡了些石块，在坟周围缀一圈。可惜的是这里草木贫瘠，想送朵花都办不到。

叶流西想把眼冢的事告诉他，话到嘴边改了主意，觉得睡完觉再提不迟。她自己找了处矮墙，盘腿坐上去等他，低头拿刀刃刮擦墙皮。黄土夯的墙，又风化多年，刀刃一擦就是黄灰簌簌。

这也是在刮沙尘暴，刮给虫蚁的。

玩得正在兴头儿上，身体被笼罩进一片影子里，是昌东过来叫她："走吧。"

她不抬头，只抬手。"扶一把。"

昌东扶住她的手，觉得她手腕纤细，真是稍微用力就能掰折了。

两人绕着村子走了一圈，谁也没说话。昌东偶尔低头看两人的影子，有时离得远，有时离得近。有一次，他落后了些，叶流西走到他斜前方，影子若即若离，交叠在一起，像是温柔轻拥。

昌东愣了一下，觉得日光凌厉，穿透一切，让人好不自在。他叫住叶流西说："回去吧。"

叶流西送他进到地窖，光热还没渗进来，里头有些阴凉。

候着他躺下，叶流西提醒他珍惜眼前："昌东，我对你的额外照顾，就到这里了。你睡醒之后，可别想着自己还会有优待。"

原来过去几天已经是优待。

能独处一隅、餐饭有继、取食随意、不被打扰不被追问，的确已经是莫大优待。他是成年人，不需要别人在耳边唠叨"逝者已矣生者坚强"，这道理，读过书的人，都一说一箩筐。

昌东说："这话你应该等我睡醒了再讲。现在就说，我受了刺激会睡不好的。"

他闭上眼睛，把帽檐压下，听到她离开的细碎脚步声，忽然想起第一次见她。

那天，不知道小何怎么售的票，她第一次进戏场，买了票却没座位。昌东在幕布后看到，有点担心，怕她计较。

她却完全无所谓，抱着胳膊倚着墙，墙上挂满各色皮影，都是历朝历代的戏里人。幕布后的光透打出去，整面墙写满悲欢兴亡，光转影踱。她是最漫不经心的看戏人，却比幕布上闹闹腾腾的一切更耐人寻味。

……

昌东做了个梦，梦见长得看不到尽头的沙漠公路，沙流如雾，孔央穿着绯红色的长裙，在沙流里越走越远，而他坐在越野车顶，一路目送。

愿你从此安宁，再无俗事惊扰。

丁州很疼他这个外甥，临死时握着他的手说："昌东，把这事忘掉吧。忘掉了，一身轻松，才好重新开始。"

昌东说："忘不掉……不过你放心吧。"

怎么会忘掉呢？就像不会忘掉丁州这个舅舅，不会忘掉初学皮影的笨拙，不会忘掉昏昏欲睡的中学课堂上，同桌暗搓搓塞过来一张性感的女模照片时，他的心跳如鼓、脸颊火烫。

人的一生是万里山河，来往无数客。有人给山河添色，有人使日月无光；有人改他江流，有人塑他梁骨。大限到时，不过是立在山巅，江河回望。

孔央是浓重一抹色，他从来没打算忘掉，就像心里始终有一隅，种黑色山茶。

这又怎么样呢，谁能真正一身轻松？婴儿呱呱坠地，还得学说话走路。人长肩膀，是要负重；长腿脚，是要前行。

他可以停，但不会瘫。

［节选自晋江文学城］

【粉丝评论摘编】

@流星：到西出玉门时，行文的慌乱摘除了，好像叶流西看着昌东似的心平气和，故事有了娓娓道来的流畅感。尾鱼一贯的大胆构思，加上许多巧妙的点拨伏笔，叫人不断想，不断思考……谜团之后仍是谜团，推断总是被推断给推翻，但它不急促，只是一个一个的，次第抛到你的面前，让人好似猜对一些想松口气，却又马上皱起眉头。行文开始像漫无边际的沙一样，既曲折起伏，又流畅变幻，风沙里掩藏着说不出的危机，但又让人好奇，让人着迷。前前后后的诸多伏笔细节像这风沙一样，堆砌出了一个完整的、神秘莫测的玉门关，支撑起了这一个庞大的遐想世界，这个贯穿了叶流西和昌东是非曲直的故事。

多了的是层次铺排，融会贯通。舍弃的呢？这本书里的所有人都在学会放弃……所以西出玉门，身体发肤可以有所舍弃，为的是证实胜利不是空口白牙，为的是证实与妖斗与人斗与命斗要多惨痛，为的是证明有些什么更加重要。

舍弃，让这个故事，让这群人，更多了无奈，更多了血肉，更多了真实。

晋江文学城　2017 年 7 月 28 日

@ 喵十六：我发现鱼总写人性真的一把好手，怨气和凶简里面都有人性的狠毒和纯净的美好。各种脑洞大开的情节，意想不到的峰回路转，但是整篇看下来让人觉得这复杂暗黑的人心才是最恐怖的。但还好，还有纯净的灵魂与之相对抗。也不能说纯白如纸，人性的复杂从来就没有纯色系，或者是被逼无奈，或者是心底那一丝希冀，不同流合污并且做出改变，这已经是功德。

若说流西是把锋利的刀，东哥就是刀鞘，他可以让流西锋芒毕露，也可以使流西安静得像不存在。

晋江文学城　2017 年 5 月 26 日

@ 风盈袖：她的特别，在于选题。“行走的一尾鱼”不是虚化。读万卷书者多，行万里路者少。加上传奇与悬疑，上下五千年时空贯通，便接过了志怪小说的传统。

特别，更在于格局。当许多现代女作者，仍困于一方宫廷的万艳同悲，一座宅院的家长里短，一对小儿女的情情爱爱。尾鱼笔下，已从个人的成长独立（《怨气撞铃》）、人性的正邪两面（《七根凶简》），写到国际人道主义（《四月间事》），再到开天辟地般在时空中辟出另一个玄幻世界（《西出玉门》）。在小说的世界里，她同样跋涉万里，翻越一座座高山。

特别，在于自我超越。在讲故事的手法上，也是花样迭出，力求突破。如果说《七根凶简》玩了一次七巧板，此文便是从故事中间切入，沿着过去的谜题与未来的破局双向开掘。

晋江文学城 2017年5月26日

@yasukoVS溜肩兔耳猫：好喜欢这本，人生总有遗憾，却能遇到胜过一切的美好。很喜欢男女主那种活在当下的态度，被命运推着走，竟然那么轻易就接受了，纵使命运不过是别人棋局的摆布，也心无旁骛地守护自己的爱，纯粹得难以置信。或者有第二次生命且被世界遗漏过的人，就是那么炫酷地盯着一样最重要的而已。

微博 2017年8月22日

［导引、简介、节选、粉丝评论摘编：彭笑笑、王博雅、李文玉］

神鬼江湖在脚下，玉门传奇生笔端

李文玉

尾鱼，取自“行走的一尾鱼”。人如其名——世界那么大，作者不在案前写作时，则热衷于踏遍万水千山景，遭遇江湖稀罕事。当经历了现实中玉门关外、魔鬼城下的绵延风沙后，尾鱼踏景为基、因事铸笔，挥毫泼墨写就一段段错综复杂、生死相交的传奇，超越了现实的荒凉风景，在文学想象中开辟了一个怪力乱神、阔大奇诡的江湖世界——这就是《西出玉门》中的“关内”世界。

自汉武通西域以降，以玉门关为界，往东是水草丰茂的繁盛中原，西则是荒无人烟的边塞大漠。尾鱼起笔是玉门关以东那些读者们熟悉的生活场景：西安回民街、朱雀路古玩市场、那旗镇路边瓜摊……乍一看像是游记：风景地貌、风俗人情、旅游攻略，简练平实的几笔勾勒出一个贴近市井生活、让人如临其境的“当地”。然而从现实风景中继续往下读，就品咂出一股江湖传奇风味：背负十八条人命的“沙獠”昌东，成了苟延残喘的皮影手艺人；手握神秘照片和国宝级文物的叶流西，记忆支离破碎；再加上一心只想发横财的古玩投机商肥唐，被道上干爹扔出来历练的小姑娘丁柳，和保护她的木讷打手高深。个性鲜明的五个人怀着各自目的组成小队，一路西出玉门。殊不知，等着他们的玉门关那一头，是命悬一线的惊心动魄，是筹谋已久的命运之局，更是一个在神鬼江湖的异空间中生长了两千年的“关内”世界。

现实中的玉门关，不过是一方五分钟就能走完的沙漠土台，但在尾鱼笔下，作者真实走过的万里路，加上“道听途说”的奇闻逸事、当地传说等民间幻想资源，再勾连中国绵延千年的灵异志怪、稗官野史古典文学传统，经由作者对人心精准敏锐的观察和瑰奇想象的加工，构造出一个自成一体、宏大奇诡的“玉门关内”幻想世界。它生于两千年前汉武帝倾王朝之力试图“永绝妖鬼”的雄心，也背负了维持关外两千年现世安宁的使命；它贫瘠荒凉但绝不空洞混乱，在与现实世界隔绝的空间中生长出了严密的阶级体系，又悄然蕴含着内爆的革命火种；它牵引着男女主人公步步深入、层层解开彼此纠缠的命运真相，逼迫着小队里的每一个人在险境中突破原本束缚生命的屏障，最终完成所有人的成长。

如果说当下的言情文，着墨的往往是日常小叙事、理想亲密关系的建构和女性个体的成长，那么尾鱼一以贯之糅合了现实背景与传奇悬疑的写作，则难能可贵地在现代都市言情文中打开了少有的大格局。行文中少了近来以甜宠为名的脂粉气和小资味，带来了一股生动的市井江湖气概。此江湖不在门派武功、恩怨情仇，而在用地道有劲的语言，呈现出都市生活的边缘角落、人物举手投足间的意气、同伴间不离不弃的情义。在大格局与江湖气之下，尾鱼写出了每个人的宿命感与抵抗性。当昌东知道自己早该在两年前“黑色山茶”事故中和队友一起死去的时候，他没有放弃还能挣命的叶流西，“只想拿残躯做舟楫，渡所有人上岸”；当叶流西面临或自己死或同伴死的绝路选项时，她敢手起刀落自断手臂，在冰冷惨痛的宿命中，挣出一条活路来。

此刻，只有与过去在关内的践踏和压迫下绝地反抗的自己融合之后，叶流西才拥有了可以改天换地的强大，而只有当叶流西在关外得了爱、被善待之后，这份强大才有了被召回的可能。在这里，尾鱼依然处理了女性与爱情的命题。没有一见钟情、命中注定，昌东与叶流西的爱情是在公路片的剧情结构、并肩战斗的生死相交、点点滴滴的日常相处中生长出来的。“世事奇妙，米粒生硬，肉骨腥臊，但有时间，有火候，有耐心，就可以守到酥软糯香。”（第43章）这是尾鱼笔下一贯的情感逻辑，尽管在处理感情“质变”的过程时仍稍嫌生硬突兀，但比起虐心虐身或强势甜宠的爱情来，它总是踏实、安稳，在向死而生的处境中，更不失却一分深刻和浪漫。

尾鱼笔下没有弱小的女性，叶流西更是最强势的一个。当尾鱼在这个强势女性身上处理爱情与生存的关系时，她通过肯定爱情的力量，打开了一个更大的世界。作为封建社会压迫牺牲品的关内，两千年来在权贵阶层的掌控下俨然自成一套阶级体系，统治者为了在贫瘠中维持优渥，攫取资源、奴役贫民、编造谎言实行意识形态统治，不惜策划巨大阴谋，镇压反抗的火种。幸运的是，关内有天生的革命火星。如果说叶流西作为天选之人，悲惨的经历让她最初的觉醒和反抗仅仅出于个人的复仇与野心，那么当她在关外习得了情感的力量后，作为女性和作为革命家的叶流西都发生了质变。这种变化是从追逐权力的“硬”到学会珍惜的“软”，是对自由、平等、尊严等人类基本价值观的表达。作为一个善于挖掘人性善恶的作者，尾鱼从《四月间事》就开始逐渐在观照人心的同时注入了社会性，这点在《西出玉门》里得到了更明显的体现，使得小说的格局更为开阔、探讨的命题更具社会力量。遗憾的是，作者对此着墨不多，对于革命的双向可能——既要打破关内旧有的封建秩序，也要打破关内关外的资源壁垒——最后给出的答案也相对保守。

尾鱼曾经这样形容自己：“热衷一切奇思怪想的逸闻，相信世界的玄妙大过眼睛……身体跨越不了的险境，就是笔下故事开始的地方。”——不管关内与关外，无论生活或文学，这种对“世界那么大”的关照和渴望，既是尾鱼身体力行的生活方式，也是笔下幻想世界展开的根本动力，更促使她在对“大世界”的体认中，产生关照现实社会结构性矛盾的人文关怀。也只有如此，旅行的经验、想象的“远方”，才具有了更为珍贵的意义。

锦 桐

闲听落花

闲听落花，起点女生网老牌作者，专注创作宅斗种田文，代表作《十全九美》(2010)、《花开春暖》(2011)等。曾于2012年转入纵横中文网，著有《名门贵妻：暴君小心点》(2014)等，三年后回到起点，先后创作了《神医嫁到》(2015)和《锦桐》。《锦桐》是其好评度最高的一部作品。

闲听落花的文风清新流丽、不落俗套，获得粉丝极高的忠诚度。更难得的是，她一直将自己的价值观一点一点搬进书中。《名门贵妻：暴君小心点》已尝试在深宅之内书写女性的互帮互助；《神医嫁到》写出了想要摆脱斗争、自求多福的女性形象，但结构简单，是为转型之作；到了《锦桐》，主人公李桐毅然跨出宅门之外，顿时天地广阔，气象新生。

《锦桐》于2016年8月开始连载，2017年6月完结，总字数达155万。小说布局宏大，人物众多，既有“怼天怼地怼命”的不凡气魄，又有“一锅羊肉话家常”的细腻心思，为宅斗种田文开出了新境界。

【标签】古代言情　架空　宅斗

【简介】

李桐走过了两世人生。

前一世，她以万贯家财为嫁妆，“高攀”了书香门第的姜家世子，赚钱有道、治家有方，却被当作银庄和管家婆。姜焕璋凭借李桐加官晋爵、位极人臣，竟也鄙夷她一身铜臭，有辱家门。于是，他一点点拔去她的羽翼，为心爱的顾姨娘铺就坦途。最后，李桐心灰意冷、含恨而终。

重生后的李桐，回到大婚后的第一个月，却已不是当初一心怀着爱情的懵懂少女。她擦亮双眼，从姜家这摊污泥中跳出，去追寻自己的幸福。当她迈出姜家大门，作为“李桐”而活时，精彩的人生不过刚刚开始，真正的爱情亦像一支利箭破空而来，驱散前世的阴霾。

选文选取小说第 185—193 章，李桐受长公主所托为五皇子庆生，带他出门玩耍。五皇子因宫廷斗争，自幼与母亲宁皇后被困离宫，未曾迈出一步。他初涉世间百态，处处称奇，一派天真烂漫。李桐周密准备、妥善安排，一边避开暗中窥探的眼睛，一边令五皇子尽情尽兴、不留遗憾，可见其胆大心细、通达人情。宁远是五皇子的舅舅，既心疼他从小被困、不得自由，又怕他现身市井、招人耳目，心思极为复杂矛盾。选文为全书的一处小高潮，作者举重若轻，围绕陪五皇子玩耍，将李桐、宁远、长公主、文二爷等主要人物一一勾勒，看似轻松愉快，实则多方博弈、紧张异常。透过此节，全书“自由”的主题也得以点出。

【节选】

第185章　全体出动

张太太正屋，张太太和李信听了李桐的话，和文二爷三言两语的补充，李信一时呆了，张太太极轻地叹了口气。“自从桐桐去了宝林庵，我就知道，这样的事，早晚都得有，不怕。”

文二爷一时瞪大了双眼，看向张太太的目光极其敬佩。这位张太太，二十出头就独自支撑李家偌大的家业，不但没被人欺负过，还将生意越做越大，果然极其不简单！

文二爷心里一松，有这样的东主，事半功倍。

“我先说说，楼船咱们有三条，我的意思，别用楼船，在江上还好，汴河里楼船太招眼。我去调只三桅船，不用太大，也不能太小，汴河里三桅船最多，三桅船也最便利。另外再调四五只货船，装上瓜果粮食，汴河里运瓜果米粮的船多如牛毛，不招眼。船就这样，二爷看呢？”

张太太一句话感慨完，直入正题，文二爷紧拧着眉头。“楼船还是安排一只最好，以防万一。船上不用有人，晚半个时辰出发，就让船工撑着船走一趟就行。这样的招数迷惑不了聪明人，可周家，还有那两位爷，都不怎么聪明。”

“好。”张太太一口答应，接着道，“城外庄子里有十来个有功夫的，都是南边人，水性也好，明天一半安排到船上，一半安排到货船上。”

“一半安排到姑娘的船上，一半给我。”文二爷想了想，建议道。

李桐和李信并排坐着，瞪着他们的阿娘和文二爷你一言我一语的安排。李桐还好些，李信震惊得无以复加，眼前的张太太和文二爷，远远超出了他的预想。

几个人一直商量了一个多时辰，定下诸般细节。

李信明天照常去和吕炎、季疏影等人会文，但要留心一切动静，随时传话回来。张太太原本明天就要去货栈查账，就多走一段，在货栈里待一天，居中调度。文二爷一条小船带上人，跟在李桐船后随机应变。

府里诸人，小悠和陶嬷嬷负责明天船上的饮食点心，大乔赶车，水莲和绿梅近身侍候，万嬷嬷在船上调度……

一切准备就绪时，已经是人定时分了。

第二天，李桐依着约定的时辰，不早不晚到了福安长公主别庄角门。绿云已经等在角门内，将李桐带进别庄。

别庄里树木花草格外绿翠，生机勃勃，不过李桐没心思欣赏别庄内的美景，跟着绿云，转花拂柳，进了园子中间的一座暖阁。

暖阁里，五皇子穿着件半旧的天青长衫，正趴在栏杆上往下看。绿云招呼了一声，五皇子急忙站起来，回头看向李桐，李桐面带微笑打量着他。

不算矮，和同龄的孩子比，略有些瘦削，腰背笔直，眼睛明亮里透着丝隐隐约约的沉郁，是个极其漂亮的小男孩。

“我姓李，单名一个桐字，梧桐的桐。”李桐在五皇子面前蹲下来，将带过来的一对铜人托到五皇子面前，“长公主说，今天是你的生辰，这是我给你准备的生辰礼物，喜欢吗？”

“人偶？挺幼稚的。”五皇子看着铜人，却没接。

“是人偶，不过这一对人偶会打架，你看。”李桐将铜人放到桌子上，松开卡簧，两个铜人你来我往伸拳踢脚。

“是长拳。”五皇子几下就认出来了，“嗯，有点儿意思，谢谢你。”

“嗯，你叫什么名字？”

“我也姓李，你叫我李少爷吧。”五皇子眨着眼，露出几分顽皮模样。

“好，李少爷，长公主今天有事，让我今天带你出去玩一天，咱们到汴河上坐船玩儿，好不好？”李桐看了眼绿云，直入正题，眼前这位自称李少爷的五皇子，远比同龄人成熟得多。

“长公主让你带我去汴河玩？”五皇子看向绿云，脸上明显有几分狐疑，绿云点头，却不说话。五皇子再看向李桐，有几分迟疑，更多的却是兴奋和向往。

“我还没坐过船，也没去过汴河。汴河上好玩吗？我不会浮水。”五皇子抓起桌子上的铜人。

“挺好玩的，我也不会浮水，不过没关系，船上除了我们俩，都是浮水的高手。再说，我们小心些，不要掉进水里就好了。”

“嗯……”五皇子犹豫不决地看着绿云，绿云却不看他。李桐微笑道：“咱们出了别庄，要先坐车，也就两刻钟，就到河边了。不过这条河不是汴河，是一条通往汴河的小河。咱们坐小船，也是差不多两刻钟，进了汴河，换上大船，然后沿着汴河往东去，往东边有好几个非常热闹的码头，景色也好。而且，今天是东风，咱们的船顺风。咱们到津河码头吃饭，津河码头有很多卖各式各样东西的小船，很有意思。吃了饭之后，咱们就沿着汴河返回，回到这里，不耽误吃晚饭。怎么样？”

“好吧！”五皇子看起来下了决断，转头看向绿云，“替我谢谢长公主。”

“李少爷客气了。”绿云屈膝。

“我们走吧。”五皇子手里握着铜人，示意……或者说吩咐李桐，李桐屈膝辞了绿云，跟上五皇子，微微屈膝，伸手拉住了五皇子的手。

五皇子看起来意外极了，意外到忘了有所反应，等李桐牵着他走了几步，想甩开。刚要甩，犹豫了下，又没动，由着李桐牵着他，往后角门过去。

今天是五皇子生辰，早朝时宁远当值，散了朝出来，宁远又在御前司值房里混了半天，约了几场戏酒，这才晃晃悠悠出来。

一出宣德门，小厮大英一头扎上去。“爷，您可算出来了，六爷快急疯了。”

“出什么事了？不要急！慌什么？”宁远的心一下子提到了喉咙里，今天是五哥儿生辰，六月这会儿应该盯在从离宫到别庄的路上，盯在五哥儿身边，他快急疯了……

“小的不知道，六爷不肯说，六爷就在前头。”大英心里一凛，急忙敛了脸上的急切，摆出一脸和平时一样的憨厚笑容。

第186章　如临大敌

宁远上马，纵马转个弯，六月就急催马迎上来。“七爷，您可算出来了！出事了！哥儿被紫藤山庄的李桐带出了别庄，刚刚传来的信儿，说是上了船，往汴河方向去了。”

宁远脸青了。

六月紧绷着脸，眼里全是焦灼。“不敢往宫里惊动七爷，小的自作主张，已经假传爷的令，把所有的人手都调出去沿河护卫。城里崔爷这里，福伯亲自去的，七爷……”

“你做得很好，大英跑一趟，让福伯回府里守着，告诉崔信，所有人手全部出动，紧盯各处，一有动静，立刻报到福伯那里。你去把细犬全部带出来，小爷要出城遛狗了。”宁远吩咐完，又叫过小厮大雄、大豪、大杰，各派了差使，打马直奔城外。

出了城，六月带着诸护卫，以及几十条油光水滑、漂亮异常的细犬，一路呼啸往前冲，绕了几个弯，直奔汴河边。

离河边不远，宁远带着六月和几个心腹护卫，悄悄脱队而出，弃了马，换了衣服，健步如飞，直奔河边上了船。

李桐牵着五皇子出来，车子紧贴角门，已经停好了。角门门槛已经卸掉，脚踏一半门里，一半门外。李桐先将五皇子送上车，自己紧跟而上，吩咐跟五皇子来的两个护卫：“你们坐后一辆车，上车后把衣服换了。”

两个护卫看了眼五皇子，没说话，径直上了后面的车子。

李桐上车，水莲关上车门，放下纱帘，车子轻轻晃动了下，渐渐快起来，绿梅从暗格里取了一摞衣服、好几双鞋子出来。

五皇子只看着李桐，李桐示意那摞衣服和鞋子。“少爷换身衣服，还有鞋子，一会儿咱们出去逛的时候方便些。”

“我这衣服就挺好。”五皇子看看衣服鞋子，再看李桐。

“少爷这衣服当然好，这件长衫，你看这纹路，这是今年春天进上的新纹样，叫千寿万福不断头。汴河上来来往往，还有津河码头，多的是眼明心亮的大商家和见多识广的精明人，搭眼一看，就知道这料子不简单，一般人可不敢穿。还有少爷这双鞋，这是缂丝料子，这两只鞋面，看这纹路，这是半个云纹，这是半块鳞片，这应该是从金龙戏珠缂丝料子上剪下来的。”

五皇子目瞪口呆地看着李桐。“你……你……你怎么知道？”

“你看，连我都看出来了，还有少爷这条裤子，这是广西出的一种木棉织出来的，看着厚实，其实通风透气，夏天穿最凉爽不过。这种布，产量极少，照规矩，全部都要拿来贡上的。听说今年这种树枯死了不少，产量更少。”

五皇子只有眨眼睛的份儿了。

“还有您这幞头，料子就不说了，这块碧玉极其难得，这得多富贵的人家，才会拿这样的碧玉给一个七八岁的孩子缀幞头？”

“我换，我换就是了。”五皇子一把抓下幞头。

“让水莲和绿梅侍候你换，除了亵衣，别的都换了，还有这只簪子。”李桐一脸笑，吩咐了水莲和绿梅，别过脸，将车帘掀起条缝往外看。

外面，车子从两群行商中间穿过，再穿出来，就有三四辆一模一样的车子，各奔一个方向而去。

李桐这辆桐木大车，黄铜包边，青布帷子细白纱帘，但凡富贵些的人家，几乎都是这样的车子。京城几家大车马行，借有钱人租用的大车，也都和这一模一样。一起跑出来四五辆一模一样的大车，是极平常的事。

大乔赶车，虽快，却相当平稳。水莲和绿梅都是难得的心细手巧，很快侍候五皇子从头换到脚，连头发也重新通透绾上，插了根水头很不错，却跟五皇子原来那根远远不能比的羊脂玉簪。

李桐放下帘子，重新打量五皇子。跟刚才相比，换了一身新衣服的五皇子，倒显得家常了许多。

“这里还有，怎么这么多？都是一样的。”五皇子换了衣服，好像把什么东西换没了，挪了挪，上前去翻绿梅还没来得及收起来的一堆衣服鞋子。

“不知道少爷多高多胖，脚是多大，就大大小小多做了几件，咱们这样的人家，不管大人孩子，衣服新旧无所谓，可断不会污脏不合身，少爷若穿了不合身的衣服，要招人疑惑的。”

李桐问一答十，解释得极其详尽。

“嗯，你很细心。”五皇子收回手，挪了挪又往车外看，“还有多远？”

“再有小半刻钟就到了。”

“你是不是知道我是谁了？”五皇子收回目光，侧头盯着李桐，李桐笑起来。“你说呢？”

“装模作样！”五皇子竟然嘟起了嘴，李桐失笑，忍不住伸手替他理了理衣袖。“一会儿上了船就进船舱，先别出去，这条船小，不安全，等上了大船，我再带你到船头看风景，好不好？”

“我懂，我不是小孩子！”五皇子伸手打开了李桐的手，对于李桐竟然早就知道他是谁这件事，看起来很有几分在意。

几句话间，车子渐慢，停了下来。绿梅掀帘先跳下去，打起帘子，大乔伸手抱出五皇子，李桐跟在后面下车，水莲最后下来，挽着外包袱，包袱里包着五皇子换下的所有东西。

大乔抱着五皇子，几个人动作极快，上了船。水莲脚刚离开跳板，跳板就被船工一脚踢开，小船如离弦的箭般，往前直冲出去。

小船前后，并行着四五条同样的小船，最后一条船上，文二爷面朝后端坐在船舱里，全神贯注地留心着四周，特别是后面的动静。

宁远赶到汴河边，上了船追上李桐和五皇子的大船时，李桐和五皇子的大船已经顺风逆水行了四五里路了。

李桐和五皇子所在的大船和汴河上来来往往的船只没什么两样，前舱四敞，支着凉棚，舱里摆着桌椅，侍立着丫头婆子。李桐站在船舱口，看着蹲在几个船工中间的五皇子。

她没想到五皇子上了船，最感兴趣的竟是满船晒得黝黑、健壮粗糙的船工！

第187章 纵容

五皇子一上了船，就盯着船工黑黝黝的小腿，特别是脚板，低着头看个不停，李桐跟他一起弯着腰看。“看到什么了？”

“有本书上说，船工自小起，常年赤脚，脚就比一般人阔大，脚趾分得极开，竟然是真的！”五皇子看起来又是惊讶又是遗憾，仿佛还有泄气，一脸的怎么竟真的这样！

李桐笑。“你阿娘拿这个教训你，让你约束天性了？”

五皇子歪头斜看着李桐。“才不是！不过你挺聪明的。”

“那是。”李桐看着还是一副小大人姿态的五皇子，忍不住笑。

五皇子没理她，蹲下来继续看升帆船工用力踩在甲板上的脚，看着小腿和脚上青筋时隐时现，忍不住伸手摸了摸。那船工哎哟一声，升到一半的船帆哗一声掉下来一丈多。

“小少爷！”船工一边笑一边躲，“这脚这么脏，可不能拿手摸！”

五皇子顿时红了脸。“你脚上那筋……起来了。”

李桐又是想笑又有些心酸，这是极难见外人，一旦出了门，才会对各式各样的人这么好奇。水莲和绿梅不用李桐招呼，急忙拧了干净帕子过来给五皇子擦手。

“小少爷心善，不碍事，俺们这些出力气的，个个都这样。”船工乐呵呵接着升帆。

“不光是出力气的，就是咱们，用力大了，或是暴怒之下，这青筋也会暴出来。”李桐跟着解释了一句。

“我都知道！不用你说。”五皇子好像有几分恼羞成怒。挪到离甲板边不远，探头看着蹲在船沿上、低头往下、手里几根绳子拉来拉去的船工。“你在干什么？当心掉下去。”

“小少爷放心，掉不下去，就是掉下去也没事！放几个虾笼，等中午的时候就有鲜虾吃了。”船工回过头，笑逐颜开地和五皇子解释。

“我想看看。”五皇子又往前挪了半步，一个船工过来。“来，我拉着你，去看看。”船工先打了招呼，再伸手拉住五皇子的腰带，提提试了试，示意五皇子往前去看看。

五皇子带着七分兴奋三分胆怯，探头往下看，逆水顺风，船速虽然不算快，可船边的水流却不慢。五皇子一眼看下去，顿时觉得眼晕心惊，哎哟一声，就要往前跌倒。后面的船工一把将他扶正，顺手往后拉了一步。

“水流急，俺们看着也眼晕，小少爷往远处看。”

“没事没事，让我再看看！”五皇子却兴奋得两颊绯红，张着胳膊往前扑。船工笑着将他放到甲板边上，五皇子紧盯着水流，越看越兴奋，挥着胳膊，连跺了好几脚。

“逝者如斯夫！像是，风驰电掣！能不能再快点？”五皇子转头看向李桐，一脸渴望，李桐示意船工：“把帆都升起来。”

随着其余两面帆的升起，船速立刻提了上来，船边的水流由还算安静地流淌变成了一片急速往外翻滚的水浪。

五皇子兴奋大叫：“往外往外！把我往外放放！我要迎着风！”

船工回头看了眼李桐，见她垂了垂眼皮，干脆吼了一声：“老三，拿块板子！”

“好咧！”老三从棚上抽了块两尺来宽，一丈来长的桐木板出来，伸出船舷两尺余，另一头固定在锚柱上，自己又一脚踩上去站住。

船工提起五皇子，将他放到了伸出船舷的那块桐木板上。

紧追在后面的文二爷瞪着站在那块桐木板上、兴奋得挥着胳膊一声接一声狂喊怪叫的五皇子，大瞪着双眼，好半天才呼了口气。

这李氏一家三口，个个都不简单，一个小娘子，明知道面对的小娃儿是什么身份，却有这份胆识，男儿中……换了自己……

文二爷紧拧着眉，认真想了好一会儿，叹了口气，自己肯定不敢。

唉，这样一个小娘子，有手段有胆识有眼光，沉稳老到，姜家竟然看不上，这不是目不识珠，这是有眼不见泰山！

困在姜家这摊烂泥上，可惜了……

“二爷，有只船。”李家护卫刘老三示意文二爷，文二爷急忙顺着刘老三的示意看过去。

是条五帆船，升了全帆，比汴河里最常见的三桅船快了不少，这会儿正在落帆。

“别妄动！”文二爷先吩咐了刘老三一声，一步进到船舱，从怀里掏出只缀满宝石的千里眼，眯起一只眼，看向那只正在落帆的船。

李家，连这种东西都有，文二爷借着千里眼，看得清楚了不少，心里忍不住再次感慨。

文二爷看了片刻，放下千里眼，小心地揣进怀里，吩咐刘老三：“传话，放那只船靠上去，那是宁七爷的船。”

“是。”刘老三也松了口气，这趟差事，十几个护卫，他和大哥是知道根底的，这一趟，他们是打算舍了命出去的。

李桐站在船舱前，不错眼地看着兴奋得怪叫不已的五皇子，只觉得心酸难忍。她不知道从前他怎么样了，宁皇后死后，他全无消息，她问过白老夫人一回，白老夫人只说周贵妃死后，皇嗣里就没有五皇子的名字了，自始至终都没有，先皇原本有五个皇子，成了四个。

他应该是死了，宁皇后一死，他还怎么活？可怜他从生下来就困在离宫，坐牢到死。

现在有机会，她希望他能放纵地玩一回乐一回，一生中至少有一个想起来就忍不住笑的片刻。

宁远追上李桐的船时，正好看到五皇子悬在船舷外，乱挥乱舞，嗷嗷怪叫。

“爷，那是……”六月瞪着五皇子，简直不敢相信。

“是你见过还是我见过？”宁远有点没好气，把五哥儿吊在船外这么玩，这是谁的主意？这万一有个万一……

李家那位小娘子？胆子可够肥的！

五哥儿也……看样子是乐疯了，不愧是宁家的血脉，够胆量！

“爷，要不要把五哥儿接过来？”六月死盯着悬在船外的五皇子，见五皇子竟然跳起落下，落下跳起，只看得心惊胆战，这水流这么急，万一……

第188章　玩的和看的

“不用。”沉默片刻，宁远吩咐道，“靠近一点，落后半船。”

宁远的船很快靠过去，不远不近，落后半船距离跟在李桐的船后。

“姑娘，二爷递了话，说是宁七爷的船。”抱着胳膊靠在主桅上，仿佛一直在乐呵呵看热闹的孔大往李桐身边靠了靠，低声禀报。

李桐嗯了一声，往船边走了几步，站到船舷边，看向宁远的船。

宁远站在船舱门口，正迎上李桐的目光，李桐面无表情，目光在宁远身上停了片刻，从宁远身上移到周围的护卫，打量了一圈，收回目光，重新站回到船舱门口，示意提着五皇子的船工：“小五，来喝碗汤再玩儿，嗓子要哑了。”

船工立刻示意五皇子：“小少爷，歇一歇再玩。姑娘叫你呢，喝碗汤咱们收虾。”

“好。”五皇子虽然意犹未尽，却还是恋恋不舍地答了个“好”字，船工手提在他腰带上，却不用力，五皇子张着胳膊，自己从板子那一头晃晃悠悠走回甲板，跳下来，满足地叹了口气。

水莲、绿梅侍候五皇子净了手脸，重新给他梳了头。陶嬷嬷和小悠托着托盘，送了五六种汤品过来。五皇子一步上前，就着陶嬷嬷和小悠的手看了一遍，指着碗绿豆沙：“我爱吃这个，用冰镇过没有？要冰镇过的。”

"头一条，这碗绿豆沙里有莲子还有芸豆泥，用了荤油，冰镇了不好吃；第二条，小少爷你又喊又叫闹了这大半天，不能吃冰的！"陶嬷嬷一脸严肃，她家里有五六个小孙子，训孩子特别有心得，"小孩子家家，夏天少吃冰，来，坐这儿吃！"

李桐抿嘴笑，看着被陶嬷嬷一把揪进船舱、乖乖坐在桌子边吃起那碗温温的绿豆沙的五皇子，陶嬷嬷拿他当自家孙子教训了。

"有点饿。"五皇子吃了几口，仰头看向李桐。

"饿了要跟姐姐说！等着！"小悠先接过了话，拉上绿梅，一个转身，眨眼间两人就托了两只大托盘出来。

"这是野菜饺，蟹粉汤包，栗子泥，红豆酥……只有挑一样，不许多吃，不然你中午就吃不下饭了。"小悠顺手捏了下五皇子红红的腮帮，她太喜欢这个活蹦乱跳的漂亮孩子了。

"不准捏我的脸！"五皇子一巴掌打开小悠的手，"什么是野菜饺？"

"野菜饺就是用野菜包的饺子，你吃过饺子没有？"小悠眨着眼逗他，五皇子白了她一眼。"谁还能没吃过饺子，我就是不知道什么是野菜！"

"野菜啊，就是野地里生的菜，可好吃了，你尝尝，连我家姑娘都说好。"小悠将托盘里的野菜饺放到五皇子面前，收起了其余的点心。

五皇子拈了一只，左看右看看了半天，小心地咬了口，品了品，舔了下嘴唇，一口接一口大吃起来。几口吃完一小碟饺子，意犹未尽，伸手拿起碟子，冲坐在他旁边的李桐举了举抱怨："你们家碟子真小！"

"一会儿到了津河码头，咱们下船逛逛好不好？"李桐心里一片酸软。

"嗯……"五皇子趴到桌子上，看着李桐，"你去过酒楼吗？去酒楼吃过饭吗？好不好吃？听说讲究特别多，真是这样吗？"

"嗯，酒楼的东西没有咱们家的好吃，讲究上……不能算多，只要吃完饭给钱，别的也没什么讲究。一会儿到了津河码头，要是方便的话，我就带你去酒楼玩一会儿。不过，津河码头的酒楼没什么能吃的菜品，咱们还是回来吃午饭，好不好？”

“好！”五皇子连连点头，“怪不得长公主喜欢你，你真不错！”

“你怎么知道长公主喜欢我？”李桐失笑。

“不喜欢你，怎么会让你带我出来玩儿？”五皇子白了李桐一眼，再重重强调，“我不是小孩子，我什么都懂！我很喜欢长公主。”

“我也很喜欢她，也很喜欢你。”李桐这话发自内心，这样的五皇子，是她以前没想到过的。

“我去看收虾！”五皇子好像被李桐这句很喜欢他说害羞了，跳起来跑出船舱。

李桐站起来，跟到船舱门口。

宁远的船离得更近了些，虽然左右还有点距离，前后已经几乎平行了。

宁远站在船舱门口，盯着蹲在两个船工旁边、大呼小叫乱指挥收虾的五皇子。看了片刻，目光转到李桐身上。

他倒是小瞧了她，至少小瞧了她这份胆识。

她肯定清清楚楚地知道她带出来的人是什么身份。她敢带他出来，带得这么张扬，是长公主有什么交代，还是这就是她自己的主张？

不管怎么样，这胆儿都够肥的！

宁远眼睛眯起，上上下下打量着李桐。白绫上衣，一条绣着葱绿青竹的白绫裙，站在船头，衬着碧水远岸，更像一幅笔触淡雅的画儿。

这么幅淡雅柔和、充满江南水墨气息的画儿，竟然有不亚于他们北地男儿的胆识，胆子也太大了！

李桐感受到宁远这种相当不善的目光，却没理会。她带五皇子出来，宁远的愤怒，她早就想到了，她其实是在替长公主领受这份愤怒。

李桐只盯着五皇子，五皇子趴在甲板上，看着船工提起的虾笼里活蹦乱跳的大虾，又是惊讶又是兴奋地大叫：“让我来！我来拿！它会咬人！虾是透明的？这只这只！好大个！给我！哇，是用这个钓虾的……”

五皇子看到用来钓虾的一副新鲜鸡内脏，哇哇地叫恶心，却又伸手去翻。“臭不臭啊？真好玩！这里还有只虾！好恶心噢！这是什么？呃！真有鸡屎啊？”

五皇子伸手去抠鸡肠子，被船工一把拨开。“小少爷！这要是抠开了，你中午饭就别吃了！”

“我就抠一下。”五皇子笑得咯咯地在甲板打了个滚。

宁远的目光又看向五皇子，直看得想错牙。他这个外甥，确实挺有宁家娃儿的风采，看这样子，身强体健聪明胆大，这就够了。姐姐这些年，真是太不容易了……

第189章　逛街

五皇子要快，三帆升起，到津河码头的时间，就比预定的早了小半个时辰。船慢慢靠近码头，正好，五皇子玩得一身水淋淋的，都是腥味儿。水莲和绿梅侍候他简单沐浴更衣。趁着这个工夫，李桐站在船舱门口，看着文二爷调度指挥。

宁远也看到了文二爷，他的船紧跟在李桐的船旁泊好，盯着李桐看了片刻，径直下了船。

他猜到了李桐的打算，这是要带五皇子到津河码头游玩。

津河码头他是头一次来，他的人手，只怕都不太熟悉这里，毕竟他和他的人手，都是从北三路过来的，要熟悉京城，以及京城周边，是需要时间的。

这一趟，他没办法事先布置安排妥当，不过，大约也不用太担心。

宁远走上码头，回头看了眼还在忙碌的文二爷。

五皇子衣服换得极快，水莲拎着腰带跟在后面追出来。“小少爷！腰带还没系呢！”

唉，这位小少爷怎么皮成这样！姑娘小时候从来没这样过！

五皇子跑到李桐面前，一边张起胳膊让水莲扎腰带，一边仰头看着李桐道：“现在就走吗？你有没有银子？说不定我们要买东西呢？买东西是用银子还是用铜钱？铜钱挺重的，要是拿很多怎么办？”

“让他们挑着。”李桐指了指外面的船工，“要是买贵重东西，就得几十个人挑钱呢。”

“真的？”五皇子惊得眼睛都瞪大了。

“假的！”水莲一边给五皇子束腰带，一边乐不可支地接话道，“姑娘逗你玩儿呢。买几个钱的东西，就用铜钱；要是多了，就用银子；再多了，用银票子。谁家用几十个人挑钱买东西？那不成笑话儿了？”

“哼！”五皇子白了李桐一眼，“我就知道你又骗我！水莲姐姐我最喜欢你。”

水莲噗一声笑喷了。

五皇子换好衣服，水莲和绿梅也快手快脚地收拾好。绿梅取了幄帽给李桐戴上。万嬷嬷已经带着几个专门跟出门的婆子，等在码头上了。

李桐牵着五皇子的手下了船，沿台阶上了码头，就站到了津门最热闹繁华的街道入口。

“这是什么？”五皇子入眼先看到卖肉的摊子，半只猪挂在架子上，旁边挂着猪头猪心，吓得五皇子一把拉起李桐幄帽垂下的轻纱，盖在脸上。

“这是猪肉！”卖肉师傅把刀往案子上猛一扎，一声吼又哈哈笑起来，“这位小少爷，光吃猪肉，还没见过猪吧？看看，这前头是死猪，后头是活猪！”

五皇子往李桐身边挤了挤，八分好奇二分害怕地看着光着上身，一身油腻腻、肥壮的卖肉师傅。

“见过活猪吗？”李桐低头问五皇子，五皇子摇头，李桐一边笑，一边牵着五皇子的手，绕到肉案旁边，让他看活猪。

“好脏！”五皇子捏着鼻子。

“就是要脏！脏了才香呢！”这会儿没人买肉，肉案师傅无聊，一探头，又来逗这位细皮嫩肉看什么都一脸好奇的富贵小少爷了。

“我以后不吃猪肉了！”五皇子拉着李桐，狼狈而逃，肉案师傅在后面哈哈大笑。

不远处的宁远，看得错牙。“去，把他的肉全买了，让他赶紧走！”

六月无语地看了眼宁远，冲一个护卫示意。“多给些钱，就说爷做善事，让他把肉送到慈幼局去。”

再往前，店铺一家挨一家。津河码头是进入京城前最大的码头，大商家聚集在这里，交割买卖大宗货物。虽然只有一条街，这一条街两边，店铺门脸不大，里面却是别有洞天。离街不远，邻着码头，货栈更是一家挨着一家。

张太太这会儿就在李家的货栈里，查着账，听着消息。

五皇子拉着李桐，看到什么都要问，都要摸一摸，一群人几步路走了一刻多钟。五皇子拉着李桐，进了头一家店铺。

“这位小爷，这位姑娘，实在对不住，小号不做零卖……”伙计急忙迎出来，极其客气。

“我知道，我带弟弟来看看货。”李桐打断了伙计的话，微笑道。伙计一怔，“小的眼拙，姑娘见谅，不知道姑娘要看什么货？姑娘府上是哪家商号？”

“撷绣坊上一批丝线，是你们家的货？颜色不好，听说你们家有新货来了，我带弟弟来看看，要是还是不好……”

“姑娘是撷绣坊的，小的眼瞎。姑娘放心，这一批您看了肯定满意！样样颜色都鲜亮！快去叫大掌柜，京城撷绣坊有位姑娘和小爷来看绣线！姑娘见谅，因为上一批货的事，我们东家特意来了一趟，姑娘里面请……”

伙计点头哈腰往里面让两人，五皇子惊讶地看看伙计，再看看李桐，忍不住拉了拉李桐。“姐……姐姐，那个……撷绣坊……”

五皇子眨着眼，那意思是，你说的真的假的？你又骗人了？

“撷绣坊是咱们外婆的产业，阿娘年纪大了，说要让咱们学着打理，所以我才带你来看丝线。”李桐冲五皇子眨了眨眼。

“哎哟，我就说，姑娘和小少爷都是神仙一样的人物，原来是少东家来了！”伙计赶紧再行礼，像李家这样的商家，家中人口，像他这样的伙计，心里是有数的，只是这位小少爷……噢，对了，是听说李家最近过继了个儿子，看来这位就是了，这姐弟俩感情倒不错……

宁远站在铺子对面，两根手指用力捏着折扇，差点把折扇捏断了。

这会儿，他满腔满肚子的愤怒，她这么带着五哥儿，大张旗鼓到处跑，她想干什么？惹事呢还是招人呢？这万一要是传进京城……

宁远深吸了口气，一头扎进对面的店铺，直往后冲，在铺子里正好，人少，他要让她赶紧带着五哥儿回去！

宁远横冲进来，李桐正将铺了满手的大红绣线，举到阳光下给五皇子看，“……红色最讲究正……”

“这位爷……”伙计看着直冲进来的宁远，想拦，却没敢，这位爷这气势，这打扮，不简单！

第 190 章　最好吃的饭菜

（略）

第 191 章　一路唱歌一路回

进了院子，再出了院子，又出了院子，再进了一个院子，院子厢房里，张太太站在窗前，看着万嬷嬷身后牵着五皇子的李桐，轻轻舒了口气。呆看了片刻，心里突然添了股浓浓的悲伤，要是阿桐不是这样所嫁非人，几年后，桐桐这样牵着的，就是个喊她阿娘的小人儿了……

李桐牵着五皇子进了上房，文竹和清菊已经侍立在屋里，颇有几分好奇地多打量了五皇子几眼。

李桐和五皇子分别换了身衣服，五皇子由一身天青换成了一身墨绿，墨绿半衣，墨绿裤子，扎了绑腿，袖口紧窄，跟刚才比，这富庶程度就下降了不止一点点。

李桐则换了一身靛青，窄袖宽裙，头发编成辫子绾到头上，插了几朵鲜花，一副川蜀女子最常见的打扮。

五皇子仰头看着李桐，一脸兴奋。“咱们要扮什么？镖师？要走镖吗？”

清菊噗地笑出了声，水莲一脸无语。“小少爷，就是走镖，您和姑娘也是那镖。”

“什么是镖？镖不是镖师吗？”

“镖师是护镖的，镖是镖师要保护的货物！”绿梅带着几分恶趣味解释道。

“噢……”五皇子长长地噢了一声，伸手牵住李桐的手，冲水莲皱了皱鼻子，“哼！”

“走吧。”李桐吩咐，水莲急忙推开门，院子里已经停了几辆半旧的桐木大车。李桐牵着五皇子上了一辆车，水莲和清菊留下，文竹和绿梅上了后面一辆一模一样的大车。车子出了院门，汇到长长一队进京的商队中间。

看着车子出了门，张太太出来，也上了车，却从另一个门出去了。

宁远枯坐在巷子里的车上，直等得七上八下，焦躁无比。“去个人看看，怎么还没出来？”

“是。”六月答应一声，示意一个护卫，护卫大步进了酒楼，片刻，带着个长随模样的男子过来。

“怎么回事？”长随走近，宁远猛地掀起车帘，一脸狠厉地问道。

“回爷，我家姑娘让跟爷禀报一声，她已经带着小少爷从后门出去，先坐车回去了。我们姑娘说，来时容易回去烦，请爷见谅。姑娘还说，如果方便，想请爷还坐船回去，姑娘说，请爷放心。”长随有几分胆怯，不过几句话倒还是回得清楚干脆。

宁远一张脸铁青，紧紧攥着的拳头微微发抖，她连他都要进去了！

不过，她的话说得对，确实，他依旧从水路，五哥儿那边，就安全得多了。

“回去！”宁远跳下车，大步流星直奔码头。

码头上，李桐那条船已经准备就绪，水莲和万嬷嬷站在船头，正指挥着几个长随往船上搬东西。宁远刚上了船，李桐的船就撑离了岸，一边四五个健壮船工用长竹篙撑船，后面两排四人摇橹，船行得飞快，顺水而下。

宁远的船紧跟其后，一路往宝林庵方向回去。

李桐和五皇子混进去的商队，运的全是今年的新茶。

商队走得不快不慢，出了镇子，李桐将车子一边的折门推到一起，卸下帘子，示意五皇子，两人腿垂在车外，并排坐在车沿上。

五皇子兴奋得大瞪着双眼。“姐姐！车子还能这么坐？”

“这辆车，可以坐人，也能装货，所以才能这样坐。要是咱们家里那种大车，这边是做死的，就没办法这样坐了。”李桐示意五皇子看旁边的折门。

五皇子仔细看了半天，满意地评价：“这样的车子最好！以后我也要做辆这样的车子！”

后面车上的绿梅跳下车，紧跑几步就赶上了李桐和五皇子的车，绿梅跟在两人车旁，一边走一边打开手里的提盒，先看着五皇子问道：“有糖莲子，炒银杏，蜜山楂，酸梨条，还有煮瓜子，少爷吃什么？”

“糖莲子吧。”

绿梅拿了只白瓷碗递给五皇子，又拿了只锦袋递给李桐。李桐从锦袋里摸了几粒瓜子出来，晃着腿嗑着瓜子。五皇子吃了一粒糖莲子，盯着李桐手里的瓜子看了片刻，将莲子碗往李桐怀里一塞，说：“姐姐你尝尝这个，我想吃瓜子！”

李桐失笑，回身将莲子碗放到车上，将锦袋放到两人中间。五皇子抓了把瓜子，瞄着李桐，一连嗑坏了十几个，总算嗑出个完整的仁儿，兴奋地哈哈笑起来。

车队最前，镖师轻松的喊声依次传过来，五皇子又惊讶又兴奋。“姐姐他们在唱歌吗？”

“不是唱歌，现在到这里，这一趟镖就算是平平安安走到了，镖师们喊一趟，是高兴的意思。”李桐解释。

“小少爷想听唱歌？”一直勒马走在两人旁边的孔大乐呵呵问道，“想听什么歌？”

“你会唱什么歌？”五皇子哪知道要听什么歌，不过他知道反问。

“小的唱歌不好听，刘老三唱得不错，不过他只会唱他老家的歌，让他唱给小少爷听听？”

“好！”

“老三！”孔大吼了一声，刘老三笑道：“老大又坑我，行！抹一把老脸，怕啥？唱就唱，唱不了好听的，难听的总归能唱两句，小少爷，听好了！”

刘老三先长长地嗷了一声：“嗨哎嗨哎嗨哎嗨嗨，咱俩见个面面容易，哎呀拉话话的难，一个在那山啦上哟，一个在那沟……”

五皇子听得目瞪口呆。“这这……这是唱歌？”

“老三又想媳妇了？赵才呢？跟他对对！”前面的镖师们笑起来，不知道谁一声吼，一个装着女声，将喉咙捏得尖尖的公鸭嗓子立刻暴起：“哎……嗨哎嗨哎嗨哎嗨嗨，我泪个蛋蛋抛在，哎呀沙蒿蒿的林……”

五皇子笑得哈哈哈哈，捧着肚子倒在车上。

李桐和宁远两条船都走得飞快，一路上平平安安。快进直通宝林庵旁的小河时，宁远的船靠岸，宁远下了船，上马直奔宝林庵外的皇家别庄。

宁远带着六月等七八个心腹，隐在旁边树林里，等了将近一个时辰，眼看日头落西，灿烂的晚霞中，五六个长随护着两辆车，不紧不慢地过来。

第 192 章　心情不好

宁远已经等得快要烧起来了，一眼看到两辆车，急忙翻身上马，直冲过去。

前一辆车敞开半边，只有李桐坐在车边，旁边一个长随怀里，坐着五皇子。

宁远看着兴奋得脸颊通红的五皇子，到嘴的咆哮硬生生咽下，用鞭子指着李桐。“把哥儿交给我，我送他回去，你走吧。”

“七爷，长公主交代过要送回庄子，还是从哪儿来再从哪儿回去的好。再说，七爷得赶紧回去了。”李桐跳下车，冲宁远屈膝答道。

宁远眯缝着眼，居高临下打量着李桐，从李桐身上再看到一脸紧张看着他的五皇子，再看回李桐，垂下眼皮，再抬起来，焦躁恼怒就一丝不见了，眼里一片清明。“这一天多谢李姑娘费心，在下关心则乱，无礼之处，还请姑娘海涵。”

李桐眼里闪过丝惊讶，这位宁七爷，果然像文二爷说的，绝不是他展示出来的愚蠢纨绔，就这份知错立刻就认的态度，就极其难得。

李桐没说话，微微屈膝福了半福，跳上车，示意众人，接着往长公主的皇庄过去。

宁远勒转马头，扬手示意众人，打马直奔京城而回。

庄子角门外，五皇子来时的车子已经等候着了。绿云站在车旁，看着五皇子下了车，先上了后面一辆车，片刻，换了来时的一身半旧衣服出来。

换回自己衣服的五皇子紧紧绷着脸，看了眼绿云，走到李桐身边，拉了拉她，又拉了一下。李桐蹲下，五皇子低低问道：“明年你还带我出去玩儿，行不行？”

“好。”李桐心里猛地一酸，眼泪差点夺眶而出，急忙点头答应。带不带他出去，哪是她能决定的事呢？

五皇子脸上笑容绽放，松开李桐，看着她，往后退了一步，再退一步，连退了三四步，才转回身，几步跑到车旁，头也不回地上了车。

绿云和李桐站着看着车子走远了，几乎同时叹了口气。

“今天辛苦李娘子了，长公主吩咐了，请李娘子回去歇着吧，明儿再说话。”绿云传了福安长公主的话，李桐应了，上了车，直奔紫藤山庄回去。这一天整个李家倾尽全力，总算平平安安，再看几天，京城要是能波澜不兴，那这趟差事，就算圆满了。

李桐坐在车里，将今天一天细细过了一遍，心放下来，想着五皇子，却又心酸得不能忍。

第193章　乐与痛

（略）

墨七将宁远送到定北侯府，看着他被小厮扶进了府门，站在定北侯府门口犹豫了片刻，吩咐小厮："回府吧，再晚太婆要担心了。"

宁远进了二门，松开小厮，迎着微风长长吐了口气，背着手一边大步往园子里走，一边吩咐，"给爷拿酒！"

定北侯府后园那片湖泊中间的水阁里，宁远独自一人坐在摇椅上，一手拿壶，一手拿杯，一杯接一杯，直喝得酩酊大醉。摇摇晃晃站起来，将壶和杯子扔进湖里，又搬起酒桶扔进水里，对着水波微微的湖面，双手捶着栏杆，放声大哭。

他的姐姐和外甥，困在那个笼子里已经十年，在笼子里一步步走向死路，他眼睁睁看着，却无能为力。

这世间的欢乐有多少、有多精彩，他能享受、能看到诸般种种有多少，这份痛苦就有多少、有多深！

［节选自起点女生网］

【粉丝评论摘编】

@ccboren：好久没看闲听落花的书了，这本感觉作者又提升了一个新的高度。人物多而不乱，每个人都写得很饱满，每个人的心态以及推展出来的剧情都很好看，故事也没有执着于儿女情长，家长里短与朝廷大势穿插得很好，感觉既有女作者的细致，又回避了其他种田文那种浓浓的意淫与小家子气，还是很好看的。若说缺点，前期时把女主前夫写得实在太笨了，虽然啪啪地打脸很搞笑，但还是感觉作者处理得太粗糙了，看到中期才渐入佳境。

优书网　2017年2月16日

@南山1989：婚姻不易，最可悲的却是像桐姐前世那般被爱情冲昏了头脑。人一旦失去了自我，就会慢慢陷入万丈深渊。生活不易，虽然前方荆棘密布，只要清醒地勇往直前，那一身傲骨终将坚定地耸立于天地之间。唯有清醒才是真正地活着。

起点中文网　2017年5月14日

@绿衣甘棠：如果给《锦桐》加一个副标题，可以这样写“一群任性的人和认命的人的掐架故事”。

这个有钱任性里的“钱”可以理解为家里有钱、有权、有长辈无条件宠溺、重生有先知之明等可以依仗的可以凭赖的东西。认命，大多时候被解释为对命运的顺从，对斗争的放弃，顺应顺从，对“认命”这个词的重心放到了“命”上，命不可违，我们能做的只有放弃便得心安；但我觉得更多的时候，我们应该把“认命”这个词的重心放在“认”上，放在对命运对自我的认知上，人贵自知，然后审时度势顺势而为顺时而动。

起点中文网　2017年6月6日

@？瑆芯：李桐是平凡的，只不过她比别人有了一次重新来过的机会，但是她也是不平凡的！因为她重生后不是生活在无尽的怨恨里，而是从自己出发，看是不是自己糊涂了，识人不清了，然后在重生的机会里，她改过，她擦亮了眼睛。和她一起归来的姜某某，不就是最后的对比吗？嗯，让我们在看完以后有了可以反思的契机，让人印象深刻，同时震撼人心……

QQ阅读　2017年8月1日

@恋恋锋橙：

闲大的书，一本比一本耐读。

《榴绽朱门》映着白流苏的影子，凉薄人间苦浮沉，多少苍凉，总生怅惘。其他书虽则或多或少加入了不少喜剧因素，但有好几个男主或多或少都显得清淡，我纵然看到了那个世间最好的女子，却终究找不到一个真正配得起她的良人。最喜欢《玉堂金闺》和《秾李夭桃》，尤其是《玉堂金闺》，男主开始鲜活，男二蒋鸿堪称完美。

然后，就到了《锦桐》。这次用笔，有了极妙的变化。鲜血之后，是清醒重生。女主再嫁身，之前也看过几本，努力安排出的"幸福人生"里，就断不会有一个优秀得不要不要的男主了，温和宽容有能力好像就已经够了。

偏我桐姐儿重生出碧海蓝天。

宁七，没挑了！

魄力很重要，好看很重要，机敏很重要，家世很重要，修养很重要……当然，尊重是重要中的重要。

真心、用心一样不缺；武力、财力同时爆表；上得厅堂下得厨房……就目前的状况，就只差书好像念得不太好了……宁七需要念书？根本不需要，人情练达，何必文章？

百度贴吧　2017年4月27日

［导引、简介、节选、粉丝评论摘编：王鑫］

走出“卑弱”的樊笼

王　鑫　罗曦洁

东汉时，班昭在《女戒》中写下：生女，“卧之床下，示其卑弱”。一语成谶，“卑弱”二字变换着面孔，与中国女性的自我想象如影随形，成为一道无形的上限。当天空再度变得低矮，居高不下的失业率试图把女性赶回家庭，新婚姻法又将女性抛入一片空空荡荡的荒地时，“卑弱感”亦在女性的焦虑和恐惧中延续着。

如果说现实困境种种，穿越回古代可以求得解脱吗？

不。

2010 年诞生的穿越言情文《庶女攻略》（吱吱，起点中文网），向幻想着“穿回古代好好谈个恋爱”的言情作品泼了一盆冷水：女孩子手无寸铁、身无长技，在礼教森严的古代社会活下来就是万幸，如何可能无忧无虑地罗曼蒂克呢？

一切困境皆是当下的困境，《庶女攻略》戳中了无数现实痛点，成为“宅斗种田文”之滥觞。此后，无数作者和读者开始思索“活下来”的问题，携手走进一片黑暗森林。只不过，是带着卑弱者的自觉走进去的：地位卑，便要依附；能力弱，便要自私地斗上一斗。于是，种种外在的规则成为斗争的依凭，女性不可以不嫁人、不可以不生儿子、不可以不争宠、不可以不维护嫡庶有别的祖宗家法……

重重压力之下，后宅宛若一潭死水。女孩子溺在里面，一边用乞怜的眼神望着水边的男人，一边把别人按下去，冒出头来喘口气，“女人不想难为自己，就只有难为女人”[①]。“宅斗种田文”周而复始地蹈踏着这套逻辑，倾诉着这样

① 经典“宅斗种田文”《知否？知否？应是绿肥红瘦》（2010，关心则乱）第 7、8 章标题。——本文作者注

一个现实：女性的恐惧有多深，焦虑有多深，宅子里的水就有多深。

《锦桐》的出现，则如死水中开出的一朵莲花，清澈，坚定，令人惊讶，以鲜活灵动的姿态，一扫潭底尸体散发的腐朽气。

回顾《锦桐》，可以说它讲了两个故事。第一个故事是“活命”。李桐前世所遇非人、含恨而终，重生之后，只求跳出火坑，保一条性命。她精打细算、步步为营，终于扔掉了“姜家大奶奶”的身份，将钩心斗角的烂摊子远远甩在身后。李桐的逃离，与《锦桐》的突围是同构的：利用“宅斗种田文”积累的心机和手腕，与深宅大院分道扬镳、从此江湖不见。

第二个故事是“新生”。李桐离开了腐烂的旧地，自然要展开新的生活，最大的阻碍便是前世的“非人”姜焕璋。前世李桐对他一心一意，将家业打理得财源滚滚，助他位极人臣，却只换得他对“商户女”的鄙夷，在痛苦中郁郁而终。新生中，作者系了一个双扣，让姜焕璋站在男频历史重生文的设定中，也重新来过。姜急不可耐地挥霍着自己的外挂，想拨快历史轮盘，续他上辈子未了的大业。不幸的是，他遇上了自求多福的李桐，又遇上了李桐出走后、结交的那些有勇气与命运争上一争的人。在这个双扣之中，李桐的命运与世界的命运悄悄系在了一起。世界也因一位小娘子的自尊自爱，跳出了无尽的时间轮回。

《锦桐》的作者闲听落花是起点“宅斗种田文”老牌作者，从 2011 年开始写作，对这一文类的公设、套路可谓了如指掌。可她却慢慢看到，自相残杀是没有未来的，结果只有尸骨无存，纵使胜出，也是鲜血淋漓的成功，与幸福毫不相干。于是，她开始一点一点将自己的想法搬进作品中，试图在深宅大院中寻找一线生机，让更多的人“活下去”。《名门贵妻：暴君小心点》（2014）中，她开始尝试写女性结盟；《神医嫁到》（2015）中，她写不谙宅斗的职业女性，以现代人性冲出框架之外。到了《锦桐》，她调转矛头，对准问题的根源——那位建了高宅大院、以爱之名提供威权，却面目模糊的男主人，并借李桐之口，一笔将他拉下神坛：“他娶我，是为了咱们李家的银子……供他们姜家荣华富贵、飞黄腾达。”

当男主人失去魅力，“离开”便是理所当然。李桐也意识到了人生不应与什么人、什么家绑在一起，从而生出了自己的主心骨：我有才能、有银子，想要什么，就去做什么；喜欢谁，就对谁好；不喜欢谁，就和他一刀两断。这令《锦桐》有了《庆余年》（猫腻，起点中文网，2007—2009）中范闲那股“抡圆了活”的精气神，读起来非常爽快。若是有余力，还能顺手帮衬身边的人，成全一两桩郎情妾意的婚事，或捞起一两个同样想跳出火坑的女子。《锦桐》在天然的女性立场中，触碰到了最最朴素的价值：要活着，要活得更好，不受约束，顺心自在。

以此，《锦桐》跳出了“宅斗种田文”的三界五行。跳出的方式更是朴素——给女性角色更多的可能性，让她们顺从本心，自行选择。这种可能性，原来的“宅斗种田文”恰恰没有提供。譬如，妓女阿萝爱着男主人公宁远，但她从不奢求做他的枕边人。她投靠他、为他工作，也只是想争取一点本分的自由：“我想见谁就见谁，想留谁过夜就留，我不想见，不想留的，不能逼我。”（第 223 章《远在江南》）曾经，在全员为敌的“宅斗种田文”中，不存在不想攀上高枝变凤凰的娼家。可娼家又是一个用性交换金钱地位的符号，是低级而恶劣的竞争者，注定只能当炮灰。阿萝的有所不为，无疑是撬开公设，为自己辟出一条生路。

难得的是，作者没有理念先行、一心突破设定，而是将反抗落在地上：若是说女性卑弱，又是谁规定卑弱者不能在一定范围内反抗呢？李桐设计离开，有所作为是反抗，阿萝稀里糊涂、不思上位也是反抗，皆是求更好地活。抱着这个念头，无论是经纶国务、以不嫁人为归隐志趣的长公主，韬光养晦、长剑出鞘震四方的宁皇后；还是喜欢做菜的小悠、努力为自己谋出路的秋媚……都尽己所能踏破了困局，活出了自由和风采。《锦桐》交了一份漂亮的答卷。

当女性自由了，不囿于方宅之内，《锦桐》也几乎写出了最好的男性。宁远作为男主人公，到 110 章才驾着一匹烈马远道而来，见人怼人、见鬼怼鬼，见皇帝怼皇帝，是个天不怕地不怕的刺儿头，一出场，就夺去了所有眼球。而谋士文二爷，进能运筹帷幄、指点江山，退能就着一锅热气腾腾的羊肉和府上的丫头话家常，内心则是唯恐天下不乱的搞事王，饱满至极，又有趣至极。

退一步讲，当“卑弱”的自我想象不断被重复、被强调时，人是很有可能忘记站起来会看到怎样的风景的。《锦桐》给了李桐第二次生命，让她有机会把自己拎起来，立在世上，睁开双眼，从此卸下一身束缚，得到真正的自由；也用一个远不止于宅斗的宅斗故事，从一池淤泥中拔擢而出，进入了更广阔的天地。

丢掉那少年

倪一宁

倪一宁，1994 年生人，毕业于上海交通大学中文系，现主要从事自由撰稿。倪一宁在学生时代就展现出一定的文学才华，而真正让她开始走红的，却不是各类作文比赛的获奖，或者报纸杂志的文章，而是人人网上淡而有味的日志。在社交媒体的初级阶段，这些日志就为她的个人主页带来了近 14 万人次的来访。随后，倪一宁在“ONE·一个”App 上陆续发表《不吃肉的小孩》(2015)等短篇小说，2016 年出版散文集《赐我理由再披甲上阵》。发布在她同名微信公众号上的《丢掉那少年》，是其第一部长篇小说。

《丢掉那少年》自 2017 年 3 月 2 日开始连载，至 5 月 24 日暂停更新，全书已经完稿，共计 20 余万字，预计 2017 年年内出版。《丢掉那少年》在微信公众号上连载的 15 个章节，阅读量大多在 4 万左右，虽然不能称之为“爆款红文”，但倪一宁在创作中展现的文学功底，其以微博微信为园地的新生代“文青风”作者生存状态，值得研究与关注。

【标签】都市　言情　校园

【简介】

游戏公司高管周密，被实习生 Shirley 死缠烂打，后者悄悄接近周密的妻子、时尚博主叶蓁蓁，并以一条分组可见的朋友圈暧昧照，引发了这对夫妻之间的误会。

叶蓁蓁相信周密并未实质出轨，但却对两人相敬如宾的夫妻关系感到了彻头彻尾的灰心。两人少年初恋，彼时周密是家境优渥的翩翩少年郎，叶蓁蓁是不谙世事的天真小公主，但周密却在两家父母见面时临阵脱逃，叶蓁蓁因此远走异国。然而风云突变，周密家道中落，失去一切的周密只有咬牙奋斗，让坍塌的生活逐渐恢复往昔的模样，留学归来的叶蓁蓁，成了这块“少年记忆”拼图的最后一片。叶蓁蓁明白周密是个不错的结婚对象，亦明白他需要的就是她装作十八岁时的天真，于是小心拿捏分寸，心照不宣举案齐眉。

但是Shirley的搅局、叶蓁蓁的急病、旧情人的到来，让两人不得不摘掉假面，重新面对彼此之间的关系……

选文《落跑伴娘》是《丢掉那少年》的番外篇，以配角苏青青的角度，讲述周密从意气风发的少年到内敛深沉的青年的人生波澜。在有限的篇幅中，周密、叶蓁蓁与苏青青三人因不同际遇而生长出的不同性格，得到了透彻的展现。篇末的反转更如图穷匕见，令人回味。即便在传统文学评价标准下，也是一篇佳作。

【节选】

落跑伴娘（有删减）

高考前，苏青青是真的跟周密单独相处了一次。

那是五月底的一个傍晚。放了学，大家该出去吃的出去吃，该去食堂的去食堂，等着吃完上晚自修。教室里人不多，苏青青戴着耳机在做英语听力，突然听见周密很兴奋地喊了句，你们看那边，着火了。

苏青青没有摘下耳机，眼光却不自觉地朝他指的方向望过去。

学校旁边是个 20 世纪 90 年代末修造的饭店，还有烟囱。只见此刻烟囱里冒着浓烟，饭店顶楼一片红色，确实像是着火的景象。

但很快苏青青就知道周密为何如此兴奋了。他把趴着睡觉的叶蓁蓁喊醒，说我们去救火吧，别上晚自习了。

教室里已经有人蠢蠢欲动，苏青青看到有人收拾书包。

但苏青青转过身去，看到叶蓁蓁没有动，她拨开周密的手，嘟囔道："别闹了，我要睡觉，老师来了喊我。"

也不知道是哪来的勇气，苏青青扯了扯周密的袖子，重复了一遍他的话，她说，嗯，着火了，我们去救火吧。

周密朝她笑了。苏青青不确定他笑容的含义是什么，是赞赏吗，还是觉得"好学生也有逃课的一天"？但这都不妨碍，关键是他们俩，迅速地收拾了书包，溜出了学校。走出校门后，苏青青往饭店的方向走，周密在背后喊她："哎，你去哪儿？"

"不是去救火吗？"苏青青指了指天边红彤彤的一片。

"你还真信啊……"周密彻底乐了，"那是晚霞啊姐姐。"

“那，烟呢？”

“饭店不得做饭吗，那不就有烟了？”

苏青青愣在原地，问他：“那你跑出来干吗？”

周密就站在她背后，扳正她的肩膀，让她往前看，然后凑到她脑袋旁边，笑得那叫一个高兴。“你不想出来玩吗？你想吃什么，我请你。”

他们的高中已经有一百多年的历史了，一直稳稳当当地在市中心。苏青青的妈妈抱怨过很多次，说实在不像个念书的地方，难怪一本率年年跌。学校对面是一整列的餐厅，旁边是小商品市场，还邻着一条丝绸街，每天就看到小贩推着车，或者拎着一整个蛇皮袋的衣服，喊“让一让啊让一让”。

但苏青青没有挑中任何一个餐厅，她指着街口的一家鸡排店，说我们就吃那个吧。他们俩举着鸡排和可乐，无所事事地走在夕阳里。

那天的夕阳真的非常漂亮，整条街道都沐浴在蜜色光辉里，像一块巨大的琥珀。周密走在她旁边，苏青青只能看到他的睫毛和鼻子。他睫毛真的好长啊，颤颤地，像是要融进余晖里。

他指着缓缓下沉的巨大落日，以及它浇铸而成的金黄色街景，摸摸鼻子，朝她略微羞涩地笑笑，说：“还可以哦？”

好像那落日是他变出来的一样。

很多年后的很多年里，苏青青跟新朋友喝酒的时候，都会不厌其烦地复述这个场景：人生处处得意的少年，稍带着羞涩的眼神，问她，还可以哦？

她只恨自己无法全然模仿出周密的那个腔调。她就像一个蹩脚的小说家一样，无法精准地重现，那个男主角曾有着怎样迷人的声口。

苏青青没话找话，问他高考志愿想填哪里。

周密不假思索地说，上海吧。

“可是我想去北京。”这是真的，苏青青很用力地想逃离爸妈，逃离生活了十八年的老旧小区，逃离南方的梅雨季里家里永远拖也拖不干的白色地砖。

但她突然有点舍不得周密。

周密勾住了她的肩膀，苏青青吓了一跳，动也不敢动，只看到他笑眯眯地，把她吃不完的鸡排接过去吃，然后说："没事啊，反正不管你去哪儿，就我们俩这关系，也不会失联的。"

但其实他们失联了整整四年。那一年高考，所有人得偿所愿，周密跟叶蓁蓁都到了上海，韩统出国，苏青青一个人去了北京。

苏青青上大学后很少回家，她受不了南方湿冷的冬天，寒假也一个人留在宿舍实习看书，她很少听说周密的消息，他跟叶蓁蓁感情太稳固了，稳固到同学们失去了八卦的兴趣。苏青青大学里没有恋爱，她只从没完没了的搭讪里，意识到了一件事，她长得美，以及周密，还真他妈不是个肤浅的人。

（略）

苏青青在正式工作一周后，终于又见到了周密。那阵子她很是意气风发，领导把她的工位安排在了一个转角处，所有人去开会，去厕所，去茶水间的时候，都会路过那儿，而几乎每个单身男青年，都会停下来，跟苏青青聊两句。

她听见领导在跟别人打电话："哎呀不要招女生，我说了不要女生，除非她好看，我才愿意替她干活，当然现在好看也没用了，我们有个苏青青在了，都省了考勤。"

——那么好看，还不用别人替她干活，苏青青是真的意识到，一条奇妙的道路正在她脚下延展开来，往前走，什么都会有的。

所以周密打电话给她，说傍晚接她吃饭的时候，她语气没有一点迟疑，很是快活地说，好呀。

（略）

七点钟的时候，两个人毫无悬念地堵在了亮马桥。

周密不急不躁，最多偶尔翻过手机来看看，苏青青思忖再三，还是问出了那句话：“叶蓁蓁呢？”

周密把手机翻转了个身，从从容容地回答她：“我们分手了。两个人……目前想要的东西不一样，她想结婚，我想缓一阵子。之前她爸妈想组织两家人吃饭，我没去，我觉得自己目前的状态……它不是结婚的状态。”

前面的车子挪了一点，周密也紧跟着，往前动了动。“叶蓁蓁九月份打算出国了吧，挺好的，她也应该出去看看，不然总跟个小孩子似的。”

苏青青觉得问到这里就可以了。她不想真的扮作知心好友，还追问他难不难过，他无论怎么答，她都不会太高兴的。所以她恰当地收住了谈话。

等到他们真的落座的时候，周密在灯光下打量了她一会，然后很是诚恳地说了句，苏青青你真的越来越好看了。

这是他第一次夸她好看。苏青青居然手足无措了一会，终于，模仿着他浑不懔的口气，回敬了一句“谢谢啊”。

原来周密也不瞎的。

大学四年对苏青青的影响很大，她的谈资或许仍然匮乏，但她至少学会了怎么不动声色地把一场谈话延续下去。她看着周密一脸愉悦的神色，觉得自己像是受到了褒奖。这么多年后，她终于能够轻轻松松地跟他说话了，他不会再对着她摆出“这个你反正不懂也不感兴趣我跟你说干吗”的神情。

她很自豪。

果然，吃完饭，周密送她回公司加班，快到楼下的时候，他跟她约下次再见面的时间。他说，反正我在北京认识的也都是新朋友，你可以跟大家一起玩。

然而苏青青真正跟他朋友待在一起的时候，她只觉得不适。（略）一是她对烟味轻微过敏，实在是很想吐；二是她也越来越忙……当然忙是好事，老板不断交给你事情做，才证明你在这一行混得下去，哪天你要是清闲了，离被裁也就不远了。最忙的时候，苏青青凌晨两点下班，回家累得连卸妆的力气都没有，只能凭惯性摘掉隐形眼镜，就把自己扔到床上。半夜四点惊醒，再挣扎着去卫生间卸妆。

而周密过得风生水起。周密有个特别好的习惯，就是他去 club 也好，去 bar 也好，从来不发到朋友圈里。乍看他朋友圈，你会觉得这个人低调又话少。但周密的朋友不见得都这样，所以苏青青刷他们共同好友的朋友圈，冷不丁地，就会在合照里看到周密。

可是周密百忙之中，也没有忘掉苏青青的生日。（略）所以当周密跟她说，下周他生日，一起来玩吧的时候，虽然手头还有两个没结的案子，苏青青还是毫不犹豫地答应了。

苏青青是加完班再过去的，周密给她发消息说，就报他的名字，楼下的安保会让她上来的。她手腕上系了个纸环，跟着安保糊里糊涂地上了楼，往 DJ 背后的那几桌走，又艰难地挤过人群，走上台阶，就看到了被人簇拥着的周密。

已经是深夜十二点了，所有人都喝得醉醺醺的，只有周密，一眼就看到了她，招呼她过去，让旁边的女孩子把包拿开，腾出地方让她坐。

苏青青小声说着“不好意思”往里走，终于坐到他身边。音乐声吵得她头疼，周密倒是怡然自得，递过来一小杯龙舌兰，问她喝吗。苏青青摇头，周密就不说话，靠在椅背上，懒洋洋地看着她。

苏青青抿了抿嘴，跟他说，生日快乐。

周密笑了，他真是一点醉态都没有，眼神清明得很，他揽过苏青青，指着人群说：“你看他们，好玩吧？”

苏青青很勉强地点点头。

她手机里弹出一条微信，是同事的工作微信，旁边人不断地站起坐下，她手一抖，差点把“attached please find the pitch”打成“attached please find the bitch”。再抬头的时候，周密已经不见了，她很费劲地在人群里找他，最后终于看到，一个女孩子头发全部散下来了，周密在帮她挽住头发，让她慢慢翻找包里的头绳。

苏青青突然很想走，她想好了，等周密再坐回来，她就跟他告个别，回家补觉。

过了好一会，周密终于回来了，她正想开口说话，就看到放在沙发上的周密的手机振动了一下，周密右手握着杯子，左手滑动解锁打开来看。苏青青想着，等他放下手机，她就跟他说，她是真的要走了。然而周密迟迟没有动作，对着屏幕，愣了很久。苏青青鼓起勇气戳了戳他的手臂，却看到周密脸上一片茫然。他转过身，手放到她肩上，甚至微微加重了力气，附到她耳边，说：“我爸出事了。”

没有人注意到周密的异样，有人过来敬酒的时候，他甚至还跟对方调笑了几句，但苏青青再也不敢走，她就这么熬到凌晨四点，人都彻底散了。她坐在一堆气球和空酒杯中间，她问他，你要不要跟我回家。

周密说好。

（略）

到了小区，周密很安静地下车，跟着她上楼。苏青青庆幸自己勤快，虽然一个人住，家里也收拾得山清水秀的，随时见得了人。周密进了门，坐到沙发上，歪着头，闭着眼睛，不知道是睡着了还是纯粹不想说话。

苏青青给他泡了杯茶，放到他面前，然后试探性地问，现在情况怎么样了？

“还在隔离审查。”

“那就还好，说不定查完了发现没什么事。”

这话并没有有效宽慰到周密。他惨淡地朝她笑笑，然后跟她说，你去睡吧，我在你家沙发上窝一晚，明天回家一趟。

苏青青提议说，不如他去睡卧室，她睡沙发就好。周密摸着她的头发，说别傻。

但周密最终没有回家。他妈打了三个电话，主旨就是，不管家里发生什么，他都不要回来，他留北京就好。还有，要是出了什么事，他爸爸从前的下属同事，通通是不顶用的，要找，就去找他爸的老领导，他们每年都会见面，多少有点情分在。

周密只是不断地“嗯嗯”着。

苏青青跟他站得很近，能听见最后周密妈妈斩钉截铁的声音，她说你千万不要回来，不要跟别人说这些事，你安心过你的，无论什么灾祸，都跟你没关系。

这一回，周密没有接话。

周密的爸爸到底没有全身而退。他父母很仓促地去了澳洲，他叔叔在那里有一爿不大不小的生意，名下的房产都被冻结了，周密现在所有的，就是早些年，他爸用他外公外婆的名义买的一个小公寓。

周密把自己关在房子里，谁也不见，什么也不说，就没日没夜地拼乐高。苏青青去找他，看到他自嘲地举着刚拼好的桥，对她说，我现在连乐高积木都买山寨的。

其实周密的爸爸隔离审查期间，他身边人仍然对他很客气的，甚至比以往更殷勤，但是真正落实后，那些人就像烟一样消散了。他也听从他妈的话，去找过爸爸的老领导。对方很客气，送了他一块玉，说是某年某月在寺庙里求的，保佑过他逢凶化吉许多次，可是周密一旦提出其他的确切的要求，他就打哈哈，最后送客前，还拍着他的肩膀说，年轻人，多历练一下也是好的。

这些是周密告诉苏青青的，他走出老领导家门的时候，突然觉得再也迈不动一步路，恰好苏青青打电话问他，要不要一起吃夜宵，他就顺势说，你来接我吧，我走不动了。

苏青青从没见过周密喝多，但他那天的表现，很像喝多了酒。他低垂着眼睛，偶尔抬起脸，又迅速地看向窗外。他脸上的神情——苏青青知道这个比方不恰当，但实在是很像被人用脚踩过碾过，明明是干干净净的脸，却像是沾了一层灰，怎么也擦不掉。

苏青青暗暗唾骂自己，你同情人家什么呢，瘦死的骆驼比马大，他租的公寓，还是一个月房租抵你三个月的。

可是她就是很忍不住，她想把他脸上那些灰色的东西都擦掉。灰扑扑的只该是十二月的北京，不是周密，他的眼鼻耳喉之间，不该散发出那种类似灰烬的气息。

那是周密啊。

周密没有沉沦太久，几个月后，韩统回国了一趟，把他介绍给了几个做手游的朋友，周密就算正式入了伙。他开始像大多数这个城市里一无所有的年轻人一样，穿五十块钱的 T 恤，吃十块钱一份的宫保鸡丁套餐外卖，唯一的不入流，大概就是还住在从前的公寓里，哪怕他的工资堪堪跟房租相抵。

周密解释说，他受不了合租，也受不了小区里有乱七八糟的人。

但这钱花得仿佛也是值得的。周密除了上班，就是待在公寓里，他整夜整夜地睡不着，只能拼乐高，半张床上堆着被子，半张床上是积木。

周六的早上，苏青青会带着一些菜，去看看他。有次周密给她开了门，自己回卧室睡觉，苏青青边烧菜，边打开电视，也没留神在放什么。过了会儿，看到周密穿着睡衣跑出来了，站在客厅里发愣，直盯着电视。苏青青有点诧异地看向电视，发现是CCTV11在放京剧片段，正唱到《甘露寺》一折，“劝千岁杀字休出口”。苏青青正想打趣说，你居然爱听这个，周密就指着电视说，我爸最喜欢这一句，他说于魁智唱这个，最见功力。

从那以后，苏青青再去他家，总会听到他用音响在放《甘露寺》唱段，有时候是《四郎探母·坐宫》那一折，“有心赠你金钺箭，怕你一去不回还”。听得多了，苏青青都会咿咿呀呀地跟唱两句。

也是那一阵子，苏青青认识了朱先生。

她那时每周都要飞一次广州，有天早上在酒店吃早餐，她稀里糊涂地坐错了位置，把别人的早餐吃了个大半，突然她发现有人坐在了她对面，是一个陌生的男人，她刚想出言提醒，对方就微笑着说，这是我的位子。

她刚想反驳，对方就从餐垫下，拿出了房卡，苏青青脸一下子就红了，一迭连声说“不好意思”，对方摇摇头，说没事，看来我们选的早餐都是一样的。

苏青青不知道说什么，只能挤出笑容看着他，对方把名片递给她，说我在这个餐厅里看到你三次了，你是来出差的吧，说不定是同行。

一看名片，果然是同行。苏青青窘迫地说，我没有带名片下来。朱先生宽容地摆摆手，说没事，你太容易让人记住了，不需要那些。

回北京以后他们偶尔会一起吃饭，他说得很少，多数是听她在讲。很奇怪，苏青青在周密面前常常不知道该说什么，对着朱先生，倒是能够滔滔不绝。潜意识里，她把他归到了“不讨厌”的范畴内。但朱先生显然不满足于此，有天他们吃完饭，朱先生提议说，他家里有些上好的祁门红茶，苏青青既然有加班喝茶的刚需，不如到他家去挑一些。

苏青青隐隐觉得有些不妥，她推托了几句，同时给周密发消息说，你回家了吗，我来你家玩乐高？

隔了十几分钟，周密回复说，还在加班呢。

苏青青迅速地说“哦哦，那你忙吧”，她突然有点不想回家，她少有这个点下班的，以至于不知道该怎么打发无所事事的长夜，于是她朝朱先生莞尔一笑，说那我去捡点便宜吧。

跟苏青青担心的不一样，朱先生很客气也很有分寸，只是详详细细地，给她讲解各种茶形的区别，苏青青从前只是为了提神，倒不知道还有这些规矩，听得也煞是有趣。临走，她拎着纸袋跟朱先生告别。他把手放到她的肩上，说你这样特别的女孩，应该有不一样的人生的。

苏青青不知道怎么接话，愣在原地。

“你不必活得跟她们一样。”

她笑了，反问他：“那你觉得我该怎么活？”

朱先生不正面答话，只是说，太晚了，我让他们送你回家吧，到家了报个平安。

苏青青没有跟人报平安的习惯，她出了那么多趟差，一下飞机，只会联系专车司机，不需要跟任何人说明。她从前看电影《非诚勿扰》，印象最深的，就是那句“起落安妥”，她有时候都会好奇，跟人说“我到了”究竟是一种什么样的感觉。

那晚她到家后，跟朱先生老老实实地说了句，我到了，睡了啊。

朱先生回复说，别撒谎，你明明还要过好久才睡，睡前别嫌麻烦，再跟我说一声。

苏青青握着手机，突然对这段关系产生了一点期待。

隔了一周，他们再见面，大概因为那句“别嫌麻烦，再跟我说一声”，她整个人都稍稍显得有些放肆，喝了点酒，于是说了许多平时不会讲的傻话。朱先生边替她剥蟹壳边笑，她也不知道哪来的勇气，轻轻踢了他一脚，问你笑什么，你是不是在笑话我？

朱先生回敬说，我哪敢，我压根就不敢多看你。

苏青青听惯了关于她漂亮的恭维话，但听到这一句，还是不自然地喝了口水。他们说起苏青青的一个女上司，朱先生说，她这些年变好看了不少，从前可不长这样。

“真的吗？我还以为做我们这行，老得快呢。”苏青青接过他递过来的蟹壳。

“女孩子如果状态好的话，过了三十岁，还会再漂亮一些的。”

苏青青心里暗笑，要是真的如他所言，过了三十岁，还会再漂亮一截的话，他何必三番五次地请二十出头的她吃饭。但她到底没有说出来，只是挑了挑眉毛。

朱先生像是叹息般地说：“怎么办啊青青，你过十年，那该好看成什么样。我那时候恐怕已经老得不好意思再见你。”

苏青青抬起眼睛看他，他没有躲开，也没有再递给她食物。他伸出手，摸了摸她的头发。“你会有不一样的生活的，我保证。”

跟朱先生在一起以后，她不知道出于什么心理，邀请他跟周密一起吃了顿饭，介绍两人的时候，她没有说朱先生是她男朋友，倒是干脆地讲，周密是她弟弟，现在在做手游。周密没有像小学时候那样再反驳她——她其实是有点盼望他说我不是她弟弟的，可是他很安然地接受了这个身份，还谈笑自若地跟朱先生分享了一些苏青青小时候的趣事。

吃完饭，朱先生还有会要开，又独自折返回了公司。苏青青开车把周密送回家，路上沉默很久，她终于有勇气问他：“你觉得他怎么样？”

周密淡淡地说，还不错，离婚了？

“离了。前年离的，前妻跟女儿在新加坡。”

“那挺好的。对你好就好。”

前面是个漫长的红灯，足够苏青青扭过头问他："那你对我好吗？"

周密没有一下子答话，这时候，苏青青的手机振动了，是朱先生的微信。他说，周密是那个谁的儿子吧？

苏青青没有回复，过了会，他又传来一条消息："能帮的我都会帮，但你别跟他走太近了，这是为你好。"

苏青青到底没有听朱先生的话，一切有用的社交场合，她都把周密带上了，她总是抢先介绍说，这是我的弟弟，我们是一块长大的。

周密再没有了笑眯眯地看着人家喝醉的权利，苏青青这才知道了，他酒量其实平常，胜在酒品好，喝多了也不吵不闹，只有一次发着高烧，还被人喊去喝酒，到了那儿，周密实在坐不住，想走，对方不让，说一醉方休。

周密到底有少爷脾气，索性拿了一瓶黑方，给自己和另外几个人都斟满了，倒得一滴不剩，然后象征性地兑了一点雪碧，拉着他们碰杯，说，来，喝。

苏青青都还没来得及劝阻，就看到他一口气喝完了。

这下场子里的人彻底安静了。

该醉的都醉了，还没喝多的，也不敢再找他拼酒，周密潦草地跟他们点了个头，就拉起苏青青走人。

他脚步仍然跟平日没什么两样，甚至会问她，东西都带齐了吗？苏青青简直要误以为他真的海量了，但他们一路过一个卫生间，周密说了句"等我一会"，就冲到里面去了。苏青青在外面听到了剧烈的呕吐声，过了好一会他出来，额头的碎发都是湿的，贴在头皮上。

小时候，他教她认识了很多凭空造出的字；长大后，他亲自教她懂得了一个词语，叫作"不舍得"。

她不舍得他变成这样。

王侯将相宁有种乎，可是周密就该坐在人群中间，像逗猴子一样指着他们说："好玩吧？"

那真的是很艰难的几年。

常常他们各自加班到凌晨两三点，她再从公司出来，开车去接他，把他送回家，路上他有时候打盹，有时候会兴致勃勃地给她讲工作上的新进展。车窗外，是北京漂亮的跟他们无关的夜景。

好几年后，苏青青没那么忙了以后，她常去柏悦楼上喝酒，从玻璃窗望下去，是长安街的夜景，车辆缓慢移动着，像一条发光的河流。她想，她跟周密，曾经也是那条河流的一部分。

那几年里发生了很多的变化。朱先生自己出来单做，邀请苏青青入局，她有点犹豫，不知道在他们的关系上，再叠加一层同事关系是否恰当。朱先生倒是很洒脱，他问她："难道你觉得，我们会把情绪带入工作吗？"苏青青想了想，仿佛也是，就跳了槽，她的年薪翻了一倍，换了房子，同时暗暗攒钱打算买房。

周密的公司渐渐有了起色，他拿了钱的第一件事，就是买车。他说实在受不了出租车的那一股气味，这也实在是很周密。

苏青青很乐见他振作起来，这期间他短暂地交往过几个女朋友，但存在感都很弱，加之朱先生也忙，所以准确地说，是他们俩互相做伴，搭伙吃饭。

周密主导的那款手游开始内测那天，他很兴奋地跟苏青青说，晚上去你家吃饭吧，我们可以一起叫点外卖，你试玩一下——青青，你都没打过游戏吧？

苏青青是真的没玩过。她是没有青春期的人，她的高中岁月里，最荒诞不经的事情，就是边做作业，边偷听后排周密和叶蓁蓁的聊天。

当然，周密不知道。

他很耐心地教她怎么玩，怎么移动人物，怎么发动技能，什么时候又要回营补血，苏青青毕竟聪明，几局下来，就掌握得差不多了，等到攻下敌方基地的时候，整个屏幕突然像炸裂一样，出现了疯狂翻卷的、绯红色和灰色交织的火烧云，其中斑驳有几道金光，像极了……高三那年，他们一起逃晚自修，看到的夕阳。

周密躺在沙发上，凑在她身后看她玩，苏青青坐在地毯上，背靠着沙发。她听见周密用那种熟稔的、亲切的、有点得意又想小心掩饰的语气说："还可以哦？"

因为这句话，她转头去看周密，那种顽皮的清澈的眼神，仍然是她所熟悉的。哪怕他的眼角，隐约有了第一道细纹。

那是周密啊。

近乎鬼迷心窍地，苏青青没有再看回手机，她直直地盯着周密，其实这么多年她一直很好奇一件事情，周密鼻子那么挺，接吻的时候，会不会两个人的鼻子撞上。还有，他一个男孩子，为什么睫毛那么长。她记得高中的时候，叶蓁蓁死缠烂打地，用直尺量过他的睫毛长度，苏青青没听清楚到底多长。此刻，她很想用自己的手指，丈量一遍。

她喜欢他那么多年。年少时总觉得他太耀眼，不是一个世界的人；后来他跌下来了，她又不忍心，总想拼命把他拼凑成完好的模样。

她喜欢他到压根不敢破坏两个人奇怪的"姐弟"关系。

苏青青在那一刻想，这么多年，她是不是值得一点奖赏。周密还想说点什么，但苏青青没有听他讲解游戏的兴趣了。她终于没头没脑地，对着他的嘴唇，咬了下去。

如果那天晚上没有订外卖就好了。门铃响了，苏青青不得已，起身去开门，没想到外卖小哥把塑料袋弄破了，汤洒了一地。苏青青把外卖放好，又找了墩布来拖，等搞定这一切，再回到客厅看周密，发现他已经睡着了。

苏青青简直欲哭无泪。

她没有喊他起来吃饭，帮他盖好毯子，就一个人静悄悄地，吃掉了大部分夜宵。第二天早上，她起床的时候周密还没醒，老板不在，她可以下午再去公司，索性就在浴室里泡澡。泡到一半，听到周密敲了敲浴室的门，说那什么，我先走了。

她以为他们很快会见面的，没想到隔了一个多月。周密公司发行的新手游反馈很好，他们后来才知道，那是年度日活量最高的手游，但那时周密只是忙，忙得连问她过得好不好的时间都没有。

那年九月，发生了两件事情。一件是陈一湛结婚了，苏青青也收到了请柬，但她没去，她跟陈一湛不熟，印象里那就是个一天到晚跟韩统吵架的女孩子，但周密去了，他说，他总要替韩统看一看，是谁娶走了陈一湛。

第二件事情，是那个婚礼上，叶蓁蓁也在。

（略）

周密去上海的那几天，她一直心神不定的，总觉得要出事，又安慰自己说，能出什么事呢，陈一湛结婚的视频她看了，很普通很温馨的一个婚礼，也没有出现什么韩统当众抢婚的闹剧。

苏青青于是跟自己说，你真的想太多了。

可惜她的直觉是对的。周密不是一个人回北京的，他带回了叶蓁蓁。

他回北京的当天，没有告诉她，次日，才轻描淡写地说了句，你来家里吃饭吧，蓁蓁也在。

时隔九年，苏青青再次见到了叶蓁蓁。

她跟从前长得不太一样了，叶蓁蓁高中的时候，整个人，从五官到肤色，都像极了东南亚人，现在经过多年的钻研，终于成了……漂白过的东南亚人。

她脸小了一圈，人也瘦了，穿着薄薄的毛衣和背带牛仔裤，站在玄关处欢迎她，一见面就拥抱她说，青青，好久不见。

苏青青还在想，周密到底是怎么跟她交代这些年他们俩的关系的时候，就听见叶蓁蓁用那种大方的愉悦的简直毫无芥蒂的声音说，周密都告诉我啦，说你很照顾他。

她毫无敌意，以至于让苏青青觉得，自己是个笑话。

晚饭是叶蓁蓁烧的，她出国几年一个人住，没事做，索性练就了一身好厨艺。周密笑话说，她出国读的是新东方吧。

苏青青是不会，也不爱做饭的，她觉得这个事情太浪费生命，叫个餐厅外卖就能解决的事情，为什么要一身油烟味地奋战两个小时呢？

但周密显然很享受这样的生活，他在客厅跟苏青青说闲话，每隔半小时，就要去厨房跟叶蓁蓁探讨一下，这个酱油要加多少，什么时候加最好。跑进跑出，却满脸笑容，让苏青青简直问不出口那一句——你是怎么把她带回来的？

再是艰难，也问出口了。

周密迟疑了一下，缓缓地说："蓁蓁回国定居了。其实这些年，我都挺想她的。你看她，跟从前一个样子，冒冒失失的，我不是跟你说过吗，她永远分不清行李传送带上哪一个箱子是她的，所以这一次我看到，她的箱子上贴满了HELLO KITTY，她还很高兴地跟我说，这样她一眼就能分辨出来了。其实年纪也不小了，可是不知道为什么，还跟个小孩子一样。"

苏青青听见自己用空茫的语气说，所以我说她命好啊，我也想一辈子当小孩呢。

周密反握住她的手。"青青，你会有大出息的，你会成为那种，特别厉害的人。"

她其实很想问一问他，那这些年，她到底算是什么，是真的入戏太深，把她当姐姐了吗？

但她不敢问，她怕周密会诚恳地点点头，学着叶蓁蓁的口气，说谢谢你的照顾。她更怕他会反问，你不是有朱先生吗？

苏青青就是这么眼睁睁地，看他们又住到了一起，与此同时，朱先生决定把公司搬到深圳去，他说北京空气太差了，他有鼻炎，受不了。

问苏青青走吗，她摇头，于是他们体面地告别。第二天清晨，苏青青在床头柜第一格里，看到了一个信封，里面是厚厚的一沓钱，还有一张纸条，朱先生写着，这是你的嫁妆，青青，你当我是娘家人吧，将来有什么事，都告诉我。

她彻底恢复一个人的生活后，跟周密叶蓁蓁聚得更多，周密在计划着买房子，在居酒屋里，问苏青青说，你要不跟我们住一个小区吧，还能一起看房子。

苏青青还没答话，叶蓁蓁就凑热闹说，好呀好呀，你以后还能来我们家吃饭。

苏青青有时候真怀疑叶蓁蓁脑子坏掉了，她怎么就没有一点对情敌的防备心理，她是瞎了吗，看不出她看周密的眼神有问题？还是国外待久了，太单纯，真以为有“纯洁而牢固的异性友谊”这一回事？

周密跟她碰了碰杯子，说一起吧，我们挑个时间一起去看房子，不用带蓁蓁，她只有一个要求，房子要有大露台。

苏青青突然想起，高考完过后，几个人一起去酒吧，那是他们第一次去酒吧，所以大家都有点过度兴奋。高三毕业了，都自以为是个大人了，韩统拉着周密，热烈探讨，一夫一妻这种腐朽的社会制度，什么时候会消失。

哦，那天陈一湛不在，所以韩统整个人都活络了。

叶蓁蓁看着他们，笑嘻嘻地说，我没问题啊，要有个女人，愿意帮我打理家里乱七八糟的事，那你完全可以收了做二房。

周密不说话，喝完手里的酒，眼神却仍旧清明地看着她。

她于是说得更起劲："我真没事。一三五归她，二四六是我，周日你可以休息一下。"

周密假装蹙了蹙眉毛，问她："那一个问题就是……她如果又聪明又好看又能干，我干吗不把她扶正呢？怎么就非得你做大房？"

叶蓁蓁被这问题问倒了。稍作两秒休整，她气势汹汹地踢了一脚周密的凳子，质问道："你还真想得那么深远啊？"

苏青青从回忆里抽身，看着此刻他们仨在灯光下的影子，明明是坐在桌子的两端，却纠缠在一块。她忍不住觉得，自己还真像那个……聪明好看能干，巴巴地替他们打理好一切的二房，哦，一三五还不归她的那种。

所以当公司有个项目，需要去上海出差两周的时候，苏青青几乎是用逃难的心情在整理行李。

（略）

苏青青对上海很无感。叶蓁蓁口中那个"穿着高跟鞋走在马路上都会有幸福感的城市"，对她而言，就是一个个出差办公点组合而成的地图。她住在浦西，每天回酒店就能看到东方明珠，但她也就端详一秒，果断拉上窗帘睡觉。

在上海的最后一天，项目已经完结，剩下的时间都可以用来闲逛，她走在南京西路上，跟同事一起很费劲地拦出租车。路过静安寺的时候，同事突发奇想，说反正下午也没事，就进去拜一拜吧。

苏青青素来是不信神佛的，更何况作为一个寺庙，静安寺有点过于金碧辉煌，让人怀疑其神力。她提议说她去对面芮欧等她，同事一把拉住她手臂："商场有什么好逛的，上海北京不都一个样？去嘛，拜一拜上海的菩萨，说不定看着我们脸生，格外关照。”

苏青青无奈，陪她一起买票进去。同事已经毕恭毕敬地跪下，她觉得自己拎着包双手抱胸也不太像样子，只能一道跪下。但，求什么呢？

她这一生，想要的都是自己拿来的，唯一的妄想……就是周密。

那个念头像风一样刮进她的脑海里，她自己都觉得邪恶，却不得不遵从内心，朝着佛像跪拜下去——“我知道，这个愿望，不该在庙里许，但如果可以，如果可以，我不想让周密跟叶蓁蓁顺顺利利结婚。”

抬起头，看向佛像，释迦牟尼稳稳当当地微笑着，好像听惯了人世间一切说不出口的贪嗔痴。

但拜完也就忘了。苏青青不觉得佛祖会真的帮她，因此也没什么内疚感。她没有想到，佛祖是真的递给了她一次机会。

冬至那天，周密邀请她去家里吃寿喜锅。苏青青本来不想动身，但周密拍给她食材照片看，说叶蓁蓁准备了雪花牛肉片、豆腐、香菇、白萝卜，最后还添了一句，好歹也是个节日，你总得跟家里人过吧。苏青青虽然觉得这个“家”莫名其妙的，但想想，一个人回家煮速冻水饺确实有点凄凉，就答应了下来。

那天三个人都吃多了，也都喝多了，吃完都躺在沙发上。苏青青知道自己应该主动提出洗碗，但就是懒得动。叶蓁蓁坐在她旁边，一遍遍地刷新着微博，给他们念首页上的段子。

那一瞬间苏青青倒是真觉得，他们仨是一家人，奇奇怪怪的一家人。

叶蓁蓁过了会就停止不再念了。苏青青挨着她坐的，忍不住朝她手机页面看了一眼，看到首页上显示的 ID，不是她的微博号，是一个一长串的、由字母和数字组成的 ID，很像是僵尸号。她有点奇怪，但再瞥过去的时候，首页上又是叶蓁蓁自己的 ID 了。

过了会苏青青就告别走人了。叶蓁蓁追出来，塞给她一个塑料餐盒，说里面是自己炸的丸子，回家后搁冰箱里。苏青青推脱不掉，拿着这个餐盒，打车回了家。

她脱掉高跟鞋，本来已经走到卧室，想把自己扔到床上，又想起叶蓁蓁给她的餐盒，哀叹一声，起身走到玄关处，把餐盒放到冰箱里去。

关冰箱的刹那，她突然想起了叶蓁蓁手机上那个诡异的微博账号。

在投行待了那么多年，对数字早就足够敏感。虽然就扫了一眼，但已经足够苏青青记下账号的全称了。她走回到床上，按照记忆输入那个账号。

它真的存在。没有关注任何人，也没有任何粉丝，很像僵尸号，但居然不是。

里面有五百多条微博。都是原创的，苏青青一开始还看得云里雾里，再往下滑，就看到了一张合照，女生是叶蓁蓁，男生，是一个苏青青从没见过的人。

她索性直接点到相册。相册里的照片都是随手拍的，全不是叶蓁蓁平时微博的那种精修风格，有的是一个餐盘和一只入镜的手，有的是一个男人的背影，有的还是她跟苏青青不认识的那个男人的合照。

苏青青突然有点反应过来。那是叶蓁蓁的小号，记录的……应该是她跟一个男人在国外的生活。

于是那些她看不懂的句子都变得顺理成章起来。就是很普通的，一个女孩子的恋爱日记，里面有她跟男人的对话截图，有她甜蜜的抱怨，有她偶尔的丧气。苏青青再次翻看最后一条微博，时间是她回国前的最后一天，她写道："没有人知道我爱过你，但感情存在过，五年十年后，我都认的。"

不用求证都知道，这个"你"，不是周密。

苏青青突然意识到，这是最好的机会。她只要把这个微博页面发给周密，都不需要说什么，他们的婚礼就会泡汤。

她点击了右上方的分享键，正要按发送到微信的时候，收到了来自周密的消息。他问她到家没，说记得把丸子放冰箱。

苏青青敷衍着说好。

然后周密发来了一行字，他说，青青，我现在挺开心的，就觉得，心突然定了吧。

苏青青是躺在一片漆黑中看叶蓁蓁小号的，她看着周密的那句话，看了很久，然后终于，放任自己尖声叫了起来。

叫到最后，就是一阵巨大的号啕。

凭什么。她真的很想随便揪住一个人的衣领，说凭什么。

可是她只能坐在黑暗里，手指颤抖着，点了对叶蓁蓁的小号的关注。

你们都记得那个童话对不对。

小美人鱼，爱上了翻入海底的王子，她救了他，但他永远不知道。他要跟邻国公主结婚了，巫师给了小美人鱼一把尖刀，说杀了他吧，你就能回到海底。

小美人鱼没有下手，她看着王子熟睡的面容，觉得真好啊，这个人虽然不爱她，但他仍然很好。

她把尖刀扔进了海里，于是太阳升起来了，她变成了泡沫。

每个女孩子都感叹过，小美人鱼好傻啊。

为什么不要永恒的生命，为什么不报复他。

苏青青也觉得，自己好傻。

第二天醒来，叶蓁蓁果然已经把那个小号微博删得一干二净。

从那以后，苏青青刻意躲开了他们俩，没想到，叶蓁蓁会主动找她喝酒。她说来家里吧，周密今晚加班。

苏青青想来想去，都觉得自己不该是心虚的那一个，于是六点准时下班赴约。

到的时候才六点半，但叶蓁蓁已经喝得差不多了，招呼她坐下，然后又开了一瓶威士忌。

她碰了碰苏青青手里的杯子，用肯定的语气说："你喜欢周密吧？别否认了，我一直都知道的。"

还没等苏青青开口，她又说，那你也该知道，其实我现在没那么喜欢周密吧？对，我是失恋了，才逃回国内的……当然，我爸妈也催我回来了。

苏青青冷静地看着她。

"你是不是想不通，为什么我会跟着周密来北京？因为我想结婚了啊，周密也想，我们……那个词怎么说来着，一拍即合。

"你不要用这种眼神盯着我，妈的大家都该结婚了好吗？"

叶蓁蓁把杯子里的威士忌一饮而尽，然后盯着杯子自言自语，像是要给她解释，又像是……在说服自己："周密有什么不好的呢？什么也不缺。况且，我们认识那么多年，我知道，他总归不会害我。"

然后扬起脸，对着苏青青笑得又是猖狂，又是绝望。"我又有什么不好的呢？他到哪儿再去找这么一个，带得出去也带得回来的老婆？还互相知根知底——哦，他不算全知道我的底，但那又有什么关系，你别觉得你没把那个微博发给周密，是放了我一马。你去问问周密，他真的在乎吗？他不在乎。"

叶蓁蓁真的喝多了，声音尖厉，最后那四个"他不在乎"，不像示威，倒像谴责。

她扬起脸来，于是苏青青特别近距离地，看清了她的整张脸。她真的一点都没有变老，可是她的神情已经全然换了一副——苏青青觉得有点好笑，原来她不在周密面前扮演不谙世事小公主的时候，整个人是有一点疲态的。

他们仨，谁都没算赢吧？

当年每天只顾着美白的小姑娘，终于也有了歇斯底里的脆弱时刻。

叶蓁蓁手托着下巴，倚在餐桌上，她对着空气说，我其实还是很想他的。

叶蓁蓁跟周密的婚礼定在了次年的五月，这是北京最好的时候，周密忙公司的事情，没怎么操心婚礼，叶蓁蓁倒是自得其乐，索性全按她的意愿办，婚戒都是一个人选的。她笑嘻嘻地跟周密说，来吧，给个 budget，我自己看着买。

叶蓁蓁上了个节目，主持人问起感情状况，她一脸甜蜜地说，要结婚啦，是跟高中时候的初恋男友。

主持人不停地“哇哦”，又问起她出国那几年，两个人怎么维持感情。叶蓁蓁好像是真的认真思索了一样，回答说，就是互相支持对方的事业和梦想啊。

苏青青在同事的手机上看完了这一段视频，同事惊叹说，这么多年感情，真是不容易。

苏青青附和道，是啊，不容易。

真的不容易呀。王子和公主生活在一起了。但他们幸不幸福，天知道。

叶蓁蓁在北京没什么熟人，早年的朋友，又都一个个先结婚了，于是她没办法，问苏青青说，能不能来抽空做个伴娘，她保证，她会亲自挑非常好看的伴娘服的。

那次喝完酒以后，叶蓁蓁对苏青青有了一种格外的亲昵。她们不是情敌了，永远不会是了，她们成了分享一个秘密的战友。

苏青青答应了。婚礼当天中午，她早早来到了酒店，准备走台。现场还没布置完，但已经能看到有许许多多的花。她想起很多年前，她偷听周密跟叶蓁蓁聊天，叶蓁蓁确实说过，想在一片花海中结婚。

新郎新娘在台上跟司仪对台词，她慢吞吞地从台下过道走过去。

过道很长，可是她什么也没想，她只知道，周密要结婚了。他跟叶蓁蓁在认真地对台本，两个人都表情严肃，不像新人，倒像主持人。

那她算什么呢。这漫长的岁月里，她到底算什么。

她已经不恨叶蓁蓁了。真的，她们都没拿到真正想要的东西，她甚至佩服她，谁说叶蓁蓁蠢，她大事上远比她苏青青聪明，她知道如今的周密炙手可热，所以愿意不计前嫌，跟他回来结婚；她知道周密只要一个省事的偶尔娇嗲的新娘，所以无论心碎成什么样了，她都在他面前扮演永远的十八岁初恋。

她也辛苦了。

周密也辛苦了吧。这么多年，咬着牙关，一件件拿回曾经的东西，他很想回到那时候吧，爸爸还在，家里永远有温暖明亮的灯光和厚厚的花样复杂的地毯。甚至，他连那时候的女孩子，都要重新带回身边。

他们都算如愿以偿了吗？

可是为什么，她一点都不想走近那个幸福的幻象。

苏青青突然转身，朝酒店门外狂奔。她知道，她这个伴娘缺席了，婚礼也不会大乱的，他们照样能顺顺利利地把这个酒席给办了，他们成了更圆满的人生赢家，那个“跟初恋兜兜转转十年结婚”的感人故事，今晚以后，会流传在各个宾客的脑海里。

她走了也不妨碍大局。

但她就是想走。她知道她无论怎么横冲直撞，都没办法在他的生命里激起一点真实的波澜，但她就是不想按照他们给她安排的剧本，笑容得体地演完配角。

她不要。

苏青青走得还是太早了，她买了当晚的机票，去了日本，飞机上不能上网，于是错过了叶蓁蓁跟周密的婚礼直播。

婚礼有两个大热点，一是少了个伴娘；二是，新娘在誓词环节，哭到蹲了下来。

当然大家都说，哭也是应该的，这么多年的感情，周密又经历过这样的起落，感触一定很多。刻薄点的老同学说，她运气真好，飞走的鸭子还能自己跑回来。

没有人知道新娘到底在哭什么。

苏青青也不想知道了。

她跟着周密学会了听戏，周密喜欢老生唱段，她却很俗气地喜欢那一折《霸王别姬》。她是真的喜欢那句唱词，君王意气尽，贱妾何聊生。她曾经幻想过，跟周密死死地绑定在一起，什么关系都可以，但是就要永远地赖在一起。

可是苏青青脸贴着机舱里的玻璃，那一片冰凉让她格外清醒——君王意气尽，幸或不幸，她却还有一口气在。

他们想要的故事结尾，她不想要。

他不再试图寻找的地方，她还是想再去看一看。

空姐端过来一杯橙汁，苏青青扭过头，看着窗户上映出来的自己的模模糊糊的轮廓，悄悄举起杯子，跟窗户碰了一下："干杯。"

[节选自微信公众号"倪一宁"]

【粉丝评论摘编】

@刘北习：喜欢苏青青，但是也大概明白叶蓁蓁的选择。原以为自己处处顾虑到了，周密性格和她合得来也是旧相识，理性来讲是很合适的结婚对象。可是她是一个需要被疼爱的女孩，即使不像爸爸那样把她捧在手心，但总得是一个放心流露自己所有情绪的人。在婚姻生活里，她作天作地，但其实都是在小心翼翼。她一直把持着一个度，作只是她维持自己这场婚姻里自己的人设的工具吧。

她累了倦了，不想演下去了。

微信公众号　2017年3月27日

@圆滚滚不爱吃鱼??：说实话最心疼的就是叶蓁蓁了。

爱的人不愿同自己在一起，马马虎虎在一起的人心底选择的好像也不是自己。本来被呵护保护得好好的一个小姑娘，硬生生被磋磨成了这个模样。叶蓁蓁和周密的感情究竟是失而复得，还是仅仅因为恰好的合适？这个从国外丢盔卸甲回来却又在大家面前表现得光鲜亮丽的小姑娘着实让人心疼。从天真无邪到深谙世事，再到感情上一路跌跌撞撞。周密更喜欢和更怀念的是年少时的叶蓁蓁，同时又喜欢长大后的叶蓁蓁带给他的不拘束感，周密对叶蓁蓁更多的像是义务。总觉得叶蓁蓁最不该的就是再回头和周密在一起，但路都是自己选的，选择了安稳，就不能期待爱情了吧。

微信公众号　2017年3月22日

@叶韵：像苏青青这样出身卑微却又长得极美的女孩子，长大之后，其实很容易失去那种天真。因为起点差得太远，无论苏青青再怎样努力，也总是很难达到周密韩统叶蓁蓁那样的生活。而靠着自己的美貌，可以得到朱先生那种人的青睐。出身卑微的女孩子往往现实，不可能不知道何者对自己有益，在朱先生和周密同时在自己眼前的情况下，我不相信青青会选择对周密那样坚定不移。所以虽然我很喜欢青青，但我觉得青青的形象，太过梦幻了。

微信公众号　2017 年 3 月 26 日

@沁臻宝宝：倒也不是苏青青不聪明，是周密不欣赏苏青青那种冷淡又克制的聪明。她的自卑让她永远不可能低声下气吴侬软语地讨好周密，或者旁的人。那些叶蓁蓁信手拈来的撒娇在她看来可能是曲意逢迎。她永远是隔岸观火的，我可以帮助你，让你觉得我很好，很有价值，但我不会说出来，因为说出来，就先掉价了。

这一点叶蓁蓁就不一样，我想要就是想要，我撒娇就是撒娇。对于她这样的姑娘来说，撒娇或者天真，都只是手段，让所有人关系更和谐的手段。她永远不会担心别人会不会笑她会不会看不起她。她的聪明就是能提供情绪价值，让周密、陈一湛、韩统、老领导的夫人都发自内心地喜欢她。而她也不是有心机，她只是确实想让大家都开心而已。

周密不喜欢苏青青，因为他根本理解不了苏青青；而他这样的人，也别指望他主动去剖析谁思索谁，你最好把自己解剖得明明白白告诉他，让他看到你的七窍玲珑心。你想要的你不说，别人就真的拿走了。

微信公众号　2017 年 5 月 15 日

@舒西利：周密永远不会和苏青青在一起，毕竟从小生活在温暖的灯光下，谁会怀念脸上蒙着一层灰的时候呢？苏青青像家人，却也是晦涩时光的见证，无法眷恋。

微信公众号　2017 年 3 月 16 日

［导引、简介、节选、粉丝评论摘编：薛静］

婚礼故事与人间俗事

薛 静

在周密和叶蓁蓁的婚礼上，两位新人又一次向宾客讲述起他们“彼此初恋，终成眷属”的感人故事。十年之间，生命中的那些其他的人和事，都在轻描淡写里，成了他们兜兜转转、命中注定的反例与脚注。新郎周密是自主创业游戏公司的高管、炙手可热的科技新贵，新娘叶蓁蓁是小有名气的时尚博主、漂亮有品的网络红人。面对如何维持感情的提问，他们会在思索之后认真回答“互相支持对方的事业和梦想”，让人不得不感叹郎才女貌、天作之合，满足了旁观者对于“幸福新人”和“美满婚姻”的所有想象。

但是只有那个临阵脱逃的伴娘苏青青，知道他们之间究竟发生过些什么。

网络文学多喜造梦，都市言情类型尤为如此。或是男女主角历经磨难成长，最终彼此昭示心意；或是女主意识到男主不值得爱，独立自强勇攀人生巅峰，主人公在紧锣密鼓的节奏中打怪升级，自我成长，势不可挡，令人心潮澎湃。总之故事完结之时，主人公都能获得某种程度的“圆满”，或许不是世俗意义上的完美无缺，但都也算求仁得仁。但是倪一宁的《丢掉那少年》，却恰恰反其道而行之，把“王子和公主终于幸福地生活在了一起”作为起点，抽丝剥茧，将这种表面的“圆满”拆开给你看。

自小家境优渥的周密，有着无忧无虑的少年时光，看着周围为名为利熙熙攘攘的人们，会作壁上观地说声“好玩吧”；给姑娘弄点小浪漫，会得意中带着羞涩地说句“还可以哦”。他本是不染纤尘的翩翩公子，却在父母仓皇外逃时跌入凡尘。于是多年以来，他咬紧牙关，把散落一地的东西一件件捡回来，就连那时候的女孩子，都要再次带回身边，仿佛这样就能重新回到清明如水的少年时代，一切肮脏泥泞里的摸爬滚打，都不曾发生过。

然而这又怎么能一样，校园回忆和现实生活相互穿插，那些被刻意重现的场景，在细腻清凛的笔触中，显现出了物是人非的况味。中学时带苏青青看火烧云，他心无挂碍，那份得意是自然天成。而历经波折后，在自己设计的手游中情景重现，再让苏青青看时，他的得意已是事在人为，又因这是成年男女之间没有结果的暧昧，他亦增添了克制和掩饰。展示完毕，美人献吻，周密却仿佛气力用尽，昏昏睡去，如同又弯腰捡起一块“少年记忆”的拼图，他其实并不是为了取悦苏青青，而是为了实现自己的心愿。这些人物复杂幽微的心理变化，在作者笔下被点到为止地呈现，却让人感觉到背后的波涛翻滚。

如果说周密是在时间的流逝之中，极力重塑那个快马轻裘的“少年”，那么叶蓁蓁就是在网络与现实、人前与人后的虚实之间，勉力雕琢一个水到渠成的“美满”。她装作若干年前，周密没有抛弃过她，装作留学三年不曾发过疯、爱过人，求而不得才回国相亲。她披着“傻白甜”的外衣，把 18 岁时那个依赖爱慕周密的少女演得毫厘不差，小事假装糊涂，大事极其聪明，以“把老公当老板”的敬业，维护着这段关系。

然而“美满”好维持吗？可以笑嘻嘻地自己去买婚戒、张罗婚礼的叶蓁蓁，可以伤了胳膊自己回到娘家、不劳周密的叶蓁蓁，还是在面对周密疑似暧昧的照片时，感觉到了彻头彻尾的没劲。这种“没劲”，成为这部作品内在气质的关键。此前所有的奔波忙碌、委曲求全，都洋溢着虚假的充实感，但此时此刻，吊着的那口气，泄了。叶蓁蓁泄气的原因，不是周密与别人“有”什么，而是周密与自己，从头到尾，都“没有”什么。从万川归流到江河下泻，人物的气性衰竭了，作品的味道却蔓延而出。

倪一宁作为学院派作者，继承了传统文学中新写实主义的资源，但又在当今的网络语境中增添了新的时代气息。如果说新写实主义是 20 世纪 90 年代丧失宏大话语之后的茫然，那么《丢掉那少年》则是今日人们沉浸在一个个小幻象背后的空洞和疲惫。前者是作者塑造人物，后者则是作者旁观人物塑造自己。

在这个虚实交织的时代中，丛林法则过于顽固，因而需要虚张声势，人人都想为自己塑造完美形象、打造励志传奇，登台讲述圆满的“婚礼故事”，而倪一宁则蹲在一旁，拾起被砍去的枝丫，拼凑还原出一个千疮百孔的“人间俗事”。她用绵密的笔触，在微妙中揭开真相，展现着对世态人情的洞察，又时刻把握住分寸，心怀着对人物与命运的慈悲，坚持着对人性之复杂的探索。

有趣的是，网络空间中的新一代写作者，大都不能再像传统作家那样做一只安静下蛋的母鸡，特别是一开始就以“文人”自居，并未进入文学网站生产机制的“文青风”写作者，当今衰微的传统文学期刊已经不能够为他们提供表达的空间，“新概念”也好，豆瓣帖也罢，或者“ONE·一个”与“The Next”，如果想出头，他们不但要卖文笔，还要卖自己——耐心经营人设，维持着“文人”的“体面”。亦真亦假的随笔，精心修过的照片，妙语连珠的微博，共同塑造出社交媒体上一个令人艳羡神往的知识变现、年轻新贵形象。大家都竭尽全力地营造出一副毫不费力的样子，《丢掉那少年》里刀刀见血的剖白，或许正源于一份疲惫的自嘲。

在文学网站上发布文字，在社交媒体上发布自己，都是身在网中，又有哪个不是“作品”、不是“人物”？只不过圆满的婚礼故事讲得多了，幸福的新郎新娘演得久了，总会想要逃离一刻，像苏青青那样，做个临阵落跑的伴娘，或者像叶蓁蓁那样，丢掉曾经执念的少年。

杀戮秀

狐　狸

狐狸，又名 FOX^^、小莫、石像。资深网文作者，自 1998 年开始网文及轻小说创作，代表作《重返人间》(2004)、《灰袍法师》(2011) 等，大部分代表作已在台湾出版。以西方奇幻题材见长，文风以欧风为主，大胆恣肆，天马行空。

《杀戮秀》是狐狸在长佩文学论坛上发布的第一部长篇作品，自 2016 年 9 月 9 日至 2017 年 6 月 13 日连载完结，全文共计 57 万余字。这一部带有科幻色彩的反乌托邦小说，背景设置在科技与资本高度发展，等级森严的两个阶级——浮在空中纸醉金迷的“上城”和地表之下暗无天日的“下城”并存对峙的黑暗社会。主角夏天和白林，是以真人互相厮杀为卖点的真人秀节目“杀戮秀”的一组搭档，由节目内的搏杀求生开始向节目外的极权社会发起抗争。

小说延续了狐狸汪洋恣肆又冷酷细腻的风格。其中对上层奢靡堕落的阶层刻画，可看作对“娱乐至死”概念的图解；同时又试图在真人秀“看与被看”的紧张关系中，重新建立英雄人格与反抗极权的庄严性。

【标签】科幻　反乌托邦　未来　架空

【简介】

来自“下城”的夏天身为重罪犯，被迫参与以选手彼此厮杀为看点的真人秀节目“杀戮秀”。节目第三轮开始前，夏天意外地杀死了一位电视台权贵，在搭档白敬安的帮助下毁尸灭迹。两人迅速建立起合作关系，在节目中厮杀求生。几场恶战之后，由于独特的个人魅力，夏天迅速吸引了一大批忠实粉丝，并被节目组总策划相中，成为“革命营销”中的新一代“战神”。

夏天和白敬安对上层的挑衅激怒了权贵，遭到权贵们利用节目规则而进行的戏弄与折辱。同时白敬安的真实身份也被揭露——他是当年率领下层社会革命复仇的首领白林。对权贵们糜烂堕落的厌弃，与自由尊严被践踏的愤怒，让两位选手开始了对权贵及上层社会的复仇，同时其粉丝也一呼百应，引发了颠覆性的狂欢与暴动。

选文来自小说第93—97章。白敬安和夏天被迫参与“嘉宾秀”，追击劲敌戈佩并躲避全城权贵追捕。此时夏天在他的狂热粉丝心中已经建立起“战神”的崇高地位，节目外来自粉丝的帮助，与节目组对选手反抗行为的镇压，带来了紧张刺激的阅读观感，也是主角们最终颠覆世界秩序的战争前兆。

【节选】

第 93 章　嘉宾秀开场

夏天搜索了所有和嘉宾秀有关的东西，上面的信息令人毛骨悚然。

网上没有关于它任何明确的证据，但种种细节指向了它的存在——比如几乎每年都有当红选手失踪，有时甚至是一整支小队。这些人可不是什么小猫小狗，说没就没了。

嘉宾秀就像浮华世界中心的一个黑洞，流出来的只有一些传闻，或是让人头皮发麻的含糊图像，但你知道它是存在的。前一刻脚下的道路还平整光洁，下一秒就一脚踩空，被黑暗吞入其中。

网上说，嘉宾秀的开场缓慢，就像渗入普通生活的阴影，整个世界都是这场秀的舞台。

之前一切都很正常。

夏天和白敬安行程表上的活儿一样都没少——接受了几次采访，还去拍了一组宣传照。

中间还收到助理发过来一个剧本，预定下月开拍，讲的是夏天在下城发生的事，但又找各种理由和白林扯上关系。他们真是迷恋死了 N 区事件。

灰田冷着脸跟在后面，她补了妆，恢复了光鲜亮丽的模样。她没理会手腕上霉斑似的医院标记，很多人手上有，也没人关心。

摄影棚里亮如白昼，所有人都忙得不可开交。摄影师大赞夏天是个当明星的料，看看照片里他那副睥睨天下的样子，很少有人能有这样的气势。

夏天听到他跟一个助手笑着说道：“我就说，下面垃圾里有好坯子，调教一下，放在灯光下面，他妈的叫人目眩神迷——”

他们显然不觉得这话有什么大不了，夏天也习惯了，他低头看手机，查看和嘉宾秀有关的信息。

艾利克悄无声息地走过来，把他拽到角落，说道：“出什么事了吗？”

夏天头也不抬地说道：“这得看你怎么定义‘出事’了。”

艾利克盯着他。

夏天叹了口气，有时还真是不得不佩服杀戮秀选手的直觉。

“好吧，有点事。”他说，朝他露出个笑容，“不过这地方就这样，我能照看好自己的。”

艾利克挑了下眉毛，显然对他没有任何信心。夏天尽量朝他笑得很有自信。

“还有小白呢。”他说。

“得了吧，”艾利克说，“你俩一起能把上城掀了。”

夏天笑起来。

“我们的确有点麻烦。”他朝艾利克说，“但你们的情况也不会好到哪里去。照看好韦希，艾利克，然后希望下一轮我们都不用去参加新人抽签。”

对方看了他一会儿，没再说什么，只是拍了拍他的肩膀。

在喧闹的摄影棚里，那样子和在战场上交托任务没有区别，即使在休战期，杀戮秀的选手也从来不会比较安全。

他们所在之处是个巨大的角斗场，打只为游戏的仗，灾难一个接着一个。

而娱乐之事是没有尽头的。

夏天抬头去看，他的新别墅位于层云区的山腰，灯光亮如白昼，在幽暗的山中熠熠生辉，宛如圣殿。

此地是主城最顶尖明星和杀戮秀选手们的居住区——可想而知，房主的更换率有多高。

他们走去，不出意料地发现这里的一切都崭新如同样板房，公司把夏天之前留在白敬安房子里的私人物品都席卷一空，说要拿来拍卖或是放在纪念馆里。夏天尽量不去思考它们遭受到了什么样的命运。

摄制组拥进来，把房子的每一寸地板都介绍了一番后，总算是暂时离开，让他们消停了一会儿。

他们一离开，白敬安就去清理房子里的摄像头——虽然他们都知道，摄像头是无法完全清干净的。在嘉宾秀期间，他们没有清理的权利，除非想把事情搞得很难看。

但至少能把电视台和私人塞进来的那些清干净吧。

迪迪一路都很沉默。

现在早过了她睡觉的时间，但这事儿他们说了也不算。到了现在，她困得眼睛都张不开了，但仍跟在夏天后面，不肯去睡。他只好亲自送她回房间。

房间也是崭新的，冰冷的月光洒进来，像一座没开灯的舞台。

她走到门口，低着头，紧紧抓着他的袖口。

他蹲下身来看着她，她咬紧牙关，脸上全是泪水。

“他们会杀了你的。”她说。

夏天一时说不出话来，她死死揪着他的袖子，不知什么时候已经哭得上气不接下气。“这里不像下城，你躲都没地方躲……”她说。

“他们问我……你死了，我怎么办……我说你不会……不会死的，他们朝我笑，我知道那种表情……”

“我会多坚持一下的。”夏天说。

“你根本坚持不了！”

她大哭起来。她很久没这么哭过了，小孩子的那种不顾一切的号啕大哭。

夏天摸摸她的头发，不知能说些什么。

她穿着赞助商赞助的昂贵的云游系列睡衣，宽大而柔软，白色的布料上印着带金链子的小鸟，衬得她那么小，那么脆弱，他不知他离开的这一个星期她经历过什么——肯定不只是给她看比赛而已——他心想，在这地狱般的地方，她怎么可能活下去？

白敬安查完了摄像头，远远看着这一幕，好一会儿没说话。

这时他走过来，在她跟前蹲下。

“我会照看他的。”他说，“要是搞砸了，他……也不会是一个人的。”

迪迪还是在不停地哭，过了一会儿，她点了点头。

才这么大已经知道了什么叫绝望，还有别无选择。

凌晨三点时，夏天听到短信的声音，他猛地张开双眼。

这是他手机里传出来的，一首阴森的电子音，适合恐怖片开场的音乐。在听到的瞬间，他就意识到那些人远程改了他的手机铃声。

音乐响起的一瞬间，封闭的空间中，像有一条血淋淋的链子猛地收紧。

夏天打开来看，显示是范宁的——上一轮碰到的 K 区的那个光头。

第四轮结束后，那些人把范宁当成他的同党、反抗策划组的重要人物来塑造，今天宴会上，夏天还和他说过几句话。

短信上写了酒店一个房间的号码，要他和白敬安立刻过去。

夏天茫然地从床上爬起来，白敬安也醒了，说道："怎么了？"

——用小明科夫的话来说，这是场猫捉老鼠的游戏，但是无论如何，他们都得保持充足的体力，觉是非睡不可的。

"范宁的短信，不太对劲。"夏天说。

白敬安凑过去看——反正床很大。介于他俩正处于赛场上，没事还是不要分开才好，而觉又非睡不可。他们需要充足的体力。

白敬安挠挠头发，因为睡觉弄得乱糟糟的。他看看自己的终端，说道："他们没通知我，但上面写的是让咱俩一起去。"

"发信息的人知道我们在一块儿。"夏天说。

白敬安跳下床，扒了扒头发，穿上衣服。夏天想起刚进杀戮秀时那个一脸冷漠的战术规划，他看上去遥远又疏离，像站在世界之外。但是这一刻，他看上去那么真实，一脸困倦，却又随时准备打上一架，是个再平常不过的年轻人。

他那绺头发又翘了起来，夏天控制住了伸手顺一下的冲动，他们在嘉宾秀中，他不想在镜头前做出任何私人的举动。

他拿起旁边的衣服穿上，看了一下棉花糖和战神权杖——他们禁止他管后者叫巧克力——显示禁用，只开启冷兵器功能，真是一点也不意外。

他没再管，从桌上拿起枪塞进口袋，上城从来不缺武器。

他扎好头发，两人形象都不怎么像样——像实际上一样，一副半夜从床上爬起来、迷迷糊糊、衣衫不整的模样。这份工作从来不挑时间。

夏天给灰田发了条短信，让她照顾迪迪，她迅速回了句“OK”，好像从来没睡过觉似的。

然后他和白敬安一起离开房子，去地址上的房间。

地址在天城大酒店。

两人赶到时，这儿灯火通明，宴会似乎又进展到一个高潮，空气里有酒、点心和迷幻药的味道，地上还有被踩烂的食物，泼洒的酒水，角落里有人搞到了一起，所有人都在笑。

这些人完全没有任何白天和晚上的意识，太阳对他们来说像是从不存在。下城的时差都没这么乱。

夏天一进宴会厅，就被个记者盯上了，那家伙也喝多了，简直是两眼放光扑上来的。夏天吓了一跳，直接拿枪顶在他脑袋上，才让他冷静一点。

“我知道，我一直都知道，”那人朝他叫道，“你不会死的！你是不同的——这肯定有什么意义——”

夏天推了他一把，转身上楼。

在二层时他转头看他，那人仰望他，灯光在脸上跳跃，那是一张充满狂热与渴望的脸。他不知道他想要有什么意义，只知道这人想要那玩意儿想疯了。

夏天没再理会他，径自上楼，并且很快找到了地址上的门。

相较于明亮的灯光，半掩的门洞中光线昏暗。

他们还没进去，就听到里头在放天启乐队的一首歌，一个男声反复唱着“蝼蚁在尖叫，但毁灭将至”。

夏天走进去，一眼就看到了尸体。

范宁穿着一身金属色泽的灰衣，是刚才采访时的正装。几个小时前，一群记者还围着他拍，说对他有多么看好，接下来还有什么活动呢。

（略）

夏天瞪着尸体。

他很确定，范宁死前肯定有过一番打斗——他会是打到最后一刻的那种人——他也很确定，他们割下他舌头的时候，他还活着。

真难想象这是怎样惨烈的过程，怎样的血腥和挣扎。

范宁的手机放在桌上，在发送信息的界面，图片上有一张卡通的笑脸，嘴咧到耳根，一副异常欢乐的样子。

下面写着：嗨！

第94章　总得有人负责

正在这时，外面有人猛地撞开门，高声叫道："我明白了——"

夏天转身，把枪指着那方向，逆着光看不清冲进来的人的样子，但一枪毙命是毫无问题的。

那人还在叫道："你想要更多的东西，我们杀了这么多人，但是你并不满足——说真的，我们也不满足——你想要再大的祭祀，更多的血与火焰——"

夏天停下动作——这家伙大概永远也猜不到他刚才离死亡多近——他听出了这个声音，是下面缠着他的那个记者，并且可能刚才嗑了更多的药。

"我一直在想这件事会怎么发展，阁下，您来到这里——我们这片浮华而疯狂的卑微土地——"对方吟诵一样地说着，突然停下来。

夏天还没说什么，那人已经伸手打开了灯。

光线大亮，尸体暴露人前。

这是间后现代风格装修的客厅，以银色和蓝色为主，线条简洁雅致，衬得这血淋淋的一幕越发触目。

范宁曾衣着光鲜，现在却像一大团使用过度的物品，被摧毁和丢弃，在现代优雅的装修中，就像一个血腥的伤口。

“天哪，”那人说道，“是范宁！”

他径自走过去，对尸体毫无畏惧——这是看杀戮秀一代人的基本心理素质。

上城的年轻人通常都是这样。大部分时候，对他们来说，城市就是一个巨大的游戏，不负责地狂欢就行了。但偶尔，于举止之间，他们又像在迫切地寻找什么通关的线索，给一切赋予意义，仿佛人生如此便可皆大欢喜。

那人转过头，看到了桌子上的手机。

他说道:“哦——”

夏天一把揪着他的领子，把他拽出去。

夏天瞪着手机，不过五分钟，浮金新闻网上已经挂出了大标题：传统和反抗势力的对抗再次升级!

标题字体血淋淋的，配以火焰效果，不时冒出几个惨叫的骷髅，充满了大战将至的氛围。下面还配了范宁死亡现场的图——现在摄影技术发达，记者进屋绕一圈，回去就能搞出 3D 建模来，还能给你加一堆滤镜，增添戏剧效果。

夏天很怀疑五分钟能写出什么新闻，但上城的嗑药记者就是有本事搞出来。

“我们很容易看到这件事背后的意义——某种挑衅。”那记者写道，“这是上城古老的黑暗权贵们对新晋反抗者的警告，警告这些年轻的不满者，他们应该待在本来的位置，醉生梦死或是为他们的娱乐服务，古老的权威不允许任何冒犯。”

“但是，新生的神明年轻、骄傲而致命，绝不会束手待毙。”

他快速扫过全文，此人语气狂热，仿佛即将开始一场圣战的信徒。

这哪是新闻头条，简直就是檄文。

新闻的点击率转眼就飙到了一百多万，一路升至头条，又变成了封面大标题。

——老实说，一个大出风头的杀戮秀选手以这种方式死去，的确是恶性案件，但是相对于终场秀来说，其实算不得什么。

这么多年，猎奇的死亡上城看得多了。

可是这一次——曾和策划组对抗的选手惨死，尸体被摆放在战神的眼前，桌上还有一个手机，写着“嗨！”——他们在这血淋淋的死亡中找到了意义。

一场隐约可见的战争的征兆。

夏天和白敬安正在天城酒店顶楼的一间客房里，楼下那间已经被蜂拥而至的媒体占领了。

白敬安正在做杀人现场的 3D 建模，夏天盯着墙壁看，尸体仿佛就挂在眼前，像经久不散的幽灵。

房间里所有的公用摄像头都开着，如同一只只红色的眼睛。

灰田曾跟他说，这里的一切都是没有意义的，只是一场游戏。上城没什么了不得的对抗，也没有谁和谁的私人恩怨……只是卖东西而已，不过卖的是人命和战争罢了。

但有时候，你要关注的事情非常简单。

肯定有某个人杀了范宁，这是非常简单的事实——

正在这时，夏天的手机响了起来，他看了一眼，是新闻发言人打过来的。

他接通它，对面的人朝他大喊大叫，问他有没有看新闻，现在所有的媒体都在说这事儿，关注度直线飙升，简直就是场圣战的开幕式。以及公司希望他接受一次采访。

夏天冷着脸不说话。

“听着，第四轮结束了，但媒体不想停止狂欢，整座城都不想停！”那人叫道，“他们想要再来一场战争，你已经把策划组踩在脚下了，他们必须给你寻找新的对手——”

夏天没理他。第三轮时他不理他，这人从迪迪威胁到他所有死掉的亲戚，但是现在，他大喊大叫了一会儿，没得到回应，就变得安静了。

“你就给我个说法吧……”他干巴巴地说，“我得跟媒体交代一下，他们想要你的一句话想疯了。”

夏天看着前方摄像头的位置。

他知道华幕之后的人们正看着他。这些人刚刚杀掉一枚棋子，只为一个血腥的开场。这么多年，他们把无数尸体堆积于聚光灯下，为游戏增色添彩。

夏天直直看着那方向，说道：“告诉他们，总有人要负责的。”

对面的人还想说什么，他挂掉了电话。

夏天走到白敬安旁边坐下，分过来几个他的屏幕。

战术规划头也不抬地理顺数据，说道：“摄像头没有任何入侵迹象。”

夏天挑起眉毛。

——这些人不可能是心血来潮干掉范宁的，那么，必然会经过一小段时间的监控和计划。至少“嘉宾”进房间时，尸体要新鲜吧。

范宁是个明星，不可能在酒店房子里开摄像头，那么，在此之前肯定有人打开了它。

两个杀戮秀选手合作有序，就像合伙毁尸灭迹时一样查找监控协议上的痕迹。

秀就是这样，一切看似偶然的事都有着精心编排，以期达到惊悚的目的，仿佛真的就是命运一般。但那不是命运，绝不会无迹可循。有人规划，有人干，有人进行后期技术操作，当你扯开线头，浑然天成的织锦无非是堆彩线而已。

白敬安瞪着屏幕，说道：“是有正规权限的人打开的。”

夏天的脸色沉了下来。

窗外天色将亮，上城仍然灯火璀璨，无数人还醒着，嗑药、尖叫、痛苦或死亡。

这真是个巨大的、地狱般的秀场。

他转头看白敬安一眼，他的战友也在看他。

这一眼中杀气四溢，白敬安伸出手，去查询天城大酒店幕后有哪些股东和掌权者，夏天分过来一个屏幕，和他一起查询。

作为主城最大的酒店，天城酒店的安全程序权限很高，不是什么人都有授权的。

到天亮的时候，两个杀戮秀选手已经锁定了主要嫌疑人。

最终出现在他们视野中的人叫戈佩。

他有一家叫作“安全世界”的保安公司，同时也是天城酒店保安部门的负责人，他的家族很有名。

他们还查到他登记加入了一个叫“炼狱汤”的组织——没人能讲得清那是什么地方，可以确定的是，里面都是些有权有势的人物，有些血淋淋的爱好。

不算太难找，这些人并没有刻意隐瞒行踪，世界是他们的游戏场，没有什么需要躲避的。

夏天和白敬安看着图像，没有说话，只交换了一下阴沉而且杀气腾腾的眼色。

——不管这个戈佩是什么人，他必然知道他们会找到他。杀了他。

网上说，嘉宾秀会一步一步把你的生活拖入地狱。

这是条越走越暗的路，直至地狱尽头，上城最腐朽和扭曲之处。

窗外太阳已经升起，光芒笼罩大地，夏天瞪着那蓝天白云的美景，知道这一刻他们所做的一切都在镜头前，在上城权贵们的视线之下，在嘉宾秀的计划之中。

那些人会观赏他们的反抗，愤怒和杀意只是宴会上的兴奋剂，是他们漫长、腐朽、空洞人生中无以计数的血腥小甜点中的一道。这是上城最顶尖权贵的趣味。

他不知这一路能走多远，最终又会变成什么样子，但他们这种人终生都在培养如何在有限的资源下杀死别人的能力。而即使是权贵人物，一旦你进入了杀戮秀中，那就没人能保证你安全。这是寻找刺激的代价。

非得有人负责不可。

不管是谁，不管多少人。

第 95 章　上城的娱乐

资料上的戈佩有着张帅气的面孔，多半经过调整，不同于模板式的微整形，他的脸是精工细作的艺术品。即显斯文冷酷，又略有点不可一世的气质。

此人行为低调，在公共媒体上没什么存在感。权贵人士一向如此，他们不需要工作或有曝光率，早把这世界的腐朽的命脉紧紧握在了手中。

两个杀戮秀选手花了一天的时间追踪他。

这年头，只要你黑客技术过关，知道要找的是谁，跟踪一点也不费事——难怪上城谋杀案发生率居高不下。

戈佩大部分的时间都在寻欢作乐，经过一天的追踪和反溯，夏天和白敬安了解了大量上城高等俱乐部中的古怪业务。

这本来就够巨大和疯狂的城市深处，显然还有很多更疯狂的小圈子。

那天将近正午时，他们追踪到了一个叫“真实感”的俱乐部，里面居然有个屠宰场体验中心——现在的肉类都是基因工厂生产，但这些人显然认为这样太简单便捷，不够老派和有品位。

主页的宣传上介绍了自古以来人类屠杀各种动物的历史和方式，这里便是帮助大家体验一把当屠夫的感觉。

——里面还有鲜肉的购买页面，比市场贵了几十倍，毕竟这不是单纯的肉，而是具有古老文化的饮食方式。

夏天好奇地浏览了一下俱乐部的服务和建筑格局，在一个隐藏区里，发现这家俱乐部花了很多钱去购买流民和罪犯。

那些人进去后就再也没出来。

在看到的那一刻，夏天就知道这些人去了哪里，遭遇了什么。

光彩照人的浮空之城中，黑暗的角落总是更加黑暗，没人关心明亮的灯光之外堆积的尸块和蛆虫。

那天夜里，他们得知戈佩头一天参加了“真实感”俱乐部的一次内部活动。

夏天看了一下介绍，发现那是一部介绍人体牲畜化历史的恐怖电影——下面说是科普向的，音乐还配得很优雅！

凌晨时分，他们通过俱乐部的摄像头看到了那场……内部餐会。夏天看到中间时去卫生间吐了一场，他一天没吃东西，但是没有任何食欲。

夏天把水龙头开到最大，用冷水洗了把脸，简直难以鼓起勇气回到客厅去。

他心想，最可怕的其实是那里的配乐和装饰，那些屏风、衣服和礼仪，极尽精美之能事，个个说起来都能写本论文。

“科普视频”上说，这里的活动不像大部分的杀戮秀节目，只能以血腥和暴力吸引人的注意力，俱乐部里那些奢华、烦琐而变态的事是一种古老的文化——公共终端上放送的是流行文化，没有内涵——是态度和底蕴，好像他们餐具的款式和使用顺序，真有着决定人类阶层本质的重大意义。

夏天抬起头，看着镜子里的人，脸色苍白，几绺头发散下来……他不喜欢他看上去的样子。

不像刚刚看到了可怕至极的画面，倒像刚从谁的床上下来，或是将要到谁的床上去。

他曾向他的发型师抱怨他不会剪头发，这样根本没法完全扎住，总有几绺会散下来，打起架来烦死人了。对方只是一脸欣赏地朝他笑。

但是他现在知道，这就是目的。

他的用处从来不是打架或杀人，他在这座城市存在的意义在于商业价值。所有那些豪车、武器和反抗军，都是为了一个目的。

在下城，生存是件严肃的事，但在这儿，性、刺激和关注率才是你能活下去的理由。

他瞪着镜子里自己的样子，知道他正在权贵们的视线之中，他们看着他……他感到一阵极度的恶心，没忍住又再去吐了一番。不过什么也没吐出来。

他们找到的这些东西都是嘉宾秀的一部分，那些人想让他看到这些变态的东西，以此取乐。与此同时，这还是某种铺垫高潮，提供乐趣的过程。也许还算广告。

那些人喜欢看到他害怕。他一点也不想给人看，却难以控制身体的颤抖。

夏天出来的时候，看到白敬安坐在沙发上，跟前开着十几个屏幕，按着眉心，像是被这个世界压榨干净了，筋疲力尽，只剩残骸。

“你去睡一会儿。”夏天说。

白敬安瞪着屏幕，好一会儿没反应过来。

他还抓着空空的杯子，手有些发抖，好像什么也没听见。夏天轻轻推了他一把，白敬安转头看他，夏天把毯子丢给他。

“我来守夜。”他说。

白敬安看了他一会儿，疲惫地站起身，走到另一边的沙发上，这是长期抗战，他们需要睡眠。

夏天坐在他的位置上，把一堆屏幕拖过来，瞪着那一大堆设计优雅、音乐和缓的页面，继续这场势力差异巨大的追捕。

他是在天色将亮时，看到旁边网页上的广告推荐的。

不知道是不是因为他用这台终端查询过棉花糖的出场设定，推荐的头条文章标题是：如何解除末日之兽的锁定。

夏天怔了一下，棉花糖正化为纽扣，伏在他袖口，嘉宾秀封锁了大部分功能，只能当小刀用用。

当然，倒也不是不能外围解锁，但最顶尖的黑客多半也得折腾个把月才能搞定，他们没有时间。

但有人有时间。

夏天点开帖子，作者名是一串数字。

“我知道是比赛，但我已经开始讨厌策划组说禁就禁的架势了，不过是一群手下败将，还真当自己是命运之神了。”那人写道。

“末日之兽锁定用的是天工阁根系统控制，很麻烦，但也不是除了策划组大发慈悲就没办法了。韦希肯定知道，他只要能搞到一个‘千层解码’，夏天就算只拿个基本款，也不会死那么多人！”

夏天迅速浏览这篇文章，而在他看的时候，广告位上无以计数的相关链接呈现出来，简直就是进了黑客大本营，海量信息涌出，成百上千的人正在讨论解锁理论。

嘉宾秀禁用了棉花糖，但上城的权贵毕竟不是真的神明，施的也不是魔法，末日之兽归根结底是个高科技武器，怎么禁都得用程序锁。

而多拉风的程序锁，都是上城广大的程序员一个一个代码敲出来的。

白敬安醒过来时，夏天跟前开了该有近百个窗口，正在研究代码。

他坐起身，拖个屏幕看了一眼，迅速坐直身体，说了句：“我靠。”

夏天头也没抬地继续弄，无数屏幕的光线聚集在他身上，一副发了狠的架势。白敬安又看了一会儿，站起身，把毯子丢到他身上，说道：“你睡一会儿，我来。”

夏天抓着毯子，上面还带着白敬安的暖意，他张了下唇，白敬安说道：“去睡。”

夏天盯了他一会儿，把棉花糖丢给他，只是枚黑色的纽扣。白敬安伸手接住。

“我一个个试过来的。”夏天说，因为熬夜声音沙哑。

白敬安点点头，挥了下手，叫他闭嘴去睡，自己在沙发的一角坐下，归拢信息。

夏天筋疲力尽地蜷在沙发上，他的旁边，白敬安全神贯注地看着屏幕，头发还有点乱，光线在他眼中聚集。

天色仍未亮起，他身体紧绷，他们都困在一个没有胜算的赛场里。

夏天闭上眼睛，脚尖正好碰到他。

夏天醒来的时候，天已经亮了。

白敬安把一把漆黑的枪丢到他手里，说道：“基础枪械功能。”

夏天猛地坐起身，手中的正是棉花糖，它已变成一把点四五口径的枪械，通体漆黑，程序显示基础禁用解除，有三种不同枪械型号可选。

他迅速检查了一番功能，末日之兽触感冰冷而沉重，他动作精确镇定，和幽暗的枪身一样稳定、致命和杀气腾腾。

他的旁边，白敬安关掉屏幕，仿佛刚结束了一场战术会议。

夏天不知道主办方估计到这事儿没有，但这年头，搞破坏的技能早已经不是什么专享权利。

从医疗部出来时，灰田说他跟白敬安的粉丝改名叫“反抗军”了时，夏天还觉得这名字太奇葩，现在看来，他们的确有类似的功能。

正在这时，白敬安朝他划过来一个屏幕，加了密，夏天看了一眼，那是某个地点。

他立刻明白了他的意思。

袭击地点。

——经过这一天的跟踪，他们发现戈佩去过不少稀奇古怪的地方，其中之一是片荒地。

离真实感俱乐部半条街，据说是浮金集团的，一直空着，说是就喜欢这里有一片“颇有野趣的荒芜之处”。

那儿不时会发生些失踪案，不过这年头失踪之事司空见惯，多的是人嗑药嗑过头挂掉，而有些人想用尸体做些生意，没啥大不了。反正是受害者自己的错。

之前的一个星期内，爱好重口的戈佩先生去了那里三次，每次都像是凭空消失了。

夏天和白敬安怀疑那是又一个黑暗俱乐部的入口，上城四处滋生着这类组织。

他们交换了一下眼色，这的确是最适合的攻击地点。

——当然了，杀人最好的地方是闹市或宴会，交通发达，人们神志不清，根本不关心多了具尸体。

但嘉宾秀的主办方肯定也知道。他们即使有机会进俱乐部，也绝不可能毫发无伤地离开。

对于杀戮秀选手来说，这种判断很容易，他们杀过太多人，什么情况都碰上过，知道越险恶，越需要精确的衡量。

有时你必须放弃最大的优势，铤而走险。谁也想不到的险棋有时会成为巨大优势，至少会多出一线生机。

而对他们这种人，一线的机会便已足够了。

白敬安从车库里选了辆最结实耐撞的车，把武器包丢进去，坐上驾驶座。

他又开始运行自检程序，夏天扫视了一眼自己的车库，这里满满当当全是豪车，除了专属座驾，很多限量版汽车出来也会送上一辆。

但到了现在，他几乎就没开过几辆，这些玩意儿一天换一辆地开，到第五轮也开不完，也许直到他死都开不完。

他甚至不能一个一个试，公司对开每辆车的次数都有具体要求，时间精确无比。

这一刻，夏天突然想起那座虚拟空间里的神像，站在战场般的神殿中，长着一张筋疲力尽的脸。

灰田说，它狼狈得不像一座神像，但那是属于这个时代的人的面孔。

只是他拿枪的姿态却又是拒不屈服的，仿佛倒地死去、化为遍地尸骸中的一具之前，仍要拼死一战。

旁边，白敬安发动了车子，夏天走过去坐到副座上。

他的战友看向前方。在车子黑色的背景下，他脸色苍白，有点单薄，但全无畏惧，上城明亮的光线下，那张面孔倒越发显得阴沉而冰冷，他身上有什么在灼烧，没有时间感到害怕。

接着他意识到那是什么，他很熟悉。

在遍地尸骸之间，像刀剑炽烈的反光。

那是愤怒。

他们一路上一言不发，都在计算。

戈佩的车子到达这座公园的时间，他身边的保镖，还有可能有的防御物品。

夏天远远看到了那座半荒芜状态的公园，草木疯长，零星点缀着野花。白敬安放缓车速，夏天看到前方的一座石壁，刻着名叫炼狱的浮雕，做了旧，没用任何现在流行的闪光涂料，反倒气势十足。

这东西足有三米高，像墙壁一样在荒芜的花园中延展开去，浮雕的画面极其恐怖，对细节不厌其烦，显然出自名家之手。但周围长着杂草和藤蔓，挡住边角，熟悉上城文化的人会意识到，这是种刻意的遮挡，更显品位，让它显得像是从古时便立在这里，承载着古老的欲望。

他们看到那辆车开过来，银灰色，装饰着蓝色线条，高端订制款。

这都无关紧要，白敬安抬手关了自动回驶，踩下油门，转瞬间越过那辆车旁边。

下一瞬间，他猛打方向盘，朝那辆车子撞去。

第 96 章　狩猎

当两辆车重重撞到了一起，银灰的定制车斜着冲离了公路，撞上一座巨大的炼狱浮雕。

石块经过加固，冲击之下，裂开蛛网般的纹路，粉尘飞散，雕着受难魂灵的石屑四散飞溅。

定制车的半个车头都撞没了，司机反应极快，迅速把引擎切到反重力功能，想把车子从石壁中退出来。

白敬安猛打方向盘，从侧方再次撞了上去。

角度精确，撞的是反重力引擎。

戈佩的车斜着飞了出去，冲进一大片纤细的粉色花丛中。

与此同时，夏天抓起手边临时组装的火箭炮，朝反应不及的车身就是一炮。

火焰瞬间在豪车与雅致的花丛中爆裂开来，那是大片浅粉与白色的仙客来——用旧日队友许医生的话说，这个季节开花简直扯淡。但上城的花开不论时节，只是疯狂盛放。

白敬安的车子划了道弧线，稳稳停下，夏天看也没看紧随而来的护卫车，抬手朝燃烧的车身又是一炮。

同一时刻，白敬安侧头，瞄准，朝着后面紧随而来、已经亮出炮管的护卫车开枪。

两枪。射穿玻璃，击毙司机。

车身撞进了灌木丛，有人从车里冲出来，白敬安一枪放倒。

他接着开了三枪，但第二辆护卫车紧跟着冲过来。

充满野趣的荒地中，瞬间硝烟弥漫。

夏天再次扣动扳机，火箭炮却没了任何反应，他低头看，显示屏上一片空白。

那一刻，他意识到这是什么。

这是“静默者”。小明科夫的资料上提到过，一种大口径武器干扰设备，能让一切装了高武力保险的枪械哑火，五百米内有效，五百米外打过来炮弹也不爆。基本防止了一切重火力袭击。

他开了两炮，已经是不错的成果——这位“神明”不怎么机灵，速度快的话，他一炮都开不了。

他把火箭炮一丢，一把拉开车门，朝戈佩的车子走过去。

这年头的高端武器越发神奇，不似人类所为。

但是不是的，他冷着脸想，只是技术而已。

夏天快步走向戈佩的车子，末日之兽在他手中迅速成形，变成一把漆黑的枪，是目前能解锁的最大口径。

他朝前方的火焰连着开枪。

车停着不动。它也动不了，两个引擎都已经撞毁。不过也许里面的人就没试着发动，毕竟，他们才是捕猎者。

在火箭炮的攻击下，车表层的油漆烧化了，有种古旧和灾祸的感觉，黑洞洞的窗口斜对着他……

走近的一瞬间，夏天感到一阵毛骨悚然，仿佛有什么可怕的东西从黑暗中盯着他，在空洞的车窗之后，极度的饥饿——

他猛地侧身去躲。

一道白光从驾驶座的黑暗中疾射而出，形态如同揉成一团的闪电，带着令人头皮发麻的电流声，朝他冲来。

那一瞬间，它看上去将擦着他的发丝，从左肩飞过，撞上后面的花丛。

但正在这时，白光猛地张开，变成了一张电网。

网的一角狠狠撞上夏天的左肩。

那一瞬间，他只觉半边身体如遭雷殛，剧痛爆裂开去，像一只带电的巨手伸进身体之中，死命搅动。

眼前刹那间一片雪白。夏天晃了一下，跌倒在地，嘴里有股烧焦了似的味道，好像内脏都被烤熟了。

他的身后，打空的带电颗粒撞在花丛上，发出令人头皮发麻的噼啪声，下一刻，花草燃烧起来。

而在倒地的瞬间，夏天开枪了。

网击来的瞬间，他就知道躲不了——这东西张开有三米，这么近谁他妈也躲不开——他冷静地等待和承受加诸身的剧痛，但头脑很镇定，手也很稳。

他看不清枪手，但能从攻击的方向判断出那人的位置。他也能判断出，此人想要袭击他，那么就必然不可能在戈佩防御场——他当然会有个防御场——的范围内。

不管这司机是谁，都是个高手，但在狩猎场上，他们打交道不过是瞬间的事。

子弹射出，他听到颅骨碎裂的声音。

不是你死，就是我活。

他恶狠狠盯着前方，烧焦的豪车安静地立着，一种吞噬般的疼痛和着麻痹从他的左肩向内蔓延。

不知是不是电流的关系，他视野里像是掺进了血色，天穹如一个巨大的黑洞般悬在头顶，想要吞掉整个世界。

他努力站起身来。

天阴得越发厉害，西边天香食馆巨大的广告灯映得云层发红，天穹污浊而血腥。

正在这时，车门一把打开，那位权贵走了出来。

粉色的花丛已一片狼藉，边角还烧着小火。他棕色的皮靴踏上焦黑的地面，一身衣服有点猎装风格，边角刺绣隐晦又极度繁复，是无以计数俱乐部、猎杀成绩、参与活动、勋章获得等等的标记。

经过刚才的事，他发型仍然一丝不乱，个人防御场笼在他周围，如同恭顺的仆人，燃油在表层燃烧，伤不到内里的人分毫。偶有流弹划过，被蛇一般聚集的电光迅速弹开。

他扫了白敬安的方向一眼，又转头看夏天，理也没理乱糟糟的战场。

他朝夏天说道："我就知道，你一向能折腾。"

他没提死掉的司机，此事不值一提。

他轻柔地抚弄袖口一处暗红的刺绣，用一种令人发毛的微笑朝夏天说道："我们准备先邀请你俩参加俱乐部的'内部节目'，看些有趣的事呢。"

他看着夏天，双眼像对填不满的空洞。

"我们全都想好了——"他说，"知道我们会拿你们干什么吗？"

他像想到特别有趣的事一样笑容更大了些。

"你们立刻——就会知道了——"他说。

与此同时，他们脚下的大地轻微地震动起来，仿佛在他轻飘飘的一句话下发生了地震一般。

但上城是不会地震的，这里只有资本与技术。

荒地之上，无数花朵颤抖摇摆，同时，一块庞大的升降区如巨兽般隆出地面。

在这片风景优美荒野之地的下方，是一片坚实巨大的建筑群——地狱汤俱乐部的大本营。

数个世纪以来，地狱汤俱乐部运转有序，把所有的抗争和摧毁都顺利地归入相应通道、房间和文件夹，在上城的权贵之中有着良好的口碑。

作为总部的入口之一，层云区的主升降梯，还有他们一流的狩猎队伍——要做到如此干净，自然得有这样的人，收拾残渣，打扫现场，并且不让任何一只猎物逃出生天——便位于荒地之下。

在地面震动的那一刻，夏天便发现了。

他还站不稳，浑身紧绷着，转头看正升起的庞然大物，戈佩微笑地看着他。

而就在这时，那已进入罗网的猎物一个箭步冲到震动的地方，单膝跪地，手上的枪瞬间变成了刀，深深插进升降梯的边缝中。

在插进去的那一刻，单薄的刀瞬间变成一把长锯，完全嵌进了边缝，升降梯晃了两下，被卡死，一时升不起来。

这东西自然是高级货，但末日之兽同样是顶级产品，而且是纳米结构的，硬是把常规合金挤得变了形。

戈佩挑了下眉毛。这能撑几秒钟啊，他想，也太绝望了——

他突然转过头，正看到一辆黑色的车子加足了马力，猛地朝他撞了过来。

戈佩没反应过来，但是防御网反应过来了。

在车子进入他十厘米之内时，防御网猛地开到最强。

撞过来的是夏天的车，这下子力量极猛，整个车头都消失了——这玩意儿基本就是辆战车，来这么一下子，力量可不是一把枪，甚至火箭炮所能比的。

但即使如此，它仍在离他五厘米的地方硬生生地停下。

戈佩面前的蓝色亮得刺眼，无以计数的电光像疯狂的游蛇一样挡在他身前，发出尖锐的噼啪声。

一瞬间，戈佩视野边角有无数数字在疯狂闪动，他还没看，车子就猛地爆炸了。

极度强烈的冲击挟着火焰在眼前爆开，视野变成了一片炽白，火狂烈地伸展躯体，想要吞噬一切。

这不是什么高端品牌炸弹，纯手工调制，但做工一流，还是精确的定向爆破。

戈佩含糊地想着，白敬安——他去哪儿了？

与此同时，他视野中防御数值下降警告疯狂闪动，如果是工程师，大概能意识到惊人的冲击当量。

但这一刻，他连一丝爆炸的热风都没感觉到。

一切照旧，无非是一场颇有些趣味和刺激的狩猎，没有比这个季节更适合打猎的了。

戈佩不再理会火焰与冲击，转头看夏天。

他的猎物站在石竹花丛里，也在看他。

他一直很喜欢夏天，那人的身体里总是烧着火，带着难以处理的巨大的愤怒和绝望。但是这一刻，他意识到那也是一双冷静的双眼，是久经沙场的战士的眼。

他正看着自己，如同在看一只猎物。

戈佩吸了口气。

他不确定这一刻的感觉是什么，他被冒犯了，该觉得兴奋还是恼怒，只能习惯性地感觉到某种残忍的欲望。

夏天伸手去拿另一把枪——毫无攻击力的火枪——他的手滑了一下，他仍在发抖，戈佩很确定，他不像看上去那么强硬，他是尽了全力才勉强站稳的。

而他能站稳，还是因为捕兽网只擦过他的肩膀，几分钟内，纳米机器人便会侵入他的血管，在体内迅速繁殖，直到能完全控制他的行动。

防御力场挡下子弹，戈佩伸手去拿终端。

他面带微笑，打开“驯兽师”的文件夹，找到捕兽网的程序。惩罚功能的图标鲜血淋漓。

他没看爆炸的火光，也没看图标，只是死死盯着夏天。

“我就喜欢你这么折腾。”他说。

接着轻柔地点击按键。

戈佩深深吸了口气，看到那位年轻的战神跌倒在地，再也拿不稳枪，完全被巨大的疼痛攫住。他看到夏天肌肉绷紧，修长的手指死死攥进土里——

在这种爆炸下他是听不到的，但他觉得自己听到了呻吟与恳求，极度痛苦之下，低哑而无助的呜咽。

他好一会儿没把那口气呼出来，好像刚才把空气中某种强力迷幻的味道吸进肺里，从而让灵魂感到饱足似的。

他缓步朝夏天走过去。

在剧痛之下，那人死死盯着他，还摸索着去找枪。

他有一双困兽般的眼睛，他心想，血与疼痛只会激发暴戾与愤怒，像上城文明之光外的黑暗，深不见底，血淋淋地滋生，渴望毁灭一切。

他喜欢得身体都有点发抖。

第 97 章　城市狩猎

戈佩在嘉宾秀邀请会上投的就是夏天的票，虽然去年时他想要的是另外一个人，但他的注意力向来很容易转移。到了这两个月，再也没有比毁掉这两个人更强烈的欲望了。

他在夏天身边单膝跪下，这位年轻战神倒在那一大片石竹花丛里，真是美好至极。

他们身边，升降梯的金属已开始变形，收网会迟上一点，但也不过几分钟。猎物很快便会出现在宴会之上。

他轻声朝他说道：“我一直都很想知道，你尝起来是什么味道的。”

猎物的眼睛张大了，戈佩能清楚看到其中的恐惧，在这种时刻，你会意识到谁才是这个世界真正的猎食者。

“别担心，”他说，“不会弄死你的，现在医疗技术不错，我只是……想尝尝你。”

他伸手抠住夏天的下颌，在又一次的惩罚按键下，猎物无法反抗，被无形的绳索绑住。戈佩手指用力，让夏天侧过头去，动脉展示在眼前。

“我会用金色的餐刀，镶着银色的宝石。上面有阿瑞斯系列经典款的花纹。”他说，“你现在配得上真正古老的餐具了——感觉一定像在吃一个神——”

他伸出红色的舌头，顺着夏天的动脉舔舐，感觉皮肤的纹理，汗水、恐惧和动脉的跳动。

他用舌头拨弄，带着挑逗的意味——

这时，他感到有什么碰到了他的后脑勺。

他怔了一下，两秒钟后，一阵寒意爬上脊椎，他突然意识到这意味着什么。

视线的一角，防御力场的标志上写着：已终止。

他抬起头，本已捕获的猎物死死地盯住他，他看到他眼瞳中映出的白敬安，拿着枪。

周围交火的声音不知何时已经消失，那一片战场里除白敬安以外，已经没有活人了。

这一刻，戈佩突然意识到，这两人一开始就在算计他。他们知道防御网的参数，计算了所有攻击的能量、次数和机会，直到最后一秒的最后一枪。

他们是一对困兽，但同时也是猎手！

他转过头，白敬安冷冷地看着他，但那是张极度愤怒、渴望摧毁一切的脸。

他拿着把毁灭者 7 系列能量枪，司空见惯，平民街区的垃圾站里随便就能找到半打，他不可能死在这种枪下——

这是他最后的意识。

夏天脸上溅得全是血，躺在粉色的花丛里，狼狈透顶，又一身血腥的煞气。

白敬安抓起戈佩的终端，解除捕兽网锁定，手指因为愤怒而发抖。

然后他一把拽起夏天，那人浑身都汗透了，仍在不停发抖。白敬安一手拔起末日之兽，架着他来到一辆护卫车前，揪出车里的尸体，把他塞进去。

他们身后，升降梯缓缓上升，地狱汤的狩猎小队倾巢而出。

白敬安坐进驾驶室，发动引擎，车子离弦之箭一般冲向前方的公路，枪弹紧随而来，撞上护卫车，带来疯狂而杂乱的颠簸。

火箭炮仍然禁用，给他们争取了不少时间。

他们身后，设备精良的狩猎小队冲进一片狼藉的荒地，野花盛放，尸横遍野，猎物的车子夺路而逃，冲向下行公路。

白敬安打开车载通话仪，猎捕的队伍急速交换着术语，生怕慢一步就被人甩下来，变成玩忽职守。在半条街外，更多的车辆和浮空梭正在急速追来。

夏天坐在旁边，神经质地用袖子去擦戈佩在脖子上留下的痕迹。

白敬安转头去看，夏天也看了他一眼。在逃亡、追击和越发收拢血腥的威压之间，快速交换的眼神中，透着一股子幸灾乐祸的杀气。

再权贵，还不是他妈的死得像堆垃圾。

一眼交换后，夏天伸手去拆车上的定位装置，白敬安盯着后视镜，一点亮光逼近，他一个急转，一枚炮弹在车后爆炸了。

前方立着检修路障，白敬安看也没看地直冲过去，车子颠簸了一下，继续下行。

夏天把定位装置丢到窗外，迅速浏览了一下戈佩的手机，丢进垃圾盒里销毁。

与此同时，车子进入地下一层的通道，两边的节能灯把公路衬得鬼域一般，让人想到下城。

车载电台里，狩猎小队调动的声音越来越少，最终沉默下来。白敬安又转了个急弯，车子汇入了上城下方血管一样庞大的车道支流中，四处亮起全息广告，描述着解决空虚、焦虑和不快乐的方式，或是一款款血腥的追猎游戏。

公路渐渐上行，阴沉的天色从上方压下来，又消隐在支架之下。

追兵消失了。

抢来的车子因为各种枪械——和一枚火箭炮——一片狼藉，不过开进上城的车流中一点也不稀奇，伤痕是这里司空见惯的装饰方式。

当白敬安开着护卫车离开地下通道，天色已经暗了下来，夜色被广告染得污浊不清，压在他们周围。

夏天的脖颈被他擦得发红，戈佩留下一条青紫的痕迹，延伸到领子里。

两人都知道，主办方当然晓得他们在哪里，但不管嘉宾秀的权贵们是否很生气，都做出了决定，暂时结束这场战役。

车子的终端收到一条短信，没有署名和号码，只有一张血淋淋的猎枪躺在石竹花丛中的图片。

夏天知道他们想说什么——猎物暂时赢了一局，撕碎了一个猎手。

他看着图片，并不确定这些人是否在生气，也许感到兴奋，或是幸灾乐祸。但无论是什么，他们的情感都会化为同样的东西：对残忍摧毁的期待。

白敬安把车子停在一个休息区，两人没下车，讨论了一下下一步怎么办。

夏天慢吞吞地喝一杯热果汁，他身体还有点抖，不过好了很多。

从小明科夫发过来的资料看，捕兽网效力一般会持续三天，夏天摄入的量很少，身体大概会在六到七小时内把纳米机器人代谢掉。

"两把疾鹰 S3、一把毁灭者、一把猎手世纪纪念款，还有棉花糖。"白敬安说。

"炸弹一个都没了？"夏天说。

"全用来炸防御场了。"

夏天笑起来。"炸得是够猛。"

"枪倒不难搞。"

"嗯，找个夜店，顺手牵羊就能搞个半打。"

白敬安把一把疾鹰 S3 丢给夏天，另一把枪随手塞到后腰，拿起一枚快餐卷饼，拆开来吃。

"听戈佩的意思，他们准备了一个'宴会'。"他说。

夏天冷着脸"嗯"了一声，他半边衣领还湿着，一进服务区，他跑去卫生间，对着水龙头神经兮兮地擦洗了好一会儿。

“也就是说，他们会追捕我们，直到‘邀请’成功。”白敬安说。

“反正他是吃不成了。”

他们又讨论了几句武器的问题，杀伤力太强的在秀里根本买不到，也不能从朋友那弄，谁跟他们扯上关系都不会有好下场。

白敬安以前的房子倒储备了不少，但现在那里变成了战神纪念馆——灰田说这的确符合公司回收房子的合同条款。他们就是有办法让什么东西都不是你的。

而他们的新房子，真是干干净净，顶多能用厨房用品凑出几个炸弹来。

不过在上城，武器很容易搜寻，这里是摩天大楼和霓虹灯的黑暗丛林，枪械横行，药物泛滥。他们是其中最顶尖的武器和杀人专家。

他们一个字也没提回家的事。

迪迪在那里。他们必须离得越远越好，一个字都不要提到她。巨大扭曲的阴云笼罩着他们，无孔不入，满足血腥的欲望，足以摧毁任何靠近的人。

他们坐在车子里吃东西，无处可去。

在这个繁华的城市中，他们两个家财万贯的明星无家可归，成了权贵们追捕的猎物。

[节选自长佩文学论坛]

【粉丝评论摘编】

@meow~：我非常不能理解评论中的一种趋向：每到夏天或者小白在秀中遭遇什么时，总会有人说“突然兴奋”……真心想知道这些评论是认真的吗？如果是认真的，那么恕我直言，这样建立在别人痛苦之上的兴奋点和那些上城权贵之间有什么本质上的区别吗？如果不是认真的，我想不出一个把自己说成猎奇爱好者的理由。

不知道会不会有人觉得我上纲上线或者站在道德高地，可能是杀戮秀的题材决定，我一直很避免认为夏天和小白只是虚拟，只是一个塑造出来的形象——那会让我觉得我也是上城人中杀戮秀的观看者。

长佩文学论坛 2017年7月15日

@aoliao：这个世界的一切由网络、摄像头呈现，在每一个镜头前放大那些爱憎鲜血及肉体，空虚寂寞的人们在营销的导向下更加狂热地渴望自己不曾拥有的所谓的“真实”，主角和配角都在“活下去”“怎么活下去”“是否活下去”中做选择。杀戮秀中每个角色都会被摄像头外的视线所爱，这种热爱几乎都变成畸形的欲望，权贵把这种欲望化为实质，平民在网络上喧嚣，好奇所爱的一切，细致到每一个毛孔，所有的视线化为伤害令人战栗。

长佩文学论坛 2017年7月17日

@感冒药过敏该怎么治感冒：一个将科技发展到了极致甚至亵渎死亡的世界，过往敬畏的都被摆上了台面成为创造财富的消费品，而夏天和白敬安都只是这个纸醉金迷的财富帝国无数商品之一，他们的过往、感情、杀戮、生与死，所有的一切都只是为自身作为商品的价值增光添彩……我觉得这个世界最可怕之处不在于礼崩乐坏，而在于无所畏惧，就如文中那些为了能尽情享乐放弃了人的形体成了基因调控技术下的怪物的权贵，那已经不能称之为人了。

扫文小院 2017年6月21日

@林斜阳笑执清茶：一个关于抗争、尊严、守护与毁灭的故事。夏天和白敬安，一新一旧，两代战神……表面看起来，他们一个冲动、情绪化、张扬高调；另一个冷静、理智、筹谋精确。但他们本质上就是一样的：身有反骨、坚定地守护自己内心最重要的东西，哪怕面临绝境、被撕成碎片、不断承受打击和折磨也不会妥协。他们是抗争者，是天生的反抗军。他们分明是毫无胜算的——无论再怎么强大，可他们身处的是牢笼一般的天地，无论在这牢笼里他们是多么无可匹敌，可被这牢笼禁锢着，又怎能真正赢得尊严和自由？但他们加在一起，就是真正的毁天灭地。他们打碎这牢笼，杀死那些控制牢笼、妄图掌控和玩弄他们的人。他们挑起所有被压迫者的反骨，最终将反抗的念头从每个人的内心牵扯出来，终于毁灭了那个腐朽的旧世界……尽管这一出抗争史极端惨烈和绝望，但同时也壮烈、荷尔蒙爆表、令人肾上腺素急剧上升。有时候让你毛骨悚然，仿佛置身人类发展到未来某个阶段必然产生的恐怖阶段，无法逃脱，但最终这个肮脏而腐朽的世界依然会在反抗与抗争中彻底终结。看得我简直全程想 loop 唐朝乐队那版本的《国际歌》。

新浪微博　2017 年 7 月 27 日

［导引、简介、节选、粉丝评论摘编：刘心怡］

用你的注视为战神加冕

刘心怡

自2000年电影《大逃杀》上映以来，“杀戮游戏”成为反乌托邦文学中一种常见的情节设定。故事通常发生于资本与科技高度发达的强权社会，一群人在相对封闭的空间内彼此厮杀求生，以类似罗马竞技场的快感机制，供上层权贵观看取乐。因此，“杀戮游戏”的参与者与组织者（往往是强权政府）间存在森严的等级关系，反抗规则、推翻强权往往成为这类反乌托邦小说的核心主题，风靡全球的小说、电影《饥饿游戏》系列就是其中的典例。

《杀戮秀》继承了自《大逃杀》到《饥饿游戏》以来的杀戮游戏、反抗强权的叙事脉络，虽然不再对生还人数做出限制，但数名选手互相厮杀的核心依旧。而标题中的“秀”字，更是暗示着小说的创新所在——它突出了“杀戮”作为一档真人秀节目的表演性质，让许多从前容易被忽视的“场外因素”渗入了主角们的求生之路：上层权贵对节目的操纵与观众对选手的狂热追捧，都在这部小说中被大书特书。那些本应作为布景、一味追捧主角的粉丝，在小说中的地位和辨识度都大大提高。

老牌作者狐狸以西方奇幻题材见长，小说中糜烂堕落的“上城”与位于底层的“下城”彼此对立，颇具反乌托邦（恶托邦）的色彩：未来社会的技术泛滥未能保证人的精神自由，反而导致对人的压迫。在《杀戮秀》中，上城权贵几乎垄断了所有权力与资本，而下城人民只能被上城漠视、践踏，彻底剥夺了上升的可能。因此两位下城英雄一路由秀内杀向秀外，最终摧毁极权，便成了小说核心的燃点与爽点。

小说并不直接点破上对下的统治极权，而是大力渲染杀戮秀中残酷至极的互相屠戮、杀戮秀外上城权贵的纸醉金迷，以鲜明的对比刻意挑起读者的不适，犹如一则图解“娱乐至死”的寓言：当一切公共话语都成为娱乐的附庸，“杀戮秀”成为整个社会唯一的精神支柱，上城权贵享受高度发达的娱乐工业，却陷入精神空虚，不但沉迷观看杀戮，甚至会为追求刺激，押上性命主动参与到节目当中，就连下城揭竿起义的暴动壮举，也迅速被“改编”成诸多节目素材被进一步消费，阉割了反抗的内里，暴力和战斗成为唯一的信仰被推上神坛。

对娱乐工业的强调，是通过对观众和粉丝的强调实现的。以往仅作为“杀戮游戏”设定一环、状若背景的观众，在《杀戮秀》中被推向台前。“秀”之一字，形成双重的“看与被看”结构。“杀戮秀”（节目）的观众观看主演，而《杀戮秀》（小说）的读者则同时观看着作为配角的观众，以及作为主角的夏天与白林。

一方面，狐狸时刻宕开一笔，写观众目睹夏天白林二人节目表现后的反应：由最初节目策划人留意到夏天身上“吸粉”的闪光点，到最后粉丝疯狂地追捧迷恋二人，乃至主动为二人提供帮助，主角的魄力十足、搏命厮杀的壮烈、战友情深的动人，这一切或许不是预先写好的剧本，但一定会被节目组利用，衍生出更精彩的“秀”——“革命营销”。

另一方面，这一笔法同时映衬出读者的“观看”。正如观众接受节目策划人的编排一样，读者也接受了作者的编排，看似能和故事中“被杀头的人”共鸣，但自己更像所谓“看杀头的人”，被煽动起热血，甚至一面担忧着主角的遭遇，一面又享受着观看的快感。“娱乐至死”不但让上城的堕落麻木变得理所当然，似乎也在读者层面上消解着主角们反抗的有效性。

“杀戮秀”在此指向更关键的问题：“燃”是一种真情实感，但当读者意识到这种燃多半是出于观赏杀戮得来的快感后，又该如何与被杀戮秀操纵的主角产生共情，并重新建立人的价值、重新确认他们反抗的崇高？

这需要回到在成为“神”之前，“人”的本身。

节目组的“革命营销”，推动了粉丝们的“造神狂欢”。但造神过后，粉丝甘愿参与战神们的抗争去推翻自己所在的阶层，是因为人物本身的光芒勾起他们对自由和尊严的向往：夏天来自下城，他的张扬、愤怒以及对权贵的挑衅，绝非上城的造星工业可以塑成；白林更是一个隐喻——作为当年革命的领导者，在失败的革命被制造成一次娱乐营销后，他的存在本身，顽强地证明革命的不可扼杀。在杀戮秀中，他们竭尽全力让其他选手免于被制成“活标本”供权贵取乐，这种坚持更是极乐末世下对人的价值、尊严的顽固坚守。任何编排与营销的企图，都要以承认这种越轨而耀眼的光芒为前提。

在全书最扣人心弦的“嘉宾秀”片段中，两位主角面临全城权贵的追杀和折辱，他们的一切反应都会被摄制收录。摄像头将日常生活全面包围时，也融解了“真人秀”的画幅边界。性命攸关的搏杀就发生在观众身边，因此分外真实。上对下的戏弄与下对上的暴动间，浮动着巨大的狂欢现场。

当粉丝们开始自发为主角提供武器和帮助，他们就从隔着屏幕的粉丝，变为证明自己“在场”的战友——捍卫自己越轨的偶像，就是捍卫自己不必再被控制的生活。

尽管狐狸不断以场外观众的视角“挑衅”读者，试图将两位主角由英雄降格为“明星”；但一旦回归两位主角的场合，他们的抗争依然刀刀到肉，真实壮烈。“观看”不再消解崇高行为，而是患难与共的注目礼。“爱与死亡”可能是被上层权贵消遣的素材，却无碍于它在被镜头纳入前的真实。

而对于既非上城权贵，又非底层百姓的《杀戮秀》小说读者而言，小说内的“革命”本不该如此重要，小说也本该是一场用以观看的“秀”——他们本可站在文本之外，继续享受电视节目和革命暴动带来的阅读刺激，即燃点，但却终究和文本内“杀戮秀”的观众们，乃至和主角们站在同一战线。这正是因为小说制造的燃点在达到顶峰之际，缔造了读者和角色们的共情，让读者在文本内外，都决定选择捍卫人的价值。

此时回顾《杀戮秀》中第一场杀戮，它发生在节目开始前，尚未在观众面前树起白林与夏天的“人设”，但他们在读者面前的演出已经开始。它是一个暗示：反抗与真人秀无关，甚至与娱乐工业无关。烟花的壮烈，也可以同子弹的轰炸媲美。

如此夜

mockmockmock

mockmockmock是著名作者脉脉2015年在Lofter发表《伪装者》楼诚同人时用的马甲，是最著名、最受好评的楼诚同人作者之一，每次更新热度自500至近3000不等。脉脉自2005年在晋江文学城的连载文库写作后，断断续续发表原创小说多篇，部分已出版。代表作《浮光》(2007)、《歧路》(2008)、《群魔》(2009)等，作品以文笔细腻、结构精致著称。

《如此夜》发表在网易轻博客Lofter上。这个中文同人写作最大的发布平台和信息集散地上，每篇博客以所带的标签聚合成松散的社群，“楼诚”标签参与者和文章众多，自从Lofter于2016年设置“同人人气榜单”之后直到2017年5月，每月稳定占据总榜第一，至今仍在前十。脉脉迄今为止已在Lofter发表楼诚同人的三个长系列和一系列短篇，每次更新人气并非最高，但胜在口碑和影响力。她的《别日何易》被公认为楼诚圈的镇圈之作之一,《如此夜》亦广受赞誉。

【标签】同人　现代　谍战　亲情

【简介】

《如此夜》是mockmockmock在电视剧《伪装者》的楼诚同人圈写作的第三个长系列文，用《伪装者》中的传奇人物——三面间谍明楼和明诚两人的身份背景和原著情节，续写他们的故事。

《如此夜》由多篇短篇小说组成，每篇最长一万多字，篇与篇之间没有紧密的联系。故事发生在《伪装者》电视剧剧情结束之后，写大姐明镜死去，小弟明台诈死北上，留下的明楼和明诚依然像电视剧里一样，作为明面的汪伪政府官员，和国民党军统及中共双重卧底，在1940年的上海工作着。

除了第二篇中出现的明显的人物关系突破之外，这系列故事的发生先后顺序不甚清晰，截取了两人这段时期内的几个片段和这个设定下人物少年时代的回忆。每个短篇都集中写了某一个夜晚发生的事情，如第一篇写楼诚二人参与汉奸同僚的聚会，一整夜绷紧了弦，为了不被逼迫抽大烟，只能喝酒，最后二人精疲力竭地回到家中，默默等待天明。第三篇写姐姐明镜和明楼少年时，在父母横死后相依为命，明镜立誓违反女人不经商的习俗，决定守住家业，去求伯伯教做生意。外一篇《心花》写楼诚清明放假在家晒书，牵扯出明楼将明诚救回家中读书启蒙的回忆，捎带着回忆起已去世姐姐的往事，二人感慨而伤怀。如此等等。《如此夜》写人物对话和动作细致入微，描述事件经过有很强的电影分镜感，因此每篇都像一部情节张弛有度的短片。

选段为第二篇开头和第四篇全篇。第二篇以明楼的失眠开始，以委婉的笔调写两人间谍生活的操劳和压力，并不经意地写出两人之间不必诉诸口的牵挂，含蓄克制的互动之下愈显动人。第四篇的直接源起是爱国群众在公众活动中行刺伪政府高官明楼，明诚在保护中受伤，引起两人对潜伏生活的担忧和思考，却最终因为对胜利希望的信仰，而坚定地继续走下去。全篇布局精细，文字优美得恰到好处，阴暗无边的气氛下还有些小小的黑色幽默，极富感染力。

【节选】

如此夜 II

明诚发现明楼失眠的那一刻，他的第一个反应不是生气，甚至也不是担忧，而是自责。

因为这份“没有在第一时间发现”的自责，他一开始没有阻止明楼喝下今天的第三杯咖啡。

但这不应该。

明诚很快又否定了自己的心软。

他的胃真是要完蛋了。

所以到最后，他还是没忍住，趁着李秘书进来找明楼签字的间隙，又悄悄地把自己的杯子和明楼的换了，然后不动声色地回到了自己的办公室。

刚坐下，电话就响了，接起来，电话那头的人不做第二人想。“阿诚，你拿错杯子了。还有，咖啡壶你放哪里去了？”

尽管是内线，听筒里还是有些微的噪声，明楼的声音在低沉之余，又有些没有在他面前掩饰，抑或是再无法掩饰的疲惫。明诚望了一眼墙上的钟，现在是下午四点，天色还早；他又低头看看自己手里的杯子，乌黑的液体像泥浆，足以杀死这栋办公楼里最大的一只耗子。

想到这里，明诚以公事公办的口气平静地开了口：“咖啡凉了，我就先端出去了。”

“那你交代他们再煮一点来……算了，还是沏茶吧，这样快点。”

明诚听见打火机开合的声音。

他没来得及回答，明楼办公室的另一台电话机响了。明楼接起后说了个“喂”字，下一秒钟，明诚这一条线被挂断了。

明诚不去猜测那个电话的来处——如果需要他知道，明楼自然会告诉他。

他放好电话后先去把咖啡都倒了，顺手洗干净咖啡壶，接着回到秘书办公室，有条不紊地处理文书工作，并耐心等待明楼的电话结束。但是很快，他发现自己一直在走神，而且翻来覆去想的就是一件事——

明楼失眠，而且显然不是一两个晚上的事了。

但他什么也没说，一切都隐藏得很好。如果不是太了解明楼，也许自己还会发现得更晚一点。

明楼的这个电话打了很久，等再次接到他的电话，明诚的办公室已经亮了灯。好在这个电话是通知下班而非加班的，挂电话前明诚多问了一句："晚上吃什么？"

这个问题显然把明楼问住了，他静了两三秒才说："你拿主意。"

明诚想想："那就回家吃。"

事实证明，缺乏睡眠的人反应总是会迟钝一点的——所以哪怕是明楼，在明诚的答案之后，他几乎是下意识地回答了一声"可以"，说完后，似乎才意识到什么，又很快地补上一句："还是算了。要是吃腻了，我们再换一家。"

明诚不说好也不说不好，这条电话线总是有不知道几双耳朵在听，于是他又说了一句"再说吧"，便挂了电话，去敲明楼的办公室房门了。

市政府近来一直想给明楼再配司机和用人，话说得冠冕——明秘书公务繁重，亦是新政府不可或缺的人才，公私兼顾，着实有些太吃力了。为此，两个人专门演了一场"明长官雷霆震怒，明秘书含泪请辞"的戏码，把政府来说项的人都看傻了，回去同陈市长报告完情况，忍不住私下感慨，明楼白喝了这些年洋墨水，真本事是有的，但法兰西人喊的"自由、平等、博爱"真是皮毛都没学到一点，明诚现在是政府的官员，他的下属，他倒好，净把人当下人使唤了。

陈市长听了这番话，沉吟片刻，反而笑了起来。"他骨子里还是大少爷脾气，惹急了不知道能做出什么来。"

"那怎么办？"

"还能怎么办？牛不喝水强按头吗？不愿意就算了，他明楼以身作则，为国家节约工帑，实乃我等公务员的楷模，哪天你让人写个‘清廉奉公’的奖状，以市政府的名义给他送去。”陈公博随手翻了翻桌子上的红头文件，满不在意地又笑了一笑。

“是……啊？”

那张奖状自然是没有真的送出去，但这番对明楼的“嘉许”还是如同长了翅膀一般，飞出了市长办公室，辗转地传到了当事人的耳朵里。这话其实说得重，但明楼听完只是一哂，既然双方就插不插人进来已经达成了共识，说就由他们说两句吧。

依旧是明诚为他开车。

下班回去的路上明楼提了一句电话是南京来的。明诚听完后只点点头，不多问。明楼又说：“抱怨钱不够用。”

“又要变着法子加税了？”

“加也是白加。对他们，钱总是不够的。”明楼看着窗外，面无表情地收住了话题，“国贫民富是上策，国富民贫不得已而为之，国贫民贫，又有大蠹，恐怕只能置之死地而后生了。”

明诚倒是希望他话说得再少些，听他不说话，也就不开口了。

他把车开得很稳当，果然，过不了多久，明楼就合起了眼。

但他睡得很浅，不到十分钟又醒了过来，而且似乎是根本没意识到自己方才是小憩了那么一会儿，直到看见街边风景，才发现明诚是直接开车回家了。

明楼一愣，本来想叫住明诚的，想想又算了。

也是太久没在家里吃夜饭了。

但家里有什么呢？

明楼惊觉自己十指不沾阳春水久矣，除了每天早上白俄开的面包房的伙计定时送到家门口的面包和牛奶，他真是不知道家里除了烟酒茶咖啡，还有什么能吃的了。

望着明诚的背影，明楼片刻后又说：“其实随便找个地方吃碗素面一样的。”

然后又把“反正回家也就是吃面”给咽下去了。

明诚抽空回头看他一眼，对方神情里有几乎再难掩饰的疲乏和无聊，他便对明楼很温和地笑笑。“行吧，你说吃什么就吃什么。”

到家后明诚要出去买菜。明楼看看天色，说这钟点还有什么东西，明诚摆摆手，示意他先进屋，自己则跨上了自行车。

踩了两下他又回来，说钱放在公文包里了。明楼赶快掏口袋，他这工作平时没有花钱的机会，果不其然，一个月前明诚给他放了多少钱，现在还是多少。

明诚见状又笑了。“大少爷，钱要赶快花，不然就越来越不值钱了。”

他虽然面上在笑，但说到后来，眼睛里是没有笑的。

明楼把钱递给他，本来下意识地想拍拍他的肩膀，刚伸出手，猛地又僵住了。

这一点僵硬两个人都看在眼里，却是都错开了视线。明诚抿了抿嘴，转身扶住车把手，丢下句“我去去就回”，这次真的走了。

上海成孤岛久矣，租界勉强说得上孤岛中的绿洲，但饶是如此，当明诚好不容易找到一家这个点还在开门的杂货铺子，买齐了今晚能做出一顿晚饭的食物后，还是被物价惊了一惊——一个城市一个国家的经济数据在手上过是一回事，落实到一蔬一饭上，一张张钞票给出去，又是另一回事了。

犹太人开的杂货铺子没有小葱，明诚只好再找地方买去。骑车时他忽然想到在苏联时，有同学问教官，如何才能确保不说梦话？

“永远不睡着。”

一个身影毫无预兆地闪到车前，明诚赶快回神，一把按住了刹车。

是个小姑娘。

明诚下了车，想看看撞到没有，刚蹲下来，立刻意识到这是着了道——一回头，另一个小孩子已经朝着完全不同的方向跑远了。

再回头，车篮子里，哪里还有东西。

被小孩子摆了一道让明诚又是好笑又是无奈，吃的就算了，但钱包是明楼的，多年没换过，丢了可惜。

他很轻易地追上了那个偷走他钱包的孩子，被追上后对方竟不求饶，交出钱包后抱着脑袋护住腹部，蜷在了地上。

这动作一气呵成，快得明诚没看清他的脸。弯腰捡起钱包后，明诚把钞票都拿出来，就只带着钱包走了。

身后有细碎的脚步声飞快地跑远了。

明诚忍住不回头。

这一耽搁，他只能又跑了一趟杂货铺。店主惊诧客人怎么去而复返而且买的还是一模一样的东西，到了付账明诚想起来钱全丢给小孩子了，好在这是他们相熟的铺子，暂时赊在柜上也不妨事。店主虽然是犹太人，但中文已经能说得很好，打包时多问了一句出了什么事，明诚不愿多说，只说钱包掉了，引得边上的老板娘接话："小偷太多了。还尽是些孩子。"

明诚不再说话，接过包装好的食物，又一次出了杂货铺的大门。

这一次他不再出神，回去的路上很顺，还捎到了小葱——他拿自己那块刚换上的英国产的手帕和弄堂口一个带孩子摆摊的小妇人换的。结果对方把摊子上所有的葱给了他还不算，甚至另外搭了一把还算水灵的鸡毛菜。

回到家的时候，家里亮着灯。

灯亮着，人却不在。

没有挣扎和打斗的痕迹。茶几上摆着一本读了没几页的书，但这不是记号。明诚冷静地检查了一遍客厅和入口处，又挨个检查每一间有人住和不再有人的房间，他开始喊明楼的名字，声音很轻。如果不是情况不对，明诚大概会回忆起，这其实是某一场的昔日再现——在他刚成为这个家庭的一员时，也有过这样的一个晚上，他一间一间地推开房门，喊着一个名字。

彼时和此时的心情是否有别明诚已经无暇顾及，当他又回到大门口，他很清晰地感觉到脊背处的汗意。太平静了，如果——如果真的出了什么事，明楼是一定会留下记号的。

同时他脑海中开始飞快地闪过已然烂熟于心的一些流程。没什么要烧掉的，也没有要粉碎的，有一把钥匙可以带走，但不带也行……

门锁响了。

一打照面，门里门外的两个人都露出了不同程度的如释重负的表情。唯一的区别大概是可能有一方比另一方将心中所想藏得更深一些。

明楼甚至微微皱起眉头："你出门的时间太长了。"

明诚硬生生地咽下一口气，有一股奇异的酸热之气在胸口激荡着。他静了一静才能再说话："遇见一点事。大哥，不要去找我。"

明楼先进门，低头换鞋子的时候才接过话："为什么？"

"我会来找你。"

明楼抬起头，视线正好和明诚的撞上，只听他又轻声而坚定地说："我来找你。"

"你出门的时间太长了。"

他们很少把一句话翻来覆去地说——事情太多了，时间不够用。但这一刻，似乎没有别的话可以说了，而不说话，又是不行的。

明楼把钥匙丢在门边的柜子上，顺手反锁了大门，终于点点头。"以后还是不在家里吃了，太麻烦。"

明诚垂下眼，把之前扔在房间一角的菜拎起来。"你坐一会儿，我这边很快就好。"

煮面的时候明诚仔仔细细地把积起浮灰的青花瓷碗又洗了一道，洗好后煎了四只鸡蛋四条培根，另烧了水烫鸡毛菜。他想到明楼胃不会太舒服，特意把面煮得较以往软些，起锅后先倒开水酱油香油和盐，鸡蛋培根鸡毛菜堆在面上，最后撒上一点小葱。

大功告成。

明诚看表，前后费时半小时，他有点遗憾地想，还是生疏了。

（略）

如此夜 Ⅳ

明楼是摔着门进房间的。

所幸宾馆的门好，用的全是进口的橡木，又厚又宽，加上羊毛地毯也吸声，这么恶狠狠地一摔门，也没弄出太大的动静。

雷霆之怒没听到响，倒听到身后人扑哧一声轻笑，明楼当下皱了眉，忍不住回了头，要瞪他。

刚一回头，明诚抢在前头开了口："明长官……大哥……您现在可不能对我发火。"

明楼冷冷地看着他，问："为什么？"

明诚加深了笑意。"做长官的没有对恪尽职守、身先士卒的下属发火的道理；做哥哥的呢，更不该对挂彩的兄弟发火吧。"

看着他虽然笑容满面但是毫无血色的脸，明楼只觉得自己被气得都在发抖。脑子里一瞬间闪过"这小无赖到底是谁教出来的"的念头，下一个瞬间又没法细想了，只能继续冷冰冰地看着明诚。"你也知道你受伤了。"

明诚的笑容淡了一点，眨眨眼。"我也不想的啊。"

说完，他轻轻一挑眉，好声好气地和明楼打商量："既然受伤已经是过去时了，您能既往不咎、不生气了吗？"

被他这么目不转睛地看着，明楼简直是要被气笑了，难得地一时半会儿找不到合适的话语，最后，唯有指着明诚说："小无赖。"

被骂的那个倒是不生气，反而顺竿子又爬了一尺，走到明楼身边，拿额头蹭蹭他的肩膀："好了，我让你发过火了。到此为止。"

动作间他的额头不小心蹭到明楼的脖子，皮肤相接处的触感冷冰冰的。明楼反手去探他的额头，明诚下意识想躲开，但现在的他无论是精神还是肉体都较平时迟了一拍。于是明楼一只手牢牢地抓住他没受伤的那只胳膊，不让他动弹，另一只手则贴上他的额头，固执地要探一探温度。

一旦发觉没有胜算，明诚也就不挣扎了，放弃了无谓的体力浪费。他温顺地放松身体，等明楼放开手，立刻说："只是冷汗，没有发烧。"

说完见明楼又要发火的样子，赶快补上一句："我是伤员，心情平静有助于恢复。"

明楼还是看着他，没有笑，也没有说话，沉默极了，眼睛里的情绪也全部收了起来，一丁点缝隙都不肯留下。渐渐地，明诚不笑了，也不再试图说任何插科打诨的冷笑话缓解情绪，而是问："他们抓到人没有？"

*

几个小时前，明楼去沪西的一间新开张的日本商社剪彩。

自从南京政府另起门户之后，针对"这一边"政府官员的刺杀风潮可谓愈演愈烈。动手的人可能来自重庆、延安、长春，甚至最最普通的民众，于是明楼现在的同僚们死法花样很多，被厨子砍死，被情人勒死，和拳拳爱国心的群众同归于尽，还有出了个门再没回家说不定已经被黄浦江里的鱼吃得骨架子都不剩了的……五花八门，防不胜防。明楼因为在特务部门领职，这一类消息都要报到他这里来备案和追责，各种死讯收得多了，有一次他还和明诚开玩笑说："大好头颅，谁当斫之？"

当时明诚委实没客气地翻了个白眼。"这么些年了，你这颗脑袋一直兢兢业业顶在脖子上，怪不容易的。看在它这么尽心尽力的分上，你怎么也要回报一下，让它得以安享晚年，才勉强算不亏欠。"

两个都在生死的缝隙里周旋的人，并不大避讳谈自己，又都避讳谈对方。但不管谈还是不谈，事情摆在眼前，避无可避，而无论中方和日方怎么加强警备、严刑重罚，这股刺杀汉奸的风潮，不仅没有平息，反而变本加厉。

暗杀风日盛，使得在上海政府就职的官员一般都不大愿意参加公开的活动，如果万不得已必须要去了，那也无不是重重安保，警卫森严，力保万无一失。

明楼今天的这场活动，就是属于“万不得已”——这商会的会长在东北华北那边根基很深，如今又挥师南下，显然不是仅仅来做生意赚洋钿的。现在北平和南京明面上和谐友爱，骨子里却是相看两相厌。但政治上和生意上的事情就是这样，只要还能相处，越是相厌，越是颜面上要好看。所以那边亲自来了电文，让明楼长官亲自出席，并做由周部长亲拟题目的主旨发言——《论上海繁荣稳定对中日共荣之贡献》。

这种在明楼看来纯属狗屁发言的演讲他当然不可能提早做准备，直到从官署往会场的路上，才和替他开车的明诚临时串词，所有的经济数据都得现编，他编一个明诚听一个，如果实在编得太离谱，明诚就提醒他一句。编着编着明诚忍不住苦笑道：“也不知道是编出来的数据吓人，还是真实的数据吓人。”

明楼还没来得及接过话，出事了。

等宪兵和便衣终于把明楼和明诚从车子里架出来团团护住时，明楼的第一反应甚至不是“终于来了”，而是“怎么会用这种炸鱼的土炸弹，黑市的手榴弹才多少钱一枚”。

后来他才知道一共是扔了两枚，确实是土制炸弹，还有一枚是哑弹。

但当时他的耳边净是炸弹爆炸造成的耳鸣声，然后就是一点和耳鸣连着的心跳声，其他声音一律听不大清楚，他一边这么想，一边下意识地去找明诚。

明诚果然一直是在他身边的。

手脚俱全，脑袋也在。

明楼还没来得及提起来的心又放了下来，对他笑笑，表示自己没事。

明诚也对他笑笑。

他还对明楼挥挥手。

上好的羊毛呢料都兜不住那么多血，沿着袖管滴滴答答地从肘弯处滴了一地。

*

明楼既然无碍，行程便照旧，明诚和其他几个伤员则被送去了最近的医院——越是出了乱子，越是不能自乱阵脚，这才能显出叛党都是不足惧的蝼蚁，我方实乃稳坐东山的谢太傅。

尽管有了这场波折，招待会依然准时开始，明楼的演讲也按照原计划压轴。他是习惯上讲台的：在索邦，一些阶梯教室还维持着中世纪的传统，半圆形的格局让学生们个个都像是披袍的元老，老师倒成了接受质询的恺撒。于是十分钟的脱稿演讲可谓高潮迭起，等他下讲台时，掌声和笑声都比前头的明显热烈得多。

下了讲台，归座之前明楼借口要解手，其实是想给医院去电话。没想到刚绕到后台，此时应该在医院处理伤口的明诚，正守在离讲台最近的一个出口处，一动不动地站着。

他匆匆的脚步顿时慢了下来，同时响起的声音却是严厉的："谁叫你回来的？"

明诚看了他一眼，戒备的姿势不改，恭敬地回答："已经包扎好了。我怕万一，还是赶回来稳妥些。"

明楼完全没有被这个解释说服，看向明诚的目光和声音一样严厉，甚至更过之。当时他身边还陪着另一个小秘书，看到他这副神色，吓得比受着伤的明诚还要面无人色。偏偏明诚浑然不觉，平静地说下去："没什么，全是玻璃划的，没有弹片的嵌入伤，也没有子弹。"

"自作主张。"

明诚垂眼。"事态非常，情不得已，请恕属下自作主张。"

一番话说得纹丝不乱，明楼气得牙痒，倒是不介意顺势发作一番。可是明诚在低头前飞快地望了他一眼，眼底是真真切切的担忧。

明楼知道他想到了什么——这事如果他们来做，肯定是要留后手的。

连这拙劣的土炸弹，也会是整局棋里的一枚子。

明楼没再作声，反而看了他很久。终于，他挥挥手，转头吩咐跟在两步开外的秘书："听见了没，明秘书非要当值。我是他的长官，他也是你们的长官，去，给你们长官找个凳子。"

这番话他说得很慢，一字一句间就有了喜怒莫测的意味。明明最厉害的话不是对着自己说的，那小秘书还是觉得头顶上炸了雷，答应了一声赶快溜了。然后，明楼又看了看明诚，最终目光停在他右手牢牢按着的配枪上，到底没有再同他多说一个字，转身回座位去了。

散会之后有宴请，明楼本来也受邀出席，却在开席前被他以收到紧急公务推却了。他的话说得婉转，但意思却很坚定，反正就是要走，两方周旋到最后，做东的一方明显有些不豫，叫在场的市政府的其他人都变了脸色，不少人纷纷给明楼使眼色，示意他还是留下来为佳。可明楼因为去意已决，倒成了一群人里心事最轻的一个，只当什么也没看见，看见了的也没懂，潇潇洒洒地道了别，带着自己的一众秘书和警卫告辞了。

回程时走的是原路，搭的则是新车。不算短的路程上戒备更加森严，每到一个路口，都能看见宪兵队的制服。

在车里明楼还是没说话，明诚也一直看着车窗外。不能开窗，血腥味和酒精味一直挥散不开，气氛显得比外头还要严肃凝重些。他们既然不说话，前排的司机和保镖自然也不敢开口，就在这样近于肃静的氛围里，他们平安地回到了办公室。

两个人虽然不说话，但车子就这么大，很难坐得更远。眼看着再转个弯目的地就到了，仗着有外套做遮掩，明诚悄悄握一握明楼的手。起先明楼还是不搭理，沉着脸色不知道给谁看，可当明诚要收回手的那一刻，明楼又把那只手给握牢了。

他们的手都不暖，熨帖着熨帖着，终于又暖和起来。

下了车明楼回办公室处理积压了一个下午的公文，明诚本来要跟着，明楼不许，打发他去换衣服。“一股子血腥气，赶快换掉，不然后院养的那些狼狗叫起来，还以为进了反政府分子了。”

这时明诚不再坚持了，点点头说：“知道了，先生。”

明楼刚坐进办公室，市政府的电话慰问就来了，然后警察局和76号也都来了人，说一定全力追捕嫌犯，给明长官一个交代。自从遇袭明楼脸色一直不好，答话时更不耐烦，诸人是知道他的手段的，更听过他六亲不认的传闻，如今出了这种生死攸关的事情，没人敢戳在他眼前，生怕触了他的霉头。

别人不敢上前，明楼乐得清净。文件看完再一看表，正好可以下班了。他打电话去秘书办公室，接电话的是三等秘书，他先是问了一句“明秘书人在哪里”，得到他手不好、不方便接电话的回答后才接着说，今天不加班了，让门房安排车。

“那您今晚是回……”

明楼静一静，还没回话，电话那头响起明诚的声音：“没规矩，这是你能问的吗？”

电话那头顿时一阵乱，小秘书着急对明诚解释自己别无他意，就是想通知车队方便备车，说着说着就顾不上手里还拿着话筒了。明楼懒得听下去，挂了电话，然后拿上外套，直接去秘书室找人了。

平日里明诚还兼了司机和护卫的职责，下班后明楼去往哪里，旁人一般是不能过问也不知道的。但现在明诚伤到了手，开车是决计不行了，只能用官署公派的司机。对此安排明楼并无异议，照常和明诚同进同出，下楼梯时明诚给明楼递了根烟，点火用了两根火柴，明楼便知道司机是自己人，几不可见地点了点头，对明诚说：“你也抽一根吧，解乏。”

明诚笑一笑：“下午抽了不少，再抽晚上睡不着了。”

开车的是自己人，在明楼和明诚这里也只是意味着可以不必时时把手扶在枪上。去宾馆的路上两个人倒是说了几句话，是明楼开的口：“他们给你打了止痛针没有？”

“看在您的面子上，给了吗啡。”明诚说完见明楼又沉了脸，继续说，“战局胶着，吗啡早管制了，又是日本人的医院，护士偷偷告诉我，中国人一般是打不到吗啡的。”

明楼沉默下来。“回去你给我看看伤口。”

“怪不好看的，还是不要看了。您还没吃晚饭呢。”

明楼暗暗瞪他，明诚装没看见，接着说：“对了，我听说现在在德国，他们的化学家发明了一种新的止痛药，完全是合成药，比吗啡管用。”

“也就是让人麻木得更快、死得更舒服点罢了……”

“战争总是要过去的，再说既然有发明武器的化学家，总也得有发明药的化学家吧。要是只有前者，那更完蛋了。”

说到这里，明诚想起他们还在法国时，学校组织过几次荣民募捐活动，苏珊对于这些活动总是很热心，不仅捐款，还动员身边人去伤员疗养院做义工。明诚亲眼见过在毒气战后幸存下来的士兵，氯气、光气、芥子气，气体比子弹和炮弹造成的伤害还要残酷、深远得多。

他和明楼对望了一眼。明楼似乎是读懂了他那些没有说出来也无法说出的话，很轻地笑了笑。“是了，我记得你在学校时化学成绩特别好。”

明诚跟着笑了，眼神里流露出些许怀念。“还可以吧。多快啊，有的时候睡起来，总觉得自己要迟到了，没法去蹭约里奥－居里教授的课了。”

“从来没见到你来蹭我的课。”明楼假意指指他。

“您可以给我开小灶嘛。”明诚眨眼，“再说了，做学生时总是想听所有名人的课，哪怕听不懂，看一眼真人也是好的。这种就叫学术明星效应。您天天能见到，的确……不大稀罕了。”

说完，他很愉快地笑起来，眼角泛起细细的纹路。

*

尽管有了这样的变故，明楼并不同意在宾馆外和他们住的那一层楼里布置更多警卫——“有些人怕是恨不得我房间门口贴个条子，上书‘明楼头颅在此’了！”

此言一出，本来就被他脾气吓得魂飞魄散的人更是退避三舍，不在他老人家眼前招嫌。他这大发雷霆演得太真，明诚因为吗啡和止痛片的双重效果却总是想笑，好不容易撑到两个人独处，偏偏明楼摔门没摔响，就再也忍不住了。

他这一笑未尝没有想蒙混过关的意思，就是明楼没买账。他只好祭出另一招：谈公事。

可惜明楼对这招还是不怎么买账，简短地回答他：“没有。”

答完后又不作声了。

明诚只好继续问：“会被找到吗？”

明楼摇摇头：“不知道。”

“几个人也不知道？”

“你觉得呢？”

“最多两个……更大的可能是就一个。”明诚几乎是不假思索地回答了他，“生疏、粗暴，更简陋，这不是受过任何培训的人。”

明楼很轻地一笑：“孤勇之人。”

这个评价让明诚沉默了片刻。“希望他没事。”

明楼先不表态，慢慢地踱到窗边——战中电力控制，即便是以五光十色闻名远东的上海滩，此时也就只有很小的一片还有着光亮。黄浦江是暗的，看不见水的流向；巨大的城市也是暗的，点点的烛光像是零散的星。

他像是厌倦了眼前的景色，并没多看，收回目光后又对明诚笑笑。“这样的人其实是我们所有人，谁能抓住所有人？会平安的。”

明诚还是沉默，抿了抿嘴，坐下来，终于绽开一点真切的笑意。“托您吉言。”

明楼轻轻拍拍他的肩膀，绕开了这个话题。“行了，现在你该吃东西了。”

明诚下意识地想说“不饿”，但这句话未免有违常情，他不愿明楼看出端倪，想想说：“我想先喝一杯热水。”

“然后呢？”

“煮碗面吧。”

明楼看看他的脸色。“你失血不少，我叫餐厅送牛排上来。”

明诚一听这两个字顿觉反胃，当即皱眉。“不吃。”

说完见明楼盯着他，赶快又说：“只想吃一碗汤面。面条硬一点，汤宽一点，不要太咸。”

“浇头呢？”

明诚也在看明楼的脸色——看了几眼决定把“素面”两个字咽回肚子里。“熏鱼一块。过桥。”

“姜丝呢？”

“双份。”说来也怪，他本来一点胃口也无，和明楼这么闲聊着，居然真的饿了。

也就是这时他才想起来其实自己中午没顾得上吃饭，是该饿了。

明诚从明楼手里接过水，允许自己的身体慢慢地放松下来。他认真思考了一下到底吃什么的问题，接着说：“汤里能不能放点猪油？不要麻油。”

明楼态度也好，而且很能举一反三：“要不要荷包蛋？”

“不要了。”明诚皱一皱鼻子，“太腻。”

要猪油的时候倒是不嫌腻。明楼一边想一边给餐厅打电话，按明诚的要求要了一碗面。放下电话见明诚盯着他，明楼就问：“你怎么了？”

“只有一碗？”

“你这碗面我听着都饱了，晚点再说。”

明诚的肩膀一下子耷拉下来。“我一个人吃啊……”

明楼又打了个电话，叫他们多送一只空碗，一双筷子上来。

*

就算有了那些额外的要求，煮一碗面统共也花不了多少时间，明楼本来想打发明诚去躺下，但刚给他脱了外套，门铃就响了。

明诚正好还背着枪套，习惯性地自己去应了门。送面来的服务生其实是自己人，偏偏要装作不认识。“厨师长怕一块熏鱼不够吃，多送了几块。顶顶新鲜的大青鱼，今天才炸好的。”

明诚很轻地一笑，随手塞张钞票给他。“谢谢了。”

服务生又问要不要分一分面，明楼说“不要”，明诚却说“要”，截然不同的答案把服务生说愣了。末了，明楼一挥手：“你去吧，这里用不着你了。”

然后又在自己口袋里掏了半天，没掏出一个钢镚，只好对明诚说：“阿诚，你替我给楼下厨房打个赏。”

趁着明诚掏钱、打发人走，明楼分了一下面。自己那碗里只挑了三两根，又把熏鱼盖在面上。

明诚一回来，看见鱼浸在了汤里，忍不住叫起来：“……皮不酥了！”

明楼放下筷子看他一眼。“给你留了两块。快来吃，不然汤里的猪油都凝固了。”

明诚百般挑剔地看着明楼碗里那两根可怜兮兮的面条，到底还是没敢伸手把两个人的碗换一下。他伤在左手，拿筷子没问题，扶碗却不大方便，又是热汤面，吃得有点费劲。明楼早早搁了筷子，坐在边上看他吃。

明诚吃饭总是专心，也不大说话，明楼一般不在他吃饭的时候和他闲聊。但今天这一餐他显然胃口不好，三两根面都吃得勉强。

到后来明楼看不下去，说：“不想吃别吃了，晚上饿了再说。”

明诚抬眼，认真说：“确实油水太足了点。”

他嘴唇上都是油光，明楼不由得一笑。“你说要猪油，人家厨房的师傅可能给你倒了半碗。”

明诚看看自己碗里，忽然说：“糟了，你这么一说，我又想吃猪油渣了。”

明楼愣了一下，居然也还是接下话来：“……那我给厨房再去个电话。”

“可别。”明诚几乎立刻接话，“就是有点想吃，不是要吃。”

“我不知道这两个词有什么区别。”

明诚假意瞪他一眼，接着微微一笑，很认真地说：“有一阵子觉得这是世界上最好吃的东西，一定要熬完油后刚出锅的，趁热撒一点盐粒，就坐在灶台边上吃一小碗……要是能把盐换成糖，更好吃。”

明楼想了半天也想不出这个东西能有怎么个好吃法——再一细想，发现自己从来没吃过——可是明诚的表情看起来非常向往，明楼就说：“想吃就让他们做。”

明诚扮个鬼脸。“明大少爷，这都几点了？没听说大晚上熬猪油的。现在说出来了，就不想了。这碗面我吃不完了，你能再分走一点吗？”

“我替你把面吃了，你多吃一块鱼。”

明诚本来还想讨价还价，但看到明楼的眼睛后，立刻点头。“成交。”

吃过饭之后明诚本来想喝一杯咖啡，然后算一算账目，可惜两个计划都被明楼反驳了。然后，为了平息明诚的抗议，明楼表示，要替明诚洗头。

“你耳朵后面有血，头发上肯定也是。”

为了证明这个提议的正当性，明楼将手指探向明诚的耳后。

明诚挫败地想，他没有办法拒绝明楼。

明诚已经不大记得上一次别人给他洗头是什么时候的事情了。但印象很深的是他刚被救到明家时，家里的用人给他在院子里洗澡——他们怕他身上有虱子，一边用硫黄皂给他洗，一边当着他的面烧旧衣服。

硫黄皂洗得他的眼睛发涩，止不住地掉眼泪，头发也被剃到短得不能再短，怎么反抗都没用。

其实桂姨很爱干净，家里一尘不染，天很冷了，他在家里冻得直哆嗦，她也要他洗澡。

所以很长一段时间里明诚都怕冷，也怕洗澡，万不得已要洗澡了，水也要烧得很烫很烫——有一次明台闹着非要一起洗，结果一跳进浴缸里，哇一声就哭了。

当明楼的手指穿过他的头发时，明诚不知道为什么会想起这些细细碎碎的旧事来。

他坐在浴缸边上，低着头，任明楼用热水一点点地打湿自己的头发。饭店里用的洗发水是舶来品，有着浓烈的花香，明诚其实不大喜欢这个味道，他觉得痕迹太重了。

现在他们被花香包围着，还有热水，汩汩的水流冲过他的头皮，有一些顺着头发滴进围住脖子的毛巾里，明楼时不时和他说一句话，无非是“别动”“要是耳朵进水了你说”之类的闲话，明诚只是嗯一句，由着明楼折腾。

明楼不大会服侍人。想到这里，明诚不由自主地笑了一下，哪怕明楼看不见。

不过明诚自己也不会给人洗头，所以并不抱怨。何况明楼的手指非常有力，滑过头皮时，甚至说得上舒服，明诚盯着落进浴缸里的泡沫，很久才说了一句：“今天在办公室，何秘书还在问我，要不要去染头发。”

明楼手上的动作一停。“不用。”

明诚就笑。“也是，白头发多一点，显得明长官恩威并重，下属们汗如浆出，不敢不肝脑涂地、报效党国。”

“这样就好。”

明楼拿开花洒，又扯过浴巾帮明诚擦干头发。“可以抬头了，洗好了。”

明诚直起背，抬起手腕一看表，道：“真慢。我洗头带洗澡从来没有超过十分钟。”

“不是吧？你再想想。”

明诚一愣，回味过来后只想瞪他一眼，可惜整张脸都被浴巾盖住了——好在整张脸都被盖住了。

水温调得高，浴室里也暖和，洗完头后明诚的脸一直是烫的。明楼怕他发烧，可一探额头，发现体温偏低，心知是因为失血，便赶快打发他去睡。“你到我房间去睡。我看完文件，就来陪你。”

他们在酒店一贯是住套间，明诚住靠门的小房间，明楼则是住主卧，至少表面上如此。听他这么安排，明诚起先不肯，但明楼根本不听他的理由，像牵孩子一样牵着他的手，把他领到主卧室，明诚没办法，耸耸肩。“你现在就是仗着我没法暴力反抗。”

明楼微笑。“阿诚，不要做这种没意思的假设。”

说完他给明诚脱衬衣。到了这个份上，再试图遮掩未免过于欲盖弥彰。明诚抬起手，乖乖地让明楼替他脱了衣服，解头几个扣子时还好，随着衬衣被一点点地慢慢脱下来，明楼的动作也越来越慢了。

听到呼吸声明诚就知道事情不好，低头一看，发现情况确实是比在医院时看起来严重得多：爆炸导致的气流冲击和碎片在皮肤上留下青紫斑驳的痕迹，乍一看，手臂上的绷带都不算什么了。

明诚赶紧说：“去医院时没这么厉害……还是屋子里太暖和，都显出来了。一点也不痛。”

他一本正经地胡说八道，明楼的脸色并没有缓解，明诚只好再说：“您还要看多久？怪冷的……”

明楼低了低头，没再说话，只是拿起睡衣为他换上。系好最后一粒纽扣后，他才再度开口：“要不要吃阿司匹林？”

明诚当即摇头。“不吃了。真的不大痛。”

“吗啡会过去的。”

“没问题。”明诚一笑，毫无预兆地凑过去亲了一下明楼紧紧锁着的眉心，“大哥晚安。”

他飞快地钻进被子里，做出一个迅速入睡的姿势。

要明楼说，明诚这样做纯属耍赖，偏偏自己拿他一点办法也没有。他在床边看了许久明诚的背，正要忍不住叹气，理论上已经在睡觉的明诚从被子里伸出一只手，指指天花板。“你替我关个灯啊。”

明知道他看不见，明楼还是瞪了他一眼。“我还以为你睁着眼睛睡觉呢。”

“那下次你表演一个吧，我看一次，以后好学。”明诚的语气里带着亲昵的笑意，却再没有转过头来。

明楼又看了一眼，关上灯，到外间加班去了。

*

记挂着明诚的伤势，明楼一目十行地看完了带回来的文件，每一份的批复比平时平均少十五个字，难得地在午夜到来前处理完了公务。

他回到卧室时没开灯，但一推开门，还是听见了明诚较之往常更沉重的呼吸声。明楼轻轻喊了一声“阿诚”，几乎是下一秒，明诚答应了他：“嗯？”

“我吵醒你了？”

“不关你的事，我本来就睡得很浅。”明诚翻了个身，打开床头灯，果然目光清澈，并无多少睡意，“你文件批完了？”

“嗯。”明楼脱掉睡袍，掀开被子睡到明诚身旁，“手脚都是凉的。吗啡还有效吗？”

明诚睡回被子里。“两个小时前开始有痛感了，不过这不算什么……要不然我今晚还是睡外头房间，各睡各的，省得搅了你的觉。”

明楼揽住他的腰，不许他动。“就这样。”

明诚一僵，低低笑起来。“我现在不习惯和人睡一张床了。真的。”

明楼也笑。“这么巧？我也是。那就都凑合一下。”

“大哥……”明诚的手臂上了绷带，转身不便，只好由着明楼轻而牢固地拥住自己。他央求不得，想想又说：“我觉得这样做不是共赢。”

“你不是经济学家，是不是共赢我说了算。”明楼不理他，“睡吧，我关灯了。”

话音未落，房间又暗了下来。

吗啡的效力在渐渐消退，但这并不是明诚辗转难眠的主因。对他来说，这点痛远没有到无法忍受的地步，相反，疼痛能够让他的注意力更加集中，让他更深入地思考。

早上发生的一切在他的脑中闪回，熟悉的、陌生的面孔，惊慌的、冷淡的乃至快意的神情，军装、长衫、短打，男男女女老老幼幼，中国人，外国人。

他并不指望能通过回忆找到“犯人”，只是一遍又一遍地自问：下一次，怎么办？会在哪里？自己还能做些什么？这一次受伤的是自己，下一次如何能确保不是明楼？

忽然，他的肩被轻轻一点。

同时响起的是明楼的声音：“快睡觉。”

明诚下意识地闭眼，片刻后意识到这无疑是自欺，还无法欺人。他又在黑暗里睁开眼睛，轻声开了口：“太热了，像一床被子。我睡不着。”

明楼在他身后轻笑。“哪里有我这么好的被子？”

明诚很艰难地翻了个身，转向明楼。他看不见明楼的脸，只能凭借呼吸声和拥抱的姿势判断他的距离，“好在哪里？”

明楼思考一下，说：“暖和。”

明诚正要撇嘴，可这时明楼又开口了：“阿诚，你在想什么？”

明诚一抬头，鼻梁磕在明楼的下巴上。他摸摸鼻子，回答：“很多事。”

“不要满脑子血腥念头。好好睡觉。”

“大哥，我已经不是十三岁了。”他轻声嘀咕。

“十三岁的你可比现在省心多了。”

明诚有点恼火地又要翻回去，可明楼没让，反而把人拖近些，在他耳边说：“睡吧，这是允许的。”

“我睡了，那你呢？”

总要有一个人醒着。

“下午何秘书煮的咖啡太浓。”

明诚懒得分辨明楼这句话的真假——只要明楼愿意，真话和假话在他这里毫无分界——既然明楼不打算睡，自己也无睡意，那么此时能做的事情也就只有屈指可数的那么几件了。

“我一直在想……”一个极短的犹豫后，明诚开口了，“我总是会想，如果错了，怎么办？”

这是一个含糊的句子，“对”和“错”的指代皆不分明。但明诚相信，明楼听懂了。明楼总是懂他。

“就像今天？”

“嗯。”

“今天他没做错什么。以他的能力，已经做到最好。只是差了一点运气。”明楼无声地一笑。“如果今天下手的是你，已经成功了。”

明诚亦沉默。“不到万不得已，我不做这样动静大、收效却小的事。”

“对，不到万不得已。对我们来说，选择很多，可对今天的这个人，他并没有选择。没人教他，他没有后路，只有这一次，连试错都没有。”

听到这里，明诚的呼吸都停滞了一瞬，仿佛有一只巨大的手，正在硬生生地拉扯着他的肺和胃。

明楼和明诚可以坦诚地谈及彼此的第一个情人，却会心照不宣地避开手上的第一条人命。对他们而言，但凡讨论无意义，那么最好不要谈及。

可是很多时候，意义的有无本身就是一条并不分明的界线。

明楼又说：“可以想。我也会想，一旦动手，不要犹豫就行。”

尽管明诚是这么做的，听到明楼这么说之后，他还是忍不住问了下去：“你从不犹豫吗？”

明楼笑了。“恰恰相反，我总是犹豫。阿诚，我是个非常胆小的人。”

“那天底下像你一样胆小的人可能不多。”

明楼继续笑，摸摸他的头发。“希望如此。”

明诚也笑了。在黑暗中，明楼的呼吸声都是甜美的。他听了一会儿明楼的呼吸，放任自己在他的双臂中找到一个最舒服的姿势。手臂的伤处有着尖锐的疼痛，却一点也不难以忍受。

他无意去问明楼是否犯过错，这毫无意义；也不去问他曾在何等情境下犹豫，覆水已然难收；他想了很久，久到差点以为明楼睡着了，才慢慢地再次开口：“明楼，你觉得现在的自己，是什么人？”

这对明楼而言，大概是个新奇的问题。所以他认真思索了片刻，回答：“军人。”

极轻的两个字，然而干脆利落，没有丝毫犹豫。接着明楼问明诚：“阿诚，你觉得对军人而言，最重要的是什么？”

明诚的回答亦很简洁：“命令。”

明楼又笑了。明诚便去追问他对这个问题的答案。

“胜利。”

他一怔，接着反应过来这两个字并非只回答了一个问题，然而这两个字又太重，足有千钧。明诚不知道别人眼里的“胜利”是什么颜色的，但在他这里，它是暗的，沉的，没有光，也看不见尽头。

他便轻轻叹了口气，重复道：“军人。”

是怎么走到这一步的？

“Alea iacta est.”

听到明楼的低语，明诚惊觉原来自己在无意识之下，问出了心里的句子。而明楼也再一次回答了他。

他们不是掷下骰子的恺撒，也不是破釜沉舟的项王，硬要说起来，倒不如说是被掷出的那粒骰子和被凿穿的舟只。像他们这样的人，太多太多，四万万同胞，在这样的时刻里，谁都可以是骰子和舟只，是国难中的一捆薪柴，是苦痛前的一匹牺牲。倘若说有什么不同，或许是有的人没想明白就去做了，另一些人想明白了，往后退了一步，但他们，想明白了，还是去做了。

上海的明家大少爷，在大姐死去的那一天，也死了。巴黎的明教授，何尝不是往昔的欧陆旧梦。新政府的明长官，是披着人皮的鹰犬，拿着招魂幡，冷冷地见证着一桩又一桩的死亡。毒蛇是谁？眼镜蛇又是谁？“明楼”二字，恐怕也是随时可以舍弃的了。

此时此地，吾国吾民，可以没有明楼，也可以没有明诚，但不能没有军人、没有战士。什么是战士？九千里山河尚未洒尽的血，十万男儿不曾燃尽的灰。

那他们就去做这样的人。

明诚便想起来，明楼刚到索邦时，他们两个人一起去上拉丁语的课。老师为他们选了许多的阅读材料，从古罗马到中世纪的名作都有，因为学校的背景，神学的篇章特别多，无论是他还是明楼，都不耐烦看。他自己更愿意对着字典找化学和医学相关的词汇查阅，明楼翻得最多的是《高卢战记》，还有西塞罗和普林尼。

同年的夏日，他们去维也纳度假，欧洲的夏季白昼很长，七八点了，天还亮着，他们并肩坐在酒店阳台的栏杆上，喝着从法国带过去的阿尔萨斯产的白酒。两个人都有点醉了，明楼给明诚讲恺撒带兵跨过卢比孔河的故事——在共和国时期，将领结束征战进入罗马之前，士兵必须在卢比孔河畔卸甲。谁带着武器渡河，谁就是罗马的公敌。一个罗马公民，在河的一岸是军人，一旦跨过这条河，就是孩子的父亲、父母的儿子、妻子的丈夫。

可恺撒带着不解甲的士兵过了河，去征讨他昔日的旧友，去取得至高的权力，和最后的胜利。

当明诚听完这个故事后，就说想去看看这条河。

“那条河早就消失了，找不到了。”明诚回忆起了明楼当时的回答。

如果不是明楼那句轻声的回答，明诚恐怕再难想起那个维也纳的傍晚。也许应该把一切归于吗啡。毕竟这么多年了，太多旧事被小心翼翼地隐藏在记忆的最深处。

他没有再想下去，转而握了握明楼的手，从记忆深处翻出另一个句子来：

“Ceterum censeo Carthaginem esse delendam.”

拉丁语也好，罗马也好，法国，索邦，此时都是天边之物，不可望，亦不可及。明诚说完后，明楼许久没有作声，明诚以为自己记错了，这时，明楼搂了搂他，笑声闷闷的，在这夜色中仿佛有回音。“这下倒像二十三岁了，拉丁语居然还没忘光。”

明诚也笑了，一边笑，一边伸出手摸到明楼的眼睛，在上面落下一个潮湿的吻。“彼此彼此。”

他们没有再聊下去，就这么听着彼此的呼吸声，慢慢睡着了。

明诚允许自己睡一个踏实觉，没有犹豫，没有反思，甚至没有警惕。

然后，他甚至做了一个久违的梦。梦里有明楼。

那是一个清晨，一个完全陌生的地方，放眼望去，是高至腰间的蒿草。而耳边则是鸟声、风声，还有水流声。

明楼就说，我们先找到水，沿着水走，下流一定有人家。

他们便手牵着手，分开蒿草向着水流声走去。

一条河流毫无征兆地出现在眼前。

那河面宽阔，水面上金光一片。

明诚停下脚步，想问，怎么办？

可还没来得及开口，明楼已经走进了河水里，如同走进熔金之中。

他看着明楼的背影，挺拔如山峦，如松树，着了迷，也跟上前去，顾不得脱鞋，也踏进了那条巨大的河流。

清凉的水漫到腰际的瞬间，明诚忽然明白了，这是他们的卢比孔河。

他们必将到河的另一岸去。

［节选自作者 lofter 主页］

【粉丝评论摘编】

@夜鸦：被打的侍烟女，抢衣服的小孩，不接受钱财的阿香姆妈，冒了白发的阿诚，想要独处一会儿的明楼，空了的屋子，最后剩下的苏利文……有无力反抗，有自甘堕落，有坚守气节，战士们吃下糖果，正在休息，明日仍有长征，总会胜利，总会团圆呀。

Lofter 2016年2月24日

@脑坑专用土：时刻充满警惕又处处藏着温情的如此夜。明知道那个年代的样子，可是看到这样的文还是觉得温暖又有希望。不知道为什么，送走姐姐又送走弟弟的楼诚二人总是让我想到“茕茕孑立，形影相吊”这两个词。

Lofter 2016年4月14日

@文非同学：在被窝里躺着絮语的两个人，那个场景里流淌的颜色是暗沉的，让人想起淋漓的鲜血，沉默的斗士，无声的硝烟。气氛绝不轻松，然而两个人的确是松乏的。而结尾那一段，金色的、流淌的河流，这个颜色对比真是愈显得后者无比灿烂啊，几乎是一种信仰的感觉了。

Lofter 2017年2月21日

@爱君笔底有烟霞：看太太的文简直是体验生活。

为什么这样感慨呢？在同人小说里最重要的一个要素“人物”已经定好型了，尽管如此还是有很多写文ooc[①]的作者，后来我发现，不是他们对人物本身有什么误解，而是因为，有一部分年轻写手，他们对成年人世界的理解是空白的。

没法驾驭超过自己阅历的格局，最简单的就是简单化处理，把群体写弱智，人物脸谱化。

而写对话是最能够检验一个人阅历的。

看太太的文章，你只用享受那份游刃有余就好了。

明诚见明楼被灌醉了：

---

① ooc，out of character的缩写，指在同人文学创作中扭曲人物性格，使人物完全脱离原型。

官员尴尬地说：明秘书，我一直听闻明长官千杯不醉……

明诚当即沉下脸：这上海滩，关于明长官的传闻不说一千，也有八百，难道还一一都要去证实吗？若是有人传明长官刀枪不入，是不是还要往他心口来上一枪？

听听这金声振玉的对答，简直就跟原剧里面那个“不用通知我，我不关心这个”的明先生一样狠戾，一样酷得让人膝盖发软。

真的非常好奇，作者这么完整的生活体验是哪里来的？是不是就像主角随身携带摄像机一样？

Lofter　2016年8月18日

@少女与枪：这大概才是真正的上海。

经常跟基友吐槽说《伪装者》到底还是偶像剧嘛，用看待霸道总裁的心态去看比较好。

真的，原剧展现在大家眼前的，是上流社会的上海。我们看到明家也好，汪家也好，都是富商，是世家豪门。大概除了曼丽的身世，我们经常忘了除了这群云端上的人之外，上海还住着一百多万最普通的老百姓。

口罩老师给我们看了这剩下的一百万人，活在怎样的世界里。

我不知道那个或者那群眉目姣好的姑娘是谁，但我真的很心疼。

在高官的聚会上熟练地烧着鸦片的姑娘们。那么漂亮的美颜却在身上看不见的地方藏着伤痕，并不能知道她们是主动还是被迫染上毒瘾的，也许是活不下去被生养的父母卖来，或者自己选了最难也是唯一可以活下去的路。这好皮相原本分明是福气，现在却成了活命却也要命的毒药。

很多时候我们并不是忘记了过去的苦难，而是看到的太少。

因为口罩老师的笔调太平静，反而有种赤裸裸的真实的疼痛。

Lofter　2016年2月24日

@隔山灯火：

过河，

我对这条河一无所求。

像雪白的墙壁不能直接被阳光照亮。

需要很长的时间才能抵达终点，

黑夜重复一千次，

就可以无限接近黎明。

在那之前，我们可以从容地流血。

前面有许多人，

后面也会有许多人，

并不会让河面变得空阔。

在雨水中转过脸来，

你这样说，

我们的血太淡了。

淡得沉入水中，

欲言又止，

最终只是伸出手，

拂去脊背上的一颗星星。

Lofter 2017年8月25日

［导引、简介、节选、粉丝评论摘编：郑熙青］

无边暗夜里的心花

郑熙青

《伪装者》的同人圈算得上近年国产影视同人圈中相当特别的一个了。电视剧热播的 2015 年秋天，微博上常有“看了《伪装者》起了入党念头”的粉丝反馈。对比前些年粗制滥造的“抗日神剧”，制作相对用心的《伪装者》有效传达出真挚而悲壮的情感，盖过了剧本和制作上并不隐蔽的缺陷；而热爱电视剧和其中人物的观众，尤其是同人小说的作者，更在解读和重新写作的过程中，补上了情节和背景中不合理的部分，将这部多有夸张的当代传奇作品连上了民族历史叙事，并为表面光鲜亮丽的人物和场景添上了灰暗沉郁的底色。mockmockmock 的楼诚同人堪称其中翘楚；她构思精巧，笔力稳健的短篇小说充分向我们证明，网络文学中一样有传统高雅纯文学意义上的好作品。

所谓楼诚，就是《伪装者》中的明楼和明诚。这两个形象潇洒气度非凡的三面间谍，以他们的外貌、能力和精神获得了大批拥趸；而这对有着留学法国经历的养兄弟，又以互相之间绝对的信任、默契的配合、不到关键时刻不显山露水的关心让观众对他们的相处方式歆羡不已。故而有粉丝在同人写作中阐释他们的关系，想象他们的背景。《如此夜》就是这样一系列短篇，在抗战时期上海孤岛文化想象上书写两个理想主义的共产主义者挣扎在谍战第一线的痛苦体验，以及互相的陪伴和救赎。

萦绕着《如此夜》整个系列的，就是两个字：孤独。不是孤悬于人群之外、不屑于流俗的孤独，而是怀着热爱同胞和国家的热血之心，身处人群之中，却不得不自我封闭的孤独。《如此夜》的故事并不安静：不断有旁人的闲话，半真半假的虚伪客套。明楼和明诚也并不是彻底隔绝，他们身边有各种各样的人，社会关系盘根错节，而且并不乏自己人，但最终他们只能在深夜里一个人念数，一个人拨算盘，算好账，再把字纸痕迹用火烧尽，依靠彼此取暖。他们俩互相之间话并不多——他们和别人说话更多，而且多半是假话——但那些说出口的家长里短和轻描淡写的互相照拂，却也掩不住暗地里流淌的感情和共同走过波折苦厄的羁绊。例如第二篇中明诚出门买菜，耽搁久了，回家发现明楼不在，正在按间谍的程序考虑该如何处理家中的东西时，明楼回来了。两个人互相以为对方出事之后第一次见面，应当是大松一口气心情激荡的时刻，表面却纹丝不动，只有“皱眉”“咽一口气”“换鞋”“抬头”这样最简单不过的动作，只有对话间不断被延宕的时间和重复的话语。“你出门的时间太长了”和“我来找你”重复了两次，不动声色间强调对彼此的牵挂。如此深情，正因其含而不露而越显动人。

这种叙事语言风格的惜字如金，对应到谋篇布局，一样是藏起来的比露出来的多。表面上是简单的家长里短，一蔬一饭，背景里没有说出来的才是作者更深的用意。例如第四篇中，作者非常详细地写一顿平常的饭，苏式盖浇面，硬面，宽汤，不要香油要猪油，双份姜丝，一块熏鱼，过桥，不要荷包蛋；写明楼分面条，明诚挑剔熏鱼皮浸在汤里，明诚因为受伤吃不了面而决定用熏鱼换面条，琐细的对话支撑起了浓浓的烟火气和非常地道的苏沪风情，却把暗杀、危险、将来该怎么办这些紧要的问题压了下来，让它们成了房间里粉红色的大象，压迫感十足地存在着。没有人点破，直到出现在篇末两人黑暗中彼此相拥时的对话里。

明楼和明诚的孤独，是靠不断穿梭于其他时空和其他故事线的力量支撑起来的。十多年前留学的巴黎索邦，少年时期的姐姐和弟弟，空间上遥远的巷战的斯大林格勒，寥寥几句貌似旁逸斜出的闲笔，令人瞥见在黑暗中陪伴在他们身旁的人。第四篇是将这种复线结构体现得最淋漓尽致的一篇。作者不断提起两人的法国留学生涯，从明楼在索邦讲课上讲台的经验，到明诚在法国时疗养院做义工的经历，而最后才出现的两句拉丁语，和恺撒“过河”的意象，穿起了他们青年时的阅读经验，穿起了几千年前古罗马的征战杀伐，还不经意地激起了宗泽死前三呼“过河”的民族记忆。而同时出现的，还有未能得手的刺客的视角。作者没有写暗杀者的结局和背景，却通过“这样的人其实是我们所有人”的惊人之语，点破了故事的主旨：是的，这样的上海是非常危险压抑和孤独的，但好在，明楼和明诚只是广大抗战军民中的一员。刹那间这点希望的火光竟让压抑的现实疏朗起来，因为这样孤独的故事里，我们很容易忘了，他们永远都不是孤军奋战。

《如此夜》中的明楼和明诚之所以特别令人信服和喜爱，也和穿梭的故事线里偶尔出现的小人物有关。他们蝼蚁一样在乱世里生存，胳膊上遍布青紫的点大烟女招待，偷了吃的东西熟练地躺在地上等着挨打的小孩，餐馆里会讲法语的俄国服务员姑娘，这样的人抛入乱世，便瞬间不见了踪影。作者写楼诚二人思虑周全地体恤小人物，并不可能面面俱到，却凸显温情和善意。最令人印象深刻的，就是第一篇中的点烟少女。明楼做戏打碎了少女手中的烟杆后，不动声色地拦下了要大发雷霆的同僚，还在佯醉离开时趁机夸了少女，在她胸口塞了一把钱。给了同僚面子，还周全地维护了少女，且完美地扮出了纨绔的形象。这小人物从来只能是暗色背景里的过客，楼诚二人也从不能以真面目相对，但这样的善意配合小人物顽强的生命力，却有力量让我们相信他们心中燃烧着的那把希望之火。

“这是一个寻常的夜晚，有点儿风，月亮不是满月，没有雨，不冷也不热。

这样的夜晚，他们大概还要过上许多个，天就亮了。”

忽而至夏

尼　卡

尼卡，2010年开始在红袖添香文学网连载小说。擅长写作正剧风格的网络言情文，多写时代风云与家国命运背景下大家族和个人求索的碰撞，文笔温润、风格大气。代表作有《一斛珠》(2012)、《云胡不喜》(2014)等，其中《云胡不喜》入选中国作协网络文学委员会主办的2016年度中国网络小说排行榜(已完结作品榜)。

《忽而至夏》是尼卡第一次尝试写作悬疑风格的行业文，于2016年11月16日在网站重新开始连载(2013年连载5节后中断)，目前已有56万余字，在红袖风云榜排行第5。

《忽而至夏》一书与以往的职场言情文不同，以法医职业的描写和破案情节为主线，用知识型写作的手法还原了行业内部风景。小说塑造了一个新职业女性，打破了网文中关于“大女主”的刻板印象，成为一部别具一格的“硬行业文”。

【标签】言情　现代　职场

【简介】

欧阳灿放弃了国外实验室的优渥环境，拒绝了导师的挽留，选择回到国内警局继续做一名法医，与罪恶势力做斗争。她的职业信条是让死者“说话”，凭借自身过硬的职业素养，让无数罪犯伏诛。在这个过程中，欧阳灿遇到了“冤家”夏至安和知己曾悦希，他们一个是归国特聘教授，一个是铁面检察官。当陈年旧事翻起、真相浮现，感情上的选择也摆在了她的面前。

《忽而至夏》是一部女性奋斗史。性格上大大咧咧、不拘小节的欧阳灿，在法医这一职业上却极具天分。极高的敏感度、敏锐的洞察力和精准的第六感，让她成为警局的“吉祥物”，胆大心细的她帮助警局破获案件无数。同时，脱下法医制服的她也凭借自身的魅力，让职业女性有了一副“女魔头”外的新面孔，打破了以往对于职业女性的刻板印象。也因此，她与男主角夏至安的关系颇具张力，两人之间的感情是基于互相欣赏自然而然产生的。这些都体现了近年来女性职场文在行业专业向度上的推进性。

选文是小说第 12 章《蛛丝马迹》，欧阳灿凭借直觉发现了案发现场的楼下正是另一处绑架现场，罪犯用浓郁花香掩盖了炸药的火药味，最终警队得以成功营救人质。这一章节真实还原了法医工作现场，也是对欧阳灿专业性过硬这一特质的有力刻画。

【节选】

第12章　蛛丝马迹（1）

欧阳灿走进大会议室，大家都还没到。她看看时间还早，先过去找了个合适的位置放下东西，然后去调试幻灯机。今天的案情分析会重点在碎尸案上，林方晓说领导可能会列席会议，一早在工作群里提醒大家今天开会务必别迟到。他虽然没说谁会列席，欧阳灿想想也能猜到。不过她倒并不因此觉得有什么特别需要注意的。她的任务只是要将法医鉴定结果在会议上做出说明。

她刚调试好机器，戴冰就进来了，跟她打了个招呼："早啊！"

"早。丁奎还没有消息？"欧阳灿问。

戴冰正瞪着他那一对熬得通红的眼坐在那里发呆，听见问，摇摇头说："还没有。"

"昨晚又通宵？"

"是啊。我跟老崔搭班盯人，刚换班过来开会。"他看欧阳灿带了自己的杯子来，问："有咖啡？"

欧阳灿把杯子推过去，说："小心烫啊。"

戴冰屁股黏在椅子上，滑向饮水机那里，拿了个纸杯倒了咖啡，回来照旧在那个位置，不过换成了捧着一杯咖啡发呆。

"我看你等下开完会，不如跟林队请一会儿假，去值班室睡那么一两个小时。"欧阳灿开了电脑，看看戴冰，说。

"哪儿能睡啊。感觉案子也没什么突破，大家都熬着呢，谁好意思的……"

"熬着没什么效果也是白熬。"欧阳灿在桌边坐下来，正对着那块白板。

白板被擦得干干净净，一个黑点都没有。她眼前却出现了好多个名字，不知不觉拿了支记号笔站在白板前写了起来。

"南区公园发现的尸块、城中村发现的尸块、明山秀水下水道发现的部分尸块属于女受害人高思琼，下水道发现的男受害人是张承志，高思琼的公寓里发现的男性部分肝脏属于男受害人刀晓锋，目前失踪的人是丁奎……丁奎是高思琼的情人，与张承志有业务往来，张承志是高思琼的前男友……这人物关系可是相当复杂呢。”她自言自语，边说边在丁奎这个名字后打了个问号，“失踪……失踪……如果是他呢？张承志和高思琼已经分手，刀晓锋和高思琼已经离婚，他为什么要杀他们？而且抛尸地点都在自己的项目内……或者可以解释为他熟悉这几个地方，便于伪造现场。他本来做成张承志杀死高思琼和刀晓锋之后自杀的假象，失败后藏匿……可是总觉得哪儿不对劲儿。”

“可能性是有的，但总觉得动机不足。”戴冰也过来了，站在欧阳灿身边，看着她给丁奎名字后面打的那个问号，又摇了摇头，“现刀晓锋的尸体还没找到，具体是什么样的情况还不知道。而且丁奎也确实失踪。从我们现在掌握的信息来看，他并没有出逃迹象，只是在他自己的住所附近神秘失踪了。所以就目前来说，这样推测对丁奎来说有点儿不太公平啊。”

欧阳灿看他一眼，把手里的笔递给他，看他在空白处又添了几笔，写了个名字：“罗林。”

第 12 章　蛛丝马迹（2）

“昨天你走后，我们不是在小区里摸排吗？发现了这个可疑的人物。”戴冰拿笔敲敲白板，看着那个名字忽然笑了，“林队还在人家院子里摔了一跤。”

“啊，因公负伤了没？”欧阳灿问。

“那哪能！虽然摔得难看了点儿，倒是因祸得福了。真不得不佩服林队，姜就是老的辣。要是我，根本不会想到抓住那么点细节就去人家里坐坐。”

“林队可是老狐狸。”欧阳灿笑道，“给他发现什么了？”

“开始应该也没什么，后来听人家聊天，怀疑罗林和高思琼认识，但是隐瞒了这一点。他又在院子里发现了一颗宝石，技术科鉴定结果，那就是高思琼遗失的。”

“那高思琼应该在他家院子里出现过吧？但也可能……”

“同一小区的住所，丢点儿东西当然解释得通。或者也有可能是别人捡到又丢了的，是吧？”

“是啊。”

“嗯。开始我也是这么想的。不过，调查结果显示可不这么简单。”戴冰说。

“难道这个罗林也是高思琼的情人？”欧阳灿见戴冰想到此为止，就问。

戴冰啜了口咖啡，笑笑，没说话。

欧阳灿就说：“要是这样的话，这很可能就是一情杀案。为什么会……杀这么多人呢？”

“为情杀人可是很疯狂的。现在最要紧的是找到丁奎，找到刀晓锋的尸体。尤其是丁奎，活要见人，死要见尸，这么悬着真是要命。”

欧阳灿看着白板上的名字。

由于突然出现的新情况，案情的走势开始和她之前想的有点不一样了，虽然不能完全排除她推测的可能性，但……“高思琼的前夫刀晓锋是个什么样的人啊？查到他什么时候失踪的了？”

“四天前。刀晓锋是一家药企的销售部经理。他和高思琼离婚后就带着女儿和他父母一起住。据他父亲说，他们离婚以后应该没有什么来往了。高思琼当时跟刀晓锋离婚原因是女方屡次出轨，在他们眼里高思琼就是个道德败坏的女人，根本也不想让孙女和她多接触。因为刀晓锋工作就是要经常出差的，家里人也没有疑心，只是好几天没有跟家里联系，也没有跟女儿视频通话有点奇怪。他母亲说他工作起来不太愿意家里人打扰的，所以家里给他打了两次电话没接，也没有再打。他的公司说他四天前出差，应该去苏州分公司的，可苏州分公司他并没有去。查过了，他的高铁票根本就没取。也就是说他应该是在四天前早上离家去火车站之前就遇害了。”

“是的，从肝脏的解剖结果来看，这个时间的确在范围内。那，刀晓锋的父母有没有提到过这几个人？”欧阳灿指了指白板上的几个名字。

张承志，丁奎，还有罗林。

戴冰摇摇头，说："没有。刀晓锋除了离婚之前跟父母解释过原因，其他时候对高思琼的事只字不提。"

欧阳灿吸吸鼻子。

"应该是高思琼先遇害，然后是刀晓锋，再是张承志，最后是丁奎。也许凶手根本也没想过要把这个案子做成什么假象，他就是想把他们都弄死而已。不然不会高思琼的脸碎成那样，张承志沉进下水道，刀晓锋还缺了块肝……这得恨成什么样儿。"戴冰说。

欧阳灿摇了摇头，说："不知道。那这个罗林到底是什么来路？我好像听过这个名字。"

"哦，这来头是不小，你要觉得耳熟也不奇怪。以前厉害的时候，做过什么人大代表，五一劳动奖章……各种官方的民间的头衔一大堆，本人是地产商。"

"人大代表，现在还是不是？要是……那可多道程序。"

"现任省级人大代表。"

"厉害了，很久没有这么刺激的情况了。"

"说的好像咱俩就能认定人家必定是凶手似的。"戴冰说。

欧阳灿一耸肩，说："是不是，证据说话。"

"你们俩真可以啊。"

欧阳灿和戴冰回头，就见刑警队和七处的几位同事都站在他们身后，正饶有兴味地看着他们俩画的关系图。

"够有积极性的。"潘晓辉说。

"这不是等着你们来嘛，闲着也是闲着。"欧阳灿说。

"得了，等会儿就用这个图吧。还省事儿了，不用再写了。"林方晓看看表，说，"人到齐了就开会吧。"

"不是领导们要来？"戴冰问。

"刚说不来了，怕给咱们增加压力。"林方晓示意大家这就坐下，"不来正好，咱们敞开了讨论。”

大家纷纷找座位坐下来。

林方晓坐在白板前的位置，指了指上面的人物关系图，说：“今天咱们从这个案子开始，抓紧时间把各方的信息交换一下。小戴？”

“是！”戴冰忙答应，“我先来啊？”

“先汇报下你那边的情况。”林方晓说。

“好。昨天我和崔哥先去了刀晓锋单位调查，然后接了于哥他们的班，到今天早上。罗家没有什么异常。罗林昨晚上在小区里跑步半个钟头，回去之后就没出过门。保姆申桂英今天早上出门一趟，去了有机蔬果超市采购。”戴冰看着自己在笔记本上的记录，说。

“好像罗林挺爱健身的。”林方晓说。

“对，身材保持得真好。”戴冰说。

林方晓看着他。

他忽然醒悟过来，说：“我马上去查……张承志和丁奎都是NewPower健身俱乐部的会员，他会不会也是……”

欧阳灿听到NewPower，不禁皱了皱眉。

林方晓心里一动，瞥了眼欧阳灿。见她不动声色，问戴冰道：“刀晓锋公司那边有什么情况没有？”

第12章　蛛丝马迹（3）

（略）

第12章　蛛丝马迹（4）

“哎，说的是。来来来，小陈你先说说。”林方晓示意陈逆。

陈逆笑笑，说："我也是听说的，这两家公司竞争很激烈的。最近不是案子老跟奎元集团有关系吗，我没事儿就搜搜相关的新闻看，然后我就发现不少跟奎元集团相关的新闻里都会出现盛林集团。比如说早前哪个哪个地块拍卖，什么什么项目竞标，参与的就那么几家大公司嘛，这两家老是同时出现，竞争非常激烈。而且这两家公司背后的势力都不小，明面上是生意场的竞争，背后也是某些势力的角逐。但盛林的老总罗林和丁奎年龄上可是两代人，加上丁奎跋扈得很，罗林很瞧不上丁奎的。这些吧倒是传闻，可就我了解的啊，要从建筑质量这个角度来说，盛林的口碑要远好于奎元。罗林是正经土木工程出身，还是名校，做事就不会搞那么多噱头，属于实干派。像前阵子我们准备买房子，看了那么多新楼盘旧住宅，盛林在建的新项目已经没有了，可是二手房市场里，盛林旗下的房子普遍抢手。不过现在的盛林集团是不能跟几年前比了。"

"嗯，每一个要买房子准备结婚的年轻人都是潜在的情报分析员。"老崔笑道。

"有道理。"林方晓也笑道。

"你们哪，就别开我玩笑了。我的意思是，看上去没有动机的人不见得清白。丁奎也是，罗林也是，或者还没有进入嫌疑人圈子里的那个人也是。只要给咱们足够的时间，总能找到真相。没有天衣无缝的犯罪。凶手肯定会留下蛛丝马迹……作案越多，露出破绽的机会就越大。"陈逆说着站起来把 U 盘插到笔记本上，把在现场拍摄的照片投影到大屏幕上去，就现场的情况开始做说明。

他不止把盛玺庄园的犯罪现场情况列了出来，还包括了之前的三个现场。

"……通过这几个现场情况综合分析，现在可以做出这个结论，高思琼是在盛玺庄园遇害并被分尸的。凶手将尸块分三次投到三个场所。在盛玺庄园的现场，除了被害人高思琼的血迹和指纹，还发现了属于被害人刀晓锋的部分肝脏，除此之外，并没有属于第三个人的 DNA。现场搜集到的部分指纹和痕迹，除了高思琼和她女儿的，都属于清洁工人。除此之外也还没有发现其他有价值的痕迹。"

“排查了盛玺山庄物业管理公司相关的人员，到目前为止也没有发现可疑的。”老崔说。

“林队，”欧阳灿抬了下手，“我有个问题。”

“你说。”林方晓道。

“盛玺山庄是罗林开发的项目。据我所知，有不少地产商都挺喜欢在自己开发的楼盘里留几个单位。罗林在盛玺除了他住的那栋联排别墅，还有没有其他的房产？”欧阳灿问。

第12章　蛛丝马迹（5）

“你是想说……”林方晓歪了头看她。

“高思琼的这套公寓查证过是她自己全款买入的？”

“对。这房子原先的主人是个著名女演员的父母。他们移民之前把房产处理掉，所以价格有优惠，高思琼就一次性付清了。”林方晓说。

欧阳灿想了想，说：“那这房子并不是罗林和高思琼的交集喽……我在想罗林和高思琼会是什么关系。要是发现了交集再反推也行嘛。”

“这我们也在找。高思琼的资金往来需要好好查一查，也许能从里面发现点什么。明面上没有联系的，不见得暗地里没有。”

“我也是这么想的。尤其对罗林这种看着冠冕堂皇的人物，可能很忌讳有些不光彩的事曝光出来。”

“就是暂时除了那不能做什么证据的宝石，还没有什么线索。罗林这人私生活确实低调，得一点点往外挖。”

“其实吧，我就觉得有个地方不太对。”欧阳灿说。

“哪里？”

“高思琼那套公寓的楼下，16楼。昨天我不是跑错楼层了吗？那一层的结构和楼上一样，可是站在那里就是有种很诡异的感觉。我本来想再看看，可是怕你们等急了就没看。后来想跟你们说一下，又寻思你们应该都排查过了，有异常肯定就发现了。”

“16 楼啊？”老崔扶了扶花镜，翻了页自己的笔记本，“我问过保安那单元 12 楼往上的人家都没有常住的，那几天也没什么特别情况，所以……16 楼的房主还真没核查。得，林队，等我和小戴去换班的时候，再找知情的问清楚。还有罗林在盛玺有几处宅子，这事儿不难查的，就是看人肯不肯配合……”

“悄悄的啦。罗家的保姆，和那个可能知道些什么的业主齐鲁，找机会接触下。注意方式方法，千万不要打草惊蛇。”林方晓道。

“明白。”老崔在笔记本上写了几笔，说。

林方晓看欧阳灿若有所思，问她有没有什么要补充的。

欧阳灿点头，接着把昨天做的尸检报告详细做了下介绍。“目前就这些。”

林方晓说：“关于罗林的背景调查还在进行。罗林还是省级人大代表，要调查他，惊动的方方面面必然不少。这咱们就不能不小人之心，提前预备着可能来的阻力，都尽量先暗着来吧。通过这两天的接触，恐怕大家也心里有数，他的为人处世这么谨慎，我们不把工作做细了，到时候一旦有情况，会很被动的。”

欧阳灿收拾着自己的笔记本和资料，听着林方晓说的，不由得也点了点头。

不过罗林那个人她只有一面之缘，给她的印象并不是十分深刻，但她知道林方晓向来看人极准，鲜少有人能逃得过他那双眼的。

林方晓正说着话，外头有人敲门。“进来！”

衣露申推门进来，显然是一路跑着来的，一头的汗，把手上一摞的资料抖了抖，过来放在林方晓面前，说：“刀晓锋的账户流水……他在 2015 年 8 月、10 月有过大笔资金进出。10 月这笔资金是从海外账户打过来的。”

“海外？”林方晓皱眉。

“是，一个小岛国。目前只知道这么多，再详细的还需要点儿时间。”衣露申说。

“林队，我出去接个电话。”戴冰突然指着自己的手机说，“是刀晓锋的父亲打来的，我去问问看是什么事。”

林方晓点头。

戴冰出去了，林方晓看着面前这摞资料，迅速翻了翻，跟衣露申说：“资金来源那边你盯着点儿……”

“林队！刀晓锋父亲在传达室，说找到了些他儿子保存的东西，不知道对破案有没有用。我下去接他。”戴冰说。

林方晓点头让他去。

他看看时间差不多，宣布散会，让大家各自照安排好的行动。

欧阳灿走在最后，见林方晓眉头皱得紧紧的，说：“林队，我觉得我们已经很接近真相了，其实就是那么一层窗户纸。”

“我也是这个感觉。”林方晓看看她，又见身边没有其他同事，就说：“我们去 NewPower 调查，我也见着梁嘉维了。”

“嗯。”欧阳灿应声。

“他还问起你来。我把他教训了一顿。不算多事吧？”林方晓问。

欧阳灿笑笑，点头道：“不算。我也教训过他了。”

林方晓拿着笔记本拍拍欧阳灿的肩膀。“他要再拖泥带水、娘娘们们儿的，我跟小白出面收拾他。”

欧阳灿又笑笑，停了停，才问：“他状态不怎么好吗？”

“嗯，看着是不大好。我们去的时候他那办公室全是酒啊烟的，听说好几天没回家了，就睡在办公室。他妈还到他办公室找他，他躲着不见。我看这么着下去，确实也不是个事儿。不过，”林方晓看看欧阳灿，“他的事儿你别管了。”

欧阳灿点了点头说：“我还是希望他好的。”

林方晓又拍拍她肩膀，叹口气说：“是他没这个福气。”

“哪儿的话呀。”欧阳灿抱着笔记本往外走，迎面看到戴冰带着一位面色很不好的大叔刚上楼，带到他们接待室去了。“林队你忙吧，我也该回去了。我那儿一堆事呢。”

“好，你去吧。”林方晓说。

他看着欧阳灿离开，往自己办公室走去。

经过接待室时，戴冰刚好出来，看到他就叫道：“林队，快快快，快进来看。”

林方晓见他那神色就知道一定是有重大发现了，不动声色地进了门，坐在那里正在和刀武说话的老崔也抬起头来看了他一眼——他不由得点了点头，先和刀武打了个招呼，说：“这位是刀大叔吧？您好。我是林方晓。”

刀武要站起来，他忙拦着，在旁边的椅子上坐了，老崔把桌上的照片推过来。

第12章　蛛丝马迹（6）

林方晓拿起照片来一看，和老崔、小戴交换了下目光，马上就理解了为什么小戴的眼神里有强压的兴奋。这是鹰见到兔子踪迹时候的反应，只是当着受害人家属，他们不便表现出来。

这是裸照。确切地说是高思琼和罗林的裸照。

照片像素并不是很高，应该是视频截图，可就这样也能认出来里面的人。显然拍摄的镜头位置极佳。

“这是哪儿来的？”林方晓问。

老崔看看刀武，把他刚刚说的跟林方晓转述：“这是在刀晓锋的房间里发现的。老刀他们今天早上收拾刀晓锋的东西，发现衣柜背板后面有个暗格。暗格里有个小保险箱，他们试了下密码，是刀晓锋女儿生日，打开发现了一些他生前保存的私人物品。除了一般财物，比较重要的就是这个文件夹。除了这几张照片，一个U盘，还有这个合同——合同是跟‘神探’私家侦探工作室签的。你看这条款，说明了刀晓锋委托工作室调查高思琼婚内出轨的情况。委托时间是2013年1月31日，委托期为三个月。”

林方晓边听着老崔说，边扫了眼合同，点点头，接着便看到了那个U盘。

U 盘空白处写了几个数字，参照合同签订的时间来看，里面存储的信息应该属于工作室交付的成果。

刀武见他们不说话了，左右看看他们的神情，说："我们也不知道这些东西有没有什么价值，就都拿来了……我儿子一定是得罪了什么人吧？你们看看这些……这些都是什么呀，我们老人家，简直看不下去……"

林方晓按着这些东西，看向刀武，温和地说："刀大叔，这些资料很有价值。谢谢你能及时交给我们。下面我们会把这些东西转到技术部门的同事那里去，让他们做进一步的鉴定。"

"对破案有帮助没有？有没有？我儿子这辈子就是找错了老婆……我敢肯定他的死跟这个女人脱不了干系的。林警官，请你一定、一定要找到我儿子，找到他遇害的真相啊……"

林方晓见他说着话，眼泪就流了出来，忙安慰一番。等他平静些，又和他说了一会儿话，听他提供一些自认为可能对破案有帮助的信息，待他情绪平稳，交代人送他回去，这才跟戴冰和老崔关上门研究这些新线索。

"没想到刀晓锋手上会有这些东西。"老崔叹了口气。

林方晓没出声。

他明白老崔的意思。

刀晓锋手上有这些"把柄"，对高思琼和罗林来说都是很大的威胁。

"来，咱看看这里面有些啥。"戴冰把 U 盘插进电脑，不一会儿打开，里面有两个文件夹，一个标明"视频"，一个标明"照片"。视频文件夹里有几十个文件。他们一一打开来看，发现都是跟踪拍摄的高思琼和罗林幽会。有三个视频看起来是在同一酒店房间内部拍摄的。

"这应该是事先把摄像头安装在房间里才能拍到这个。"戴冰说。

视频定格在高思琼和罗林光着身子叠在床上。

林方晓说："看看照片。"

他们又把照片浏览了一遍。

“除了酒店就是会所。会所比较严格，私家侦探难进，酒店就方便些，所以会有房间内部的视频。不过这家酒店……”林方晓看着其中一张照片，“也是超五星级的酒店，还能进去成功安装摄像头，这私家侦探手段不一般。”

“不择手段，说轻了这是越界，实际上是犯法。”老崔皱着眉头道。

“我怀疑他是不是买通了酒店内部员工。不然这类酒店的安保通常都非常严格的，不可能随随便便出入。”

“查到罗林的长包房，在隔壁开一间，也不是不行，不一定非要内部员工。”

“都有可能啊。私家侦探嘛，反正这些都包括在行动经费里，要是内部员工……为了钱，什么事干不出来……不过罗林和高思琼在公开场合同框的照片很少啊，都是前后脚。看，包括这种前后脚到达机场的……前后脚进酒店房间、出来，都拍到了。哦，这一张是同时从房间出来。再加上房间内的视频，妥妥的婚内出轨证据。这简直狗仔队的水准。”戴冰说。

林方晓说：“把资料交技术同事做鉴定。”

“林队，要不咱们火力侦察罗林吧？”老崔建议。

林方晓沉吟片刻，点头道：“我觉得也可以试探试探他了……”

他正想和老崔小戴再商量下，突然手机响了。一看是老于的号码，接起来便说：“说吧，什么事？”

“林队，有个突发情况。”老于着急地道，“罗林开车奔机场了……另外刚才老崔给我电话，让我查一下他在盛玺山庄有没有另外的房产，还有16层公寓的情况……听说16层公寓主人好像姓房。不过那家也没在这儿住，业主没露过面。好像那业主有很多房产，有什么事都是人家雇用的专门处理房产事务的雇员来打理的。但是楼下值班保安反映，三天前那家让搬家公司搬了些家具用品上去的。他们还派人上去看过，没什么异常。”

“房？”林方晓重复了这个姓。

老崔立即说：“罗林的老婆是不是姓房？”

戴冰拍了下手说：“是。我有印象，几年前的新闻里面说罗林和太太房昕一起出席什么活动。”

“三天前……不好。”林方晓忽然觉得那层窗户纸马上就要被掀开了。

那边老于在催促他：“林队，现在怎么办？我们现在跟着他已经上了机场高速了……抓不抓啊？”

林方晓攥了下手，只觉得手心都在出汗，他定定神，说：“抓！”

第12章 蛛丝马迹（7）

老崔和小戴一个吓了一跳，一个兴奋得跳起来。

“林队，抓是可以，可抓回来要是……”老于在那边说。

“我负责。你们先想办法拖住他，我马上到。”林方晓说。

他挂了电话，看着老崔和小戴。

“要不要请示下领导？罗林身份比较特殊，万一有人……”老崔小声说。

“又不是逮捕，先拦下问话嘛。”林方晓说。

“我看还是报个备。”老崔提醒道。

“将在外，军令有所不受，先抓住人再说。我觉得不会抓错的。”戴冰搓着手道。

老崔瞪他一眼，说：“万一出错被处分的不是你，是小林。”

林方晓晓得他提醒的用意，说：“现在来不及了，我往机场赶……路上跟领导报备吧。你和小戴赶紧过去接老于他们的班，照之前的布置进行。那边交给你们了。”

“好。”老崔答应。

林方晓刚站起来，忽然说：“还有一个地方。”

“哪里？”老崔被他的神情弄得一怔。

“16楼那公寓。欧阳刚在会上说16楼公寓那个地方特别诡异，刚才老于也说了业主是房昕。我看必须得这么办……”林方晓说着，掏出手机来打电话。

那边欧阳灿才进了办公室坐下不一会儿，正对着空调出风口扇扇子呢，扔在桌上的手机一响，她赶紧过去接。

一看是林方晓打来的，她就对白春雪说：“我看‘钻石女’案有门儿了。”

果然林方晓让她做好准备出现场。“我现在有紧急情况必须出发去机场。等下马上跟领导汇报，要求搜查盛玺山庄 A 区 6 栋 16 楼公寓。你回头要是接到命令马上出发千万别耽误，现在没时间跟你多说……”

“明白。你放心好了。”欧阳灿说。

林方晓道：“好。”

“等下，林队。”欧阳灿忽然道。

“你说。”

“我觉得你跟领导汇报的时候，要不就请领导做个安排，让特警的人出动……我怀疑现场可能有易燃易爆品。”欧阳灿说。

白春雪正在埋头写东西，听到这儿抬起头来看了她一眼，听筒那边的林方晓也是一愣，但他马上说好的等下我会如实汇报……“欧阳，你有把握吗？”

“没有十分的把握。我只是突然想起来为什么会觉得诡异。那一层用的是栀子花，而且香气特别浓郁，感觉不光是花的自然香气，还有香精的味道。要是这样的话，可能是为了掩盖什么……有什么值得掩盖的，除了尸臭，很可能是化学品。如果罗林想要把最后的痕迹毁掉逃逸，这是个很好的办法。对不对？”欧阳灿说。

她听着林方晓咕哝了一句什么，就让她挂电话。

她拿着手机吐了口气，看着亮晶晶的屏幕，说：“这下有得玩了。”

“你是不是也太夸张了。”白春雪说。

“不怕一万，就怕万一。”

“这回要是让你‘万一’准了，以后林方晓他们要把你和关公、招财猫一起供着了。”白春雪开玩笑道。

欧阳灿笑而不语。

她坐下来开始整理资料。

几个未完结的案子资料都在桌上，她闲着的时候就爱翻翻看，看有没有什么会被忽略的痕迹……果然二十分钟后，她就接到了陶处长的电话，要她出现场。

“走了啊。”欧阳灿跟白春雪眨眨眼，一阵风儿似的出了门，才看到倪铁也出来了，一问知道他也是去盛玺山庄。

“陶处说现场情况可能比较复杂。”倪铁说。

欧阳灿点点头，心想这的确是……看来这是林方晓跟领导通气的结果。

等他们俩一起下来，看到赵一伟、陈逆、蒲桥各自拎着勘验箱或器材也跟在陶处长身后出来，不由小吃一惊，和倪铁交换了个目光，都没出声。倒是陶南康看了欧阳灿一眼，说：“上车啊，等会儿到了现场，你比较熟悉情况，负责在前面带路。”

欧阳灿答应一声，抢先一步上了赵一伟的车。

赵一伟回头看她一眼，说：“好家伙你够快的，把小倪甩陶处车上？”

话音未落，车后门一开，倪铁硬是挤上来，说：“开车开车。”

“刚还说你去坐陶处的车了。”

“我才不去呢。再说陶处车上还有陈副局长和特警的秦政委，我挤那儿去找不舒坦呢。”倪铁笑道。

欧阳灿挠挠鼻尖儿，说：“那就走呗！”

“怎么一个回马枪又要杀回去？现场有什么其他变化？”陈逆问。

欧阳灿点点头，说：“林队他们有新发现。”

“还要出动特警，挖到大雷了啊？”

（略）

第 12 章　蛛丝马迹（8）

“这天气出现场真是太遭罪。我起了一身痱子，稍微一动杀得怪疼的。”倪铁抱怨道。

欧阳灿看他一脑门汗，从包里抽了几张吸油纸出来给他，说：“夏天快点儿过去，咱们就烧高香了……今年夏天怎么这么热！”

“是热。往年这个时间根本就到不了这个温度。”赵一伟说着，“哟”了一声，“要说一样是警察，瞧人家特警出动的架势，跟咱们草台班子出现场就不是一回事。”

“哎，说的是。今天有他们来，咱们可就有 CSI 里演的那味道了。”倪铁擦着脸，笑道。

欧阳灿从窗口往外看看，没心思参与他们的闲聊。

此时盛玺山庄的大门开启了一半。大门外停着特警的车子，车窗都是深色，车外并不见人影，也看不到车里面什么情况，但这几辆车依序停着，即便静止不动，在炎热的天气里也有了一种肃杀之气。大门内也停了一溜四五辆车，则是刑警和他们七处的同事的车，陶处长和陈副局长他们已经到了，正聚在车边树荫下说话，旁边还有几个人，欧阳灿认出来是盛玺山庄的物业负责人。

她下了车，被潮热的空气一下子逼得出了一身透汗，拎着沉重的勘验箱，深吸了口热气，往前看了看。他们车停得离目的地稍微有点远，好在小区内绿荫森森，这一路走过去虽然热却并不会晒。

“咱们在这儿等着呢，还是也过去？”陈逆看了眼那边，问。

欧阳灿说：“咱们等陶处他们安排吧。这种情况下，我觉得不会让咱们打头阵的。”

几个人都点了点头，不出声了。

现场的气氛不好，这是谁都能感觉到的。当然历来出现场的气氛都不会是愉快的，可这离不愉快远了去了……蒲桥小声问："上回去坠机现场，也没见这么多特警出动啊……"

赵一伟看看大门外，嘘了一声，说："长见识了吧？人命案子查来查去，查成了恐怖袭击，我也是头回见。"

"哪至于啊。"陈逆嗤笑一声。

这时候陶南康回了下头，目光一转，落在欧阳灿身上，冲她招招手。

欧阳灿把勘验箱交给赵一伟，小步跑着过去。

"咱们车上说吧。"陈副局长看欧阳灿一脸的汗，指着身后那辆面包车招呼大家一起上去。

车内空调开得很低，欧阳灿最后一个上去，还没坐下就打了个喷嚏，可也顾不上说什么，因为马上特警的秦政委和参与行动的同事就把图纸摆出来了。

陶南康说："欧阳之前进入过现场，有什么需要了解的可以问她。"

秦政委点点头，看了欧阳灿一眼，目光落回图纸上，说："这是物业提供的图纸。我们有同志已经先上去了，经过初步的探测，发现里面确实有易燃易爆品。现在还没法确定数量。因为发现有生命迹象，在没有摸清情况之前，也不敢贸然采取行动。"

欧阳灿愣了下，问："里面有活着的人？"

"有。不过仪器没法传回公寓里的图像，只能说明在这个位置有生命迹象。"秦政委指指图里的一个位置。

欧阳灿忙看那一处，说："这应该是主卧室的位置，跟 17 楼的布局一样。"

"是。物业说小区的公寓交付时都是精装修，16 楼的业主也没有提出过什么改动的申请，公寓里应该是保持了原样的。"秦政委又看她一眼，似乎在期待她多提供一点信息。

欧阳灿尽量回忆着，一时想不出什么有价值的信息。

她轻轻摇了摇头。

"里面人还活着，救人要紧。现在现场拆弹专家也在，再把现场情况确定一下，破门进入吧，一旦有紧急情况也可以控制的。”陈副局长说。

“那必须马上安排附近居民撤离。现场的危险品数量不明，万一出现险情，必须把生命财产损失降到最低。”秦政委说。

陈副局长沉默片刻，看向老崔。

在场的刑警里老崔是资格最老的，也很会察言观色，陈副局长一看他，他马上就明白了领导的意思，说：“现场所在的那栋楼里一共两户人家居住，现在已经能确定家里没人。附近楼里的居民，已经安排我们的同事和小区保安一家家通知了，还需要一点时间。”

“大概得多久？”秦政委问。

“照目前的速度，最多半小时。”老崔说。

“加快速度。”

“好。”

“那大家就各就各位，等居民撤离，我们开始处理现场危险品。”陈副局长说。

“是！”

欧阳灿擦着鼻子，先下了车，又打了个喷嚏，却看到戴冰匆匆赶过来。看到她，只是用眼神打了个招呼。

欧阳灿看他那神色，站在那儿没走，果然听他过来跟陈副局长他们汇报，说：“好不容易让那保姆大姐开了口。保姆说罗林今天早上开车出过一次门，回来就拿了一个小包说是要出趟门，过几天会和她联系。罗林让她这就下班回家，不要在这儿了……她因为惦记着院子里草坪该找人修剪了，在等人上门修剪，就还没走。刚刚收到老于从机场发回来的消息，说罗林买了去悉尼的机票。我问保姆知不知道罗林为什么要去悉尼。保姆说罗林的前妻和女儿在悉尼……另外，还有个不好的消息是，罗林的女儿罗爱昕两个月前自杀了。”

欧阳灿心一惊。

“保姆说好像有严重心理问题。三年前罗林和房昕离婚，那时候罗爱昕特别不能接受，整天大哭大闹。保姆说罗林跟前妻离婚离得莫名其妙的，离了婚还是很照顾前妻，也没再婚，连个女朋友也没有的。她还说去年罗爱昕病情不知为何恶化，房昕为了给她换个环境，就带她移民去了澳洲。”

第12章　蛛丝马迹（9）

戴冰语速很快，顿了顿，继续说：“她们走了以后很长时间她都没听罗林提起来，就两个月前有一天她上班，发现罗林躺在家里草坪上。她还以为罗总喝醉了，后来发现不是的，是哭昏过去了。罗林去澳洲处理了女儿的后事之后回来，看着跟没事儿人一样，照常进进出出，还比以前更热衷健身，她觉得有点奇怪，按说不该恢复得那么快。罗林很爱他女儿的。”

欧阳灿小声说：“原先也挺爱他老婆的吧。罗爱昕，罗林爱房昕。”

没人听见她念叨，倒是蝉噪一阵高过一阵……

她转过脸去看着罗林家的方向，听着戴冰说：“罗林太谨慎了。我们在他家搜查半天，一点有用的东西都没搜到。现在技术同事在查看他的笔记本……”

欧阳灿悄悄离开，回去抱着她的勘验箱，蹲在路边和聚在一起默默不语的陈逆赵一伟他们等着时间过去。

小区的居民被疏散到外面，大部分都是乘车离开的，没有开车的搭着邻居的车出去。静悄悄的几乎没有人出声，如此就显得蝉鸣格外聒噪。

二十分钟后，确定小区居民疏散完毕，陈副局长下令特警进场。

欧阳灿索性站起来，仰头望着那栋楼。

汗水不停地从额头上往下滚，滚的速度快到足以让人紧张了。

“喝口水。”陈逆递给她一瓶矿泉水，“你看你这脸上的汗，别一会儿还没开始工作，人先中暑了。”

欧阳灿大口喝着水。

大家都不出声，不时默默地看看表。

时间有点难熬，好像过去了几个钟头似的，其实也不过是五分钟……她忽然听到对讲机里报告，说现场发现爆炸物，正在排除险情。

她低头看了看表。

四周围没有一个人出声，都在等着。

“报告，险情排除。我们已经进入现场中心区域。”

对讲机里传来沙沙的声响，紧接着是巨大的声响，像是在砸什么东西。

“现场有人活着。重复一遍，现场有人活着。”

那声音很冷静，这个消息却让人振奋。

“现场没有再发现险情，重复一遍，现场没有再发现险情。请指示，报告完毕。”

“专家可以撤出来了。请特警同志做好现场的警戒，等候技术同志进现场，做好交接。完毕。”陈副局长说。

他松了口气，看了眼陶南康，先交代人叫救护车，然后对陶南康点点头。

陶南康转头看向他的部下，过来说：“关掉手机和电子设备，准备跟我进入现场。”

欧阳灿看他准备亲自带人进入现场，不禁愣了下，跟着点了点头。

陶南康带着他们来到A区6栋楼下，就见特警一路都有警戒，进入楼里，大厅里站着几位刚从现场出来的同事，见了他们，彼此交换了下意见。进了电梯，欧阳灿站在最外面，这时候才说：“等会儿我第一个进去吧，我比较熟悉情况。”

“我跟上。”赵一伟接着说。

“还有我。”陈逆也说。

陶南康整理了下他的防护服，看看这几个年轻人，花白的眉毛抬了抬，等电梯门一开，说：“这么多年搞刑侦工作，我也不是没见过大场面，甭担心我。上个月咱们一起去过飞机失事现场不比这紧张？这里的纪律就参照那一次。虽然爆炸物已经清除了，你们还是得瞪大眼睛，小心谨慎，互相照应。”

电梯“叮”的一声响，门开了，外面执勤的特警见是他们，忙闪开些。

陶南康第一个走进去，欧阳灿紧随其后。

老崔和戴冰他们已经先一步进入现场了，看他们进来，简单地打了个招呼，带他们往里走。

公寓里很冷，欧阳灿一进门就觉得隔着防护服，身上的汗都瞬间凉下来，面罩上起了一层白雾。她掀了掀面罩，立即闻到一股混合的气味，里面有很熟悉的尸臭，虽然不重，可她对这味道太熟悉了……她看到客厅和厨房里好几处都被画了白线，放着写好数字的标记牌，看那英文代码，知道这是刚刚拆弹专家在完成任务将危险品拆走之后留下的记录。

赵一伟过去拍照。

欧阳灿抬起头来，看到了客厅里挂着的一幅油画——画中是母女俩，都是温婉可人的样子……她顾不上细看，赶紧往里走。

“陶处，活的在里面。”老崔说。

陶南康走在前面，进了主卧室，就看到空地上有个人躺着，直挺挺一动不动。他蹲下去查看那人的情况。

欧阳灿认出来这人正是丁奎。

她也蹲下来。

地上有已经解开的绳索和被撕下来的胶带，丁奎的双脚有束缚伤。因为束缚时间过久，脚腕上的勒痕都深入皮肉，血肉模糊的，看不出明显的生命迹象。

她靠近些，低声问：“确定还活着？”

“活着。只是昏迷。”陶南康手按在丁奎的颈动脉处，“脉搏很微弱。救护车还没来？”

外面就有人进来，说：“救护车到了，医生很快上来……能让他们进来吗？”

陶南康站起来，看了那人说：“不。让外面的同事接应，把担架送进来，我们把人抬上去。”

“是。”那人出去了。

陶南康示意欧阳灿在救护人员来之前给丁奎做一下初步的检查。“我去看看那边。”

欧阳灿点头，等陶南康出去，她抓紧时间检查丁奎的伤处。

赵一伟拍着照，小声说：“你说吓人不吓人，别说今天得亏特警来了，咱们要是不知情就这么进来，谁知道会怎么着……昨天咱们就在炸药库上吧？这是打算炸了半栋楼？”

“哪有那么夸张，不是没让他得手吗？”欧阳灿把丁奎的衬衫袖口往上提了提，让赵一伟拍照。

第12章　蛛丝马迹（10）

“真他妈后怕。”赵一伟弯着身拍照，“这绳子的结打得，跟张承志身上的一模一样。只不过这回不是跳绳，这是玩登山的常用的。这人真是个运动专家。”

欧阳灿看着绳索，点点头。

一条绳索将丁奎的手和脚都捆了，除非外力，根本不给他自己能解开的机会。而丁奎身边放置的标签也表明有爆炸物曾经贴身放置。

欧阳灿几乎从来不会在现场有种后脊梁发凉的感觉，这回却有了。

她想这也许因为面前这个受害人到底是她认识的……

“欧阳，你没事吧？”赵一伟见她停在那里不动，问。

欧阳灿摇摇头，看着丁奎那发青的脸，轻轻解开他领口的几颗扣子，马上看到他脖颈、胸口有瘀青，“这应该是近身搏斗留下来的……看这擦伤。凶手把他制服之后，应该拖了他一段。”

丁奎的肩膀处有灰尘，手臂有擦痕，已经结痂。

“丁公子什么时候受过这种罪啊。”赵一伟说。

这时候有特警进来说医生到了。

欧阳灿帮忙把丁奎抬到担架上送出去，跟医生交接完毕，回来又查看了下关丁奎的那间房，确定细微的痕迹都已经固定了，才去看隔壁房间内的情况——陶处长和倪铁正在检查被放置在几个密封的箱子里的尸块。

欧阳灿不由自主地点了点头，说："手法和处理高思琼尸体的非常相似。"

"室内中央空调设定的温度比较低，箱子又密封，所以尸体腐烂的速度相对来说比较慢……从初步检查的结果来看，这应该是全部的尸块。"倪铁说。

"要是缺也就是缺我们昨天带回去的那块肝。"欧阳灿说。

倪铁呼了口气，隔着凝了白雾的面罩看陶南康。

陶南康说："带回去，抓紧时间处理……林队长那边有什么消息没有？老崔？"

"在！"老崔正在门外跟陈逆说话，"没有接到林队长的电话。我问问小戴。"

戴冰正在外面接电话，听见问马上进来说："林队长正在往这边赶。他们已经把罗林控制住了。林队说要过来看现场的情况。"

陶南康点头。

现场的技术人员有条不紊地忙碌着，等林方晓赶到，勘验工作已经在收尾。

陶南康见他衬衫都湿了大半，说："这大热天是辛苦你们了。"

林方晓擦着汗，说："也不光我们辛苦啊，你们也是……吃过饭了吗？"

陶南康说："刚才陈局让换班下去吃饭，这些家伙都说等等、等等，等到这会儿了，收了尾再吃吧。"

林方晓点着头，跟陶南康一起，把现场转了一遍，边看边交换着意见。

"嫌疑人什么反应？"陶南康见林方晓时不时紧皱眉头，问。

"很平静。特别平静。我们拦下他的时候，他正要进 VIP 通道。我们上去拦着他，他也没声张，只是强调了下他有权请律师。我让老于他们先带他回局里。我说了一秒钟也不能让他单独待着，怕他出问题。"林方晓说。

"这么复杂的情况，不是简单的头脑能弄出来的。"陶南康说。

林方晓摇了摇头，感慨地说："看这现场的布置，要是再给他点时间，恐怕他全盘计划就完成了。也是我大意了，都到楼上了……这么近的距离！"

"灯下黑，就是要你想不到。"

"总觉得还是该想到。这回让他得手后果不堪设想。"

“时间这么紧，你们能做到这步已经很不错了。这案子看着不太符合常理。遇到不按常理来的对手，一步猜得到容易，步步都猜到那是神仙。”陶南康说。

林方晓摇摇头，没说话。

陶南康见他的神色，明白他心情复杂，也不说话了。

两人沉默着，旁边的门一开，一阵冷飕飕的风吹过来，把公寓里飘着的复杂的气味吹得淡了些。

“陶处，我们好了。”陈逆和蒲桥过来说。

“倪铁和欧阳呢？”陶南康问。

“他们也好了。”赵一伟往屋里看了看，说。

“好。小林，你看看还有什么？”陶南康问林方晓。

“没有了。你们先撤，我们收尾。”林方晓说。

“要不下来先一起吃完盒饭，你们再收尾？咱们都冷静冷静，这大半天可不是一般的折腾。”陶南康说。

林方晓同意，带上刑警队的几位和陶南康他们一队出了现场，仍是留特警看守现场，一行人分了两次乘电梯下楼。

就在大门口绿荫下，保安室临时搬来两张桌子当饭桌，桌上摆着盒饭。陈副局长和秦政委坐镇，看到他们下来，亲自一盒一盒饭发到手上，说：“都先吃饭，真是让你们急死了。”

大家也顾不上说什么，站的站，蹲的蹲，狼吞虎咽吃起饭来。

欧阳灿干脆盘腿坐在地上，边吃边瞅着林方晓，但不出声。

“想问什么呀，不用担心我消化不良。”林方晓瞅她一眼，说。

“没什么。”欧阳灿说。

“丁奎要是能醒过来，就是人证。”林方晓喝了一大口水。

“我回去马上开工。”欧阳灿吃完了，看看表，“今晚要加班哩。”

“我们也做好了加班的准备哩。”林方晓说。

“欧阳！”陈逆喊了欧阳灿一声，“陶处吩咐收队了。”

“来啦！”欧阳灿答应一声，跟林方晓他们摆摆手。

大门口特警的车已经撤走，只有零星的几辆警车停在那里。如果不是它们，这里连一丝异样的气息都不会有。

欧阳灿在车上回头望了望被绿荫掩映的小区建筑，不禁有些感慨。

不管发生过什么样的事，别人的生活都还在继续……

欧阳灿回到法医中心，马上就和倪铁配合着对刚刚运回来的尸块开始了繁重而又紧张的工作……等他们完成死因鉴定，走出解剖室时，已经晚上八点，天完全黑了。

［节选自红袖添香］

【粉丝评论摘编】

@俐珍和莉娜：尼卡的语言亦庄亦谐，谈笑风生。没有特意抒情的段子，或者为了搞笑而搞笑的点，不玛丽苏、杰克苏[1]，也不去故意写一些艰深的语句，就靠淡淡凝聚着的力量、厚度和深度的语言，吸引我一遍一遍往下读，情节上环环相扣。尼卡的书，里面有着同样真实的人生。

知乎　2016年8月18日

@香芋酥：小说故事虽然长且慢，但是伏笔细节值得品味。人物的刻画令人印象深刻，尼卡擅长用很多细节、侧面、对话来展现人物的性格。这也是我喜欢她的文最重要的原因。每一处的对话，人物性格，隐藏的伏笔都非常巧妙地包含在里面。读到最后，回想一些人物，总有种水滴石穿的感觉。打个比方，

① 玛丽苏、杰克苏，都指作者的自恋心态。

就像一块玉石被你目睹，一天天地雕琢成形，最后的美丽让你难以忘记。

知乎　2017年8月14日

@树熊小p：人与人之间的缘分，真心奇妙。上天留给你细细品味的，无论良缘孽缘都值得珍重。《忽而至夏》中欧阳灿和夏至安一起住的契机，会在时间流逝里如水流冲蚀般留下刻印，早在初识的那刻便在心中种下一粒籽，早晚会破土。至于其他的，会以另种形式陪伴身旁的，不是不够好，只是对小王子来说，玫瑰只有那唯一的一朵，而狐狸却是不知何时就将离去的存在。

红袖添香　2017年2月15日

@飞花摘叶：欣赏《忽而至夏》中的曾检。小灿和曾检在工作上有交集，可以说有共同语言，能互相理解。两个人相互吸引，是内在起决定性因素。浓烈的爱情之后，是需要两人之间细水长流的交互。能一辈子都有得聊其实也是件很幸福的事情……只有相约走过一个个看似平淡如水却彼此交融的瞬间，才挨得了漫长岁月里的风侵雨袭、艳阳高照。

红袖添香　2017年2月13日

@Catherine：相比一般的言情小说，尼卡的小说要大气开阔得多，更多的是会对生活的妥协和理解。我觉得尼卡的文是要欣赏她的大局和传递出来的人生价值，而我见过不少人过于执着某些情节，从而影响了对尼卡文的理解。

知乎　2016年9月20日

@分裂系元气少女：尼卡作品比较出彩的地方在于，她构建了一个个栩栩如生的小说中的世界，让每个人物都有自己的人生轨迹，感觉他们每个人都是自己故事中的主角，那样独特又自在地存在着，并不是为了陪衬谁，也不是为了推进故事情节的发展。很长时间里，我都觉得他们是真实生活在这个世界上的人。

知乎　2016年12月21日

@歇歇：追着看了尼卡的《一槲珠》《云胡不喜》《心锁》，现在在追《忽而至夏》。虽说不可避免地，文与文之间存在一些对话方式的重复，可是，文与文之间也做到了作者所说的新意。读每一本，对我来说，都是一个领域的学习，和一种情感表达的学习，这次阅读体验亦是如此。

知乎　2017年9月3日

［导引、简介、节选、粉丝评论摘编：韩思琪］

“在自己身上，克服这个时代”

韩思琪

自《杜拉拉升职记》（李可，2007）开始，在职场摸爬滚打的女性一直想找到一个切实有效的职场生存法则，以期修炼成“白骨精”，生存的焦虑紧紧地笼罩在她们的天空之上，然而最终危机的解决却以爱情的名义置换为一个“救世主”，内核仍然是要“爱对人”。但在这一逻辑中，爱不是鲁迅的“人必生活着，爱才有所附丽”——公共领域中自由与解放的象征，而是在私人话语中将爱情框定为女性自我主体性确立的唯一合法场域。故事从一个女职员的奋斗开始，在她拥抱恋情处结束，她们只有靠爱情才能确证自我价值。

这稍显陈旧的论调很快便被网文作者掀翻，她们的笔下塑造出了一个又一个强大的女性。言情不再只有迷恋与伤逝的单一基调，渐渐开始多了真实与抗争的复调。如《木兰无长兄》（祈祷君，2015）探讨如何超越性别界限，做一个大写的“人”；《制霸好莱坞》（御井烹香，2016）讲述娱乐圈职业女性的奋斗史；《西出玉门》（尾鱼，2017）用爱情去回应社会问题。在这些勇敢前行的女性身上，也闪耀着几分狂人尼采的风采——她们“在自己身上，克服这个时代”。

红袖是一个盛行“傻白甜”套路的“总裁聚集地”，而《忽而至夏》此时在这里出现并上榜，让我们看到了“保守派网络言情”的发展和进步。这一次在这片言情的“留守”大陆，终于听到了更激进的网络女性主义思潮的回声，这是女性向网文向理想成熟状态趋近更为真实的反应。

在这个意义上，讲述女法医故事的《忽而至夏》并不能说吹响了最先导之音，却是网络言情发展至此养出的一棵枝叶丰茂的秀木。这是一个如此均衡又丰富的文本，尼卡将城市文化、刑侦悬疑、亲情家庭等元素都巧妙地融合在一起，让言情小说有了除去缠绵痴恋外的诸多面向，并在各方面都达到了较高的完成度：清新的镜头语言勾勒出海滨小城的风景人情，克制而深厚的叙述让这个悬疑故事带上了 TVB 刑侦剧的硬朗画风。

对于《忽而至夏》来说，小说写作采用的是案情进展与日常生活的双线并进。

首先，重头戏当然在破案与追凶上，尼卡用行业内部的知识型写作手法，和大量的专业术语与情节，塑造出了一个专业性极强、天分极高的女法医形象，一旦戴上白手套，她就变身成为死者申冤的“代言人”。对于欧阳灿来说，“做这行是因为我喜欢。这世上作恶的人很多，我愿意帮忙把他们绳之以法”，法医这一职业，是其安身立命之本，她的自我是工作和生活赋予的。个体生命的执着信念构建了女性的主体性与身份，她的自我价值不再是需要求证的命题。

尤为难得的是，在欧阳灿的身上职业与家庭并不是割裂的。尼卡的写作极具生活质感，《忽而至夏》的故事不是在一处高悬的飞地谈恋爱，而是深深扎根于生活的：在以往许多言情小说中，亲情总是被隔绝在男女主人公紧拥的小宇宙之外，甚至为证明两人羁绊的强烈而将家长设定为恋情的禁忌和障碍。故事总是在女性的叛逃家庭和男性作为爱神化身的拯救之间无缝衔接。

《忽而至夏》却沿袭了尼卡一直以来的正剧风格，在女主角欧阳灿的父亲母亲身上着墨甚多，来自原生家庭的温暖，从根基上框住了她自尊自爱的人格：一方面，父亲作为医院院长的言传身教，是她专业性启蒙的第一课；另一方面，父母爱情的温和坚定，是她对于亲密关系安全感的原初来源。阅读的本质，可能是读者和作者就人生互为交换、逼近内心的促膝长谈。尼卡就这样在父母角色的背后，润物细无声般传递人生的经验。

尼卡日常线写作的功力，还体现在对于“萌宠”这一网络热点元素的化用上。《忽而至夏》的日常可以说是养狗撸猫的日常。宠物元素占据了小说日常描写极大的篇幅，但却不仅只是作为小说的一个“卖萌外挂”，而是隐喻着恋爱关系和生活方式的选择。

《忽而至夏》中描写女主角欧阳灿感情推进的情节都与宠物有关。男主角夏至安借住在欧阳的家中，家里养了四条狗，两人一起遛狗、喂狗，还一同救下了一只黑贝。而夏至安自身也是一个深情的守护者设定。欧阳和男二号曾悦希约会的日常则是一起在老院儿里喂流浪猫，他是不折不扣的“猫派”，怀抱着一个巨大的秘密，心底有难以填平又难以照进阳光的黑洞。网络上极热的“猫狗之争”，在这里却是理想情人抉择的象征：是选择犬型人格还是猫型人格？是习惯付出还是接受？是被爱还只是被需要？

“所谓猫型人格，就是当听到‘向前走’的口令时，会不由自主地向后退。”[①]“猫主子”与“猫奴”间的关系，仍然是一种“受虐”的快感机制，人们把自己矮化成“铲屎官”，心里也明白猫并不会一片痴心地等待你。而狗型人格隐喻的却是平等的搭档关系，正如女主角欧阳灿是法医，男主角夏至安的身份是科学家，他们的爱根植于彼此之间纯粹的欣赏，对科学和真理的追求、对正义的捍卫，让他们风雨同舟。他们之间的感情是照看彼此的软弱，崇拜彼此的强大。

显然，在尼卡的安排中，“猫”只能是她感情上的短暂“脱轨”，终将复归一段更加健康、平等的两性关系。欧阳与小夏的相逢，各有各的方向，却彼此照亮，不被互相消耗，这才是爱的美与永恒，而不像以往仅是一段安全、稳定的关系而已。

“世上只有一种英雄主义，就是在认清生活的真相之后依然热爱生活。”在认清生活的真相后，仍旧有勇气按照自己的意愿，自由选择职业与爱人，或许这才是现代女性该有的样貌。

---

① 引自村上春树《我的职业是小说家》，南海出版公司 2017 年。——本文作者注

丧病大学

颜凉雨

颜凉雨，晋江文学城资深作者，自2005年发表《金钱帮》起，陆续创作了21部作品，代表作《鬼服兵团》（2013）等。《丧病大学》连载于2017年1月1日至5月15日，共计56万余字，连载期间长期位居晋江VIP金榜前列。

《丧病大学》是一篇正能量的末日题材作品，将背景架设在末世来临后与世隔绝的大学校园，没有一般末日文中的超能力和高科技，身为普通大学生的主角团只能与丧尸接地气而又脑洞大开地斗智斗勇，而穿越关卡、收集物资的逃生过程和逃出校园的最终目标，则给作品带来与密室逃脱游戏类似的爽感。无论面对怎样的危险与困境，主人公宋斐与同伴们从未放弃善意、勇气与希望，他们是长夜中微弱却耀眼的星火，坚定守望着光明的到来。

【标签】科幻　末日　丧尸

【简介】

大学英语四六级考试当天，丧尸病毒突然全面爆发，大学校园沦为末世焦土。幸存者宋斐、戚言等人成功从被丧尸包围的宿舍楼突围出来，几经周折，凭借对学校地形的了解和对丧尸的研究，与丧尸贴身肉搏，辗转求生。在凶险的逃生中，十几位来自不同年级和专业，此前素不相识的伙伴慢慢聚合起来，以宋斐为中心组成“威武不屈求生一班”（简称“武生一班”）和二班。战友们抱团对抗丧尸，感情与日俱增。

通过几次艰难的作战，主角团终于拿到收音机，在末日孤岛一般的大学校园里第一次与外界取得联系，得知国家已经控制住了丧尸病毒的扩散，末日即将结束。得到好消息后，武生班的同学们在逃出校园前来到校园广播站，将救援即将来临的消息录音播送到全校的每个角落，然后驾车逃到市区，全体获救，日常生活最终回归宁静。

选段是宋斐等人为获取外界消息而冒险深入鲁班楼夺取收音机的经过，伙伴间生死托付的友谊令人动容，行文中的大量吐槽又与末世题材形成强烈反差，使得作品感人而不沉重、笑点与泪点并存，恰如选段结尾那一曲用含蓄哀婉的洞箫吹奏的神曲《小苹果》——虽有苍凉凝重之处，但骨子里是生机勃勃的乐观精神。

【节选】

第64章 胜利在望

……

三个人怀念完往昔，又担心起散落在别处的战友们。相比他们三个目标明确，直指收音机，诱敌到另外两栋楼的四个战友却处于信息完全中断状态。他们是会选择坚守，等待战友返回救援，还是突围硬闯格物？抑或出于客观条件考虑和对他们三位战友的信任，像赵鹤那样安全撤回食堂？谁也不知道。

撤回食堂当然是最好的，但如果没有，那么他们三个在格物楼里拖延一分钟，对于另外四个伙伴，就多一分危险。

思及此，三个小伙伴做了一个大胆的决定——白天出击。

十分钟后，出击夭折。

唯一的收获是三个人的阵地从七楼教室转移到了八楼物理实验室。

"它们在白天简直就是无敌的。"回忆起半分钟前的夺命狂奔，宋斐还心有余悸。

"愣的怕横的，横的怕不要命的，它们看见攻击完全不躲，我们要是也能做到这样，说不定鹿死谁手呢。"何之问跑得上气不接下气，但战斗精神永存。

"问题是能不躲吗！"宋斐气得想踹他，这话说了等于没说！

斗嘴半天，宋斐才发现，不对啊，这是八楼，不是说七楼以上都是计算机院了吗，怎么有个物理实验室？

"我们院人多，地方不够，院长就和学校商量，又硬要来半层楼。"何之问道，"不过我也是听说，我入校的时候就已经这样了。"

宋斐点点头，算是解了惑，这才发现戚言从进来就没说话，抬头一看，人家正坐在一张实验桌前玩深沉呢。

宋斐好奇地走过去，发现他把桌上一盒砝码打开了，现正全神贯注凝视着里面大小不一但全都擦得锃亮的金属砝码，若有所思。

宋斐刚想问你想什么呢，就见戚言忽然把砝码都拿了出来，一股脑收进不知道从哪儿变出来的塑料袋里，且收了一桌的还不够，大有洗劫全实验室的架势。

何之问看愣了，好半天才反应过来阻止："哎哎，实验室东西不能碰的，都是公共财产。再说你拿走了我们以后怎么做实验啊！"

宋斐一把薅住他后脖领："我已经充分感受到你对物理学院深沉的爱了，但是做实验的前提不是实验工具完整，是做实验的人还有命。"

何之问迟疑，却仍不甘心。"但是……"

戚言停下动作，淡淡抬起眼皮。"如果你现在就是超级英雄，物理侠，一战斗唰唰扔出来的是飞刀，合适吗？"

何之问："不！"

戚言："砝码呢？"

何之问："帅爆了！"

思想的转变是如此巨大而迅速，何之问甚至兴致勃勃回头建议宋斐："我当物理侠，你也给自己想个拉风的名字呗。"

每一个少年心中都有一个超级英雄梦。

但——

宋斐白他一眼，默默转开头。

戚言把最后一盒砝码倒入塑料袋，温和解释："不用，他是黑寡妇。"

日落月起，夜幕降临。

其实也才傍晚六点，但整个世界都暗得像午夜。

戚言从实验室微微探出头，借着走廊稀薄的光，左右环顾。

下一秒，十几个乒乓球撒向右侧，并随着初始速度沿着走廊向右奔腾！

戚言飞快地关上实验室的门，只用耳朵贴着门板去听。

宋斐和何之问屏住呼吸，随时待命。

嘈杂的脚步声从走廊左侧传来，很快跑过实验室门口，继续向右行去。

就是现在！

戚言利落开门，毫不犹豫向左奔去！

宋斐与何之问立即跟上，努力让自己的奔跑只脚尖着地，将声响压到最低！

不知是不是晚间光线不足，气温降低，丧尸的活跃度也受到一定程度的影响。楼梯间里冷清空旷，三个人一口气跑到十一楼，眼看十二楼就在头上，方才碰见第一个丧尸。

那是一位老者，满头银发，身形消瘦，半张脸上都是干涸的血块，另外半张脸相对干净，依稀可见生前容貌。

通常这样的老人家都是学校返聘的教授，三个人虽算不得对方的学生，但乍见到老先生落到这般模样，心里也挺不是滋味。

这边三人略一迟疑，那边丧尸已经扑过来。好在丧尸的速度也不算快，应该与生前的年纪体质都有关系。戚言握紧拖把枪，不退不躲，等丧尸进入攻击范围就是一枪！

戚言的战术很简洁，一枪将之推倒，抽枪复刺头部，宋斐和何之问则随时待命补刀。

经验证明这是一套非常有效的战斗模式。

然而这一次他踢到了铁板。

丧尸在马上要被刺中的时候忽然身形一闪，躲过戚言的攻击不说，竟抬手握住枪杆，一个用力，将戚言连人带枪扯了过去！

戚言在对方握枪的一瞬间就有了预感，并做足硬碰硬的攻坚战准备，不料对方的力气远比他想象的大，而且用得非常有技巧，不是蛮力，而是带着某种让人无法招架的节奏，一握一顿一拉，戚言竟再站不住，直接踉跄向前，倒进对方怀里！

丧尸早有预料一般，在戚言跌过来的瞬间毫不迟疑，一口就往对方的脸上啃！

千钧一发之际，挣扎不出的戚言抬手推住了对方的下颚，给自己争取到了两秒喘息！

就在这两秒，宋斐的金属筷子已经直奔丧尸太阳穴！

何之问的短刀也袭向丧尸面门！

再坚持 0.01 秒，宋斐的金属筷子尖就会插进丧尸太阳穴。但是不行，真坚持不住了！

戚言的手终是被丧尸的脑袋压了下去，随后丧尸头颅猛地重重垂下，咚地磕到戚言的护目镜上！

而这一垂，正好躲过宋斐的筷子！

何之问的刀倒还是扎上了，不过原本冲着脸去的，现在直接扎到了脑门，被脑壳顶住，愣是没扎进去。

所幸松开手的戚言不知何时从腰间抽出短刀，补进了丧尸的太阳穴。

丧尸再不动，沉沉挂在了他的身上。

戚言尽可能轻地将它放下来，靠到楼梯间转角。

虽有惊无险，但毕竟“有惊”，宋斐百思不得其解，用气息问：“它都那么大岁数了，还有力气制住你？”

“说了你也不信，”戚言无奈，“但它真的不一般，可能练过。”

宋斐窘："计算机学院的老师能练过什么？"

"太极。"抬头不见低头见的，何之问同学对于计算机学院的各种动向还是颇为了解，"以前上课的时候出来进去，总能在楼下空地上看见他练，听计算机院同学说，老先生年轻时候就喜欢，练了几十年了。"

戚言："……"

宋斐："以后这种信息提前说！"

虽然对方已经变成了丧尸，但当它从单纯的"素不相识的丧尸"变成了"有血有肉有过去的变异者"，三个人再去看那具尸体，心情就更为复杂了。

深吸一口气，戚言第一个迈步，继续往楼上走。

宋斐与何之问对视一眼，安静地跟上。

十一层十二层都是计算机学院的会议室和教师办公区，平时人就比楼下少，出事的时候又是周末，更是几乎全部空了下来。所以直到进到十二层走廊，三个人竟都没再碰见一个丧尸。

这当然是好事。

但太过顺遂的好事，总让人心生不安。

走廊空空如也，三个人蹑手蹑脚，屏息前行。

根据何之问的说法，那位老师的办公室在走廊尽头，与楼梯的方向正相反，而现在，他们已经将与办公室之间的距离缩短了三分之一。

月光大亮。

这是一个再晴朗不过的晚上。

三个人的影子被拉得很长，仿佛要延伸到黑暗深处。

路过一间虚掩的杂物房，迟疑两秒，戚言又退了回来。

宋斐何之问不明所以，愣在原地。

戚言小心翼翼推开房门，映入眼帘的是狭窄和杂乱，但可以肯定，没有人或者丧尸。

戚言率先进入，然后用眼神示意战友们也进来。

宋斐大概明白戚言的意思了，拉着还迷茫的何之问就躲了进去。

戚言慢慢掩上房门，只留一条容胳膊进出的缝隙，然后将一个乒乓球向他们来的楼梯方向扔了过去。

一个乒乓球的声音不大，但在万籁俱寂的此刻，清晰响亮。

直到乒乓球的弹跳声几乎完全消失在走廊尽头，零星的脚步声跑过杂物房，人数不多，听着应该是三个。

何之问也领悟过来，这是戚言最后一次清场。

教师办公室近在咫尺，但越是接近成功，越要清醒，保持谨慎——某种程度上讲，能做到这一点的戚言，冷静得可怕。

再次开门进入走廊时，三个人都不约而同舒口气，是放松自己，也是让自己更沉着。

大约走了十几步，三人终于来到办公室门前。

这是一扇实木门，上面没开任何可视玻璃。而仅有的两个办公室窗户，都挡着百叶，严丝合缝，连点空隙都没留。

戚言握住门把，轻轻下压，手腕不自觉向前用力。

门没锁！

戚言心里一动，门扇已在推力下轻易开启，办公室里的一切毫无遮掩，映入眼帘。

只见清冷月光里，大部分工位都空着，只一张办公桌前坐着一个人影。他背对着门口，坐在椅子里一动不动，从门口的角度无法分辨是“他”还是“它。”

宋斐跟何之问也看见了。

远处走廊隐约传来声响，似脚步，又似别的什么。戚言不再犹豫，闪身而入，待宋斐和何之问跟进，立刻关门。

咔嗒。

关门的同时，戚言落了锁。

宋斐和何之问心里一紧，但也明白，这样反而安全，起码可以没有后顾之忧地只对付屋里这一个。

只是，关门落锁都没有让这一个回头，小伙伴们还是觉得头皮发麻。

“老师？”何之问试探性地叫了一声，“那个，我们来借收音机。”

戚言和宋斐惊讶地看向他。

何之问轻轻点头，意思再明显不过——这位就是收音机的正主啊！

椅子里的人原本佝偻着后背，像是头要低到桌面一般，闻言忽然缓缓直起上身。

下一秒，转椅忽然动起来，咯吱的声响里，人影从背对门口转成正对门口，小伙伴们也终于看清了他血肉模糊的脸和不知在怀里抱了多久的小型黑色收音机。

“不知道你们怎么想，”宋斐咽了下口水，“反正我觉得，他可能不太愿意借……”

第65章　柳暗花明

宋斐话音刚落，坐在椅子里的丧尸动了下，继而头微微抬起，藏在镜片后唯一还清明的双眼，慢慢锁定了何之问。

不是最后说话的宋斐。

而是第一个开口的何之问。

物理院何同学被看得浑身发毛，下意识就想后退半步，然而脚尚未落地，椅子上的丧尸忽然跳起，疯狂扑向他！

丧尸动作之快，就像被椅子弹起来一般，等何之问反应过来，对方已到跟前。距离之近，他甚至能闻到对方身上那股似有若无的腐烂味。

“嗷——”丧尸一声号叫，张开嘴一口就往他裸露的脖子上咬。

“嗷——”何之问也回以一声哀号，与此同时以迅雷不及掩耳之势猛地蹲下去！

丧尸来不及收回，一口扑了个空。

何之问连滚带爬逃到一张办公桌的后面，既后怕又委屈。“我是善意的啊，我只是想跟你借个收音机啊！！！”

“嗷嗷嗷——”丧尸几欲发狂，抱着收音机继续往何之问所在的办公桌扑。

这时候傻子也看明白了，宋斐连忙警告：“问题就在收音机，不要再提收音机，连收音机三个字都不要说，没看出来那就是宝贝谁借它跟谁急吗？”

原本奔向何之问的丧尸忽然停下脚步，转过身来，慢慢锁定宋斐。

宋斐窘，开始不着痕迹地后退。“那个……我就是给他解释解释，我没想提，我……我不跟你借，真的！”

眼看宋斐被逼到墙角，早酝酿多时的戚言从侧面冲上来一枪就要戳丧尸的太阳穴！

然而丧尸似早用余光发现了他，原本匀速前进的脚步骤然停住，戚言的枪从他的鼻尖擦过。就在戚言懊恼地收回枪还想进行第二次攻击的时候，旁边凌空飞来一个亮晶晶的金属砝码，正中丧尸后脑勺。

砝码的重量加上投掷者本身的力道，竟将丧尸打得身形晃了晃。待重新站定，丧尸再不犹豫，一个转身直奔何之问，看架势绝无二次动摇之可能！

何之问立刻就跑，然而跑没两步还是被丧尸从后面扑倒！

何之问想将身上的丧尸掀下去，奈何从体格到重量都不是骑在自己后背上的"前老师"的对手，情急之下何同学只能转移仇恨。"砝码是戚言给我的，我只是一个搬运工啊——"

丧尸自然不会听他解释，一手搂着收音机，一手压住何之问的后脑勺，冲着他肉乎乎的雪白脖子就啃了下去！

何之问被压得动弹不得，而笼罩下来的阴影越来越大，甚至，他已经感觉到了丧尸的嘴唇擦到脖子的诡异触感！

然而预料中的疼痛迟迟未来，就是单纯的摩擦摩擦，仿佛嘴唇在自己脖子上舞起魔鬼的步伐。

何之问纳闷儿，艰难地在丧尸的按压中挣扎着回过头，就发现丧尸的头发正被戚言紧紧薅在手里，而也正是战友这股力，阻止了丧尸的牙齿继续前进，只能停滞在一个微妙的极近距离。

戚言一咬牙，猛地加大力道，终于将丧尸的头扯离何之问的脖子。

因为戚言的拖拽，何之问敏锐感觉到身上重量的减轻，趁机挣扎着往前爬了出去。待到身上重量彻底消失，一转头，就见丧尸不知何时已经回过头，一口咬住了戚言的虎口！

何之问心惊肉跳，神经炸开，刚想不管不顾扑过去，忽然发现不太对。

那两位较着劲的状态，与其说是丧尸咬着戚言虎口，更像是戚言在用手卡着丧尸的嘴，防止它的头部继续往前进攻。而且因为戚言戴着皮手套，丧尸一时半刻并不能把他怎么样。

一闪念间，何之问只觉地上掠过寒光，是宋斐拿起了戚言的枪！

眨眼间枪尖已刺向丧尸的脸……呃，或者是戚言的手？

电光石火间，戚言猛地借力将丧尸脑袋和自己的手一同压下，躲过带着凛冽杀气的拖把枪！

“你别动啊！”宋斐一戳不中，自然要责备战友的不配合。

然而还在与丧尸纠缠的战友简直不能更狼狈。“我不动，手就被你戳烂了！”

宋斐委屈道：“我又没用过长兵器，只能在实战中摸索啊！”

咚——

横空飞来的砝码正中丧尸太阳穴，沉重的撞击让它的皮肤绽开，冒出暗红色的浆液。

“中……中了？”几米开外远程攻击的何同学，一脸不可置信。

“继续！”戚言毫不吝啬对战友给予肯定，同时也对另外一战友继续鞭策，“你还不如何之问！”

“……”其实何同学不太喜欢这个说法。

宋斐同样不喜欢，而且不是刚说完以后不挤对他了吗？骗子！

“我不如何之问？你有能耐你这么半天也没杀掉它！而且人家还让了你一只手！”

“鬼知道为吗计算机学院的老师身手也这么矫健！！！”

何之问弱弱提示：“他可能平时也爱打乒乓球……”

“操！”宋斐一狠心，干脆丢下拖把枪，操起自己熟悉的金属筷子冲过去帮戚言一起肉搏。

一时间三人扭打在一起，丧尸不知是不是感觉到宋斐的来者不善，一边保护着收音机，一边疯狂扭动摆头躲避戚言短刀和宋斐筷子的攻击。

没敢加入战场的何之问听话地继续扔砝码，然而混乱的战斗场面让他的远程攻击失了准头，尤其是最后一个砝码丢出去的时候，三人正好纠缠到窗户前面，砝码扔得高了些，竟直接越过三人头顶砸到了玻璃上！

咚的一声，玻璃以被砝码砸到的地方为中心点，瞬间全面碎裂。但并没有散开掉落，而仍是以一整块的形态固定在那里，看起来就像是透明玻璃忽然摇身一变成了磨砂款。

突来的意外让宋斐和戚言条件反射地一愣。

但是丧尸没有，反而借这个机会一把撞开二人，直冲何之问！

“小心！”

“快跑！”

戚言和宋斐几乎异口同声，但何之问已经来不及了。他的身体原本就比脑子反应慢，还是小粗短腿，简直雪上加霜。而兜里的砝码已经全部扔完，再抽短刀来不及了！

千钧一发之际，何之问急中生智，就站在那里一动不动，及至丧尸来到跟前，豁出去了一抬手，直接袭向对方的眼镜！

刚刚那么激烈的战斗都没有让它的眼镜歪斜或者掉落，所以同样戴眼镜的何同学明白，那意味着眼镜腿很紧，所以他不打，而是摘，相当于直接伸手抓掉了对方的眼镜！

宋斐跟戚言看呆了，不明白这是什么路数。

丧尸也愣了下，似乎失去眼镜对于它是件非常需要时间去适应的大事。

何之问在眼镜落地瞬间就一脚踩碎，同时给战友解了惑：“它近视900度！”

宋斐与戚言面面相觑，知己知彼，百战不殆，所以说选修课也要认真听讲啊！

踩碎眼镜的何之问下个动作就是抽出腰间短刀，可不知是不是刀光让丧尸回了神，刚抽出刀还没握紧，丧尸忽然用没有抱着收音机的那只手抓住了何之问的肩膀！

说不害怕是骗人的，何之问几乎是条件反射地跳开，下一秒就躲进了桌子底下。

宋斐知道何之问不擅战斗，但也不觉得他会胆小到这样。况且如果他真的这么害怕，大可以最开始就躲起来，为何到现在打掉丧尸眼镜了才躲起来。

正疑惑，手忽然被戚言握住，下一秒，他就被戚言塞到了另外一张桌子底下，而戚言则在塞好他之后，以极快的速度躲到几乎照不到月光的黑暗墙角里。

整个过程戚言做得很迅速，动作和脚步却很轻，以至于宋斐满心疑惑仍忍住没开口，甚至在躲进桌子底下之后还下意识屏住呼吸。

戚言藏身的地方很暗，从宋斐的角度只能看见他身子侧面的一条边，但下一刻那只露出一条光边的胳膊忽然抬起，目测是做了个“嘘”的动作。

宋斐忽然顿悟。

何之问打掉眼镜自然是为了削弱丧尸战斗力——900 度的近视没了眼镜，又是这种哪怕视力尚好都未必全然看得清的黯淡光线，基本等于被摧毁了视力。而随后躲进桌子底，是为了彻底在丧尸的视线里消失。同样，戚言把他塞到桌子底，和自己躲进黑暗角落，都是为了同样的目的。

让丧尸彻底陷入茫然，他们，或者说是戚言，才能伺机将它一击毙命。

静谧的夜，空荡的办公室，丧尸茫然四顾，一时呆滞。

戚言慢慢抽出短刀，没有发出一丝声响。

丧尸依然抱着它的收音机，没了视力，开始用鼻子努力地闻。

戚言迈出了第一步，极缓，极轻。

丧尸毫无反应。

第二步。

丧尸依然身体未动，只头微微晃着，尽可能多地嗅空气中的活人味道。

第三步。

戚言的步幅很大，此时已抵达丧尸背后。再不犹豫，戚言一刀直刺丧尸后脑勺！

哒哒哒——

本该万无一失的攻击，然而也不知道丧尸是福至心灵，还是后面多长一双眼睛，竟在最后时刻向前跑开了，且步伐之欢脱，连听者都能感觉到它愉悦的心情。

戚言蒙逼地看着煮熟的鸭子扑啦啦飞走，并且是飞向了……何之间。

“为什么就盯着我啊啊啊啊——”何之间顶开办公桌，再度奔逃！

……

宋斐已从桌底钻了出来，此时此刻，再躲已然无用。丧尸虽看不见，但闻着何之间的味道也准确捕捉到猎物方向，这会儿正紧追不舍。

宋斐追过去一刀戳向丧尸后脑勺！

丧尸有所察觉，飞速回过头来，刀尖擦着丧尸下巴，戳进它的脖子！

宋斐立刻拔刀，血液喷溅而出，有一些沾到了护目镜上，让他的视野里忽然多出一大片红。

宋斐下意识抬袖子去擦，丧尸却忽然扑过来！

宋斐立刻后退躲避，丧尸紧追不舍，直到他退到窗台旁，后腰抵上窗台边缘！

退无可退，丧尸直接压了上来。宋斐上半身重重撞向已经碎裂的玻璃，顷刻间哗啦一声，玻璃彻底解体，只剩下空荡窗框和边缘残留的碎渣。

冷风吹进宋斐后脖子，让他打了个冷战。

但丧尸毫无所觉，继续攻击，目标很明确，就是宋斐脖子！

宋斐一时无法将之掀翻，眼看其血盆大口就要亲上自己脖子，他猛地抬头，用护目镜重重撞向对方的脸！

然而宋斐低估了丧尸的战斗力，这一撞没有让丧尸退却，反而让它顺着护目镜蹭下去，一路奔向他的喉头！

生死就在一瞬。

宋斐无计可施。

好在只剩下一半清明的视线里，戚言已抵达丧尸背后，这回他再没给对方机会，一刀从丧尸脖子与后脑连接的地方刺入，由下而上，直入后脑。

丧尸顿住，再一动不动。

宋斐紧紧盯着丧尸的眼球，确认再无波动后，心里方才舒了口气。但还有一丝警惕，故而不敢彻底放松，只看了眼仍被丧尸抱着压在胸口的收音机，小心翼翼地伸出手去拿。

就在宋斐手指碰到收音机的一刹那，丧尸身体忽然抖了一下。

那一下是如此清晰，让宋斐的动作骤然僵住。

原本已如死鱼的眼珠忽然重新转动，宋斐第一反应是想推开对方，不料丧尸的动作比他更快，一下子就将收音机从他的手底下抽出！

宋斐反应不及，只看见丧尸的胳膊因为过于剧烈的动作而不受控制地高高举起，但收音机却没有随着它的动作抵达最高点，而是在胳膊上升途中，随着惯性一滑，脱手而出，竟直直飞出窗户！

宋斐拼了命地伸手去抓，终究是来不及，只能眼睁睁看着收音机顺着空洞的窗扇飞向漫漫夜空。没多久，便听见一声不算震耳欲聋，但绝对万念俱灰的声响。

十二楼，都不用看，收音机肯定是稀巴烂了。

三个人都有一瞬间的茫然，仿佛艰苦卓绝地奋斗了许多年，到头来，一场空。

“嗷嗷嗷——”丧尸扒开宋斐，竟从窗台爬了出去。

外面没有阳台，只有高耸的楼，虚无的夜。

啪！

皮骨碎裂的声响永远是那样清脆惨烈。

无论听过多少次，再听，仍是头皮发麻。

这是一种生理性的排斥，是生而为人的本能，哪怕坠楼的已经感染成了丧尸。

宋斐顺着窗户滑落下来，瘫坐到地上。

究竟是怎样的执念，才会让人在变异后仍残留着如此清晰而明确的守护意识？那小小的黑色匣子，或许是那位老师在生命最后一刻所认定的，最重要的东西。

咚。

突来的撞门声震得宋斐虎躯一震，也彻底消散了他的恍惚。

戚言与何之问也在这声音中回过神，迅速警惕起来。

断断续续的撞门声持续了大约五分钟。不知是感觉到门板的牢不可破，还是发现室内已经没了声音，五分钟以后撞门者渐渐消停下来，最终可以听见其踏着僵硬的步伐，渐渐离去。

三个人对视一眼，了然，应该是之前的打斗声吸引来了丧尸。

随着脚步声彻底消失，何之问忽然腾地站起来，低声道："戚言，手电筒借我一下。"

戚言不知道他想做什么，但直觉是正事，故而毫不犹豫从背包里翻出手电筒，也不多问，直接递了过去。

"谢了。"何之问接过手电。

戚言想了想，还是说了一句："没剩多少电了。"

何之问点点头："放心。"

接下来的三分钟，戚言和宋斐亲眼看见了什么叫作翻箱倒柜。

何之问借着手电筒的光亮，把老师的座位翻了个底朝天，什么抽屉、桌柜统统没有放过。翻完这些还不算，又跑到一侧去翻公共的资料柜和储物柜。

戚言疑惑地看向宋斐，琢磨着擅长歪门邪道的宋斐应该懂。"他这是……"

宋斐果然没让他失望，一脸笃定道："贼不走空。"

反正都来了，总要带回点什么做纪念。

然而何之问最终从储物柜深处翻出来的东西，却远比一个纪念激动人心——约六十五厘米长，三十厘米高，十五厘米厚，通体银灰色，一对扬声喇叭分置左右，黑色网覆盖其上就像一双炯炯有神的大眼睛，赫然一台八十年代手提式大型收录机！

宋斐只在极富年代感的电视剧里见过这玩意儿，戚言爷爷家倒是有一台，但好像已经成了摆设。反正打从戚言有记忆起，那东西就摆在爷爷家的柜子上，这么多年，没挪过地方，也没出过声响，就静静地在那里，跟着旁边的装饰摆件什么的一起落灰。

不同于戚言爷爷家的老古董，何之问寻到的这台，被人擦得干干净净，哪怕光线不足，也看得出是精心保养着的。

宋斐强迫自己冷静下来，别高兴得太早，万一又是空欢喜呢，他真禁不住这种折磨。“还能用吗？”

现阶段何之问也只能目测。“应该可以。”

“这也太复古了……”宋斐发自肺腑地感慨，然后好奇地问，“你怎么知道还有一台收音机？”

“其实我也不确定，”何之问小心翼翼地把收录机放到地上，羞涩地抓抓头，“不过呢，但凡特别喜欢某样东西的人，通常不可能只收藏一个。像我爸就喜欢地图，家里堆的墙上贴的到处都是，国内的，国外的，古代的，现代的，各式各样。我喜欢无线电，我家里光对讲机就有好几个！”

何之问嘿嘿笑得憨厚，但眼睛却是亮晶晶的，那种谈到自己喜欢的东西的神情，宋斐懂！

“我和你一样啊！你看我喜欢游戏机，我家有PS2、PS3、PS4、PSP、XBOX、Wii，后来我还淘到了早期的插卡游戏机还有最早的红白机！玩起来特别复古，很有一种……”

戚言淡淡瞥过来一眼。

唾沫四溅的宋斐如梦初醒。“很有一种……玩物丧志的感觉，回去我就把它们都处理了！”

何之问：“……”

……

第 66 章　朋友交透

何为欣喜若狂？本以为随着坠楼丧尸一同粉身碎骨的希望，又在储物柜深处重现光芒。

何为晴天霹雳？捏住插头准备寻找插孔的时候才后知后觉反应过来，我操，没电。

“那个，充电宝行吗？”

“你、说、呢？”

宋斐撇撇嘴，怨念满满地白了戚言一眼，他就想活跃一下尴尬的气氛，用不用这么认真啊！

戚言嘴唇抿成一条直线，在手电筒不甚明亮的光线里，显得更沉重。

何之问却在略微思索后，轻轻放倒收录机，让它背面朝上，用手捋着底沿一路摸索，最后在后三分之一处停下。“果然。”

宋斐还没来得及问是什么，只听咔嗒一声，一个精巧的半弧形扣盖在何之问的手下开启。

宋斐没用过这样的收录机，但电器产品的原理都是共通的，故而一眼认出那就是放置干电池的地方。只是不同于常见的遥控器、无线鼠标等使用的 5 号或者 7 号电池，那空出来的电池位大了很多，倒和自己小时候在家里见过的老式手电筒的电池空间很相似。“1 号电池？”

何之问点点头，肯定了他的猜测，并精确报出需求量：“四节。”

宋斐犯愁，别说四节，一节就够他们头疼的了。“现在谁还用 1 号电池啊。”

何之问：“呃……我们。”

宋斐窘，哭笑不得地看着默默举手的何之问。“有你不早说！”

“可是在六楼的实验材料库里，难道我们还能再返回楼下去取吗？”

“有什么不能。”戚言缓缓抬起眸子。如果不知道去哪里寻找电池，还可能是个问题，但现在坐标确认，就没有什么能够阻挡对外面世界的向往了。“最难找的收音机我们都找到了，四节电池搞不定？”

……

两位战友收拾妥当，准备开路。

何之问一个激灵，连忙笨手笨脚地摸出短刀，一股脑从地上爬起来。“等等我！”

正准备开门的俩战友疑惑地回身。“你干吗？”

何之问理所当然道：“一起去啊。”

宋斐叹口气，捏捏他的肉脸。“乖乖在这里等着，听话。”

何之问总觉得自从被宋斐捏脸之后，自己的地位就有从战友滑向萌宠的危险，不高兴地扒拉开宋斐的爪子。“你俩出去冒险，我躲在这里啥也不干，那我还是人吗？”

宋斐深吸口气，又慢慢吐出。

戚言微微扭头，远目窗外，知道套路即将到来。

“我们俩出去是战斗，你以为你在这里就不是战斗了吗？恰恰相反，你要在这里死守收录机！换言之，这里才是最重要也最危险的战线。”宋斐所言条理清晰，又不失团结友爱，温和中带着些许严厉，严厉中又藏着丝丝柔情，乍一听绵里藏针，细一品语重心长，“试想一下，你跟我们一起走，电池是找到了，回来却发现收录机没了，那我们再浴血奋战，又有什么意义？”

何之问：“我……”

宋斐：“再试想一下，万一楼里有别人，而他又不想跟我们共享外面的信息，那我们倾巢而出，他岂不是就渔翁得利？”

何之问："可……"

宋斐："再再试想一下，窗外还有一个那么执着的老师，如果它知道我们拿了它的珍藏，难道就没有再从窗户爬进来的可能吗？"

何之问："我留下！"

宋斐："真的？"

何之问："嗯。但我实话实说，你最后一个试想的场景，我不是特别喜欢……"

……

目送两位战友随风潜入月光清冷的走廊，先前乱七八糟的杂念统统消失。关门落锁的时候，何之问心里只剩下两个念头——战友一定会回来，誓死捍卫收录机。

前者让他在信赖里获得踏实。

后者让他在坚定里获得勇气。

没了玻璃的空洞窗口，呼呼的风往屋里灌。何之问起身走到窗前，探头出去四下环顾，好半天，才确认周围安全。别说想从楼下爬到十二层，就是想从隔壁爬过来，光滑的楼体也根本没有能抓能踏的支点。

缩回脑袋的时候，脸已经被风吹得通红，但何之问的心里不凉，不光不凉，还火烧似的，像有一股热血在涌动。不夸张地说，如果现在有小伙伴需要，他光膀子都能说走咱就走，风风火火干一场。

这在以前根本是不可想象的事。

何之问从小到大都是老师口中的乖学生，同学眼里的书呆子。他在幼儿园以后不只是没再跟女同学牵过手，更是没再跟任何性别的同学打过架。事实上幼儿园那次，也是别人打他，他光哭来着。

到了大学，虽然跟班里同学也好，室友也好，都相处融洽，但这种融洽里总带着微妙的疏离。曾经有一次宿舍关起门来喝酒，一个室友喝高了，酒后吐真言，说何之问，你这个人交不透。何之问不知道什么叫透，什么叫不透，他只知道这些人不会为他两肋插刀，他也不会为他们赴汤蹈火。

况且，这年头谁不是道义放两旁，利字摆中间呢。就那三个天天一起喝酒吃肉的室友，如果有一天告诉他们，会有一个保研名额从你们仨里面选出，你们看看选谁吧。他们仨会不撕？怎么可能。

所以病毒爆发是转折点吗？

何之问仔细回忆了一下，好像也不是。

一周前，他挨不住饥饿，跟着大部队从宿舍里冲出来的时候，他甚至都不关心同行的是谁。直到冲进食堂二楼，发现周围只剩下零星伙伴，他们六个才算是点点头，组了个临时避难小队。

六个人待在一个屋檐下，看似相互依靠，实则交往不深，只是被迫凑到一起，恰巧孤立无援。哪怕赵鹤、傅熙元、吴洲这样原本是一个院的，关系也仅止于熟悉，而非亲密。

然后没过两天，楼下闯进来一帮奇怪的同学。

再然后一切都开始跑偏。

提议同1班联手找收音机的时候，他的想法很直白——借用1班的战斗力，增加安全指数提高成功率。

因为这动机太明显了，所以他们没掩饰，只是换了比较好听的说法。

但1班二话没说，决定得简直不能更快，总结起来四个字——那就干啊！

然后他们就干了。

临时搭伙的八人小分队，懵懵懂懂上了路，遇见危险都往上冲，遇见丧尸都拿刀捅。好像这不是随时可能死掉的现实，而是有一百条命让你随便复活的单机游戏。

怎么才能交透？何之问现在明白了。那就是一段关系里必须先有个傻子不计回报地付出，然后另外一个自以为精明的，才会犹犹豫豫迈出第一步，第二步，直到最后自己也成了傻子。

这种傻子他一口气碰见四个。不，如果按照人以群分的理论，可能是八个，并且目测，他们2班也已经被转化大半，远的不说，就说艺馨楼那俩还有不知道跑没跑回食堂的赵鹤，显然已经朝着谁比谁更傻的不归路上狂奔而去。

如果现在学校说有一个保研名额要从你们两个武生班里出，你们选一下吧，何之问想，八成结果就是大家一起来抓阄。而且宋同学一定会振振有词，运气也是综合素质的一种。

月亮被忽来的一片云遮住，办公室里霎时暗下来，彻底的暗，幽深压抑。

何之问不为所动。他环抱着收录机，倚墙角闭上眼，心底一片光明。他不知道宋斐和戚言什么时候会回来，但他知道，他们会回来。

月光暗了又明，风停了又起，走廊不时传来沉重僵硬的脚步声。这样的夜里，每一分每一秒都度日如年，可何之问就这样抱着收音机，静静等了四个小时。

直到，一颗乒乓球跳过门前走廊。

第67章　旭日东升

微弱却清脆的声响里，何之问咻地睁开眼睛，没有一丝混沌，他放下收音机，敏捷起身，毫不迟疑地开门。

宋斐和戚言顺着门缝就挤了进来，驴皮影似的，身形之矫健让人叹为观止。

关好门后的何之问第一时间就是查看战友是否安全，待确认身上没任何伤口后，才发现，战友们带回了大半背包的1号电池，除此之外，还有三大卷从根上割断了的消防水带。

“你俩把我们院所有库存电池都一锅端了是吧？”

“不，还剩挺多呢，太沉了戚言说拿这些就够。”宋斐气喘吁吁道，“主要是担心食堂那边也没电，要想一直收听外面的消息的话，只能多储备电池。”

何之问窘，指着三卷消防水带，问：“那破坏我们院消防系统是什么理由？”

宋斐耸耸肩。“戚言说了，用这个可以直接从楼顶往下爬，离开的时候又方便又安全。”

“就这些，戚言再没说别的了？”

“没了。不过刚才在实验室门口的时候遇到丧尸堵截，戚言迫不得已打开消防水阀拿水带当枪滋了一会儿，估计实验室里有些设备可能进水了。”

“……”不知身在何处的院长，物理系弟子何之问在这里向你发誓，我和这两人真的一点都不熟，破坏学院公共财产的锅弟子不背。

这厢宋斐戚言坐地上缓气，那厢何之问迫不及待将电池塞进收录机，几个深呼吸后，郑重地打开收音键。

扑通。

扑通。

忐忑地等待里，何之问听见了自己的心跳声。

吱吱啦啦——

电波声响起，何之问的心扑通通狂跳起来！

戚言已经把手电筒光线调成最亮，整个办公室恍如白昼。

何之问屏住呼吸，一点点拧动旋钮，调试波段。

宋斐和戚言不自觉咽了下口水，屏住呼吸。

吱吱啦啦——

吱吱啦啦——

"# ¥%……&*！ @#……"

恍如人声的电波音让三个人瞬间瞪大眼睛，何之问再不敢轻举妄动，原本是两个手一起调试，拧拧这个，调调那个，现下只留一只手，以极其缓慢而微小的动作调试某个旋钮。

戚言和宋斐看不懂专业调试，但听得出，那声音在何之问的调试下慢慢清晰——

"ta wolia hadmen hulushi..."

然而还是不懂。

宋斐戚言面面相觑，后者惆怅地叹出一口气。"好像是……阿拉伯语。"

"所以呢，到底说什么？"

"我怎么知道！"

"你不是学霸吗？"

"学霸也不能开挂[①]啊！"

宋斐失望地白了眼戚言，又笑容可掬地转向高精尖技术人才何同学，温柔地商量："你看，能不能不出国，咱就境内游……"

何之问又沮丧又愧疚，擦了把脑门上的汗，继续。

五分钟以后。

"全国民は注意してください……"

这回不用战友，何之问自己就听出来了，日语。

宋斐看戚言。

---

① 开挂，原意指开外挂，玩游戏时作弊的意见。现为网络流行用语，指超常发挥、超水平表现。

戚言看窗外。

宋斐叹口气，继续鼓励何之问："加油，距离越来越近了，祖国母亲在向你招手！"

二十分钟以后。

"We are facing an unprecedented war！ Pick up your weapon and fighting！ Destroy those who behave strangely..."

何之问和戚言一起亮起眼睛，英文!

宋斐默默看向窗外。

但耳朵是竖着的。

戚言比何之问更快听出了内容："我们正面临一场前所未有的战争，拿起你的武器战斗，消灭那些行为怪异的人……"

不断重复的英文基本就一个内容——鼓动人民去战斗。但从头到尾没有国家或者广播电台的名字，口音偏美语，但又不能很确定，也没办法判断究竟是公共电台还是私人电波。

"行为怪异的人，指的是丧尸吗？"宋斐不确定地问。

"除了这个，我想不出别的解释。"戚言说着，擦了下额头，一手心的冷汗。

三个人陷入沉默。

之前1班通过迟迟没有援救来推断，病毒范围很可能是全国，现下来看，至少还有一个说英语的地区或者国家，也在经历着类似危机。往更坏的方向去想，如果之前那个听起来异常急切的阿拉伯语和后面语气沉重的日语也是警告的意思呢？那是不是意味着病毒危机远比他们想象的更可怕？

可是——

"不应该啊。"戚言怎么想都想不通，破天荒喃喃自语，"传染病通常会因为大陆板块的地理隔离，从而只在病源地所在区域传播，虽然不排除会被病人带到其他地区，但很少有在别地大面积迅速爆发的情况。”

“也不是没有可能，”宋斐分析道，“你想，这种病毒传染发病这么快，可能几分钟内，就可以一个感染两个，三个感染六个，然后就是九个感染十八个，二十七变成八十一，这么翻着倍来不是没可能。”

“那最初的感染源呢？”戚言问，“如果真的是多个国家地区同时爆发，感染源是怎么同时出现在全世界不同地方的？”

“大哥，地球是个村，如果最初感染源就在某个国际机场呢，大家感染完，各回各家各找各妈。假设病毒最初的潜伏期还长，像我一开始碰见的那个同学一样，那等到这些人都回自己国家了，再发病不是没有可能。”

戚言愣住，一想：“也对哈。”

宋斐翻个白眼，鼻孔朝天。“我就是不爱学习，我真学起来秒[①]你玩儿似的。”

戚言简直老泪纵横：“求秒，真心的。”

“吱吱啦啦……救命……”

突然响起的求救声让两个人的斗嘴戛然而止，时间在这一刹那停住，天地间仿佛只剩下那两个字。

可再仔细去听，又成了虚无的吱啦啦的电流音。

“别急别急，”不等战友开口，何之问就明白，“马上调回来。”

“吱吱啦啦……再重复一遍，那个喊救命的我也不知道你在哪儿，反正你已经喊了十天了，你要是真需要救命就报位置，不需要就别占用资源。要是憋不住想直播，就发点正能量的，像哥，每天脱口秀，固定毒鸡汤，不想活的人听

---

① 这里和下文的“秒”有“秒杀”的意思，指瞬间打败对手。

了振奋，不想战斗的人听了勇敢，这就是我，大 B 哥，一个骄傲的 MC[①]！”

宋斐、戚言：“……”

何之问：“呃，好像调偏了……”

接下来的十五分钟里，何之问同学调出了几十个短波台，内容之丰富，主播之个性，真是花团锦簇，万紫千红。但好像所有人都知道当前是什么情况，也默认听众知道当前是什么情况，没一个正经科普背景的，全是在苦中作乐。

不过能苦中作乐，也算好信号不是？

调试已经进行了快一个小时，宋斐跟戚言从兴奋到失落，再到一次次的失望，最初的期待已经被磨没，只剩黯然。甚至已经开始默默劝自己，搜不到电波就搜不到吧，说不定就是没有呢，退一步讲，那些个奇形怪状的短波台，坚持听下去说不定也有收获呢。

但想归想，他俩谁都没有对何之问开口。

因为从头到尾，何之问都没有半点动摇，更别说像他俩那样心情起伏。每次失败后，他会迅速投入下一次调试，聚精会神，锲而不舍。

就像曾经去找电池的他俩一样。

何之问没问他们是怎么找到的电池，他俩也没讲那一次次失败又一次次往下冲的危险与执着。但他们知道，何之问懂，并且正在回以同样的坚持。

“吱啦啦……唾液接触血液传播……”

突来的播音腔让宋斐跟戚言不约而同一个激灵！

何之问也意识到了，但心里越激动，手上越平稳，随着旋钮，字正腔圆的磁性声音逐渐清晰——

“……暂时还没有发现其他传播途径。这种病毒一经感染，大部分人会在 10 秒—5 分钟内迅速发病，少数人的潜伏期会延长，截至目前已知潜伏期最长的感染者为 23 小时。感染者症状表现为理智、记忆、情感、痛觉全部丧失，行

① MC，Microphone Controller 的缩写，控制麦克风的人，主持人。

动力、视力、关节灵活性有不同程度下降，嗅觉提高，并以气味为判断攻击健康人，同时可能部分残留感染前的少许记忆或行为习惯。现阶段暂无治愈此种病毒的办法，多数专家认为此种病毒给感染者带来的伤害是不可逆的，呼吁广大群众务必远离感染者……”

何之问小心翼翼松开旋钮，让频道一直停留在这个波段。此时戚言和宋斐已经凑了过来，三个人以极近的距离围着收音机，又不敢碰，仿佛碰一下，这来之不易的短波信号就跑了。

“北京、天津、河北、山东、上海、江苏、浙江、福建、广东、海南等地区，病毒感染已完全得到控制，辽宁、吉林、黑龙江、内蒙古等部分地区，病毒感染已基本得到控制。预计未来一个月内，全国范围内的感染情况都会得到有效控制……”

“紧急状态期间，建议大家就近选择避难场所，除非必要，尽量不外出，也不要信谣传谣，以免造成不必要的恐慌。一切信息以国家发布为准。如物资储备不足，外出务必保护好自身安全。避难场所尽可能选择大型超市、体育场馆等，国家也会派飞行部队向各省市人口稠密区空投物资……”

“华夏民族正面临一场有史以来最严峻的考验，但相信全国人民上下一心，众志成城，定能渡过难关，迎来崭新的明天！”

“下面是国际消息。继美国之后，加拿大和墨西哥也宣布国家进入紧急状态。截至目前，未知病毒已经在全球 32 个国家爆发，病毒研究尚无任何进展……”

三个人一动不动，就这么静静听着新闻，直到东方泛起鱼肚白。

到最后新闻循环成了旧闻，播音员的字正腔圆也因电池电量的耗尽而有了微妙的变音，何之问才轻轻关掉收音机。

他的动作很小心，生怕碰到调波段的旋钮。

其实碰到又如何呢，反正都是要把收音机带回去的，不管手抱还是肩扛，波段肯定会碰乱，百分百回去要重调的。但此时此刻，或许是觉得这短波新闻来之不易，哪怕只是晚一些再碰乱，也好。

任哲的手电筒彻底没了电。

可三个人知道，很快，旭日就会东升，驱逐寒冷黑暗，迎来温暖光明。

“现在怎么办？”何之问吸吸鼻子，可眼底还是禁不住发热。

“等待救援吧，”戚言努力压抑内心的激动，尽量让自己保持冷静和客观，“如果新闻里说的是真的，救援部队抵达咱们这里，最多就是十几天的事儿。”

“没有如果。”宋斐不像戚言，在这种时候还能保持怀疑精神，他就是感性大于理性，他也愿意听从内心的情感，“……咱们几个歪瓜裂枣都能对付丧尸，挣扎着活到现在，没道理金戈铁马踏不平万里山河！”

何之问：“……”

戚言：“歪瓜裂枣四个字经过两个班同学举手表决了吗？”

宋斐收回远眺，摸着下巴冥思苦想。“呃，几头烂蒜？”

何之问：“斐哥，再这么拉仇恨下去你可能真容易等不到救援……”

咚咚咚——

旭日没升起，鼓声倒忽然冲天。

办公室里的三个小伙伴莫名其妙，不约而同起身走到窗前。没玻璃就这点好，不用开窗了。

咚咚咚咚咚——

那鼓越来越激烈，能够感觉到鼓手的拼尽全力。但仅有鼓点，根本分不出是求救还是召唤抑或别的什么情感。

但方向怎么听都像艺馨楼那边。

格物楼距离艺馨楼说近不近，说远不远，白天的时候，从三人所在的办公室这里可以隐约看见艺馨楼的窗户，但现在天蒙蒙亮，就什么都看不真切了。

唯有鼓声震天。

“是冯起白他们吗？”何之问不确定道。

戚言不语。

宋斐也踌躇，毕竟从他们分开到现在已经过去了一天两夜。“不好说啊……”

让人心惊肉跳的鼓声持续了大约两分钟，起得莫名其妙，结束得干脆利落。

就在三个小伙伴一头雾水时，晨风又隐约送来截然不同的声音。那是另外一种乐器开始演奏，声音含蓄，深沉，苍凉，幽怨。

戚言眯了下眼睛：“箫。”

这种丧尸围校的情境里，如泣如诉的箫声倒也符合被困学子绝望哀怨的心情，但……何之问困惑地抓抓头，这曲调怎么有些熟悉？

“会不会真的是他们？”何之问又问一遍。

宋斐扶额，都这时候了还用问吗，全校除了他们武生班，谁还会这么神经病地用箫吹《小苹果》啊！！！

[节选自晋江文学城]

【粉丝评论摘编】

@朔风且送:《丧病大学》的不同于很多末世文的套路，主角没有背负拯救城市拯救国家拯救世界拯救银河系的使命，也没有这样的能力。他们只是为了拯救自己，才拼命抓住长夜里的一丝希望的微光，踉踉跄跄地前行。

“如果暗夜里没有人赐给我们光明，我们就自己掌灯。”

末世文里必讨论的人性之恶在这篇文里也体现出来了，然而作者并不是一味地怨天尤人、极尽笔力描写绝境下人们的扭曲与丑恶，而是在让你见到人性之恶后，马上又闪耀出人性之美的光辉。人性的善恶从来都是同时存在的，就如绝望的长夜尽头总有希望的微光。

希望正是这篇文的筋骨所在。无疑，这是一个糟透了的末世，但文里的每一个细节，宿舍的吉他歌声、收音机里的播音腔、一封封充满鼓励与激情的信……这些都是希望啊，也是人最最不同于丧尸的所在。

晋江文学城　2017 年 5 月 28 日

@楼外青:在我印象里丧尸世界是灰暗的，无望的，是人性的崩塌，社会秩序的荡然无存，可是作者却带我走进了一个更加积极的世界观里:人性是有光辉的，社会是顽强不屈的，国家是可以用来托付终身的。

……

在与大家一起共患难之后，小说又重新回到平淡的生活，无可避免的四六级考试，如何面对应激创伤，大家的心理阴影，等等。如果我没有看完全文，没有跟随武生小伙伴们一起走到最后，我一定会在看到这些的时候骂作者有病，这一点都不血腥，一点都不过瘾，一点都不跌宕起伏有大片感。

然而事实却是我与武生里的大家走到这里，看到重建的家园，心理阴影应激创伤时内心是十分痛苦和欣慰的，因为我们有个光明的未来。而看到四六级的时候，我心里有句MMP[①]要讲的同时却更有一种踏实的感觉，所谓的重建家园只是一个希望，天知道会从哪里再蹿出一个丧尸，漏网之鱼肯定存在。可看到四六级的时候，我的心霎时间平静了，因为生活还是那样的生活，没有意外，四六级的存在给了我心里落到实地的感觉，一切都不是虚幻，一切都过去了。

晋江文学城　2017年5月15日

@等一个人路过：看惯了其他小说什么末世来临主角异能觉醒大杀四方，或者重生归来异军突起，爽是爽，但没有代入感，所以不动人。不同于那些脸谱化了的金手指[②]，在这篇文里，主角是和你我一样的普通人，有爱有恨，有闪光点也有缺陷。他们和你我一样，都只是忽逢大难之时弱小却又不屈的芸芸众生的一员。有所为亦有所不为，有所畏缩亦有所坚守，正是这种在百般挫折中不屈不挠的坚持，犹如夜空里微弱但仍顽强燃烧着的一豆烛火，在黑暗的丧尸世界里，照亮着尚未泯灭的人性和渺小的希望。

晋江文学城　2017年1月21日

［**导引、简介、节选、粉丝评论摘编：叶栩乔、王玉王**］

---

① MMP，“妈卖批”的汉语拼音缩写，是四川话里常见的脏话之一。

② 金手指，指主角所具备的别人没有的超能力。

以末日之名，重审价值

王玉王

就在主人公宋斐参加英语四级考试时，丧尸潮忽然爆发，平静的大学生活自此天翻地覆，宋斐与其他幸存的伙伴们开始了末日求生之旅。

自玛雅预言世界末日的说法流行以来，末日，特别是丧尸潮爆发导致的末日，便成了女频网络文学中的一个常规题材。但大部分的末日文都是与异能战斗紧密联系在一起的，玄色的《2013》（起点中文网，2009）、须尾俱全的《末日乐园》（起点女生网，2014）等经典女性向末日文便都赋予了主人公强大的异能，使得他们有能力在险象环生的末日中创造新世界，或者探寻末日的真相。即使是以无异能为标签的末日文，如非天夜翔的《二零一三》（晋江文学城，2011）、淮上的《不死者》（晋江文学城，2017），也都给主人公一个军人身份，使得他们可以凭借超强的身体素质和作战能力在末日之中大杀四方、拯救世界。《丧病大学》却反其道而行之，故事中的主人公们——以宋斐为中心的，由幸存学生组成的威武不屈求生一班、二班（简称武生一班、武生二班）——都是再平凡不过的大学本科生，就连战斗武器，也都是运动会表演用的太极扇、寝室私藏的寿司刀、物理实验室的砝码、食堂的大铁锅之类的寻常之物。他们用六神花露水掩藏气味，用手机播放“神曲”吸引丧尸，靠秋裤隔绝感染，在快递点拆快递获取生存物资，凭借对校园的熟悉在宿舍、超市、食堂、图书馆等建筑间辗转战斗……这一切看起来都无比可行，极大提升了普通读者的代入感，甚至有读者不禁感叹，这不愧是“最专业最实用最接地气的末世丧尸普通大学生求生指南”（@诶你等等我呀，新浪微博）。

这样一群普通大学生，被围困在丧尸遍布的大学校园之中，仅为求生就已拼尽全力，自然不会有什么拯救世界的“非分之想”，但即使在最危难的时刻，他们也不曾放弃生存的希望；他们永远积极乐观，打着丧尸也不忘插科打诨，就算危机四伏，也有心情敷着面膜聊聊八卦；他们永不放弃拯救任何一个同伴，只要遇到幸存者，便会竭尽所能予以帮助，将有限的生存物资与所有幸存者平等共享，即使被霸占避难所也不肯对施暴者刀剑相向……末日来临前，他们是与你我一样的普通人，可贵的是，丧尸来袭后他们仍旧是普普通通的大学生，朝气蓬勃正青春，心怀勇气、友情与善良，会因为想家而哭泣，也会为懵懂的爱情心动不已，他们坚信同学之间要互助互爱，坚信信任与承诺不可辜负，坚信人性与尊严不可舍弃。其实这一切本称不上伟大，但在充斥着血腥与杀戮、道德与法律的约束尽皆失效的末日校园中，他们对于做一个普通人的坚守就显得难能可贵，如暗夜中的不熄星火，温暖而明媚。

实际上武生一班、二班的同伴们也曾怯懦绝望、彼此猜疑，是主人公宋斐的存在，才使得武生一班、二班真正成为团结乐观、勇往直前的集体。在《朋友交透》一章中，武生二班的何之问想明白了交朋友如何才能“交透”：“那就是一段关系里必须先有个傻子不计回报地付出，然后另外一个自以为精明的，才会犹犹豫豫迈出第一步，第二步，直到最后自己也成了傻子。”宋斐无疑就是那个“傻子”，并且把武生一班二班全员都成功变成了“傻子”。他永远毫无道理地乐观着，总是信赖先于怀疑，随时随地助人为乐即便代价可能是自己的生命。但恰恰是他的“傻”令故事中的同伴心甘情愿追随，让故事外的读者感动之余又生出一丝向往。

其实在末日来临之前，宋斐在大多数人心中大概都是个不成器的失败者，吊儿郎当、玩物丧志，门门功课低空飞过，却不以为耻反以为荣。然而末日的来临忽然颠覆了原本的社会秩序，原本那条好好学习、天天向上，以求毕业有个好工作的“成功之路”忽然就失效了。直到这时人们才发现，宋斐没有逻辑的直觉有时竟空前敏锐，足以在山穷水复之时寻得柳暗花明；宋斐毫无道理的乐观与善良就如同扑不灭的星火，每每在最绝望的深渊里开出最温柔的花，一次次拯救着求生者们濒临崩溃的意志与人性。在那条末日前唯一“正确”的人生道路之外，差生宋斐也可以像个英雄一般闪闪发光。

或许这就是末日文的特权，使故事中的人物彻底脱离日常生活，进入一个无序的脱管地带，固然残忍野蛮，却也充满无限可能。看似荒凉的末日校园实际上许诺了别样的宽容，那些原本在既存社会秩序之下被压抑的能量都可以平等地释放出来，证明自身的合理性。

《丧病大学》虽然以满身血污的恐怖丧尸为背景，实际上却是一篇充满理想主义色彩的童话——优等生与差生并肩战斗、托付生死，求生之路有惊无险，武生一班、二班的同伴们奇迹般地全员生还、成功等到了救援。完美的结局丝毫不会减轻读者阅读之中收获的感动，因为这是对主人公们的勇敢与善良的嘉奖。他们学会了求同存异的方法，也确立了不能让步的底线。当疯狂的末日世界将一切规则设定为没有规则，他们就必须自己开拓前行的道路，找到沧海桑田亦不肯泯灭的爱与正义，以此给这新的世界立法。或许现实不会总是尽如人意，但至少在故事世界中，他们理应得到命运的厚爱。

天宝伏妖录

非天夜翔

非天夜翔，晋江文学城顶级大神，读者爱称“母鸡”“主公”“小非哥”。2008年开始连载作品，九年来创作小说近30部，篇幅超过1200万字，产量极高。写作类型多样，包括历史、武侠、奇幻、科幻、都市、网游、盗墓等，因在电子游戏、影视编剧等领域的从业经历，其作品常被读者形容为“有电影级的画面感”。多部作品在女频网文中皆为引领潮流之作：《二零一三》（2011）开“末世丧尸文”之先河，《金牌助理》（2014）引领了“后净网时代”的“娱乐圈文”风潮，《国家一级注册驱魔师上岗培训通知》（2015）则是都市奇幻类型的集大成者。包含三者在内的七部作品连续获得晋江2010至2016年度十大佳作。

《天宝伏妖录》2017年4月1日开始连载，至截稿日（9月15日）已有177章，字数超过84万。其间一直在“霸王票周榜”名列前三，可见其忠实读者对作品的喜爱。小说沿用了《驱魔师》的世界观设定，把驱魔师降妖除魔的故事放置在天宝年间的大唐，将“历史演义”与“东方奇幻”两大类型进行了完美融合，也是非天夜翔多年写作经验的一次集中展示。

【标签】历史　奇幻　高度幻想

【简介】

天宝年间，黑蛟獬狱化身朝堂奸佞，带领众妖横行长安。凤凰养子鸿俊长到十六岁，终于得知身世，赴长安完成三个任务：一找出其父孔雀明王之死的真相，二打败黑蛟，三将心灯传给陈家后人。鸿俊与随从鲤鱼妖赵子龙的长安之旅就此展开，很快，他们在长安遇见了四位各负异禀的驱魔师，一同踏上降服黑蛟、驱逐天魔的征程。

《天宝伏妖录》沿用了都市奇幻前作《国家一级注册驱魔师上岗培训通知》（出版名《明王幻世录》）的设定，将现代的“驱魔师委员会”推衍至由狄仁杰创立的“大唐驱魔司”，建构起一个恢宏奇诡、圆融完整的东方奇幻世界。

小说共五卷。驱魔师们因缘际会相遇于长安，在驱魔司长史李景珑带领下，先是击杀潜伏在杨贵妃身边的黑蛟心腹九尾狐，取得了唐玄宗的信任（卷一《狐美人》）；又转战塞外，驱除“心魔”，唤醒了掌管梦境之力的白鹿（卷二《九色鹿》）；战斗中，李景珑察觉到獬狱为了取代天魔分出魂魄制造三颗魔种的阴谋（卷三《天魔》）。“心魔”已除，驱魔师们与獬狱、第三魔安禄山的对决，不仅仅是斗智斗勇的生死之战——无论是继承了心灯的李景珑（卷四《不动明王》），还是背负着天魔种的孔雀后人鸿俊（卷五《孔雀大明王》），这是每个驱魔师与自己的过往、心魔和宿命贴身肉搏的恶战。

选文来自正文第118—120章，驱魔师们设计将安禄山引到大明宫内，獬狱赶到，计谋败露，原来鲤鱼妖赵子龙是潜伏的内奸！幸而驱魔师们计划周密，早有防备，最终合力将獬狱和安禄山的修为摧毁殆尽，逼得二魔逃离长安。这一战集中展现了驱魔师们集体作战时的勇武、机智、默契与彼此的配合和信任，一波三折的战斗场景，也将非天夜翔文字的“电影级的画面感”和多线叙事的能力体现得淋漓尽致。

【节选】

第118章　诱敌之计

封常清府中，李景珑为他喂下鸿俊准备的丹药，封常清却竭力推开李景珑，说："去……去救陛下。"

李景珑沉声道："早有准备，这次势在必得，但请放心。"

封常清这才松了口气，沉沉闭上双眼，李景珑匆匆出来，正要往大慈恩寺赶，突听北面传来锐利哨声。

抬头一望，北面黑云翻涌，越过兴庆宫，直往玄武门外一路弥漫而去，犹如卷地奔云，云中又幻化出千军万马，咆哮着，仿佛正追逐着什么人。

哨声一长一短，城中驱魔司所有成员都听见了那声音。

李景珑抬头眺望。

裘永思马上离开人群，抽身离去，鸿俊与李白、李龟年正在街边喝冰镇酸梅汤，一听声音，顾不得再吃，说："我先走了！"当即冲出巷外，翻身上马。

长安全城空巷，鸿俊将马速催到最高，冲出朱雀大街时与裘永思会合，裘永思大声道："他们拿到手了！"

鸿俊喝道："长史呢？"

"不知道！"裘永思说，"按计划来！"

莫日根抵着陆许，吁出一口长气，两人沉默片刻，都在发抖，耳畔传来远方的尖锐哨声。

"该干活了。"陆许认真地说。

莫日根拉着陆许，两人从浴池中出来，莫日根将侧旁架内单衣、长袍等一收，也不顾是谁的，抖开让陆许穿上。

两人内穿白衣白裤，外披黑色丝袍，疾步奔出。陆许一声呼哨，要召来马匹，莫日根却一个俯身，化作苍狼，一身毛皮颜色仿佛换了毛般，曾经的灰蓝狼毛中途变为黑色，此刻竟是化作了蓝白交错的两色，狼身作灰蓝，脖下还有一圈白毛。

“变了。”陆许有点惊讶。

“好看不？”苍狼侧头，低声道。

陆许一翻身，跨上苍狼背脊，说：“毛更浓密了。”

“太热了这天气。”苍狼热得有点想吐舌头，却死活忍住了，毕竟这动作太像狗。

“抓稳了。”

旋即苍狼朝前一蹿，唰一声沿着长街冲往北面，追着黑云而去。

阿史那琼与阿泰策马狂奔，背后黑云距离他们只不到百步，已冲了出城，阿史那琼使劲吹那短哨，喊道：“这有用吗？”

“耳朵都被你吹聋了！”阿泰回头喊道。

阿史那琼道：“我怎么觉得有点儿危险啊！”

阿泰喊道：“拿都拿了！现在还说这个？”

“看看扳指能用不？”阿史那琼说。

阿泰扔给阿史那琼，那扳指没法套，快接近手镯大小了，阿史那琼看了又看，说：“这是神火？怎么召唤？”

“不知道！”阿泰说，“别管了！快追到了！”

黑云越来越快，两人骑马还得往大路上跑，那飞卷的魔气却无视地形限制，阿泰几个拐弯后，距离只越来越近。

“它有尾的！”阿史那琼喊道。

两人松了一口气，这魔气自打从兴庆宫蔓出来以后就无边无际，现在发现它是有尽头的，也就意味着它不再像先前那般强大，这下便轻松不少。饶是如此，安禄山化身的黑云也足有近一顷地宽阔，其中更是乌云滚滚，闪电阵阵。

这是他们第一次看见魔的形态，相较之下，敦煌的魔气简直是小巫见大巫。

“不好！”阿史那琼喊道，“它要包围咱们了！”

“朝山上走——”阿泰喊道。

两人拼尽全力，策马狂奔，往山上冲去。

“到了！快快快！”

“永思的法阵呢？！”

“看不出来的！快趴好！没时间了！”

“趴多久？！万一它不来怎么办？！”

“趴到来为止！”

“那也不一定用法宝啊！”阿史那琼道，“还有，法宝是个啥？我都没见过！”

“自己看着办！总之今天你是英雄！无论如何都得忍着！”阿泰焦急道，让阿史那琼趴好，又踹了他一脚，自己跑向中庭，随之一倒，倒在地上。

与此同时，城内，鸿俊快马加鞭冲来，看见朱雀正街上站着一个人。

“景珑！”鸿俊喊道。

李景珑朝后稍一让，鸿俊在奔马上伸出手，错身瞬间两人互握，李景珑一个翻身飞起，落在鸿俊马背上。

“驾——”李景珑接过马缰，载着鸿俊狂冲而去。

李景珑归队，朝侧旁裘永思喊道：“其他人呢？”

“赵子龙还在大慈恩寺，剩下的不知道了！”裘永思答道，奔马冲向北城门，只见城门大敞，几名守城士兵被魔气浸染，脸色漆黑倒在城门边上，两骑如离弦之箭，冲出城门外。

“陆许……”

“我听到他们的哨声了！”李景珑说，“解决了！”

黑气已隐约可见，往大明宫方向疯狂翻卷袭去，追着阿泰与阿史那琼；而李景珑一行人又追着那翻滚黑气，鸿俊仍四处看，猜测莫日根与陆许在何处，侧头时侧脸挨着李景珑，感觉到他的呼吸。

“你怕吗？”李景珑低声说，腾出一手，与鸿俊相握，就像那天他们从骊山归来，杀进被狐妖掌控的皇城中的一刻。

鸿俊突然就有种不真实感，驱魔司只有六个人，竟是在李景珑一步步的计划之下，接近了曾经的某个以为遥不可及的终点。

“鲲神说……”

鸿俊想起离开的鲲神，以及前去纠集妖族，将为他们对付天魔与獬狱的青雄，以及远在曜金宫的重明。

他们都没有到来，也许今天仍不是结局。鸿俊有股强烈的预感，他总觉得天魔也好，獬狱也好，在这一刻，也许还没到解决一切的关头。然而李景珑给予他的信心，却成为这命运天平上另一头的砝码，隐约给了他希望。

“不管他说什么。”李景珑认真说，“未来仍在我们的手里，驾——”

哨声响，麦田中飞出一头巨狼，狼背上骑着陆许！

三人同时欢呼，鸿俊喊道：“莫日根！你回来了！”

苍狼喉中先是低低酝酿，紧接着拉开了一声狼类特有的“呜——”的震鸣，陆许大声道：“他们在哪儿？”

“前面！”李景珑说，“别追得太紧！留点时间！这速度可以了！”

陆许归队，莫日根归队。

驱魔司全员终于到齐。

天宝十三年四月廿五日。

案件：驱魔。

难度：天字级。

地域：大明宫。

涉案：安禄山（天魔）、杨国忠（狲狱）。

案情：四月廿五，杨贵妃诞辰，安禄山麾下“酒、色、财、气”四将尽诛，天魔现世，被引向大明宫中。欲一举摧毁天魔，将其净化，以及……另有隐藏任务需完成。

酬劳：人间千年太平。

大明宫，黄昏，夕阳西下。

黑云朝着山头飞速收去，巨响声中，于中庭内现出安禄山肥硕的身形，只是这一刻，他的全身燃烧且绽放着黑火，双目射出血红色光芒，犹如一名凶神恶煞的巨人。

魔气所到之处，周遭花草树木尽数凋零枯萎，死亡气息无所不在，笼罩了整个大明宫。

“自寻死路！”安禄山的声音几乎是咆哮。

大明宫内寂静无比，中庭躺着两个人，阿史那琼被火焰烧得全身焦黑，一动不动地趴着，阿泰咽喉被飞刀扎入，一手捂着脖颈，另一手紧紧地攥着拳头。

安禄山一见这局面，便知两人为争夺扳指而自相残杀，当即哈哈大笑，说道：“迪尔玛今日若死而复生，见到此番景象，说不定将气死！”

阿泰不住抽搐，脖中源源不断地渗出血来，眼中充满了惊惧，安禄山只是随手一挥，阿泰便整个人被魔气卷起，狠狠撞在角落，又一阵发抖，松开了手。

手中，那暗金色陈旧扳指沿着地面滚来，滚到了安禄山脚边。

魔气卷着扳指升起，落在安禄山手中，此刻他的左手已再次长出拇指，但这一次，他将扳指戴在了右手拇指上。

“将你二人魂魄熔炼到一起如何？”安禄山抬起一手，黑气正要射出袭击二人之时，右手扳指上突然发出白色强光，耀得安禄山睁不开双眼。

安禄山：“这……这是……不，不——”

安禄山发出惊恐的号叫，抓住右手上的扳指，要将它摘下来，手指稍微一碰，那扳指随即变得滚烫无比，白色的火焰从扳指上轰然射出，环绕安禄山全身，旋转着困住了他。

“你们……你们……”安禄山陡然意识到自己中计，喘息道，“还有谁?！这里还有谁?！”

阿泰摘下脖颈钉着血包的飞刀，满脸血污，随意一捋鬈发，起身，抖开飓风扇，摸出四枚大元素戒指依次戴上。

“不好意思。”阿泰说，“迪尔玛是谁？没听说过，我是萨珊皇帝泰格拉。”

安禄山转过身，惊魂未定地盯着阿泰。

“室韦王子莫日根·阿克浑。”莫日根声音响起，一身黑袍的猎人背着箭筒，从殿外走进。

“你……你……”安禄山指着莫日根，怒吼道，“你究竟是如何脱出来的?！”

“因为我。”陆许声音响起，从中庭西南角走了进来，此刻他的外形产生了奇异的幻化，他的头顶长出短短的两寸余的新角，全身黑袍飘扬，现出一身雪白的单衣，两角散发着微光。

“我在他的心里封印了一段梦境记忆。”陆许说，“再将他送到你的面前，我窥见了他的梦境，亦因此借机得知了你的一举一动。”

安禄山眼中满是震惊。

“怎么感觉今天局面完全调转了。”裘永思的声音笑着说，他手持一把折扇，轻轻地摇了摇，从西北角进入中庭，说道，“平时不该是对手朝我们解释布置才对吗？”

安禄山转头望向裘永思，裘永思将折扇一收，认真道：“第十七代降龙仙尊裘永思，请指教。”

“那是因为长史和根哥布置得太好了吧。”鸿俊的声音道。

鸿俊沿东北角走进中庭，面朝安禄山。

“我认得你……”安禄山咆哮道，“是你！是你！”

鸿俊说道：“是我，本来，我才是这一任的天魔。”

“说起来，我们还得多谢你。”李景珑声音最后响起，他走进了中庭，面朝安禄山站定，解释道，“不过今天的目标，说起来有点惭愧，并不是你。总之，驱魔司长史、雅丹侯李景珑，这是咱们初次见面，还请指教。”

“李景珑！”安禄山嘲笑道，“当心聪明反被聪明误！”

安禄山早在抵达长安前便听说过李景珑大名，当时他对这二十来岁的年轻人，以及麾下一帮驱魔师的本领简直是嗤之以鼻。他的敌人只是杨国忠，而在他眼中，唯一的威胁也只来自杨国忠。

正是这轻敌大意，导致他竟然在阴沟里翻了船，四名手下尽数折损，就连自己也中了计！

“等等！”安禄山怒吼道，“我与你做一笔交易！”

李景珑沉声道：“我已经安排好了，安禄山大人。”

安禄山双眼陡然一睁，李景珑沉声道：“很抱歉，我们时间有限，而且我没有朝敌人解释太多的习惯，毕竟大多对手最终都死于……”

安禄山：“慢着慢着！等——”

李景珑右手提剑，左手伸出，安禄山那扳指乃是先前裘永思特地量身定做的法宝，而李景珑朝里头注入了大量的心灯之力，此刻光火轰然爆发，随着李景珑控制而重重缠住安禄山！

安禄山发出痛苦与愤恨的哀号，被勒得全身黑气爆散，怒吼道：“李景珑！放了我！你不会后悔的——”

所有人都紧张地看着安禄山，李景珑更是全神贯注，鸿俊、阿泰、裘永思等人各持法宝，知道这不过是将魔气逼出安禄山的身躯，真正决胜负的一击还没到来。

鸿俊直到现在仍有股强烈的不真实感，这就结束了？我的宿命，今天就能彻底解脱吗？

五色神光在他手中荡漾，随着李景珑全力以赴，心灯之火不断灼烧安禄山全身。安禄山猛然怒吼，释出法宝，脖上项圈化作一条金属蛟龙，带着闪电开始攻击李景珑！

鸿俊早有准备，马上出手，为李景珑挡下了那一击，随之安禄山手上的戒指、身上的配饰尽数化作凶兽，冲出身周，四处撕咬。裘永思、莫日根轮番冲上，钉头箭四处横飞，为李景珑护法。

“你不……可能！”安禄山声音已变得低沉、暗哑、恐怖，双目看着李景珑，李景珑已快控制不住，安禄山的力量比他想象中更难压制。李景珑怒吼道：“给我法力！”

是时中庭内已变为无数黑暗怪物的战场，化作鲜血淋漓的地狱，李景珑身周长满荆棘，整个大明宫所在的山头阴风大作，犹如人间炼狱！

第119章　晴天霹雳

鸿俊正持陌刀与一只黑色的怪物相斗，他猛地一刀将那怪物战死，冲向李景珑。

站在廊下的陆许到得此刻，两步快跑，紧接着腾空而起，全身尽化光体，两角唰唰展开，化作空中发光的少年，飞向安禄山！

“入梦吧。”鹿王之声响彻天际，紧接着陆许飞过安禄山身前，安禄山不由得睁大了双眼，瞳中倒映着陆许闪光的身躯。

陆许以剑指挥过，往头上长角一抹，继而抬指往安禄山额头点去！

那一点如荡起涟漪，安禄山顿时双目失神，忘了挣扎。陆许仅这么一施法，手指便被黑火灼伤，猛然拔高飞起，说时迟那时快，鸿俊已到李景珑身后，两手一撤。

五色神光挟着鸿俊毕生修为，如怒海般灌入李景珑身躯，紧接着裘永思、莫日根、阿泰各御修为，注入李景珑体内。

李景珑全身武袍飘飞，双手合拢，心灯之力再次攀升，隐隐约约间他背后竟有燃灯法相现世！

众人睁大双眼，怔怔地看着李景珑，那一刻李景珑腾空飞起，法力到得极限，竟隐有降神之势，光芒环绕他的全身，现出不明显的燃灯战甲，他的头发缩短，更与眉毛一同化作燃烧的火焰。

“过去世庄严劫已了，定光普照众生。”李景珑低沉、浑厚之声响起，稍稍侧身，左手平抬，右手置左手上虚覆，做灯形前推。

刹那间明光万道，强光尽化实体，如同流动的线条，轰然收拢，压向安禄山。安禄山一声痛苦狂吼，身上黑气蓦然爆散而出，庞大身躯昏倒在地，心魔脱体而出，疯狂怒吼！

“出来了！”莫日根喝道。

李景珑没料到安禄山比自己想象中更为难缠，须得速战速决，当即平地升起。心魔欲飞出中庭，驱魔司所有人却跃上房顶。

莫日根：“鸿俊！”

鸿俊将五色神光一收，再一抖，强光化作屏障，笼住了整个中庭。裘永思提笔一挥，唰一声天地变色，四面八方的建筑尽化作水墨漂开。

心魔不断挣扎，鸿俊看得紧张无比，陆许却马上以眼神示意，让鸿俊不要乱来。

是时所有人散开，李景珑身周光芒万丈，不同于鸿俊记忆里所看见的金甲巨人，而是身穿白光的战甲之神。

他的左手绽放无量光芒，照耀着那团魔气，心魔在强光照耀之下不断崩解，魔气溃散！

他变得好强！这是鸿俊唯一的念头，李景珑与自己一路走来，仿佛有着强大的信念在支撑，令他变得如此强大！

李景珑右手一摊，现出智慧剑，怒喝道：“妖魔退散！”

紧接着他手中的智慧剑爆出璀璨光华，朝着心魔的中央直插进去！心魔一声狂嘶，不住震颤。

鸿俊双目倒映着这一幕，想起莫高窟前的一幕——那一夜李景珑也是如此，而下一刻从心魔中飞出的，竟是獬狱的魂魄。

心魔疯狂嘶喊，李景珑持剑之手不住震颤，在智慧剑上注入了前所未有的力量，心魔幻化出两只利爪，紧紧抓住智慧剑。

"放了我……"安禄山的声音说，"你撑不住……放了我……你要什么……我都可以给你……"

李景珑只注视着它，低声道："你、必、须、死……为了鸿俊，我一定会杀了你……"

话音落，李景珑蓦然一声大吼，睁大双目，眼中喷出灼热的白色火焰，疯狂灼烧心魔。心魔发出更为惊惧与凄厉的叫声，全身魔火在这白色光风的冲击下如风中流沙，四处飞散，中央魔种自黑转紫，自紫转灰，慢慢浮现出轮廓。

轮廓中乃是一条头尾相衔的蛇，魔气飞散那瞬间，蛇魂陡然惊醒，嘶吼着挣扎，欲突破这束缚！

鸿俊大喊道："住手！"

鸿俊看到李景珑双目喷出金火，便知道他已在燃烧生命，强行催动真元点燃心灯，当即朝他冲去，在他腰上强行一抱。

"别靠近他！"众人喝道。

鸿俊一抱住李景珑时，瞬间感觉光芒万丈，与他平日所感觉到的温暖不同，李景珑身上的强光简直焚烧了他的灵魂，更痛苦的是，在他的心脏上，还有一个系出同源的封印！

封印在心灯的力量下开始共鸣，如同一块烙铁般灼烧着他的神魂，鸿俊咬牙苦忍，抓着李景珑一个转身，堪堪避过那条突破禁制冲出的蛇魂！

几乎是同时间，远方传来雷鸣般的龙吟声，一条黑蛟穿过层云，于夜幕上蜿蜒盘旋，飞速冲向大明宫中央！

“獬狱来了！”

“它为什么会知道我们的计划?！”陆许道，“这不可能！”

“撤！”裘永思怒吼道。

所有人当即按计划全部撤离，是时五色神光罩下，中庭内充斥着离散的魔气，犹如墨般浓厚凝聚不散，而在那魔气之中，一条发着青光的蛇魂左冲右突。嘶喊着寻找突围之地！

李景珑被鸿俊一抱，周身光火瞬间消散，两人滚到一旁，摔在中庭内地上，李景珑眼中光火消逝，恢复迷茫双眼，五脏六腑疯狂翻涌，蓦然一口血喷了出来，那口血却并非鲜红，而是金血！

鸿俊被那血液喷到身上，顿时如灼烧般疼痛，衣袍触及金血便焦黑化作飞灰，肌肤被李景珑的血液灼得通红起泡，他顾不得自己身上的伤，马上将法力注入李景珑体内。

“你在做什么！”鸿俊艰难地大喊，他几乎无法相信李景珑竟会使用这等禁咒般的法术，他的五脏六腑内，心灯的强悍力量横冲直撞，正在不断灼烧他的内脏。李景珑张了张嘴，仿佛想说什么，继而又是一口金血喷了出来。

鸿俊按住李景珑的瞬间，嗡一声将法力注入，罩在中庭顶上的五色神光蓦然收进了李景珑体内，与那心灯的强悍力量相冲，好不容易将心灯稳住，幸好只是此刻……幸好只是此刻！

若再晚顷刻，李景珑就要在这心灯爆发的力量之下自焚而死，化作灵体降神了！

李景珑眼神迷茫，嘴角这时候才淌下殷红的鲜血来，鸿俊又马上掏出药丸给他喂下。说时迟那时快，黑蛟獬狱已冲进了大明宫！

众人仓促之间来不及撤退，獬狱已从天而降，落向中庭，现出杨国忠的身形。

"燃烧真元，以释放心灯的最强力量，替代不动明王六器，驱散魔气。"杨国忠沉声道，"看来雅丹侯为了收拾天魔，当真是不顾一切。"

鸿俊抱着李景珑，震惊之余直视獬狱。

众人分散到各个角落，鸿俊沉声道："你要的蛇魂已经放出来了，獬狱，交易结束了！"

"可在这之前，并没有任何人通知我前来配合，取回我的第三魂。"杨国忠冷冷道，"你们只是想将我的魂魄一并毁去吧！"

蛇魂在杨国忠身周缭绕，他站在漫天魔气之下，充满怜悯地注视鸿俊与李景珑，李景珑几番欲起身，却终究无力，鸿俊手发着抖，紧紧地握住了李景珑的手掌。

"现在就动手？"杨国忠手指一指天顶弥漫的魔气，说道，"牺牲你自己，将安禄山身上的魔气回收己身？再化身天魔？恐怕你一旦选择现在成魔，已再没有人能治得住你，来吧，冲破李景珑施加在你身上的封印，将这些魔气吃下去。"

鸿俊蓦然一震，颤声道："你为什么会知道这些？！"

一刹那，所有人都怔住了，杨国忠微微一笑，说："鸿俊，我若这么说……我是看着你长大的，你相信吗？从进入驱魔司的那一刻起，你们的一举一动，全在我的监视之下，否则我又怎么会任由你们在我眼皮底下放肆？"

在这短短瞬息里，鸿俊心里闪过无数个念头，最终变得清晰的，乃是最可怕、他最不愿意面对的那一个……

鲤鱼妖充满畏惧，从杨国忠身后，战战兢兢地现身。

刹那中庭内一片肃静，鲤鱼妖不住发抖，两脚直打战，双手手指不由自主地拧着，说："鸿俊，对不起……"

"你……你……赵子龙……你……"鸿俊无论如何不能相信自己的双眼。

"天底下水族俱听蛟龙号令。"杨国忠云淡风轻地说道，"正如世间禽类皆以凤凰为尊，这么简单的道理，为什么你就想不明白呢？十年前，我派出了六条鱼妖，它们都奉我命令，在太行山下的溪前等你，最后你救了这一条，也是与你有缘……”

“你这叛徒！”莫日根万万未料，自己人里头竟有杨国忠埋伏了如此久的卧底！

鸿俊望向鲤鱼妖，鲤鱼妖退后些许，声音变哽咽了，说道：“鸿俊，对不起……大伙儿，对不起……我想当龙，当不了龙，当只蛟，也是可以的……”

鸿俊放下李景珑，缓缓起身，眉眼间带着迷茫。

“赵子龙，”鸿俊说，“你一直在骗我？”

刹那间所有的过去逐一在鸿俊脑海中闪现，得知自己与李景珑相爱时，鲤鱼妖的极力阻挠；谈及獬狱时，鲤鱼妖支支吾吾的反应；先前展开计划时，鲤鱼妖欲言又止的态度……

“我跳……跳不了龙门。”鲤鱼妖小声地说，像在自言自语，又道，“那些传说，都……都是骗人的……”

它抬头看着鸿俊，继而转身躲到了杨国忠脚后。

“我答应它。”杨国忠认真地说，“待三魂与诸天魔气归于我身，我将分与它一点龙力。助它化龙，这是一笔很划算的交易——”

“住嘴！”鸿俊悲愤交加，怒吼道。

“鸿俊——”

众人冲上前劝阻，鸿俊却一抖陌刀，朝杨国忠冲去！鲤鱼妖大叫一声，朝后就逃，杨国忠手中一震，现出一把巨剑，格挡鸿俊飞刀。鸿俊一刀挥去，四周殿上柱子轰然坍塌，杨国忠却在空中唰唰四散，升上空中，与魔气同化！

“走！”莫日根一声震喝，陆许上前拉鸿俊，众人要马上撤离，鸿俊愤恨之下一声狂喊。

杨国忠全身化作魔气滚滚的黑龙，在空中盘旋，将那蛇魂吸归己身，鸿俊却双掌一撒，开始与杨国忠争夺魔气！

“鸿俊！”

莫日根冲向鸿俊，鸿俊却随之升空，眼中俱是怒火，喝道：“獬狱！”

这一刻，鸿俊胸膛内嗡地现出魔种轮廓，而李景珑所施加的封印却牢牢捆住了心灯，鸿俊顿时一阵心绞，痛得不禁躬身。

“你冲不破李景珑的禁制。”杨国忠冷冷道，“已经结束了。”

“试试？”鸿俊咬牙，左手收，右手撒，一声巨响，漫天黑气连带着蛇魂朝鸿俊手中飞速拢去，到得他身前，却进不了体内，只能在体外围绕着魔种呼啸飞旋。

就连杨国忠体内的魔气，也随着这强悍至极的吸力被鸿俊强行扯走！

“怎么……这不可能！”杨国忠怒喝道。

鸿俊未将那魔气吸归己身，只是将其聚于手中，化作体外之力，朝着杨国忠一轰！

杨国忠瞬间倒飞出去，遭到黑气冲击，如有千斤重压，砖石四飞，他的身体开始崩碎，紧接着杨国忠疯狂挣扎，在魔气冲击之下，化作一条黑龙。

这时候，裘永思的声音在角落中响起，说道：“轮到我了，獬狱！”

鸿俊马上抬头，望向裘永思，裘永思左手掌，右手剑指，一掐法诀，喝道：“起！”

大明宫中庭，所有木柱在暴风之下朝着四面八方飘飞，轰然溃散，地面浮现出蓝光万道的法阵，光芒直射天际。天顶，云层上飞来无数闪光的龙魂，环绕法阵飞翔。

法阵之中，蓝光不住升起，化作光尘，杨国忠咆哮着化作黑蛟獬狱，四处冲击。

“先是计除天魔，诱我前来取回魂魄，再在大明宫中庭埋伏好法阵，将我一同抓回塔底……当真是一着妙棋。”黑蛟咆哮道，“可是李景珑的燃光真咒既然中途已被打断，还拿什么与我作战？”

“年轻的降龙仙尊！”

“你该不会是觉得只用一个法阵，就能将我困住吧！”

裘永思紧张不已，手上发抖，勉力维持法阵运转，天空中飞来的龙魂越来越多，已是铺天盖地，浩浩荡荡，环绕法阵飞转。

“鸿俊，将魔气吸走！”陆许百忙之中大喊道。

鸿俊回过神，将场内魔气以牵引之力一收，连蛇魂一并收为一个浓黑色的能量球，那蛇魂带着魔气正在疯狂挣扎，欲脱离鸿俊的控制。

獬狱马上转头，咆哮着朝鸿俊冲来，要将那黑色魔气珠吞噬进去！

“守好它！”李景珑不知何时已站起，声音在鸿俊背后震响，紧接着鸿俊全身一震，被心灯的力量缠住，猛地往后拖了三丈，撞进了李景珑怀中。

旋即，李景珑抬剑，勉强运起最后的力气，在剑上迸发出强光，獬狱被这心灯之光一照，瞬间怒吼翻滚，苍狼与白鹿再次冲到，连番冲撞，保护了李景珑与鸿俊。

此刻他一手搂着鸿俊，另一手以剑拄地，断断续续道：“獬狱……对自己埋下的卧底太过自信……不是一件好事……”

鸿俊猛地转头，李景珑站直，以剑再次指向法阵中的獬狱，运足力气道：“今天……必须连你也……一起……解决！”

“景珑！”鸿俊落地，冲向李景珑，黑蛟咆哮着朝两人冲来，苍狼与白鹿倏然从两侧现身，苍狼扑向黑蛟，一口狠狠咬住它的龙躯，白鹿则以鹿角顶住黑蛟那锐利独角，在空中优雅一翻身，将獬狱拧得翻滚旋转，朝地面摔了回去！

“原来今天你真正的目标是我。”獬狱翻身飞起，绕着中庭旋转，四处吞噬吸收魔气，吼道。

“想必……连你最称职的奸细也不知道，大明宫的法阵吧。”李景珑筋疲力尽道，“獬狱，你该认命了。”

“就凭你们？！”獬狱勃然吼道，喷发出携着雷霆的黑暗蛟息，轰然射向受伤的李景珑！鸿俊马上撑起五色神光，苦苦支撑。

“法阵还没完吗？”莫日根落地，朝裘永思吼道。

裘永思仍在飞速念咒，天际飞来的龙魂已成千上万，照得整个大明宫山头化作一片靛蓝，宫中卷起能量的飓风朝外铺展，山前已成光海！

第120章　黑白沙漏

獬狱冷笑道：“受死吧！”

獬狱聚集起更为强大的一口蛟炎，吐出雷霆魔火，然则另一个声音在角落中变得逐渐清晰。

“若我身在黑暗尽头，便点燃吾魂，焚尽世间污秽……”

“若我身在烈炎之中，便点燃吾魂，燃起永世烈焰……”

“若我身在虚空旷远，便点燃吾魂，化作普世明光……”

阿泰温和的声音朗朗念诵咒语，他的背心飞起，瞳孔从靛蓝化作深红，一头棕色头发变幻为火红，双手中虚浮着祆教的藏纳神火的金制扳指，扳指上浮现出无数符文，如被烈火烧灼，呈现出通红。

獬狱猛地转头，阿泰怒喝道：“以琐罗亚斯德之名，为阿胡拉释放驱逐污秽之光，神火——烧尽一切黑暗！”

旋即阿泰祭起那金扳指，虚虚朝獬狱一推，金色扳指的环形两面迸发出强光，朝向獬狱的那一环喷发出烈火，炸开。

朝向阿泰的一环则射出璀璨的光风，浸润他的全身，令他在这暗夜深处展开足可遮天的翅膀！

遥远的山峦之中，大明宫中庭如同出现了一枚闪耀的彗星，尾焰朝向北方，明光照耀了近十里，黑暗的山峦里，树木与岩石刹那被照得雪亮！

大明宫中庭一代顷刻间化作了火海，火焰熊熊燃烧，裘永思仍在念诵咒文，那法阵已几近完整，狲狱被那烈焰一冲，浑身龙鳞顿时被这神火烧焦，而恰好神火出现之时，竟如心灯一般，四处焚烧空中黑气，黑气随之被格挡。

鸿俊四处搜寻鲤鱼妖下落，见鲤鱼妖被着火的木柱围困，在砖瓦废墟中大喊。

“救命啊——救命——”

鸿俊不住喘息，瞳孔中映着一片火红色。

鲤鱼妖几次抬脚想跳出去，然而火焰之外还是火焰，地面被烧得滚烫无比，再等顷刻，它便要变成烤鱼。

李景珑轻轻地推了推鸿俊，鸿俊终于于心不忍，收回五色神光，朝火场一撒。

五色神光冲撞之下，满地着火柱子被卷飞出去，鲤鱼妖愕然，转头望向法术来处，迎上了鸿俊愤怒的眼神。

“你他妈的给我滚！”鸿俊怒吼道。

鲤鱼妖：“……”

而就在此刻，裘永思的法阵终于宣告完成，大喝道：“高镇幡阙，戟耀霜铃——封！”

下一刻，苍狼、白鹿、阿泰同时抽身退出法阵，天地间万千龙魂齐鸣，空中、大地，形成两个发光的法阵，朝着中央猛地压了下来！

狲狱在空中再次化身为杨国忠，他被烧得一身衣袍破破烂烂，头发焦黑，身上更现出大量伤口，迸出鲜血。

他抬头望向空中，再低头望向大地。

裘永思双掌略分，放在身前，左掌擎阳，右手覆阴，朝着中央缓慢并拢。杨国忠面目已被火焰熏得焦黑，双眼不受控制地被呛出眼泪。

“去你该去的地方。”裘永思冷冷道。

眼看封印即将完成，上下法阵发出闪耀雷电，群龙聚集，纷纷以灵体般的身躯缠绕住那封印，再合拢数分，杨国忠就算想抽身逃离，亦是有所不能！

杨国忠喃喃道：“为时尚早。”

旋即，他衣袖一抖，手中现出一具金龙环绕、内里置黑白两色沙子的奇异沙漏，继而手指旋转，将那沙漏缓缓调转。

沙漏中的沙子如有生命般哗啦散开，继而再次混合、旋转，从上层往下层缓慢流淌而去，而流淌下去的竟只有黑色沙砾，白色沙砾仍留在上层！

霎时间所有人感觉到，各自被一股不容抗拒的强大力量控制了身躯，意识依旧清醒，身体却在时光中不由自主地开始倒退！鸿俊想喊，却喊不出来，裘永思想出言示警，却无法转头。

天地间，一场极其诡异的变故正在飞速发生，时光在那沙漏前倒流了！

裘永思双掌再次分开，法阵朝天地两侧分离，龙魂以一个奇异的姿势飞回天际，化入天脉，归于虚无。

鲤鱼妖倒退跑回火海，燃烧的木料碎片从四面八方飞来，回到火场中，五色神光飞起，朝鸿俊手中一收——

——漫天火焰朝着阿泰手中聚拢，被纳入他的扳指中。

杨国忠再次摇身一变，化为黑蛟，被烧毁而剥落的鳞片纷纷回归己身，鲜血从地面飞起，注入蛟躯，苍狼白鹿从它的身上跃下，倒退着飞回……

鸿俊两手将黑色魔气珠撒了出去，魔气氤氲，继而他单膝跪地，抱着李景珑，两人怔怔对视，金血从鸿俊身上出现，飞离，回到李景珑口中。

他的全身真气与心灯之力开始逆转，经脉逐一修复，继而被鸿俊抱住腰，一同飞起，悬浮于中庭高处。

所有被打斗损毁的大明宫建筑稀里哗啦飞来，镶嵌就位，恢复完好！

漫天滚滚魔气飞来，被蛇魂吸纳，现出心魔形态，光火沿着奇异的弧度飞旋，从两侧射向正中，汇入李景珑眼内，鸿俊与他分开，李景珑智慧剑插入心魔体内，心魔爆发出的光芒收摄，李景珑再将智慧剑拔出，左手虚按，右手持剑过肩，保持着出剑前的那一刻！

杨国忠手上，沙漏中的沙子已落到接近尾声，此刻他的神情，如睥睨众生的神祇！

“上下四方曰宇，古往今来曰宙。”他的声音在这近乎静止的时空中道，“你们已经拼过命了，但天不如人愿，当真可惜。”

最后一粒沙子落下，李景珑正要转身，杨国忠却将那沙漏横了过来，握在手中！

时光倒流结束，却在最后一刻静止了！

最后一粒黑色沙砾卡在了沙漏的过口处，以杨国忠为中央三丈开外，恰好覆盖了李景珑、陆许、鸿俊与莫日根、裘永思、阿泰六人所站方位，众人用尽浑身力气，偏偏就动弹不得。

杨国忠随手一掌，拍在了鸿俊背上，蛟龙之威迸发，犹若开山裂碑之劲，鸿俊顿时感觉五脏被震裂，一阵晕眩，鲜血却无法吐出来。

李景珑：“……”

“稍后再解决你们。”杨国忠一手擎沙漏，冷冷道。

心魔凝聚成形之后，仍在挣扎，看着杨国忠，吼道：“獬狱——”

杨国忠抬起头，身上同样幻化出魔气凝聚的蛇形，张开口，缓缓吸食那心魔，心魔狂吼道：“放过我……”

“养了你这么久，为的就是这一刻……”杨国忠喃喃道，“与我同为一体，有何不好？”

就在此刻，两把飞刀从中庭偏远角落中飞起，一先一后，斜斜离开地面，划出两道轨迹，砖石缝中长出的青草被一道风带起，碎叶飞扬，那两把飞刀旋转着从背后飞向杨国忠，朝他手里的法宝飞去，同时光芒一闪。

砰砰两声响，沙漏的两端被飞刀击中，沙砾无声无息地炸开，闪着光在风里飞扬！

杨国忠瞬间转身，阿史那琼手持另两把飞刀站起，说道：“趴得我腰疼。话说杨相，你们果然都没注意到地上还有一个人。”

杨国忠：“……”

沙漏一碎，所有人同时恢复自由，鸿俊喷出一口血，倒在地上，李景珑发出绝望的怒吼，冲上前去，这次他已在时光倒流中完全恢复，杨国忠瞬间意识到，自己犯了极其严重的错误！

此处除了鸿俊之外的所有人，全是生力军！

李景珑手中有智慧剑、泰格拉手中有神火戒、裘永思更是专程来抓自己回去的降龙仙尊！

苍狼白鹿，则正是力量鼎盛之时；至于阿史那琼，在敦煌时见他出手，竟也能请动袄教战神暂时附体。

自己最大的倚仗就是能回溯时光与因果的沙漏，已被毁了！

李景珑不住喘息，手持智慧剑，双目现出无法抑制的愤怒，守在倒地的鸿俊身前，定定地看着杨国忠，那眼神简直是要焚烧尽一切，哪怕付出自己的性命，也在所不惜！

鸿俊嘴角淌血，全身经脉在杨国忠的蛟龙之力下险些被摧毁殆尽，幸而他继承了父亲的一半妖身，否则换作凡人，方才毫无防备挨了这么一掌，马上就要化血肉爆溅而亡。

饶是如此，鸿俊未运起护身真力，也是被伤得极重，他双眼失神地睁着，口鼻处鲜血源源不绝地淌下。

“谈和！”杨国忠瞬间道，“你杀不了我，我也杀不了你，马上带孔鸿俊去疗伤……”

然而李景珑却已失去理智，狂吼一声，和身冲上！

这是杨国忠所犯的第二个严重错误。

他本以为李景珑永远都十分理智，在衡量对手、判断局势时，他也永远将李景珑看作一名强大而理智的对手。但他未曾算到，李景珑这突然爆发出的愤怒，竟可以让他彻底失去判断与考量，甚至连杨国忠所言都充耳不闻……

……这一刻，李景珑被他唯一的一个念头支配，那就是：杀了他。

但杨国忠瞬间又意识到了一个很久很久以前的线索，李景珑不可能突然丧失理智……唯一的解释就是……有人下了另一个封印！

然而这推断出现得业已太晚，杨国忠暗道自己这次，输得不冤。

他低头看着李景珑手中智慧剑穿透了自己的胸膛，当机立断，做了一个明智至极的决定，他马上舍弃肉身，魂魄离体飞出。

这个决定救了他一千年的修为与性命，李景珑在一刹那变幻出了另一个模样！他手中智慧剑绽放金光，沿着手臂，再蔓延向全身，赫然化为一名金甲战士！

果然……獬狱的魂魄带着黑气腾空而起，只是一瞥，便知道自己中了另一名对手十余年前便埋下的一个陷阱！

"啊——"李景珑全身金光万道，较之先前一身燃灯战甲，此刻竟是被不动明王附体，智慧剑从杨国忠体内迸发出雷霆般的纠结光芒，疯狂焚烧尚留在他体内的黑气！

陆许冲上，抱起鸿俊，莫日根喊道："长史！"

"别碰他！"阿泰喝道，"退后！"

众人眼睁睁看着李景珑，那金光实在太强，几乎无人能靠近，仿佛连双眼也会被灼瞎，裘永思突然回过神，忙念诵咒文，双手环绕，朝着身前一拢。

先前破碎的沙漏撒出的沙砾化作光带，被收回裘永思手中，化作阴阳球缓慢旋转。

而狮狱不住挣扎，人类的血肉之躯化为黑蛟，依旧被智慧剑死死钉着，全身的魔气在这金光之下被燃烧殆尽，不住蒸腾，冲上天顶，归入天脉！

狮狱张开大口，猛一嘶吼，低头喷出黑气，将先前吸入的心魔与蛇魂再次喷了出来！

“当心！”陆许喊道，将鸿俊交给莫日根，化身白鹿冲出，要让李景珑冷静下来，抵御心魔入体，没想到那股旋转的黑气团目标却不是李景珑，而是躺在中庭角落的安禄山尸体——

——心魔一得脱缚，顿时冲向安禄山，轰然一声，浸入他的体内！

安禄山蓦然睁开双目，众人都万万未料，狮狱为了不被李景珑将刚吸入的魔气一同灼烧殆尽，竟是将魔气还给了安禄山！

“抓住他！”

霎时场面一片混乱，白鹿转身，冲向安禄山，莫日根喝道：“永思守这儿！”

安禄山一苏醒，瞬间顾不得再战，腾空飞起，身周迸发出无数流动的魔气弹，如同陨星般疯狂坠落。

此刻安禄山只求脱身，施展了最大的力量，黑暗流星朝着中庭狂轰滥炸，陆许与莫日根等人都被打回地面。唯一能控制安禄山手上那戒指的李景珑却已失去理智，正在对付狮狱。

安禄山飞上天际，轰然一闪，身躯就此消失。

“妈的！”莫日根简直怒不可遏。

同一时间，狮狱多年吸来的魔气已被一身金铠的李景珑摧毁殆尽，余下闪烁着蓝光的蛇魂，狮狱终于再按捺不住，张开血盆大口，疯狂嘶吼。

“封印它！”阿泰突然想起，朝裘永思喊道。

裘永思已在念诵咒文，然而那镇龙诀要再次启动极其缓慢。狮狱运起内丹，释放出最后的威力，巨响声中，中庭地面猛地下陷。

鸿俊靠在莫日根怀中，喃喃道：“景……珑……”

莫日根喝道："鸿俊！"

鸿俊全身经脉险些尽毁，心脉处，李景珑的封印近乎瓦解，魔气正缓慢地侵蚀他的全身。

众人聚在一处，各御法力，注入鸿俊经脉，帮助他守护心脉。

"我……好痛……"

李景珑耳畔传来遥远而清澈的声音，令他的心一瞬间揪了起来。

"爹……娘……救我……我……好痛……啊……"

"狄仁杰——"

"不痛了，很快就不痛了。"

"焚我元魂，散我真魄……"

李景珑身周金甲逐一消失，颤声道："鸿俊？！"

鸿俊睁着无神的双眼，口中不断溢血，断断续续道："景……珑……"

李景珑的意识终于回来了，他奋力大喝，一剑将獬狱震飞出去，獬狱发出哀鸣，洒出绿色的蛟血，撞翻了大明宫墙，坠落深谷。

李景珑转身冲向鸿俊，一把搂住了他，祭起心灯之力，往他的左胸膛上，按了下去。

心灯注入鸿俊全身经脉，鸿俊在这剧痛之中感觉到温暖之意，心脏处的封印再次被加固，那白光源源不绝地涌入，令他失去了意识，进入了一个美好的梦境。

［节选自晋江文学城］

【粉丝评论摘编】

@Vivaluia：小非哥从来都是以一种严谨辩证的态度外加神一般的想象力来构建世界观的。作为玄幻巨制，《国驱》与《天宝》的世界观是建立在中国的古老传说与文明之上的一个世界。历史与文明的发展没有被篡改，而是在已有的现实之上套了一个更为宏大的构架。在这个世界观里，妖魔鬼怪与人同在，妖受魔气影响而生，魔来自天地戾气，天魔种千年轮回需要通过孔雀大明王而寄生然后被不动明王之力驱散。而天魔种的存在则是神州大地的一次自然清洗，某种意义上来说，是一个必要的环保措施。

（略）

从行文语言上来看，《天宝》人物间的对话比鸡总以往的古风都白。对话中少了那些偶尔略显迂腐的文言式用语，却又不会产生过于现代的年代脱节感，读起来非常流畅自然。而旁白则是小非哥风格一贯的行云流水：写景，以寥寥数笔勾画出瑰丽的山河画卷；写人，以精准而不拖沓繁复的外貌描写、动态与语言勾勒出一个个鲜明的角色，扁平与圆形各有之，形成一幅精彩的群像；写剧情发展，用极其富有画面感的动作描写来推进每一次驱魔师与妖魔的互搏……

（略）

《天宝》尤其精彩的是它宛如电影画面一般的文字分镜，在几场大战中读者似乎都能从小非哥的语言中看到一场亿万特效的电影大片。这不仅仅是小非哥编剧经历带来的硕果，更能体现小非哥对于自己想描写画面的精准构思。好比说，看有些文的打戏与人物动作，常常会怀疑做出以下动作的人物是否遵守了骨骼运动的规律，把一次元文字投射在脑海里无法形成符合逻辑的画面。而小非哥的文字则绝不会给读者带来这样的思维障碍，达到了一次元及脑内三次元的动作描写高度。而将文字达到这样把握度的直接好处就是不会让读者在阅读大场景的时候感到吃力，作者描写的恢宏场景不会因为读者无法脑补而消化不了，读者的阅读快感不打折扣。

看我用如何吹鸡之评《天宝伏妖录》 新浪微博 2017年7月27日

@非非非天的萌妹：我大唐天宝男团如此红红火火，贤妻良母赵子龙岳父，撩倒腿软的长史老二李景珑，惦记民脂民膏的吃货仙女鸿俊，高冷范鹿鹿北鼻[①]，黑化超级带感的大狼。还有阿泰，阿史那琼，我裘永思。拆迁技术哪家强？肥田天宝男子团。

新浪微博　2017年7月19日

@Tequila_americana：感叹于母鸡的场景描写功力，丰富的细节让人感觉故事就发生在身边，但是又毫不突兀地融入奇幻宏大的神话传说妖魔神兽，既有轻松小白文搞笑幽默的氛围，又有正剧的气势磅礴和瑰丽的想象。

新浪微博　2017年7月22日

@阆苑有书扫文日记：我一直在想，母鸡这些年究竟在进步还是在保持？之前看《驱魔师》的时候，我有一种感觉——他从《金牌助理》开始就成了最适应商业写作节奏的大神，编剧经历更让他叙事的画面感炉火纯青，不仅是电影级画面，还是3D电影！但回头再去看《二零一三》《武将观察日记》，又会发现这些特质原本就在他的血脉里。绝大多数好作者不是天生天成，而是一点点积累、一点点进步，逐渐闯出自己的天地。但文学这东西，或许真的需要一点天分，无之可成“大神”，有之才可成“大师”，说得残酷点，那是凡人攀缘一生都无法企及的境界。

新浪微博　2017年5月29日

［导引、简介、节选、粉丝评论摘编：肖映萱］

---

① 北鼻：英文baby的谐音，宝贝、宝宝的意思。

“历史演义”与“东方奇幻”的女频引渡

肖映萱

女频网络文学公认的“大神”“女神”不少，而“男神”的称号却几乎专属一人——非天夜翔（以下简称非天）。男性的性别身份，不仅赋予了非天瑰丽宏大的世界观架构、天马行空的设定想象、高潮迭起的叙事节奏，更重要的是，它令非天成功地将“历史演义”与“东方奇幻”这两大源自“男性向”类型文学的传统脉络引渡至女频，为充溢着“软科幻”“软历史”“软奇幻”的女性世界，注入了一股滚烫的男儿血气，从此山摇地动、乾坤骤变，辟出一方新天地。

2017年的新作《天宝伏妖录》，正是“历史演义”与“东方奇幻”的完美融合。故事发生在天宝年间的盛世大唐，黑蛟獬狱化身朝堂奸佞，带领众妖横行长安，试图取代天魔成为妖界至尊；凤凰养子鸿俊初入长安，误打误撞地把能驱逐一切污秽的心灯传给了凡人李景珑，李景珑率领鸿俊与毛腿鲤鱼、苍狼白鹿、波斯王子、降龙仙尊一起重整狄仁杰留下的大唐驱魔司，与魔物对抗……一系列的混战与传奇就此展开。

此前，非天已经多次尝试过这种掺杂着奇幻、穿越、同人元素的历史题材，带领读者穿梭于殷商、战国、三国等群雄逐鹿的乱世，已经成为他最具代表性的标志动作。经过十余篇历史、架空作品的锤炼，非天糅粹出一种凝练利落又不失古典风韵的小说语言。在他笔下，无论“九天阊阖开宫殿，万国衣冠拜冕旒”的盛唐气象，还是胡汉混居、民风开化的长安风物，无论千里雪原尸鬼屠城，还是飓风过境妖王大战，诸多波澜壮阔的宏大描写如撒豆成兵般信手拈来。非天将那些绚丽的场景描绘得纤毫毕现，勾勒出一幅幅直逼3D巨幕电影质感的史诗画面；多线叙事万箭齐发，如同飞速闪跃的蒙太奇分镜，使画面获得了共时的空间张力。而非天塑造的人物群像，每个都是有血有肉的少年英雄，各有各的固执与怪癖，也各有各的守望与强悍。如那些遥远时光中的传说一般，他们逐鹿沙场，煮酒论事，击筑放歌，千金豪掷，尽得三国风流。

这些叙事特征，毫无疑问是从《三国》(包括《三国演义》和《三国志》)所代表的古典“历史演义”中吸收了大量养分。非天也的确创作了不少可以视为“三国同人”的小说，如《破罐子破摔》(2009)、《武将观察日记》(2010)、《江东双璧》(2015)就是围绕刘禅、赵云、吕布、孙策、周瑜等人物创作的“三国同人”；但非天的同人写作又不同于正统“三国同人”的路数，是将同人与网文的穿越元素结合，做出的类型融合尝试。

非天不仅是接过了《三国》“演义”传统之衣钵，更将它与现代的科幻、武侠，尤其是“东方奇幻”类型进行了完美的融合。这一方面，他的创作资源一部分来自电子游戏：从大的叙事框架上看，《天宝伏妖录》的分卷，已经透露出其故事单元的游戏副本性质；在各个大小副本当中，驱魔师小队分工明确、各司其职，也正像是游戏的小组分工。非天与电子游戏渊源颇深，早在2010年《漂洋过海中国船》就是一部未来背景的“全息网游文”，小说中的游戏《蜀剑》，是一个以《蜀山》《仙剑奇侠传》等现实作品为蓝本的同人世界。此后，非天在仙侠类游戏设定方面的丰富工作经验[①]，使高度幻想的设定元素越来越多地渗透进其作品当中。

“奇幻”一词在男频文中一般指西方奇幻，在女频文中，西方奇幻有“西幻”这一专属称谓，“奇幻”则是一种高度幻想类作品的通称。而之所以用“东方奇幻”的概念，是为了与仙侠、修真色彩浓厚的“玄幻”相区分——修仙、升级从来不是非天的创作主题，重要的是那个极具东方色彩的人、神、妖、魔并存的世界设定。非天舍弃了现成的“玄幻”背景，以一己私设，建构起一个完全不同的“奇幻”世界。

---

① 2012年以笔名逐风与某树合著《古剑奇谭》游戏世界观衍生小说《神渊古纪》，2014年以笔名逐风参与《古剑奇谭》电视剧编剧，2017年以笔名敛青锋与工长君合著《九霄奔云传》游戏同名设定小说。——本文作者注

这里没有仙风道骨、鹤发童颜的修炼者，也没有手捏剑诀、御剑飞行的侠士，有的只是一群各怀抱负、总是碰壁的少年。他们的驱魔之力，都来自古老神秘的“东方”传说：草原上掌管晨昏的苍狼白鹿之神，西域吐火罗祆教的飓风烈火，西湖镇龙塔丈量时间的九条老龙，燃灯古佛的心灯，不动明王的法器，孔雀明王、金翅大鹏、凤凰、鲲神的馈赠……那力量就在他们的血脉里，天生天赐，并非修炼而成，也带给了他们与生俱来的责任和使命。妖怪们也是蛟龙、狐妖、“酒色财气”、画皮、化蛇等颇具“东方”色彩的古典妖精。

“历史演义”与“东方奇幻”两股脉络的有机结合，已经足以使非天登上网络文学类型写作的巅峰，然而他之所以能在女频被封为唯一的“男神”，正是因为他的核心叙事动力不是开疆拓土，也不是无限升级，而是“女性向”永恒的主题——爱。

非天笔下的主角，有的往往像李景珑，生来便是逆境，生活赐他无尽的霉运，他或许感到灰心，却抛不掉铮铮傲骨，终于练就一身本领，在乱世中一雪前耻、重振英雄的荣光；有的则常如小鸿俊，尽管养尊处优，却保持着一颗最为澄澈的赤子之心，能够透过尘埃，望见对方闪耀的心灯。非天总是带着脉脉温情与激扬的热血，写这样的一群英雄少年，为了守护彼此、守护伙伴、守护天下而携手并肩、浴血奋战，总能轻易勾起人们心中的情怀、悲悯、希望，和既甜蜜又苦涩的爱情。这些被用到滥的字眼，多数时候是类型，是套路，是潮流，在他这儿却是实实在在的，它们堵在你的胸口，使你双眼发热。而这群英雄少年，在褪去了英雄的光环时，也不过是一群会哭会笑、会闹别扭发脾气的普通人。

他们是那样血肉丰盈地真实着，就像邻家的阳光大男孩，仿佛你不经意间一瞥，就能透过窗棂，望见那一段传奇。

2017年中国网络文学大事记

1月

4日，《锦绣未央》（原名《庶女有毒》）作者秦简，因涉嫌侵权被11名作者和编剧告上法庭，此案在北京市朝阳区人民法院立案。据业内人士分析，该书被指控有200多处的抄袭，很可能是因为作者使用了写作软件。

7日，由天蚕土豆的小说《斗破苍穹》改编的同名动画在腾讯视频上映。开播首日点击即迅速过亿，截至第12集播出，点击量已突破10亿，创下国内3D动画新纪录。

13日，由国王陛下的小说《从前有座灵剑山》改编的同名动漫第二季开始在多家网站更新。

16日，马伯庸、周行文的《白蛇疾闻录》开始在天地中文网连载。据称，该书是由封神（北京）文化发展有限公司打造的“望古神话”系列IP之一。此系列还有流浪的蛤蟆的《蜀山异闻录》、月关的《秦墟》、天使奥斯卡的《星坟》、跳舞的《选天录》。这些小说篇幅都不长，字数普遍在20万字左右。该系列同时也向外界公开征稿。

19日，由国家新闻出版广电总局组织开展的“2016年优秀网络文学原创作品推介活动”公布了18部作品:《南方有乔木》（小狐濡尾，晋江文学城）、《大荒洼》（英霆，铁血网）、《锋刺》（宋海锋，铁血网）、《百年家书》（疯丢子，晋江文学城）、《材料帝国》（齐橙，起点中文网）、《小飞鱼蓝笛》（金朵儿，榕树下）、《我心缅怀旧时光》（李润，麦林文学网）、《非常暖婚，我的超级英雄》（土豆爱西红柿，红袖添香）、《我们》（辛夷坞，咪咕阅读）、《暮生荆棘》（西子雅，麦林文学网)、《蜂侠》(边寻，麦林文学网)、《男儿行》(酒徒,17K小说网)、《夜天子》(月关，起点中文网)、《血歌行:学府风雷》(管平潮，咪咕阅读)、《问镜》(减肥专家，纵横中文网)、《大宝鉴》(罗晓，17K小说网)、《一世之尊》(爱潜水的乌贼，起点中文网)、《龙血战神》(风青阳,17K小说网)。相较2015年，2016年参与申报的网站更多，作品主题更侧重现实类题材。

21日，北京大学网络文学研究论坛发布2016年度网络文学榜单，女频十部:《慕南枝》(吱吱，起点女生网)、《千秋》(梦溪石，晋江文学城)、《袁先生总是不开心》(徐徐图之，晋江文学城)、《我们微笑着说》(霜华月明，云起书院)、《打火机与公主裙》(Twentine，晋江文学城)、《末日乐园》(须尾俱全，起点女生网)、《我有四个巨星前任》(琅俨，晋江文学城)、《重生之国民男神》(水千澈，潇湘书院)、《天庭出版集团》(拉棉花糖的兔子，晋江文学城)、《有匪》(priest，晋江文学城)。男频十部:《赘婿》(愤怒的香蕉，起点中文网)、《十州风云志》(知秋，起点中文网)、《惊悚乐园》(三天两觉，起点中文网)、《文艺时代》(睡觉会变白，起点中文网)、《花与剑与法兰西》(匂宫出夢，起点中文网)、《永不解密》(风卷红旗，铁血网)、《修真四万年》(卧牛真人，起点中文网)、《无限道武者路》(饥饿2006，起点中文网)、《太上章》(徐公子胜治，起点中文网)、《雪中悍刀行》(烽火戏诸侯，纵横中文网)。

22日，中国互联网络信息中心(CNNIC)发布第39次《中国互联网络发展状况统计报告》。《报告》显示，截至2016年12月，中国网络文学用户规模达到3.33亿，较去年年底增加3645万，占网民总体的45.6%，其中手机网络文学用户规模为3.04亿，较去年增加4469万，占手机网民的43.7%。

2月

13日，阅文集团发布《2016网络文学发展报告》。报告显示，该年度阅文集团网络文学用户规模首次超过3亿。新增网文作品50万部以上。总计稿酬发放近10亿，过100万年薪作家超100人。旗下有唐家三少等8位作家入选中国作协全委会委员。

3月

16日，中国作家协会网络文学委员会发布2016年中国网络小说排行榜。该榜分为已完结作品和未完结作品两部分，各十部。已完结作品:《男儿行》(酒徒，中文在线)、《云胡不喜》(尼卡，红袖添香)、《雪中悍刀行》(烽火戏诸侯，纵横中文网)、《不朽剑神》(雪满弓刀，创世中文网)、《青帝》(荆柯守，创世中文网)、《君九龄》(希行，起点女生网)、《打火机与公主裙》(Twentine，晋江文学城)、《大宝鉴》(罗晓，中文在线)、《十州风云志》(知秋，起点中文网)、《你好消防员》(舞清影，小说阅读网)。未完结作品:《乱世宏图》(酒徒，中文在线)、《血歌行》(管平潮，咪咕阅读)、《一寸山河》(作家李珂，铁血网)、《银狐》(孑与2，起点中文网)、《龙符》(梦入神机，百度文学)、《相声大师》(唐四方，起点中文网)、《山海经·瀛图纪》(半鱼磐，咪咕阅读)、《生物骇客》(巷晨虞，百度文学)、《时光与你共眠》(临渊鱼儿，晋江文学城)、《斗战狂潮》(骷髅精灵，起点中文网)。

23日，“网络文学在世界文化视野中的价值发现——网络文学‘重写—神话’研讨会”在京举行。此次研讨会由鲁迅文学院和中国作家协会网络文学委员会联合举办。

4月

1日，非天夜翔新书《天宝伏妖录》在晋江文学城连载。

6日，priest新书《残次品》在晋江文学城连载。

10—13日，第三届中国网络文学论坛在南京举行，发布了《学习习近平总书记重要讲话，坚定文化自信，推动网络文学健康发展倡议书》。

10日，由江苏省作家协会、三江学院、江苏省网络作家协会合作创办的江苏省网络文学院正式成立。

12日，《华西都市报》、大星文化、作家榜（APP）联合推出第11届作家富豪榜。其中，网络作家榜收入排名前三位是唐家三少（1.22亿）、天蚕土豆（6000万）、我吃西红柿（5000万）。在作家榜主榜上，排名前三位的是郑渊洁（3000万）、杨红樱（2550万）、江南（2400万）。

14日，中国作家协会网络文学研究院在浙江杭州挂牌成立，该院由中国作协、浙江省作协和杭州市文联三方合作建立。

16日，国内首家以中老年作家为主体的文学网站“银河悦读”正式上线，其前身是有着近15年网络文学创作史的榕树下雀之巢文学社团。网站成立后，为纪念中国人民解放军建军90周年，发起并主办了“我们的队伍向太阳”征文活动。

17日，由猫腻《择天记》改编的同名电视剧在湖南卫视播出。

20日，由中国出版集团公司主办的第二届海峡两岸网络原创文学大赛在北京举行了颁奖礼。32篇获奖小说和散文中，有5部来自台湾。

18日，中国新闻出版研究院发布《第十四次全国国民阅读调查报告》。《报告》显示，2016年在手机阅读接触群体中，接近四成（39.9%）的成年手机阅读接触者会使用手机看小说。受欢迎度排前三的电子书类型分别为都市言情（23.5%）、文学经典（17.2%）、历史军事（15.4%）。

5月

15日，阅文集团旗下起点国际正式上线。目前起点国际只有英文版，据称将逐步提供泰语、韩语、日语、越南语等多语种阅读服务。除了PC端外，Android版本和iOS版本的移动APP也已同步上线。上线作品共38部，累计更新近3000章，总量超过Wuxiaworld（2014年年底建立）等粉丝建立的翻译网站。

26日，百度文学宣布完成新一轮融资，红杉资本和完美世界领投，据称总额达8亿元，公司估值达40亿元。

30日，长佩文学论坛宣布商业化转型。该论坛建立于2010年12月，是一个由耽美爱好者建立的免费平台。

6月

1日，阅文集团白金作家风凌天下新作《我是至尊》在起点中文网和起点国际同时上线。这是首部中英文零时差连载的网络小说。

5日，根据潇湘冬儿《11处特工皇妃》（潇湘书院）改编的电视剧《楚乔传》在湖南卫视播出，成为暑期档收视率最高的人气作品。

6日，由庄庸、安迪斯晨风主持的“中国网络文艺词典”栏目开始在微信公众号“网络文艺报”发布，该栏目尝试解释网络文艺的重要概念和问题。此前，他们还发布了“中国网络小说‘好看榜’”“中国网络文学海外传播榜”等栏目。

9日，冰临神下新书《大明妖孽》在起点中文网连载。

9日，“2017爱奇艺世界大会”网络文学高峰论坛颁发了首届爱奇艺文学奖。水千丞的《深渊游戏》获得一等奖，李写意的《明夷于飞》、兰月熙的《天香美人》获二等奖。

19日，在第十二届上海电影节官方活动“2017中国IP指数盛典”上，艺恩网发布了《“95后”网络文学阅读真相调查》，“95后”作为网络文学的新生力量受到关注。

26日，国家新闻出版广电总局发布《网络文学出版服务单位社会效益评估试行办法》，明确提出对从事网络文学原创业务、提供网络文学阅读平台的网络文学出版服务单位进行社会效益评估考核。评估考核共设置了5个一级指标、22个二级指标和77项评分标准，主要包括出版质量、传播能力、内容创新、制度建设、社会和文化影响等指标，将从网络文学价值引领和思想格调、文学价值和文化传承、编校质量、排行榜设置、编辑责任制度、党建和思想政治工作及社会评价、文化影响等方面进行具体计分。办法明确规定，网络文学出版服务单位发表作品出现严重政治差错、社会影响恶劣，在平台首页或重点栏目推介导向有严重问题的作品，违反政治纪律和政治规矩等重大问题，社会效益评估实行“一票否决”，评估结果为不合格。

7月

4日，阅文集团发布招股说明书，披露了一系列重要的内部数据。数据显示，截至2016年12月，阅文集团平台上共有530万名作者，原创作品800万部。截至2017年6月，阅文集团自有平台及自营渠道的月活跃用户总数为1.918亿，月付费用户为1150万，营收额为19.24亿元。上年度同期为10亿元；期内盈利为2.13亿元，上年度同期亏损238.1万元。

12日，“2017猫片·胡润原创文学IP潜力价值榜”发布，前十名的作品是天蚕土豆《斗破苍穹》、南派三叔《盗墓笔记》、忘语《凡人修仙传》、猫腻《将夜》、海宴《琅琊榜》、流潋紫《后宫·甄嬛传》、辰东《神墓》、猫腻《择天记》、梦入神机《龙蛇演义》、fresh果果《花千骨》。

13日，由今何在的小说《悟空传》改编的同名电影正式上映。

13日，根据十四夜的小说《醉玲珑》改编的同名电视剧在东方卫视播出。

19日，天下霸唱的小说《河神》同名改编网剧在爱奇艺上线。《河神》是近年来由网络小说改编的网剧中评价最高的一部，并获得由艺恩网推出的2017中国泛娱乐指数盛典ENAwards最佳IP改编影视剧奖。

19日，杭州师范大学教授、杭州市网络作家协会主席夏烈宣布将启动一个“夏烈个人品牌的华语类型文学奖项”。这将是国内首个个人品牌的类型文学民间奖项。

21日，无罪新书《平天策》在纵横中文网连载。

21日，由天下霸唱《鬼吹灯》改编的网剧《鬼吹灯之黄皮子坟》在腾讯视频播出。

27日，《战狼2》上映，以56.8亿的总票房创下了中国电影票房的新纪录。《战狼2》的主要编剧董群，即网络军事小说代表作者之一纷舞妖姬，代表作《弹痕》(2006，起点中文网)。

8月

1日，中国作协2017年拟发展会员名单公布，508人中有网络作家和从业人员50余人。

4日，中国互联网络信息中心(CNNIC)发布第40次《中国互联网络发展状况统计报告》。报告显示，截至2017年6月，网络文学用户规模达到3.53亿，占网民总体的46.9%，其中手机网络文学用户规模为3.27亿，较去年年底增加2291万，占手机网民总体的45.1%。

8日，寒小期的《六零年代好生活》在晋江文学城连载，该作是近年来以20世纪60、70年代为背景的“年代文”的代表作之一。

9日，唐七(原笔名唐七公子)在微博中表达对四川九寨沟地震关怀的同时，宣称《三生三世十里桃花》经专业知识产权司法鉴定所鉴定，得出了不构成抄袭的结论，引发热议。同日，匪我思存发布多条微博，指责流潋紫《后宫·甄嬛传》《如懿传》抄袭其《冷月如霜》等作，点燃了新一波的“反抄袭”热潮。10日，匪我思存发布微博文章《今日踩原创，请从匪我思存始》叙述事件始末，得到超过十万条转发支持。

11—13日，首届中国“网络文学+”大会在北京举办。大会由中共北京市委宣传部主办，以“网络正能量，文学新高峰”为主题，是近年来官方举办的最大规模的网络文学大会。

23日，中国作家协会网络文学委员会发布2017年度中国网络小说排行榜半年榜。已完结作品十部:《择天记》(猫腻，创世中文网)、《书剑长安》(他曾是少年，纵横中文网)、《诸天至尊》(纯情犀利哥，掌阅文化)、《全能高手》(我是愤怒,3G书城)、《时间都知道》(随侯珠，晋江文学城)、《奔跑吧足球》(郭怒，阿里文学)、《升邪》(豆子惹的祸，起点中文网)、《巫神纪》(血红，起点中文网)、《第十二秒》(Sunness，晋江文学城)、《天域苍穹》(风凌天下，创世中文网)。未完结作品十部:《第五名发家》(多一半，阿里文学)、《放开那个女巫》(二目，起点中文网)、《写给鼹鼠先生的情书》(吉祥夜，红袖添香)、《武道宗师》(爱潜水的乌贼，起点中文网)、《盛唐风华》(天使奥斯卡，掌阅文化)、《诸天纪》(庄毕凡，阿里文学)、《战神之王》(丛林狼，创世中文网)、《他站在时光深处》(北倾，晋江文学城)、《圣墟》(辰东，起点中文网)、《逍遥游》(月关，掌阅文化)。

24—28日，中国少数民族网络文学会议在呼伦贝尔举行。

本月，欧阳友权主编的《中国网络文学年鉴(2016)》由中国文联出版社出版。该书是我国第一部网络文学年鉴。

9月

7日，烽火戏诸侯新书《剑来》在纵横中文网连载。

12日，流浪的蛤蟆发布微博称获得日本手冢（治虫）工作室授权开发创作《铁臂阿童木》续作。

13日，上海作协召开网络作家签约会议，率先在全国推出签约网络作家。这是全国范围内首次由作协系统推出的网络作家签约制度，首批包括血红、骷髅精灵等16人。签约期间，上海作协将向签约网络作家每月提供2500元创作津贴，并对签约作家在深入生活、文学创作交流方面提供支持，作品完成后提供宣传推介服务。签约作家将接受年度创作进度和成果考核。

14日，艾瑞咨询发布《2017年中国网络文学出海白皮书》，对中国网络文学海外传播的发展历程、海外网络文学的发展现状、国内外文学的对比、海外网络文学用户画像，及网络文学出海发展趋势进行了深入探讨。

14日，原起点中文网白金作者天蚕土豆新书《元尊》在阅文集团以外的全部主要网文平台发布。由纵横文学主办的新书发布会也于当天下午在北京召开，天蚕土豆表示要探索网络文学IP开发新模式。

21日，掌阅科技在上海交易所挂牌上市，发行价4.05元/股，发行4100万股，首日开盘价为5.83元/股，市值为23.38亿元。

25—30日，团中央社会联络部和中国作协创研部联合举办首期全国青年网络作家井冈山高级培训班。

10月

11日，烽火戏诸侯、天蚕土豆、梦入神机正式组成网络作家工作室入驻杭州桥西文化体验中心。

15日，猫腻新书《大道朝天》在起点中文网连载。

18日，中国共产党第十九次全国代表大会召开。习近平在十九大报告中提出，“要坚定文化自信，推动社会主义文化繁荣兴盛”；“加强互联网内容建设，建立网络综合治理体系，营造清朗的网络空间”；“推进国际传播能力建设，讲好中国故事，展现真实、立体、全面的中国，提高国家文化软实力”。

29日，由天津市作协举办的“首届燧石文学奖”为年度最受争议的抄袭作品设立“白莲花奖”。经网友评选，入围该奖项的网络小说有《三生三世十里桃花》(唐七，2008)、《锦绣未央》(秦简，2013)和《英雄联盟之王者荣耀》(知白守黑，2015)，最终摘冠的是《锦绣未央》。引起网友热议。

31日，火星小说举办“火星小说首届IP大会”，推出60余部重点打造的“核IP”。火星小说创始人侯小强提出，所谓“核IP”，即内核扎实、动力十足、“点击率高、豆瓣评分高、破墙能力高”的“三高型”作品。

11月

3日，公子长佩网站开始公测，它是长佩文学论坛商业化转型的产物。

5日，浙江省作协主办的第二届网络文学双年奖公布，酒徒的《男儿行》夺得金奖；愤怒的香蕉的《赘婿》、疯丢子的《百年家书》、郭羽和刘波的《网络英雄传：艾尔斯巨岩之约》获银奖；齐橙的《材料帝国》、priest的《有匪》、祈祷君的《木兰无长兄》、孑与2的《大宋的智慧》、月关的《夜天子》、紫金陈的《长夜难明》获铜奖；另有15部作品获优秀奖。

8日，阅文集团在香港联合交易所正式挂牌上市，成为首登资本市场的“网络文学第一股”。开盘当天上涨约63%，报收于90港元，市值达到816亿港元。

11日，由国家新闻出版广电总局数字出版司、中国作家协会创研部（网络文学委员会）共同主办的网络文学界学习贯彻党的十九大精神座谈会在北京举行。

20日，徐公子胜治新书《方外：消失的八门》在多平台连载。

21日，根据今何在同名小说改编的电视剧《九州·海上牧云记》在爱奇艺、优酷、腾讯视频同步播出，据传该剧之前被电视台“因质量问题”退订，但在网络平台获得了较高收视率。

22日，“阅文集团·上海大学创意写作学科产学研合作”签约仪式在沪举行。自此，中国网络文学第一个创意写作硕士点正式成立。

31日，第二届“中华文学基金会茅盾文学新人奖”新增设的“网络文学新人奖”为获奖者颁奖。获奖作家包括孑与2（云宏）、酒徒（蒙虎）、天下归元（卢菁）、唐家三少（张威）、天使奥斯卡（徐震）、我吃西红柿（朱洪志）、愤怒的香蕉（曾登科）、骠骑（董俊杰）、爱潜水的乌贼（袁野）和希行（裴云）。

［整理者：李强、吉云飞、肖映萱］

图书在版编目（CIP）数据

2017中国年度网络文学·女频卷／邵燕君主编；北京大学网络文学研究论坛选编．
—桂林：漓江出版社，2018.1
ISBN 978-7-5407-8358-7
Ⅰ.①2…　Ⅱ.①邵…　②北…　Ⅲ.①中国文学—当代文学—作品综合集
Ⅳ.①I217.1

中国版本图书馆CIP数据核字(2017)第302463号

2017 ZHONGGUO NIANDU WANGLUO WENXUE［NÜPIN JUAN］
2017中国年度网络文学［女频卷］
主编：邵燕君　副主编：肖映萱
选编者：北京大学网络文学研究论坛

责任编辑：张　谦
助理编辑：辛丽芳
书籍设计：石绍康
责任监印：杨　东

出版人：刘迪才
漓江出版社有限公司出版发行
广西桂林市南环路22号　邮政编码：541002
网址：http://www.lijiangbook.com
全国新华书店经销
发行电话：0773-2583322　010-85893190
北京大运河印刷有限责任公司印刷
［北京市通州区潞城镇大营工业区　邮政编码：101117］
开本：690 mm×1000 mm　1/16
印张：20.5　字数：285千字
2018年1月第1版　2018年1月第1次印刷
定价：46.00元